老舍作品集

散文卷

老舍 著　　庞俭克 选编

中国出版集团　现代出版社

写在前面的话

老舍是我敬重的长者和作家。

年长德高，人品好，作品多而好，这是我对老舍先生的认识。老舍在散文《我的母亲》中，写到自己的性格成因深受母亲的影响——"我自幼便是个穷人，在性格上又深受我母亲的影响"。"我之能成为一个不十分坏的人，是母亲感化的。我的性格、习惯，是母亲传给的"，这就是老舍为人的抗争、软而硬的刚性和义气。这是老舍在《老张的哲学》创作谈中，第一次对自己性格的归纳。在北平《新民报》所载的长篇散文《八方风雨》一文中，他自称把这篇文字当作"是一个平凡人的平凡生活报告"。在老舍的其他文字里，我们也都能看到他平凡人的自我定位。这也是他的实在人生。记得有一句歌词这样唱道："平平凡凡才是真"，我正是在老舍所写的平凡人的生活中，逐渐认识老舍的不平凡的。

说起编选老舍的作品集，还得从因缘说起，缘故，缘分，有缘，就像一根丝线，把我引向老舍作品以及他的家人。世人大多相信因缘之说，我也是其中之一。

记得在 20 世纪 90 年代初期，我从中国新文艺大系小说卷中读到老舍的短篇《断魂枪》。小说写于 1935 年，情节不复杂，讲述武林高手沙子龙当客栈老板后的境遇——三个片段：王三胜卖艺、孙老者与王三胜比武、孙老者献技。读此小说，对我而言，是大有拍案叫绝的感受的。此后，我在一个文学聚会上，巧遇一位贵港作家朋友，与他谈及这篇小说，他大加赞赏，连说短篇小说还有这种写法，真是绝妙！

关于这篇小说的写作，老舍在《我怎样写短篇小说》一文里，是把其当作觉

1

悟之作看待的。何也？"一个事实，一点觉悟"，从原计划写十来万字的武侠小说《二拳师》的一大堆材料中，抽取了一小块，来表现三个人和一桩事，"全篇是从从容容的，不多不少正合适"，"长篇要匀调，短篇要集中"。老舍把《断魂枪》当作"紧凑精到"的创作原则的实践，即"楞吃仙桃一口，不吃烂杏一筐"，是很有启示意义的。诚如老舍所说的，"五千字也许比十万字更好"。这个启示，和鲁迅先生所说的小说创作，"要极省俭地画出一个人的特点，最好是画他的眼睛"，追求利落、准确，以及简约凝练，是有异曲同工之妙的。

同样，从长篇小说《大明湖》里抽取的一个片段写成的《月牙儿》，与《断魂枪》的写作觉悟相似。对这篇作品，老舍说过"由现在看来，我楞愿要《月牙儿》而不要《大明湖》了"的话，"因它比在《大明湖》里窝着强"。

《月牙儿》共43段文字，每段字数不多，讲述了母女走上相同道路的悲剧人生——因生活无着被迫做暗娼。民国初年，父亲早逝后，母亲给人洗衣服并典当家中所有的东西来维持生计。母亲两次改嫁——第一次，新爸爸供母女衣食，送月牙儿去小学校读书。但是好景不长，新爸爸在一次意外事故中死了，母女俩又衣食无着。母亲做那个事后，月牙儿没有原谅母亲。月牙儿小学毕业了，没有找到工作，为了生存，她把自己卖给了胖校长侄子。后来，没干几天的她从小饭馆辞职后，找不到事做，万般无奈之下，月牙儿走上了与母亲相同的道路——"上了市"。她"拿十年当一年活着"，从各种各样的男人身上拼命地挣钱，然后悄悄地给沦为乞丐的母亲送去。月牙儿染上了花柳病，她把病极力地传染给他人，因为"我不觉得这对不起人，这根本不是我的过错"。月牙儿被抓进感化院，后来入狱。在狱里，月牙儿觉悟到"世界比这儿强不了多少"……

诚如老舍所说的，作品中的这对母女，其性格和命运的叙写确是和《大明湖》不同的——用老舍的话来说，"在女子方面，重要的人物是很穷的母女两个。母亲受着性欲与穷困的两重压迫，而扔下了女儿不再管……这个女的最后跳了大明湖。她的女儿呢，没有人保护着，而且没有一个钱，也就走上她母亲走上的路——在《樱海集》所载的《月牙儿》便是这件事的变形。可是在《大明湖》里，这个孤苦的女儿到了也要跳湖的时候，被人救出而结了婚"。这里的"变形"，便是老舍不满意《大明湖》的实践。显然，老舍对这个变形是很满意的。《大明湖》

里的这个皆大欢喜的圆满结局，如同旧戏里演的一样，新娘新郎披红挂彩，在鼓乐声中拜天地，拜父母，夫妻对拜，喜庆是喜庆了，女的似乎也有了新的希望，但这显然不是老舍想要的。

同样，在长篇小说《骆驼祥子》里，我也看到了媲美《月牙儿》的主旨取向和篇章结构。小说写从农村来到城市的祥子的变化，主要情节是祥子的人力车得而复失、人生从有希望到无望的"三起三落"。

祥子来到北平当人力车夫，苦干三年，凑足一百块钱买了辆新车。他连人带车被宪兵抓去当壮丁。希望第一次破灭。祥子卖骆驼，拼命拉车，省吃俭用攒钱准备买新车。祥子干包月时，辛苦攒的钱被孙侦探搜去，希望第二次破灭。虎妞以低价帮祥子买了邻居二强子的车，祥子又有车了。其后，祥子为了置办虎妞的丧事，卖掉了车。祥子的生活希望破灭。

如果说，车子的三次失去，让祥子的生活希望破灭，那么，杂院里二强子19岁的女儿小福子的遭遇，则彻底粉碎了祥子心里残存的对女人、家庭以及未来的一丝念想——小福子对他有情有义，等着他回来娶自己。面对哭肿了眼的小福子，祥子说会来接她——"等我混好了，我一定来！一定来！"老主顾曹先生给祥子出主意——帮祥子租赁车子，接小福子来家住，帮助高妈洗洗作作。祥子满心欢喜去找小福子，可是，杂院里小福子人去楼空，顺着小马儿的祖父的指点，祥子最终在白房子（妓院）打听到了小福子的下落——她已不堪凌辱，在小树林里上吊了。

用作品说话，祥子终于从"体面的、要强的、好梦想的、利己的、个人的、健壮的、伟大的"劳动者沦为一个"堕落的、自私的、不幸的、社会病胎里的产儿，个人主义的末路鬼"。

老舍这篇作品的写作起源于民国二十五年（1936年），山东大学的一位朋友在跟老舍闲谈时，谈到了他在北平曾用过的一个车夫，"自己买了车，又卖掉，如此者三起三落，到末了还是受穷……"此后从春到夏，老舍着迷似的收集资料，"把祥子的生活和相貌变换过不知多少次"，才写出了这部"积了十几年对洋车夫的生活的观察"，"对苦人有很深的同情"的作品。

记得看过凌子风导演的同名电影，我以为，由张丰毅、斯琴高娃和殷新等出演的这部电影，是忠实再现了老舍的创作思想的，看这部电影，我是分三次才看完的——祥子的人生很惨，他失去了一切——"什么都没有了，连小福子都入了土"。

常言道，一叶知秋，从上述简略谈及的几篇作品中，编者以为是大致可以勾勒出以贫苦市民生活为小说主要材料的老舍小说的基本特征。正如老舍在《我怎样写〈骆驼祥子〉》所说的，"车夫外表上的一切，都必须有生活与生命上的根据"；故事酝酿长久，素材收集多，"落笔便准确，不蔓不枝"；"思索的时间长，笔尖上便能滴出血与泪来"；"文字要极平易，澄清如无波的湖水"，本地口语"给平易的文字添上些亲切，新鲜，恰当，活泼的味儿"。身处动乱年代里的人物，穷人薄如纸片的人生，挣脱不去的贫苦命运，是很有阿炳的二胡曲《二泉映月》的旋律蕴藉，如泣如诉，一咏三叹，让人无可奈何。

老舍曾在《又是一年芳草绿》中，称"人是不容易看清自己的"。也许正因为如此，老舍的文章才那样本色，没有矫情，以我之见，他一辈子都是在努力看清自己，并通过文字表达出来。他是如太平湖的湖水一样清澈纯粹的。这个位于新街口豁口外的天然小湖泊，是"清白而刚烈"的老舍的归宿，一墙一湖之隔，便是他35年前为老母亲购置的小院。先生有归来意义的选择，不禁让人想起1965年3月，老舍访日期间，在日本文艺家协会主办的欢迎午宴上讲的人和壶的故事，以及井上靖和巴金的解读。

老舍在《我的母亲》一文中，写了母亲传给自己的性格——软而硬的个性，平和对待人和事，吃亏是福，做人有原则。

文如其人。在老舍的散文里，无论写人物，还是写风物，写济南、青岛、北平，写自己和家人，写朋友，也多是平常人，平常事，无不内容真切，情感真挚，文字平易，文风朴实，给人难忘的印象。

孙钧政先生在为老舍散文选集所作的序中，用一个"真"字概括了老舍散文对中国古典散文的继承，即事真、情真、义真。诚哉斯言！

老舍一生在不少地方待过。他1899年生于北平，1924年赴英国任教5年，其后由济南到青岛（1930—1937），流亡武汉、重庆（1937—1945），美国讲学3年（1946—1949）。他的足迹所到之处，都在他的创作中留下了印记。

其中，北京是在他的血里的。他出生于北平，这里有他的父母，母亲给了他生命的教育。在这里，宗月大师（刘寿绵）资助 7 岁的他上学。在这里，他从一场大病中逃脱，其后戒掉了烟酒和麻雀牌。在这里，他实践婚姻自由的主张，拒绝了母亲物色的佐领的女儿这门亲事，因为他在 17 岁的时候，就和一块长大的刘寿绵的女儿萌发了初恋的种子。在这里，老舍受到了五四运动的影响。在漂泊了 25 年后，老舍 1949 年回到北京，一直到 1966 年 8 月 24 日。

　　"我真爱北平。这个爱几乎是要说而说不出的。"
　　"我所爱的北平不是枝枝节节的一些什么，而是整个儿与我的心灵粘合的一段历史……每一个小的事件中有我，我的每一思念有个北平。"

　　老舍的散文，用情最深、用墨最多的就是北京。他写可亲可敬的母亲对自己的教育。他写资助自己入学读书的宗月大师的慈善。他写自己戒掉抽烟、酗酒、玩牌等不良嗜好。他写自己没有结果的初恋——内向的老舍出于对刘大叔的感激，不能对刘家姑娘表白，为此忍受了极大的痛苦；其后，刘大叔做了和尚，刘家姑娘也随之皈依佛教，做了带发修行的尼姑。他写回到新中国后的欣喜。等等。

　　老舍的散文，文字本色自然、朴实无华，尤其是在北平时影响自己童年和青少年时期的人和事，是真人真事，有真情实感。笔者以为，这些记录老舍性格养成的文字，文字里的人和事，是如同烙印烙在老舍的心上，并影响了他一生的。

　　抗战时期，远在大西南的老舍听到宗月大师坐化（1939 年）的消息，他写了一篇《宗月大师》，表达他对宗月大师的深切怀念。

　　宗月大师笃志行善的言行影响了老舍的一生。老舍待人真诚友善，好交朋友，他以为，朋友多了，就有了学习与研究的机会。他人生态度积极向上，好清洁，讲秩序。他有高远志向，"从家里跑出来，是为做一点有助于抗战的事"。这是他在《自述》（1941 年 7 月 7 日《大公报》）中，写自己 1937 年从济南到汉口 4 年来的感想，他的总结是，道出了"自己的苦痛何在，和怎样就可以克服这种苦痛"，从而坚强自己，"使自己真能成为文艺之林中的一株有出息的小树"。

　　老舍在 1921 年发表小说和新诗时，署名舍予。1926 年在《小说月报》第 17 卷 8 号开始，署名老舍连载长篇小说《老张的哲学》。舍予，老舍，始终有一

"舍"——在与舍字关联的词汇里，有施舍、舍得、舍己为人、舍生取义、舍己为公等诸多词。在佛教里，有舍身一说，指为他人牺牲自己。在儒学里，舍恶以得仁，舍欲而得圣。在今人看来，舍就是付出，是贡献。老舍降生人世伊始，原名舒庆春，字舍予，发表文学作品亦署名舍予和老舍，我以为，这个舍字即老舍的人生观和价值观，他一生以此为立人和创作的基点，向善、向美。

诚如老舍大女儿舒济在给现代社"老舍诞辰120周年经典珍藏版"系列作品的题辞中所说的，在老舍先生诞辰120周年即将到来之际，出版老舍先生的作品集，是对老舍先生的最好纪念。斯人已去，精神长存，怀想作者的音容笑貌，笔者便有诸多感慨。

说到和老舍家人的往来，好像是20世纪90年代末的事了吧。记得曾两次拜访舒乙老师，一次是1998年，在西三环的万寿寺，另一次是2002年，在亚运村新馆。拜访的主题都是老舍以及他的作品。舒乙老师待人和善，为人真诚。舒乙老师为我所供职的出版社选编了老舍的小说和散文，为散文选写了序文《五把钥匙》，并附上他写的《老舍生平及作品》一文。后来，我从舒济老师那里得知舒乙老师住院了，想去医院看望，终因院方的规定未能成行。

与老舍大女儿舒济的往来，缘于《老舍自述·注疏本》的组稿。多年前，我在网上淘到两种《老舍自述》。我很想出一部注疏严谨的《老舍自述》，于是便给舒济老师打电话，舒济老师认可徐德明老师的本子，并给了我徐德明老师的电话。其后，舒济老师又准备好了有关老舍的照片资料，供我翻拍。此后又多次整理家里的老照片供选用。如今，这部舒济老师认真审阅过并为之作序的注疏本（徐德明、易华注疏）即将付样。对我开列的老舍小说和散文的选目，舒济老师也建议增补上一篇小说《不成问题的问题》。这篇文字，舒济老师也不吝赐教。我对舒济老师的真诚和严谨，对她付出的劳动，是心存感念的。

老舍的家风，其子女也都传承了，这是很让我印象深刻的。

写到这里，顺便提及《有声电影》一文的取舍。在市面上，此文收入小说集和散文集的均有版本，我以为，从叙事和抒情议论的轻重比例而言，视其为小说似更为贴切，再说，老舍是有自传体小说的写作的，代表作是《正红旗下》。这一篇的取舍，我特意咨询了舒济老师，舒济在回信中说《有声电影》以《老舍全集》为准，是短篇小说。

老舍是我国新文学的奠基者之一，是在国内外享有崇高声誉的人民艺术家。编选他的作品集，是我读经典、读大师的修行课。在编选过程中，我的做法也许与大多编者相同或相近，即参考多种版本，权衡选择，但囿于对老舍及其作品的了解，疏漏在所难免。卷前的这点文字，所写的也无非是读书心得，寥寥数语，谈不上什么新鲜，也不敢说知人论世，如无看头，也仅糊窗覆瓮而已，不过心也存念，期待读者读老舍时能各有所得，有些好处，如此这般，便是很让编者感到欣慰的事了。是为记。

庞俭克　记于 2018 年 3 月 30 日

改于 5 月 23 日

目
录

民俗风物

人生人物

谈艺录

民俗风物 ﹥﹥﹥﹥﹥﹥﹥﹥﹥﹥

一些印象

一

到济南来，这是头一遭。挤出车站，汗流如浆，把一点小伤风也治好了，或者说挤跑了；没秩序的社会能治伤风，可见事儿没绝对的好坏；那么，"相对论"大概就是这么琢磨出来的吧？

挑选一辆马车。"挑选"在这儿是必要的。马车确是不少辆，可是稍有聪明的人便会由观察而疑惑，到底那里有多少匹马是应当雇八个脚夫抬回家去？有多少匹可以勉强负拉人的责任？自然，刚下火车，决无意去替人家抬马，虽然这是善举之一；那么，找能拉车与人的马自是急需。然而这绝对不是容易的事儿，因为：第一，那仅有的几匹颇带"马"的精神的马，已早被手急眼快的主顾雇了去。第二，那些"略"带"马气"的马，本来可以将就，那怕是只请他拉着行李——天下还有比"行李"这个字再不顺耳，不得人心，惹人头皮疼的？而我和赶车的在辕子两边担任扶持，指导，劝告，鼓励，（如还不走）拳打脚踢之责呢。这凭良心说，大概不能不算善于应付环境，具有东方文化的妙处吧？可是，"马"的问题刚要解决，"车"的问题早又来到：即使马能走三里五里，坚持到底不摔跟头；或者不幸跌了一交，而能爬起来再接再厉；那车，那车，那车，是否能装着行李而车底儿不哗啦啦掉下去呢？又一个问题，确乎成问题！假使走到中途，车底哗啦啦，还是我扛着行李（赶车的当然不负这个责任），在马旁同行？还是叫马背着行李，我再背着马呢？自然是，三人行必有我师，陪着御者与马走上一程，也是有趣的事；可是，花了钱雇车，而自扛行李，单为证明"三人行必有我师"，是否有点发疯？至于马背行李，我再负马，事属非常，颇有古代故事中巨人的风度，是！可有一层，我要是被压而死，那马是否能把行李送到学校去？我不算什么，行李是不能随便掉失的！不为行李，起初又何必雇车呢？小资产阶级的逻

3

辑，不错；但到底是逻辑呀！第三，别看马与车各有问题，马与车合起来而成的
"马车"是整个的问题，敢情还有惊人的问题呢——车价。一开首我便得罪了一
位赶车的，我正在向那些马国之鬼，和那堆车之骨骼发呆之际，我的行李突然被
一位御者抢去了。我并没生气，反倒感谢他的热心张罗。当他把行李往车上一放
的时候，一点不冤人，我确乎听见哗啦一声响，确乎看见连车带马向左右摇动者
三次，向前后进退者三次。"行啊？"我低声的问御者。"行？"他十足的瞪了我
一眼。"行？从济南走到德国去都行！"我不好意思再怀疑他，只好以他的话作
我的信仰；心里想："有信仰便什么也不怕！"为平他的气，赶快问："到——大学，
多少钱？"他说了一个数儿。我心平气和的说："我并不是要买贵马与尊车。"心
里还想："假如弄这么一份财产，将来不幸死了，遗嘱上给谁承受呢？"正在这么
想，也不知怎的，我的行李好像被魔鬼附体，全由车中飞出来了。再一看，那怒
气冲天的御者一扬鞭，那瘦病之马一掀后蹄，便轧着我的皮箱跑过去。皮箱一点
也没坏，只是上边落着一小块车轮上的胶皮；为避免麻烦，我也没敢叫回御者告
诉他，万一他叫"我"赔偿呢！同时，心中颇不自在，怨自己"以貌取马"，那
知人家居然能掀起后蹄而跑数步之遥呢。

幸而 ×× 来了，带来一辆马车。这辆车和车站上的那些差不多。马是白色
的，虽然事实上并不见得真白，可是用"白马之白"的抽象观念想起来，到底不
是黑的，黄的，更不能说一定准是灰色的。马的身上不见得肥，因此也很老实。
缰，鞍，肚带，处处有麻绳帮忙维系，更显出马之稳练驯良。车是黑色的，配起
白马，本应黑白分明，相得益彰；可是不知济南的太阳光为何这等特别，叫黑白
的相配，更显得暗淡灰丧。

行李，×× 和我，全上了车。赶车的把鞭儿一扬，吆喝了一声，车没有动。
我心里说："马大概是睡着了。马是人们最好的朋友，多少带点哲学性，睡一会儿
是常有的事。"赶车的又喊了一声，车微动。只动了一动，就又停住；而那匹马确
是走出好几步远。赶车的不喊了，反把马拉回来。他好像老太婆缝补袜子似的，
在马的周身上下细腻而安稳的找那些麻绳的接头，慢慢的一个一个的接好，大概
有三十多分钟吧，马与车又发生关系。又是一声喊，这回马是毫无可疑的拉着车
走了。倒叫我怀疑：马能拉着车走，是否一个奇迹呢？

一路之上，总算顺当。左轮的皮带掉了两次，随掉随安上，少费些时间，无
关重要。马打了三个前失，把我的鼻子碰在车窗上一次，好在没受伤。跟 ××
顶了两回牛儿，因为我们俩是对面坐着的，可是顶牛儿更显着亲热；设若没有这
个机会，两个三四十的老小伙子，又焉肯脑门顶脑门的玩耍呢。因此，到了大学

4

的时候，我摹仿着西洋少女，在瘦马脸上吻了一下，表示感谢他叫我们得以顶牛的善意。

二

上次谈到济南的马车，现在该谈洋车。

济南的洋车并没有什么特异的地方。坐在洋车上的味道可确是与众不同。要领略这个味道，顶好先检看济南的道路一番；不然，屈骂了车夫，或诬蔑济南洋车构造不良，都不足使人心服。

检看道路的时候，请注意，要先看胡同里的；西门外确有宽而平的马路一条，但不能算作国粹。假如这检查的工作是在夜里，请别忘了拿个灯笼，踏一脚黑泥事小，把脚腕拐折至少也不甚舒服。

胡同中的路，差不多是中间垫石，两旁铺土的。土，在一个中国城市里，自然是黑而细腻，晴日飞扬，阴雨和泥的，没什么奇怪。提起那些石块，只好说一言难尽吧。假如你是个地质学家，你不难想到：这些石是否古代地层变动之时，整批的由地下翻上来，直至今日，始终原封没动；不然，怎能那样不平呢？但是，你若是个考古家，当然张开大嘴哈哈笑，济南真会保存古物哇！看，看哪一块石头没有多少年的历史！社会上一切都变了，只有你们这群老石还在这儿镇压着济南的风水！

浪漫派的文人也一定喜爱这些石路，因为块块石头带着慷慨不平的气味，且满有幽默。假如第一块屈了你的脚尖，哼，刚一迈步，第二块便会咬住你的脚后跟。左脚不幸被石洼囚住，留神吧，右脚会紧跟着滑溜出多远，早有一块中间隆起，棱而腻滑的等着你呢。这样，左右前后，处处是埋伏，有变化，假如那位浪漫派写家走过一程，要是幸而不晕过去，一定会得到不少写传奇的启示。

无论是谁，请不要穿新鞋。鞋坚固呢，脚必磨破。脚结实呢，鞋上必来个窟窿。二者必居其一。那些小脚姑娘太太们，怎能不一步一跌，真使人糊涂而惊异！

在这种路上坐汽车，咱没这经验，不能说是舒服与否。只看见过汽车中的人们，接二连三的往前蹿，颇似练习三级跳远。推小车子也没有经验，只能理想到：设若我去推一回，我敢保险，不是我——多半是我——就是小车子，一定有一个碎了的。

洋车。咱坐过。从一上车说吧。车夫拿起"把"来，也许是往前走，也许是往后退，那全凭石头叫他怎样他便得怎样。济南的车夫是没有自由意志的。石头有时一高兴，也许叫左轮活动，而把右轮抓住不放；这样，满有把坐车的翻到下面去，而叫车坐一会儿人的希望。

坐车的姿式也请留心研究一番。你要是充正气君子，挺着脖子正着身，好啦：为维持脖子的挺立，下车以后，你不变成歪脖儿柳就算万幸。你越往直里挺，它们越左右的筛摇；济南的石路专爱打倒挺脖子，显正气的人们！反之，你要是缩着脖子，懈松着劲儿，请要留神，车子忽高忽低之际，你也许有鬼神暗佑还在车上，也许完全摇出车外，脸与道旁黑土相吻。从经验中看，最好的办法是不挺不缩，带着弹性。像百码决赛预备好，专候枪声时的态度，最为相宜。一点不松懈，一点不忽略，随高就高，随低就低，车左亦左，车右亦右，车起须如据鞍而立，车落应如鲤鱼入水。这样，虽然麻烦一些，可是实在安全，而且练习惯了，以后可以不晕船。

坐车的时间也大有研究的必要，最适宜坐车的时候是犯肠胃闭塞病之际。不用吃泻药，只须在饭前，喝点开水，去坐半小时上下的洋车，其效如神。饭后坐车是最冒险的事，接连坐过三天，设若不生胃病，也得长盲肠炎。要是胃口像林黛玉那么弱的人，以完全不坐车为是，因没有一个时间是相宜的。

末了，人们都说济南洋车的价钱太贵，动不动就是两三毛钱。但是，假如你自己去在这种石路上拉车，给你五块大洋，你干得了干不了？

三

由前两段看来，好像我不大喜欢济南似的。不，不，有大不然者！有幽默的人爱"看"，看了，能不发笑吗？天下可有几件事，几件东西，叫你看完而不发笑的？不信，闭上一只眼，看你自己的鼻子，你不笑才怪；先不用说别的。有的人看什么也不笑，也对呀，喜悲剧的人不替古人落泪不痛快，因为他好"觉"；设身处地的那么一"觉"，世界上的事儿便少有不叫泪腺要动作动作的。噢，原来如此！

济南有许多好的事儿，随便说几种吧：葱好，这是公认的吧，不是我造谣生事。听说，犹太人少有得肺病的，因为吃鱼吃的；山东人是不是因为多嚼大葱而不患肺病呢？这倒值得调查一下，好叫吃完葱的士女不必说话怪含羞的用手掩着嘴；假如调查结果真是山西河南广东因肺病而死的比山东多着七八十来个（一年多七八十，一万年要多若干？），而其主因确是因为口中的葱味使肺病菌倒退四十里。

在小曲儿里，时常用葱尖比美妇人的手指，这自然是春葱，决不会是山东的老葱，设若美妇人的十指都和老葱一般儿粗（您晓得山东老葱的直径是多少寸），一旦妇女革命，打倒男人，一个嘴巴子还不把男人的半个脸打飞！这决不是济南的老葱不美，不是。葱花自然没有什么美丽，葱叶也比不上蒲叶那样挺秀，竹叶那样清劲，连蒜叶也比不上，因为蒜叶至少可以假充水仙。不要花，不看叶，单看葱白儿，你便觉得葱的伟丽了。看运动家，别看他或她的脸，要先看那两条完美的腿，看葱亦然。（运动家注意。这里一点污辱的意思没有；我自己的腿比蒜苗还细，焉敢攀高比诸葱哉！）济南的葱白起码有三尺来长吧：粗呢，总比我的手腕粗着一两圈儿——有愿看我的手腕者，请纳参观费大洋二角。这还不算什么，最美是那个晶亮，含着水，细润，纯洁的白颜色。这个纯洁的白色好像只有看见过古代希腊女神的乳房者才能明白其中的奥妙，鲜，白，带着滋养生命的乳浆！这个白色叫你舍不得吃它，而拿在手中颠着，赞叹着，好像对于宇宙的伟大有所领悟。由不得把它一层层的剥开，每一层落下来，都好似油酥饼的折叠；这个油酥饼可不是"人"手烙成的。一层层上的长直纹儿，一丝不乱的，比画图用的白绢还美丽。看见这些纹儿，再看看馍馍，你非多吃半斤馍馍不可。人们常说——带着讽刺的意味——山东人吃的多，是不知葱之美者也！

反对吃葱的人们总是说：葱虽好，可是味道有不得人心之处。其实这是一面之词，假若大家都吃葱，而且时常开个"吃葱竞赛会"，第一名赠以重二十斤金杯一个，你看还敢有人反对否！

记得，在新加坡的时候，街上有卖榴莲者，味臭无比，可是土人和华人久住南洋者都嗜之若命。并且听说，英国维克陶利亚女皇吃过一切果品，只是没有尝过榴莲，引为憾事。济南的葱，老实的讲，实在没有奇怪味道，而且确是甜津津的。假如你不信呢，吃一棵尝尝。

四

济南的秋天是诗境的。设若你的幻想中有个中古的老城，有睡着了的大城

7

楼，有狭窄的古石路，有宽厚的石城墙，环城流着一道清溪，倒映着山影，岸上蹲着红袍绿裤的小妞儿。你的幻想中要是这么个境界，那便是个济南。设若你幻想不出——许多人是不会幻想的——请到济南来看看吧。

请你在秋天来。那城，那河，那古路，那山影，是终年给你预备着的。可是，加上济南的秋色，济南由古朴的画境转入静美的诗境中了。这个诗意秋光秋色是济南独有的。上帝把夏天的艺术赐给瑞士，把春天的赐给西湖，秋和冬的全赐给了济南。秋和冬是不好分开的，秋睡熟了一点便是冬，上帝不愿意把它忽然唤醒，所以作个整人情，连秋带冬全给了济南。

诗的境界中必须有山有水。那末，请看济南吧。那颜色不同，方向不同，高矮不同的山，在秋色中便越发的不同了。以颜色说吧，山腰中的松树是青黑的，加上秋阳的斜射，那片青黑便多出些比灰色深，比黑色浅的颜色，把旁边的黄草盖成一层灰中透黄的阴影。山脚是镶着各色条子的，一层层的，有的黄，有的灰，有的绿，有的似乎是藕荷色儿。山顶上的色儿也随着太阳的转移而不同。山顶的颜色不同还不重要，山腰中的颜色不同才真叫人想作几句诗。山腰中的颜色是永远在那儿变动，特别是在秋天，那阳光能够忽然清凉一会儿，忽然又温暖一会儿，这个变动并不激烈，可是山上的颜色觉得出这个变化，而立刻随着变换。忽然黄色更真了一些，忽然又暗了一些，忽然像有层看不见的薄雾在那儿流动，忽然像有股细风替"自然"调合着彩色，轻轻的抹上一层各色俱全而全是淡美的色道儿。有这样的山，再配上那蓝的天，晴暖的阳光；蓝得像要由蓝变绿了，可又没完全绿了；晴暖得要发燥了，可是有点凉风，正像诗一样的温柔；这便是济南的秋。况且因为颜色的不同，那山的高低也更显然了。高的更高了些，低的更低了些，山的棱角曲线在晴空中更真了，更分明了，更瘦硬了。看山顶上那个塔！

再看水。以量说，以质说，以形式说，哪儿的水能比济南？有泉——到处是泉——有河，有湖，这是由形式上分。不管是泉是河是湖，全是那么清，全是那么甜，哎呀，济南是"自然"的 sweet heart 吧？大明湖夏日的莲花，城河的绿柳，自然是美好的了。可是看水，是要看秋水的。济南有秋山，又有秋水，这个秋才算个秋，因为秋神是在济南住家的。先不用说别的，只说水中的绿藻吧。那份儿绿色，除了上帝心中的绿色，恐怕没别的东西能比拟的。这种鲜绿全借着水的清澄显露出来，好像美人借着镜子鉴赏自己的美。是的，这些绿藻是自己享受那水的甜美呢，不是为谁看的。它们知道它们那点绿的心事，它们终年在那儿吻着水皮，做着绿色的香梦。淘气的鸭子，用黄金的脚掌碰它们一两下。浣女的影儿，吻它们的绿叶一两下。只有这个，是它们的香甜的烦恼。羡慕死诗人呀！

在秋天，水和蓝天一样的清凉。天上微微有些白云，水上微微有些波皱。天水之间，全是清明，温暖的空气，带着一点桂花的香味。山影儿也更真了。秋山秋水虚幻的吻着。山儿不动，水儿微响。那中古的老城，带着这片秋色秋声，是济南，是诗。

要知济南的冬日如何，且听下回分解。

五

上次说了济南的秋天，这回该说冬天。

对于一个在北平住惯的人，像我，冬天要是不刮大风，便是奇迹；济南的冬天是没有风声的。对于一个刚由伦敦回来的，像我，冬天要能看得见日光，便是怪事；济南的冬天是响晴的。自然，在热带的地方，日光是永远那么毒，响亮的天气反有点叫人害怕。可是，在北中国的冬天，而能有温晴的天气，济南真得算个宝地。

设若单单是有阳光，那也算不了出奇。请闭上眼想：一个老城，有山有水，全在蓝天下很暖和安适的睡着；只等春风来把他们唤醒，这是不是个理想的境界？

小山整把济南围了个圈儿，只有北边缺着点口儿，这一圈小山在冬天特别可爱，好像是把济南放在一个小摇篮里，它们全安静不动的低声说：你们放心吧，这儿准保暖和。真的，济南的人们在冬天是面上含笑的。他们一看那些小山，心中便觉得有了着落，有了依靠。他们由天上看到山上，便不觉的想起：明天也许就是春天了吧？这样的温暖，今天夜里山草也许就绿起来吧？就是这点幻想不能一时实现，他们也并不着急，因为有这样慈善的冬天，干啥还希望别的呢。

最妙的是下点小雪呀。看吧，山上的矮松越发的青黑，树尖上顶着一髻儿白花，像些小日本看护妇。山尖全白了，给蓝天镶上一道银边。山坡上有的地方雪厚点，有的地方草色还露着，这样，一道儿白，一道儿暗黄，给山们穿上一件带水纹的花衣；看着看着，这件花衣好像被风儿吹动，叫你希望看见一点更美的山的肌肤。等到快日落的时候，微黄的阳光斜射在山腰上，那点薄雪好像忽然害了羞，微微露出点粉色，就是下小雪吧，济南是受不住大雪的，那些小山太秀气。

古老的济南，城内那么狭窄，城外又那么宽敞，山坡上卧着些小村庄，小村庄的房顶上卧着点雪，对，这是张小水墨画，或者是唐代的名手画的吧。

那水呢，不但不结冰，反倒在绿藻上冒着点热气。水藻真绿，把终年贮蓄的绿色全拿出来了。天儿越晴，水藻越绿，就凭这些绿的精神，水也不忍得冻上；况且那长枝的垂柳还要在水里照个影儿呢。看吧，由澄清的河水慢慢往上看吧，空中，半空中，天上，自上而下全是那么清亮，那么蓝汪汪的，整个的是块空灵的蓝水晶。这块水晶里，包着红屋顶，黄草山，像地毯上的小团花的小灰色树影；这就是冬天的济南。

树虽然没有叶儿，鸟儿可并不偷懒，看在日光下张着翅叫的百灵们。山东人是百灵鸟的崇拜者，济南是百灵的国。家家处处听得到它们的歌唱；自然，小黄鸟儿也不少，而且在百灵国内也很努力的唱。还有山喜鹊呢，成群的在树上啼，扯着浅蓝的尾巴飞。树上虽没有叶，有这些羽翎装饰着，也倒有点像西洋美女。坐在河岸上，看着它们在空中飞，听着溪水活活的流，要睡了，这是有催眠力的；不信你就试试；睡吧，决冻不着你。

要知后事如何，我自己也不知道。

六

到了齐大，暑假还未曾完。除了太阳要落的时候，校园里不见一个人影。那几条白石凳，上面有枫树给张着伞，便成了我的临时书房。手里拿着本书，并不见得念；念地上的树影，比读书还有趣。我看着：细碎的绿影，夹着些小黄圈，不定都是圆的，叶儿稀的地方，光也有时候透出七棱八角的一小块。小黑驴似的蚂蚁，单喜欢在这些光圈上慌手忙脚的来往过。那边的白石凳上，也印着细碎的绿影，还落着个小蓝蝴蝶，抿着翅儿，好像要睡。一点风儿，把绿影儿吹醉，散乱起来；小蓝蝶醒了懒懒的飞，似乎是作着梦飞呢；飞了不远，落下了，抱住黄蜀菊的蕊儿。看着，老大半天，小蝶儿又飞了，来了个愣头磕脑的马蜂。

真静。往南看，千佛山懒懒的倚着一些白云，一声不出。往北看，围子墙根有时过一两个小驴，微微有点铃声。往东西看，只看见楼墙上的爬山虎。叶儿微动，像竖起的两面绿浪。往下看，四下都是绿草。往上看，看见几个红的楼尖。全不动。绿的，红的，上上下下的，像一张画，颜色固定，可是越看越好看。只有办公处的大钟的针儿，偷偷的移动，好似唯恐怕叫光阴知道似的，那么偷偷的动，从树隙里偶尔看见一个小女孩，花衣裳特别花哨，突然把这一片静的景物全刺激了一下；花儿也更红，叶儿也更绿了似的；好像她的花衣裳要带这一群颜色跳舞起来。小女孩看不见了，又安静起来。槐树上轻轻落下个豆瓣绿的小虫，在空中悬着，其余的全不动了。

园中就是缺少一点水呀！连小麻雀也似乎很关心这个，时常用小眼睛往四下找；假如园中，就是有一道小溪吧，那要多么出色。溪里再有些各色的鱼，有些荷花！哪怕是有个喷水池呢，水声，和着枫叶的轻响，在石台上睡一刻钟，要作出什么有声有色有香味的梦！花木够了，只缺一点水。

短松墙觉得有点死板，好在发着一些松香；若是上面绕着些密罗松，开着些血红的小花，也许能减少一些死板气儿。园外的几行洋槐很体面，似乎缺少一些小白石凳。可是继而一想，没有石凳也好，校园的全景，就妙在只有花木，没有多少人工作的点缀，砖砌的花池咧，绿竹篱咧，全没有；这样，没有人的时候，才真像没有人，连一点人工经营的痕迹也看不出；换句话说，这才不俗气。

啊，又快到夏天了！把去年的光景又想起来；也许是盼望快放暑假吧。快放暑假吧！把这个整个的校园，还交给蜂蝶与我吧！太自私了，谁说不是！可是我能念着树影，给诸位作首不十分好，也还说得过去的诗呢。

学校南边那块瓜地，想起来叫人口中出甜水；但是懒得动；在石凳上等着吧，等太阳落了，再去买几个瓜吧。自然，这还是去年的话；今年那块地还种瓜吗？管他种瓜还是种豆呢，反正白石凳还在那里，爬山虎也又绿起来；只等玫瑰开呀！玫瑰开，吃粽子，下雨，晴天，枫树底下，白石凳上，小蓝蝴蝶，绿槐树虫，哈，梦！再温习温习那个梦吧。

七

有诗为证，对，印象是要有诗为证；不然，那印象必是多少带点土气的。我想写"春夜"，多么美的题目！想起这个题目，我自然的想作诗了。可是，不是个诗人，怎办呢；这似乎要"抓瞎"——用个毫无诗味的词儿。新诗吧？太难；脑中虽有几堆"呀、噢、唉、喽"和那俊美的"；"，和那珠泪滚滚的"！"。但是，没有别的玩艺，怎能把这些宝贝缀上去呢？此路不通！旧诗？又太死板，而且至少有十几年没动那些七庚八葱的东西了；不免出丑。

到底硬联成一首七律，一首不及六十分的七律；心中已高兴非常，有胜于无，好歹不论，正合我的基本哲学。好，再作七首，共合八首；即便没一首"通"的吧，"量"也足惊人不是？中国地大物博，一人能写八首春夜，呀！

唉！湿膝病又犯了，两膝僵肿，精神不振，终日茫然，饭且不思，何暇作诗，只有大喊拉倒，予无能为矣！只凑了三首，再也凑不出。

想另作一篇散文吧，又到了交稿子的时候；况且精神不好，其影响于诗与散文一也；散了吧，好歹的那三首送进去，爱要不要；我就是这个主意！反正无论怎说，我是有诗为证：

（一）

多少春光轻易去？无言花鸟夜如秋。
东风似梦微添醉，小月知心只照愁！
柳样诗思情入影，火般桃色艳成羞。
谁家玉笛三更后？山倚疏星人倚楼。

（二）

一片闲情诗境里，柳风淡淡柝声凉。
山腰月少青松黑，篱畔光多玉李黄。
心静渐知春似海，花深每觉影生香。
何时买得田千顷，遍种梧桐与海棠！

（三）

且莫贪眠减却狂，春宵月色不平常！
碧桃几树开蝴蝶，紫燕联肩梦海棠。
花比诗多怜夜短，柳如人瘦为情长。
年来潦倒漂萍似，惯与东风道暖凉。

看得这三大首！五十年之后，准保有许多人给作注解——好诗是不需注解的。我的评注者，一定说我是资本家，或是穷而倾向资本主义者，因为在第二首里，有"何时买得田千顷"之语。好，我先自己作点注吧：我的意思是买山地呀，不是买一千顷良田，全种上花木，而叫农民饿死，不是。比如千佛山两旁的秃山，要全种上海棠，那要多么美，这才是我的梦想。这不怨我说话不清，是律诗自身的别扭；一句非七个字不可，我怎能忽然来句八个九个字的呢？

12

得了，从此再不受这个罪;《一些印象》也不再续。暑假中好好休息，把腿养好，能加入将来远东运动会的五百哩竞走，得个第一，那才算英雄好汉;诌几句不准多于七个字一句的诗，算得什么?

一、二、三载 1930 年 10 月至 1931 年 2 月《齐大月刊》第 1 卷 1、2、4 期，
　四、五、六、七载 1931 年 3 月至 6 月《齐大月刊》第 1 卷第 5、6、7、8 期

更大一些的想象（济南通信）

    要领略济南的美，根本须有些诗人的态度。那就是说：你须客气一点，把不美之点放在一旁，而把湖山的秀丽轻妙地放在想象里浸润着；这也许是看风景而不至于失望的普通原则。反之，你没有这诗意的体谅，而一个萝卜一个坑的去逛大明湖、趵突泉等，先不用说别的，单是人们口中的葱味，路上吱吱妞妞小车子的轮声，与裹着大红袜带的小脚娘们，要不使你想悬梁自尽，那真算万幸。单听济南人说话，谁也梦想不到它有那么美，那么甜，那么清凉的泉水；而济南泉水的甜美清凉确是事实，你不能因济南话难听而否认这上帝的恩赐。好吧，你随我来吧，假如你要对济南下公平的判断，一个公平的判断，永不会使济南损失一点点的光荣。

    比如你先跟我上大明湖的北极阁吧，一路之上（不论是由何处动身），请你什么也不看不听，假如你不愿闭上眼与堵上耳，你至少应当决定：不使路上的丑恶影响到最终的判断。你还要必诚必敬的默想着，你是去看个地上的仙境。

    到了，看！先别看你脚下的湖；请看南边的山。看那腰中深绿，而头上淡黄的千佛山；看后面那个塔，只是那么一根黑棍儿似的，可是似乎把那一群小山和那片蓝而含着金光的天空联成一体，它好像表现着群山的向上的精神。再往西看，一串小山都像带着不同的绿色往西走呢。远处，只见天边上一些蓝的曲线，随着你的眼力与日光的强弱，忽隐忽现，使你轻叹一声：山，伟大图画中的诗料。到北极阁后面来看，还有山呢，那老得连棵树也懒得长的历山，那孤立不倚的华山，都是不太高不太矮，正合适作个都城的小绿围景；济南在这一点上像意大利的芙劳那思。你看到这几乎形成一个圆圈的小山，你开始，无疑的，爱济南了。这群小山不像南京的山那样可怕，不像北平的西山北山那样荒伟的在远处默立，这些小山"就"在济南围墙的外边，它们对济南有种亲切的感情，可以使你想到它们也许愿到城里来看看朋友们。不然，它们为什么总像向城里探着头看呢。

14

看完了山，请你默想一会儿：山是不错，但是只有山，不能使济南风景像江南吧；水可是不易有的，在中国的北方这么想罢，请看大明湖吧。自然现在的湖已成了许多水沟，使你大失所望。我知道，所以我不请你坐小船去游湖，那些名胜，什么历下亭咧，铁公祠咧，都没有什么可看；那些小船既不美，又不贱，而且最恼人的是不划不摇不用桨支不用纤拉，而以一根大棍硬"挺"的驶船方法。这些咱们全不去试验，我只请你设想：设若湖上没有那些蒲田泥坝，这湖的面积该有多大？设若湖上全种着莲花四围界以杨柳，是不是一种诗境？这不是不可能的；本来这湖是个"湖"，而是被人工作成了许多"水沟"；上帝给济南一些小山，也给它一个大湖，人工胜天，生把一个湖改成沟，这是因穷而忘了美的结果，不是自然的过错。

城在山下湖在城中。这是不是一个美女似的城市？你再看，或者说再想，那城墙假如都拆去，而在城河的岸边，杨柳荫中修上平坦的马路，这是不是个仙境？看那护城河的水，绿，静，明，洁，似乎是向你说：你看看我多么甜美！那水藻，一年四季老是那么绿，没有法形容，因为它们似乎是暗示出上帝心中的"绿"便是这样的绿。河岸上，柳荫下假如有些关于济南妇女的浣纱女儿，穿着白衫或红袄，像些团大花似的，看着自己的倒影，一边洗一边唱？

这是看风景呢，还是做梦呢？一点也不是幻想；假如这座城在一个比中国人争气的民族手里，这个梦大概久已是事实了。我决不愿济南被别人占领；我希望中国人应当有比编几副对联或作几首诗（连大明湖上的游船都有很漂亮的对联，可惜没有湖！）更大一些的想象。我请你想象，因为只有想象足以揭露出济南的本来面目。济南本来是极美的，可被人们给糟蹋了。

载 1932 年 5 月《华年》第 1 卷第 4 期

非正式的公园（济南通信）

　　济南的公园似乎没有引动我描写它的力量，居然我还想写那么一两句；现在我要写的地方，虽不是公园，可是确比公园强的多，所以——非正式的公园；关于那正式的公园，只好，虽然还想写那么一两句，待之将来。

　　这个地方便是齐鲁大学，专从风景上看。齐大在济南的南关外，空气自然比城里的新鲜，这已得到成个公园的最要条件。花木多，又有了成个公园的资格。确是有许多人到那里玩，意思是拿它当作——非正式的公园。

　　逛这个非正式的公园以夏天为最好。春天花多，秋天树叶美，但是只在夏天才有"景"，冬天没有什么特色。

　　当夏天，进了校门便看见一座绿楼，楼前一大片绿草地，楼的四围全是绿树，绿树的尖上浮着一两个山峰，因为绿树太密了，所以看不见树后的房子与山腰，使你猜不到绿荫后边还有什么；深密伟大，你不由的深吸一口气。绿楼？真的，"爬山虎"的深绿肥大的叶一层一层的把楼盖满，只露着几个白边的窗户；每阵小风，使那层层的绿叶掀动，横着竖着都动得有规律，一片竖立的绿浪。

　　往里走吧，沿着草地——草地边上不少的小蓝花呢——到了那绿荫深处。这里都是枫树，树下四条洁白的石凳，围着一片花池。花池里虽没有珍花异草，可是也有可观；况且往北有一条花径，全是小红玫瑰。花径的北端有两大片洋葵，深绿叶，浅红花；这两片花的后面又有一座楼，门前的白石阶栏像享受这片鲜花的神龛。楼的高处，从绿槐的密叶的间隙里看到，有一个大时辰钟。

　　往东西看，西边是一进校门便看见的那座楼的侧面与后面，与这座楼平行，花池东边还有一座；这两座楼的侧面山墙，也都是绿的。花径的南端是白石的礼堂，堂前开满了百日红，壁上也被绿蔓爬匀。那两座楼后，两大片草地，平坦，深绿，像张绿毯。这两块草地的南端，又有两座楼，四周围蔷薇作成短墙。设若你坐在石凳上，无论往哪边看，视线所及不是红花，便是绿叶；就是往上下看吧：

16

下面是绿草，红花，与树影；上面是绿枫树叶。往平里看，有时从树隙花间看见女郎的一两把小白伞，有时看男人的白大衫。伞上衫上时时落上些绿的叶影。人不多，因为放暑假了。

拐过礼堂，你看见南面的群山，绿的。山前的田，绿的。一个绿海，山是那些高的绿浪。

礼堂的左右，东西两条绿径，树荫很密，几乎见不着阳光。顺着这绿径走，不论是往西往东，你看见些小的楼房，每处有个小花园。园墙都是矮松做的。

春天的花多，特别是丁香和玫瑰，但是绿得不到家。秋天的红叶美，可是草变黄了。冬天树叶落净，在园中便看见了山的大部分，又欠深远的意味。只有夏天，一切颜色消沉在绿的中间，由地上一直绿到树上浮着的绿山峰，成为以绿为主色的一景。

载 1932 年 7 月《华年》第 1 卷第 12 期

趵突泉的欣赏（济南通信）

千佛山、大明湖和趵突泉，是济南的三大名胜。现在单讲趵突泉。

在西门外的桥上，便看见一溪活水，清浅，鲜洁，由南向北的流着。这就是由趵突泉流出来的。设若没有这泉，济南定会丢失了一半的美。但是泉的所在地并不是我们理想中的一个美景。这又是个中国人的征服自然的办法，那就是说，凡是自然的恩赐交到中国人手里就会把它弄得丑陋不堪。这块地方已经成了个市场。南门外是一片喊声，几阵臭气，从卖大碗面条与肉包子的棚子里出来。进了门有个小院，差不多是四方的。这里，"一毛钱四块！"和"两毛钱一双！"的喊声，与外面的"吃来"联成一片。一座假山，奇丑；穿过山洞，接联不断的棚子与地摊，东洋布，东洋磁，东洋玩具，东洋……加劲的表示着中国人怎样热烈的"不"抵制劣货。这里很不易走过去，乡下人一群跟着一群的来，把路塞住。他们没有例外的全买一件东西还三次价，走开又回来摸索四五次。小脚妇女更了不得，你往左躲，她往左扭；你往右躲，她往右扭，反正不许你痛快的过去。

到了池边，北岸上一座神殿，南西东三面全是唱鼓书的茶棚，唱的多半是梨花大鼓，一声"哟"要拉长几分钟，猛听颇像产科医院的病室。除了茶棚还是日货摊子，说点别的吧！

泉太好了。泉池差不多见方，三个泉口偏西，北边便是条小溪流向西门去。看那三个大泉，一年四季，昼夜不停，老那么翻滚。你立定呆呆的看三分钟，你便觉出自然的伟大，使你不敢再正眼去看。永远那么纯洁，永远那么活泼，永远那么鲜明，冒，冒，冒，永不疲乏，永不退缩，只是自然有这样的力量！冬天更好，泉上起了一片热气，白而轻软，在深绿的长的水藻上飘荡着，使你不由的想起一种似乎神秘的境界。

池边还有小泉呢：有的像大鱼吐水，极轻快的上来一串小泡；有的像一串明珠，走到中途又歪下去，真像一串珍珠在水里斜放着；有的半天才上来一个泡，大，扁一点，慢慢的，有姿态的，摇动上来；碎了；看，又来了一个！有的好几串小碎珠一齐挤上来，像一朵攒整齐的珠花，雪白。有的……这比那大泉还更有味。

　　新近为增加河水的水量，又下了六根铁管，做成六个泉眼，水流得也很旺，但是我还是爱那原来的三个。

　　看完了泉，再往北走，经过一些货摊，便出了北门。

　　前年冬天一把大火把泉池南边的棚子都烧了。有机会改造了！造成一个公园，各处安着喷水管！东边作个游泳池！有许多人这样的盼望。可是，席棚又搭好了，渐次改成了木板棚；乡下人只知道趵突泉，把摊子移到"商场"去（就离趵突泉几步）买卖就受损失了；于是"商场"四大皆空，还叫趵突泉作日货销售场；也许有道理。

载 1932 年 8 月《华年》第 1 卷第 17 期

大明湖之春

北方的春本来就不长，还往往被狂风给七手八脚的刮了走。济南的桃李丁香与海棠什么的，差不多年年被黄风吹得一干二净，地暗天昏，落花与黄沙卷在一处，再睁眼时，春已过去了！记得有一回，正是丁香乍开的时候，也就是下午两三点钟吧，屋中就非点灯不可了；风是一阵比一阵大，天色由灰而黄，而深黄，而黑黄，而漆黑，黑得可怕。第二天去看院中的两株紫丁香，花已像煮过一回，嫩叶几乎全破了！济南的秋冬，风倒很少，大概都留在春天刮呢。

有这样的风在这儿等着，济南简直可以说没有春天；那么，大明湖之春更无从说起。

济南的三大名胜，名字都起得好：千佛山，趵突泉，大明湖，都多么响亮好听！一听到"大明湖"这三个字，便联想到春光明媚和湖光山色等等，而心中浮现出一幅美景来。事实上，可是，它既不大，又不明，也不湖。

湖中现在已不是一片清水，而是用坝划开的多少块"地"。"地"外留着几条沟，游艇沿沟而行，即是逛湖。水田不需要多么深的水，所以水黑而不清；也不要急流，所以水定而无波。东一块莲，西一块蒲，土坝挡住了水，蒲苇又遮住了莲，一望无景，只见高高低低的"庄稼"。艇行沟内，如穿高粱地然，热气腾腾，碰巧了还臭气烘烘。夏天总算还好，假若水不太臭，多少总能闻到一些荷香，而且必能看到些绿叶儿。春天，则下有黑汤，旁有破烂的土坝；风又那么野，绿柳新蒲东倒西歪，恰似挣命。所以，它既不大，又不明，也不湖。

话虽如此，这个湖到底得算个名胜。湖之不大与不明，都因为湖已不湖。假若能把"地"都收回，拆开土坝，挖深了湖身，它当然可以马上既大且明起来：湖面原本不小，而济南又有的是清凉的泉水呀。这个，也许一时作不到。不过，即使作不到这一步，就现状而言，它还应当算作名胜。北方的城市，要找有这么一片水的，真是好不容易了。千佛山满可以不算数儿，配作个名胜与否简直没多大关系。因为山在北方不是什么难找的东西呀。水，可太难找了。济南城内据说有七十二泉，城外有河，可是还非有个湖不可。泉，池，河，湖，四者俱备，这才显出济南的特色与可贵。它是北方唯一的"水城"，这个湖是少不得的。设若我们游湖时，只见沟而不见湖，请到高处去看看吧，比如在千佛山上往北眺望，则见城北灰绿的一片——大明湖；城外，华鹊二山夹着弯弯的一道灰亮光儿——黄河。这才明白了济南的不凡，不但有水，而且是这样多呀。

况且，湖景若无可观，湖中的出产可是很名贵呀。懂得什么叫作美的人或者不如懂得什么好吃的人多吧，游过苏州的往往只记得此地的点心，逛过西湖的提起来便念道那里的龙井茶，藕粉与莼菜什么的，吃到肚子里的也许比一过眼的美景更容易记住，那么大明湖的蒲菜、茭白、白花藕，还真许是它驰名天下的重要原因呢。不论怎么说吧，这些东西既都是水产，多少总带着些南国风味；在夏天，青菜挑子上带着一束束的大白莲花蒤莛出卖，在北方大概只兴济南能这么"阔气"。

我写过一本小说——《大明湖》——在"一·二八"与商务印书馆一同被火烧掉了。记得我描写过一段大明湖的秋景，词句全想不起来了，只记得是什么什么秋。桑子中先生给我画过一张油画，也画的是大明湖之秋，现在还在我的屋中挂着。我写的，他画的，都是大明湖，而且都是大明湖之秋，这里大概有点意思。对了，只是在秋天，大明湖才有些美呀。济南的四季，唯有秋天最好，晴暖无风，处处明朗。这时候，请到城墙上走走，俯视秋湖，败柳残荷，水平如镜；唯其是秋色，所以连那些残破的土坝也似乎正与一切景物配合：土坝上偶尔有一两截断藕，或一些黄叶的野蔓，配着三五枝芦花，确是有些画意。"庄稼"已都收了，湖显着大了许多，大了当然也就显着明。不仅是湖宽水净，显着明美，抬头向南看，半黄的千佛山就在面前，开元寺那边的"橛子"——大概是个塔吧——静静的立在山头上。往北看，城外的河水很清，菜畦中还生着短短的绿叶。往南往北，往东往西，看吧，处处空阔明朗，有山有湖，有城有河，到这时候，我们真得到个"明"字了。桑先生那张画便是在北城墙上画的，湖边只有几株秋柳，湖中只有一只游艇，水作灰蓝色，柳叶儿半黄。湖外，他画上了千佛山；湖光山色，联成一幅秋图，明朗，素净，柳梢上似乎吹着点不大能觉出来的微风。

对不起，题目是大明湖之春，我却说了大明湖之秋，可谁教亢德先生出错了题呢！

载 1937 年 3 月《宇宙风》第 37 期

青岛与山大

北中国的景物是由大漠的风与黄河的水得到色彩与情调：荒、燥、寒、旷、灰黄，在这以尘沙为雾，以风暴为潮的北国里，青岛是颗绿珠，好似偶然的放在那黄色地图的边儿上。在这里，可以遇见真的雾，轻轻的在花林中流转，愁人的雾笛仿佛像一种特有的鹃声。在这里，北方的狂风还可以袭人，激起的却是浪花；南风一到，就要下些小雨了。在这里，春来的很迟，别处已是端阳，这里刚好成为锦绣的乐园，到处都是春花。这里的夏天根本用不着说，因为青岛与避暑永远是相联的。其实呢，秋天更好：有北方的晴爽，而不显着干燥，因为北方的天气在这里被海给软化了；同时，海上的湿气又被凉风吹散，结果是天与海一样的蓝，湿与燥都不走极端；虽然大雁还是按时候向南飞，可是此地到菊花时节依然是很暖和的。在海边的微风里，看高远深碧的天上飞着雁字，真能使人暂时忘了一切，即使欲有所思，大概也只有赞美青岛吧。冬天可实在不能令人满意，有相当的冷，也有不小的风。但是，这里的房屋不像北平的那样以纸糊窗，街道上也没有尘土，于是冷与风的厉害就减少了一些。再说呢，夏季的青岛是中外有钱有闲的人们的娱乐场所，因为他们与她们都是来享福取乐，所以不惜把壮丽的山海弄成烟酒香粉的世界。到了冬天，他们与她们都另寻出路，把山海自然之美交给我们久住青岛的人。雪天，我们可以到栈桥去望那美若白莲的远岛；风天，我们可以在夜里听着寒浪的击荡。就是不风不雪，街上的行人也不甚多，到处呈现着严肃的气象，我们也可以吐一口气，说：这是山海的真面目。

一个大学或者正像一个人，他的特色总多少与它所在的地方有些关系。山大虽然成立了不多年，但是它既在青岛，就不能不带些青岛味儿。这也就是常常引起人家误解的地方。一般的说，人们大概会这样想：山大立在青岛恐怕不大合适吧？舞场、咖啡馆、电影院、浴场……在花花世界里能安心读书吗？这种因爱护而担忧的猜想，正是我们所愿解答的。在前面，我们叙述了青岛的四时：青岛之有夏，正如青岛之有冬；可是一般人似乎只知其夏，不知其冬，猜测多半由此而来。说真的，山大所表现的精神是青岛的冬。是呀，青岛忙的时候也是山大忙的时候，学会咧，参观团咧，讲习会咧，有时候同时借用山大作会场或宿舍，热忙非常。但这总是在夏天，夏天我们也放假呀。当我们上课的期间，自秋至冬，自冬至初夏，青岛差不多老是静寂的。春山上的野花，秋海上的晴霞，是我们的，避暑的人们大概连想也没想到过。至于冬日寒风恶月里的寂苦，或者也只有我们的读书声与足球场上的欢笑可与相抗；稍微贪点热闹的人恐怕连一个星期也住不下去。我常说，能在青岛住过一冬的，就有修仙的资格。我们的学生在这里一住就是四冬啊！他们不会在毕业时候都成为神仙——大概也没人这样期望他们——可是他们的静肃态度已经养成了。一个没到过山大的人，也许容易想到，青岛既是富有洋味的地方，当然山大的学生也得洋服嘡当的，像些华侨子弟似的。根本没有这一回事。山大的校舍是昔年的德国兵营，虽然在改作学校之后，院中铺满短草，道旁也种上了玫瑰，可是它总脱不了营房的严肃气象。学校的后面左面都是小山，挺立着一些青松，我们每天早晨一抬头就看见山石与松林之美，但不是柔媚的那一种。学校里我们设若打扮得怪漂亮的，即使没人多看两眼，也觉得仿佛有些不得劲儿。整个的严肃空气不许我们漂亮，到学校外去，依然用不着修饰。六七月之间，此处固然是万紫千红，士女如云，好一片摩登景象了。可是过了暑期，海边上连个人影也没有；我们大概用不着花花绿绿的去请白鸥与远帆来看吧？因此，山大虽在青岛，而很少洋味儿，制服以外，蓝布大衫是第二制服。就是在六七月最热闹的时候，我们还是如此，因为朴素成了风气，蓝布大衫一穿大有"众人摩登我独古"的气概。

还有呢，不管青岛是怎样西洋化了的都市，它到底是在山东。"山东"二字满可以用作朴俭静肃的象征，所以山大——虽然学生不都是山东人——不但是个北方大学，而且是北方大学中最带"山东"精神的一个。我们常到崂山去玩，可是我们的眼却望着泰山，仿佛是。这个精神使我们朴素，使我们能吃苦，使我们静默。往好里说，我们是有一种强毅的精神；往坏里讲，我们有点乡下气。不过，即使我们真有乡下气，我们也会自傲的说，我们是在这儿矫正那有钱有闲来此避暑的那种奢华与虚浮的摩登，因为我们是一群"山东儿"——虽然是在青岛，而所表现的是青岛之冬。

至于沿海上停着的各国军舰，我们看见的最多，此地的经济权在谁何之手，

23

我们知道的最清楚；这些——还有许多别的呢——时时刻刻刺激着我们，警告着我们，我们的外表朴素，我们的生活单纯，我们却有颗红热的心。我们眼前的青山碧海时时对我们说：国破山河在！于此，青岛与山大就有了很大的意义。

载 1936 年《山大年刊》

五月的青岛

因为青岛的节气晚，所以樱花照例是在四月下旬才能盛开。樱花一开，青岛的风雾也挡不住草木的生长了。海棠，丁香，桃，梨，苹果，藤萝，杜鹃，都争着开放，墙角路边也都有了嫩绿的叶儿。五月的岛上，到处花香，一清早便听见卖花声。公园里自然无须说了，小蝴蝶花与桂竹香们都在绿草地上用它们的娇艳的颜色结成十字，或绣成几团；那短短的绿树篱上也开着一层白花，似绿枝上挂了一层春雪。就是路上两旁的人家也少不得有些花草：围墙既矮，藤萝往往顺着墙把花穗儿悬在院外，散出一街的香气；那双樱，丁香，都能在墙外看到，双樱的明艳与丁香的素丽，真是足以使人眼明神爽。

山上有了绿色，嫩绿，所以把松柏们比得发黑了一些。谷中不但填满了绿色，而且颇有些野花，有一种似紫荆而色儿略略发蓝的，折来很好插瓶。

青岛的人怎能忘下海呢。不过，说也奇怪，五月的海就仿佛特别的绿，特别的可爱，也许是因为人们心里痛快吧？看一眼路旁的绿叶，再看一眼海，真的，这才明白了什么叫作"春深似海"。绿，鲜绿，浅绿，深绿，黄绿，灰绿，各种的绿色，联接着，交错着，变化着，波动着，一直绿到天边，绿到山脚，绿到渔帆的外边去。风不凉，浪不高，船缓缓的走，燕低低的飞，街上的花香与海上的咸味混到一处，浪漾在空中，水在面前，而绿意无限，可不是，春深似海！欢喜，要狂歌，要跳入水中去，可是只能默默无言，心好像飞到天边上那将将能看到的小岛上去，一闭眼仿佛还看见一些桃花。人面桃花相映红，必定是在那小岛上。

这时候，遇上风与雾便还须穿上棉衣，可是有一天忽然响晴，夹衣就正合适。但无论怎说吧，人们反正都放了心——不会大冷了，不会。妇女们最先知道这个，早早的就穿出利落的新装，而且决定不再脱下去。海岸上，微风吹动少女们的发与衣，何必再去到电影园中找那有画意的景儿呢！这里是初春浅夏的合响，风里带着春寒，而花草山水又似初夏，意在春而景如夏，姑娘们总先走一步，迎上前去，跟花们竞争一下，女性的伟大几乎不是颓废诗人所能明白的。

人似乎随着花草都复活了，学生们特别的忙：换制服，开运动会，到崂山丹山旅行，服劳役。本地的学生忙，别处的学生也来参观，几个，几十，几百，打着旗子来了，又成着队走开，男的，女的，先生，学生，都累得满头是汗，而仍不住的向那大海丢眼。学生以外，该数小孩最快活，笨重的衣服脱去，可以到公园跑跑了；一冬天不见猴子了，现在又带着花生去喂猴子，看鹿；拾花瓣，在草地上打滚；妈妈说了，过几天还有大红樱桃吃呢！

马车都新油饰过，马虽依然清瘦，而车辆体面了许多，好作一夏天的买卖呀。新油过的马车穿过街心，那专作夏天的生意的咖啡馆，酒馆，旅社，饮冰室，也找来油漆匠，扫去灰尘，油饰一新。油漆匠在交手上忙，路旁也增多了由各处来的舞女。预备呀，忙碌呀，都红着眼等着那避暑的外国战舰与各处的阔人。多咱浴场上有了人影与小艇，生意便比花草还茂盛呀。到那时候，青岛几乎不属于青岛的人了，谁的钱多谁更威风，汽车的眼是不会看山水的。

那么，且让我们自己尽量的欣赏五月的青岛吧！

载 1937 年 6 月 16 日《宇宙风》第 43 期

想北平

　　设若让我写一本小说，以北平作背景，我不至于害怕，因为我可以捡着我知道的写，而躲开我所不知道的。让我单摆浮搁的讲一套北平，我没办法。北平的地方那么大，事情那么多，我知道的真觉太少了，虽然我生在那里，一直到廿七岁才离开。以名胜说，我没到过陶然亭，这多可笑！以此类推，我所知道的那点只是"我的北平"，而我的北平大概等于牛的一毛。

　　可是，我真爱北平。这个爱几乎是要说而说不出的。我爱我的母亲。怎样爱？我说不出。在我想作一件事讨她老人家喜欢的时候，我独自微微的笑着；在我想到她的健康而不放心的时候，我欲落泪。言语是不够表现我的心情的，只有独自微笑或落泪才足以把内心揭露在外面一些来。我之爱北平也近乎这个。夸奖这个古城的某一点是容易的，可是那就把北平看得太小了。我所爱的北平不是枝枝节节的一些什么，而是整个儿与我的心灵相粘合的一段历史，一大块地方，多少风景名胜，从雨后什刹海的蜻蜓一直到我梦里的玉泉山的塔影，都积凑到一块，每一小的事件中有个我，我的每一思念中有个北平，这只有说不出而已。

　　真愿成为诗人，把一切好听好看的字都浸在自己的心血里，像杜鹃似的啼出北平的俊伟。啊！我不是诗人！我将永远道不出我的爱，一种像由音乐与图画所引起的爱。这不但是辜负了北平，也对不住我自己，因为我的最初的知识与印象都得自北平，它是在我的血里，我的性格与脾气里有许多地方是这古城所赐给的。我不能爱上海与天津，因为我心中有个北平。可是我说不出来！

　　伦敦，巴黎，罗马与堪司坦丁堡①，曾被称为欧洲的四大"历史的都城"。我知道一些伦敦的情形；巴黎与罗马只是到过而已；堪司坦丁堡根本没有去过。就伦敦，巴黎，罗马来说，巴黎更近似北平——虽然"近似"两字要拉扯得很远——

---

　　①　通译君士坦丁堡，即伊斯坦布尔，土耳其港市。

不过，假使让我"家住巴黎"，我一定会和没有家一样的感到寂苦。巴黎，据我看，还太热闹。自然，那里也有空旷静寂的地方，可是又未免太旷；不像北平那样既复杂而又有个边际，使我能摸着——那长着红酸枣的老城墙！面向着积水潭，背后是城墙，坐在石上看水中的小蝌蚪或苇叶上的嫩蜻蜓，我可以快乐的坐一天，心中完全安适，无所求也无可怕，像小儿安睡在摇篮里。是的，北平也有热闹的地方，但它和太极拳相似，动中有静。巴黎有许多地方使人疲乏，所以咖啡与酒是必要的，以便刺激；在北平，有温和的香片茶就够了。

论说巴黎的布置已比伦敦罗马匀调的多了，可是比上北平还差点事儿。北平在人为之中显出自然，几乎是什么地方既不挤得慌，又不太僻静：最小的胡同里的房子也有院子与树；最空旷的地方也离买卖街与住宅区不远。这种分配法可以算——在我的经验中——天下第一了。北平的好处不在处处设备得完全，而在它处处有空儿，可以使人自由的喘气；不在有好些美丽的建筑，而在建筑的四周都有空闲的地方，使它们成为美景。每一个城楼，每一个牌楼，都可以从老远就看见。况且在街上还可以看见北山与西山呢！

好学的，爱古物的，人们自然喜欢北平，因为这里书多古物多。我不好学，也没钱买古物。对于物质上，我却喜爱北平的花多菜多果子多。花草是种费钱的玩艺，可是此地的"草花儿"很便宜，而且家家有院子，可以花不多的钱而种一院子花，即使算不了什么，可是到底可爱呀！墙上的牵牛，墙根的靠山竹与草茉莉，是多么省钱省事而也足以招来蝴蝶呀！至于青菜，白菜，扁豆，毛豆角，黄瓜，菠菜等等，大多数是直接由城外担来而送到家门口的。雨后，韭菜叶上还往往带着雨时溅起的泥点。青菜摊子上的红红绿绿几乎有诗似的美丽。果子有不少是由西山与北山来的，西山的沙果，海棠，北山的黑枣，柿子，进了城还带着一层白霜儿呀！哼，美国的橘子包着纸；遇到北平的带霜儿的玉李，还不愧杀！

是的，北平是个都城，而能有好多自己产生的花，菜，水果，这就使人更接近了自然。从它里面说，它没有像伦敦的那些成天冒烟的工厂；从外面说，它紧连着园林，菜圃与农村。采菊东篱下，在这里，确是可以悠然见南山的；大概把"南"字变个"西"或"北"，也没有多少了不得的吧。像我这样的一个贫寒的人，或者只有在北平能享受一点清福了。

好，不再说了吧；要落泪了，真想念北平呀！

载 1936 年 6 月 16 日《宇宙风》第 19 期

北京的春节

　　按照北京的老规矩，过农历的新年（春节），差不多在腊月的初旬就开头了。"腊七腊八，冻死寒鸦"，这是一年里最冷的时候。可是，到了严冬，不久便是春天，所以人们并不因为寒冷而减少过年与迎春的热情。在腊八那天，人家里，寺观里，都熬腊八粥。这种特制的粥是祭祖祭神的，可是细一想，它倒是农业社会的一种自傲的表现——这种粥是用所有的各种的米，各种的豆，与各种的干果（杏仁、核桃仁、瓜子、荔枝肉、莲子、花生米、葡萄干、菱角米……）熬成的。这不是粥，而是小型的农业展览会。

　　腊八这天还要泡腊八蒜。把蒜瓣在这天放到高醋里，封起来，为过年吃饺子用的。到年底，蒜泡得色如翡翠，而醋也有了些辣味，色味双美，使人要多吃几个饺子。在北京，过年时，家家吃饺子。

　　从腊八起，铺户中就加紧的上年货，街上加多了货摊子——卖春联的、卖年画的、卖蜜供的、卖水仙花的等等都是只在这一季节才会出现的。这些赶年的摊子都教儿童们的心跳得特别快一些。在胡同里，吆喝的声音也比平时更多更复杂起来，其中也有仅在腊月才出现的，像卖宪书的，松枝的、薏仁米的、年糕的等等。

　　在有皇帝的时候，学童们到腊月十九日就不上学了，放年假一月。儿童们准备过年，差不多第一件事是买杂拌儿。这是用各种干果（花生、胶枣、榛子、栗子等）与蜜饯掺和成的，普通的带皮，高级的没有皮——例如：普通的用带皮的榛子，高级的用榛瓤儿。儿童们喜吃这些零七八碎儿，即使没有饺子吃，也必须买杂拌儿。他们的第二件大事是买爆竹，特别是男孩子们。恐怕第三件事才是买玩艺儿——风筝、空竹、口琴等——和年画儿。

　　儿童们忙乱，大人们也紧张。他们须预备过年吃的使的喝的一切。他们也必须给儿童赶快做新鞋新衣，好在新年时显出万象更新的气象。

　　二十三日过小年，差不多就是过新年的"彩排"。在旧社会里，这天晚上家

29

家祭灶王，从一擦黑儿鞭炮就响起来，随着炮声把灶王的纸像焚化，美其名叫送灶王上天。在前几天，街上就有多少多少卖麦芽糖与江米糖的，糖形或为长方块或为大小瓜形。按旧日的说法：用糖粘住灶王的嘴，他到了天上就不会向玉皇报告家庭中的坏事了。现在，还有卖糖的，但是只由大家享用，并不再粘灶王的嘴了。

过了二十三，大家就更忙起来，新年眨眼就到了啊。在除夕以前，家家必须把春联贴好，必须大扫除一次，名曰扫房。必须把肉、鸡、鱼、青菜、年糕什么的都预备充足，至少够吃用一个星期的——按老习惯，铺户多数关五天门，到正月初六才开张。假若不预备下几天的吃食，临时不容易补充。还有，旧社会里的老妈妈论，讲究在除夕把一切该切出来的东西都切出来，省得在正月初一到初五再动刀，动刀剪是不吉利的。这含有迷信的意思，不过它也表现了我们确是爱和平的人，在一岁之首连切菜刀都不愿动一动。

除夕真热闹。家家赶作年菜，到处是酒肉的香味。老少男女都穿起新衣，门外贴好红红的对联，屋里贴好各色的年画，哪一家都灯火通宵，不许间断，炮声日夜不绝。在外边作事的人，除非万不得已，必定赶回家来，吃团圆饭，祭祖。这一夜，除了很小的孩子，没有什么人睡觉，而都要守岁。

元旦的光景与除夕截然不同：除夕，街上挤满了人；元旦，铺户都上着板子，门前堆着昨夜燃放的爆竹纸皮，全城都在休息。

男人们在午前就出动，到亲戚家、朋友家去拜年。女人们在家中接待客人。同时，城内城外有许多寺院开放，任人游览，小贩们在庙外摆摊、卖茶、食品和各种玩具。北城外的大钟寺、西城外的白云观、南城的火神庙（厂甸）是最有名的。可是，开庙最初的两三天，并不十分热闹，因为人们还正忙着彼此贺年，无暇及此。到了初五六，庙会开始风光起来，小孩们特别热心去逛，为的是到城外看看野景，可以骑毛驴，还能买到那些新年特有的玩具。白云观外的广场上有赛轿车赛马的；在老年间，据说还有赛骆驼的。这些比赛并不争取谁第一谁第二，而是在观众面前表演骡马与骑者的美好姿态与技能。

多数的铺户在初六开张，又放鞭炮，从天亮到清早，全城的炮声不绝。虽然开了张，可是除了卖吃食与其他重要日用品的铺子，大家并不很忙，铺中的伙计们还可以轮流着去逛庙、逛天桥和听戏。

元宵（汤圆）上市，新年的高潮到了——元宵节（从正月十三到十七）。除夕是热闹的，可是没有月光；元宵节呢，恰好是明月当空。元旦是体面的，家家门前贴着鲜红的春联，人们穿着新衣裳，可是它还不够美。元宵节，处处悬灯结彩，整条的大街像是办喜事，火炽而美丽。有名的老铺都要挂出几百盏灯来，有的一律是玻璃的，有的清一色是牛角的，有的都是纱灯；有的各形各色，有的通通彩绘全部《红楼梦》或《水浒传》故事。这，在当年，也就是一种广告；灯一悬起，任何人都可以进到铺中参观；晚间灯中都点上烛，观者就更多。这广告可不庸俗。干果店在灯节还要做一批杂拌儿生意，所以每每独出心裁的，制成各样的冰灯，或用麦苗作成一两条碧绿的长龙，把顾客招来。

除了悬灯，广场上还放花合。在城隍庙里并且燃起火判，火舌由判官的泥像的口、耳、鼻、眼中伸吐出来。公园里放起天灯，像巨星似的飞到天空。

男男女女都出来踏月、看灯、看焰火；街上的人拥挤不动。在旧社会里，女人们轻易不出门，她们可以在灯节里得到些自由。

小孩子们买各种花炮燃放，即使不跑到街上去淘气，在家中照样能有声有光的玩耍。家中也有灯：走马灯——原始的电影——宫灯、各形各色的纸灯，还有纱灯，里面有小铃，到时候就叮叮的响。大家还必须吃汤圆呀。这的确是美好快乐的日子。

一眨眼，到了残灯末庙，学生该去上学，大人又去照常作事，新年在正月十九结束了。腊月和正月，在农村社会里正是大家最闲在的时候，而猪牛羊等也正长成，所以大家要杀猪宰羊，酬劳一年的辛苦。过了灯节，天气转暖，大家就又去忙着干活了。北京虽是城市，可是它也跟着农村社会一齐过年，而且过得分外热闹。

在旧社会里，过年是与迷信分不开的。腊八粥，关东糖，除夕的饺子，都须先去供佛，而后人们再享用。除夕要接神；大年初二要祭财神，吃元宝汤（馄饨），而且有的人要到财神庙去借纸元宝，抢烧头股香。正月初八要给老人们顺星、祈寿。因此那时候最大的一笔浪费是买香蜡纸马的钱。现在，大家都不迷信了，也就省下这笔开销，用到有用的地方去。特别值得提到的是现在的儿童只快活的过年，而不受那迷信的熏染，他们只有快乐，而没有恐惧——怕神怕鬼。也许，现在过年没有以前那么热闹了，可是多么清醒健康呢。以前，人们过年是托神鬼的庇佑，现在是大家劳动终岁，大家也应当快乐的过节。

载 1951 年 1 月《新观察》第 2 卷第 2 期

我热爱新北京

北京是美丽的，我知道，因为我不但是北京人，而且到过欧美，看见过许多西方的名城，假若我只用北京人的资格来赞美北京，那也许就是成见了。

我知道北京美丽，我爱她像爱我的母亲。因为我这样爱她，所以才为她的缺点着急，苦闷。我关切她的缺欠正像关切一个亲人的疾病。是的，北京确实是有缺欠。那些缺欠是过去的皇帝、军阀和国民党政府带给北京的。他们占据着北京，也糟踏北京。

在过去，举例说吧，当皇帝或蒋介石出来的时候，街道上便打扫干净，洒上清水；可是，他们的大轿或汽车不经过的地方便永远没见过扫帚与水桶。达官贵人住着宫殿式的房子，而且有美丽的花园；穷人们却住着顶脏的杂院儿。达官贵人的门外有柏油路，好让他们跑汽车；穷人的门前却是垃圾堆。

一九四九年年尾，我回到故乡北京。我已经十四年没回来过了。虽然别离了这么久，我可是没有一天不想念着她。不管我在哪里，我还是拿北京作我的小说的背景，因为我闭上眼想起的北京是要比睁着眼看见的地方更亲切，更真实，更有感情的。这是真话。

到今天，我已经在北京住了一年。在这一年里，我所看到听到的都证明了，新的政府千真万确是一切仰仗人民，一切为了人民的。只就北京的建设来说，证据已经十分充足了。让我们提出几项来说吧。

一，下水道。北京的下水道年久失修，每逢一下大雨，就应了那句不体面的话："北京，刮风是香炉，下雨是墨盒子。"北京市人民政府自从一成立就要洗刷这个由反动政府留下的污点，一方面修路，一方面挖沟。我知道，在十几年抗日与解放战争之后，百废待举，政府的财力是不怎么从容的。可是，政府为人民的福利，并不因经济的困难而延迟这重大的任务。各城的暗沟都挖了，雨水污水都有了排泄的路子。北京再不怕下雨；下雨不再使道路成为"墨盒子"。

最使我感动的是：这个为人民服务的政府并不只为通衢路修沟，而且特别顾到一向被反动政府忽视的偏僻地方。在以前，反动政府是吸去人民的血，而把污水和垃圾倒在穷人的门外，叫他们"享受"猪狗的生活。现在，政府是看哪里最脏，疾病最多，便先从哪里动手修整。新政府的眼是看着穷苦人民的。

在北京的南城，有一条明沟，叫龙须沟。多么美的名字啊！龙须沟！可是，实际上，那是一条最臭的水沟。沟的两岸密匝匝地住满了劳苦的人民，终年呼吸着使人恶心的臭气，多少年了，这条沟没有人修理过，因为这里是贫民窟。人民屡次自动地捐款修沟，款子都被反动的官吏们吞吃了。去年夏初，人民政府在明沟的旁边给人民修了暗沟，秋天完工，填平了明沟。人民怎样地感戴是可以想象得到的。我亲自去看过这条奇臭的"龙须"和那新的暗沟，并且搜集了那一带人民的生活情形和他们对政府给他们修沟的反映，写成一出三幕话剧，表示我对政府的感激与钦佩。

二，清洁。北京向来是美丽的，可是在反动政府下并不处处都清洁。是的，那时候人民确是按期交卫生费的，但是因为官吏的贪污与不负责，卫生费并不见得用在公众卫生事业上。现在，北京像一个古老美丽的雕花漆盒，落在一个勤勉人手里，盒子上的每一凹处都收拾得干干净净，再没有一点积垢。真的，北京的每一条小巷都已经清清爽爽，连人家的院子里也没有积累的垃圾，因为倾倒秽土的人员是那么勤谨，那么准时来，人们谁都愿意逐日把院子里外收拾清洁。美丽是和清洁分不开的。这人民的古城多么清爽可喜呀！我可以想象到，在十年八年以后，北京的全城会成为一座大的公园，处处美丽，处处清洁，处处有古迹，处处也有最新的卫生设备。

三，灯和水。北京，在解放前，夜里常是黑暗的。她有电灯，但灯光是那么微弱，似有若无，而且时时长时间地停电。政治的黑暗使电灯也无光。水也是这样。夏天水源枯竭，便没有水用。就在平日，也是有势力的拼命用水，穷人住的地带根本没有自来水管。他们必得喝井水。这七百年的古城，在反动政府的统治下，灯水的供应似乎还停留在七百年前的光景。

北京解放了，人的心和人的眼一齐见到光明。由于电厂有了新的管理法，由于工人的进步与努力，北京的电灯真像电灯了。工人们保证不缺电，不停电。这古老的都城，在黑夜间，依然露出她的美丽。那金的绿的琉璃瓦，红的墙，白玉石的桥，都在明亮的灯光下显现出最悦目的颜色。而且，电力还够供给各工厂。同样的，水也够用了。而且，就是在龙须沟的人们也有自来水吃啦。

我爱北京，我更爱今天的北京——她是多么清洁、明亮、美丽！我怎么不感谢毛主席呢？是他，给北京带来了光明和说不尽的好处哇！我只提到下水道和灯水什么的，可是我的感激是无尽的，因为提到的这些不过是新北京建设工作的一部分哪。

载 1951 年 1 月 25 日《人民日报》

要热爱你的胡同

俗语说得好，"远亲不如近邻"。

可是，在大城市里，这句话就不容易体验。就拿北京来说吧，同一条胡同的人家，你忙你的，我干我的，今天张家搬走，明天李家搬来，谁也不容易认识谁，更不用说彼此互相帮助照顾了。

这种彼此不相识，不关心，是不大对的。在从前，有一家的孩子出天花，邻居们不去劝告，帮忙入医院，而只在自家的窗上挂起一条红布，说是足以避邪。结果，红布条毫无效用，好几家子的孩子都传染上天花。这样的事儿还很多，谁都可以想出几件来，就不多说。

现在可好了，为了全胡同的清洁，大家须协力合作。为了听重要的广播，有收音机的就招待街坊们来听。为了全胡同的事，大家也常常到一块儿商议。这样，慢慢的大家由相识而变为朋友，彼此帮忙，彼此劝告，还互相批评——像谁家的院子不大干净，或盆子罐子里存着雨水等等。

这么一来，"远亲不如近邻"这句话可就真有点味道了。可是细一想呢，"远亲不如近邻"或者还只就有了急事而言，譬如说，独身汉老张得了暴病，而亲戚都住在西郊，不能马上赶到，于是近邻老李就忙着去给请大夫抓药。现在的事儿呢，并不只是遇到急难，彼此帮忙，而是经常的组织，一条胡同里的人永远彼此合作，互相鼓励，大家友爱。这可就有了很大的意义。咱们早已都听说：共产党会组织人民，有民主精神。咱们胡同里现在的情形就证明了，咱们有了组织，不再是一盘散沙。大家的事情大家商议，大家作，这就是民主精神啊。这么一想，这点事实在了不得。团结就是力量啊。连每条小胡同都有了团结，大家一条心，这不就是从根儿上作起么？就拿检举特务来说吧，只有全胡同有了组织，彼此负责，才能作得严密，教一个藏着的特务也跑不了啊！近来，各街道成立了治安保卫委员会，不就是依靠群众跟反革命分子作斗争，跟盗匪作斗争，跟灾害作斗争

35

的好办法么?

这样，我想我跟所有的北京人一样，都对咱们的胡同有了感情，不再存着"各扫门前雪，休管他家瓦上霜"的错念头了。我也敢保，以后咱们会一天比一天更爱咱们自己的胡同，积极的为咱们自己的胡同努力作事，并且觉得这么努力值得骄傲!

有句古话儿——"浮生若寄"。变成白话就是"马马虎虎的瞎混"。这是句不着边儿的，要不得的话。咱们住在哪里就应当在哪儿扎下根儿去。这倒不是说，咱们永远不搬家，而是说，咱们住在哪里就应当在哪里扎下民主精神的根儿，抱着大家为大家活着，大家为大家作事的精神。好吧，让咱们就先把现在住着的胡同搞得最干净，最整齐，最平安吧!

写于 1954 年

头一天

　　那时候，（一晃几十年了！）我的英语就很好。我能把它说得不像英语，也不像德语，细听才听得出——原来是"华英官语"。那就是说，我很艺术的把几个英国字勺派在中国字里，如鸡兔之同笼。英国人把我说得一愣一愣的，我可也把他们说得直眨眼；他们说的他们明白，我说的我明白，也就很过得去了。

　　…………

　　给它个死不下船，还有错儿么？！反正船得把我运到伦敦去，心里有底！

　　果然一来二去的到了伦敦，船停住不动，大家都往下搬行李，我看出来了，我也得下去。什么码头？顾不得看；也不顾问，省得又招人们眨眼。检验护照。我是末一个——英国人不像咱们这样客气，外国人得等着。等了一个多钟头，该我了。两个小官审了我一大套，我把我心里明白的都说了，他俩大概没明白。他们在护照上盖了个戳儿，我"看"明白了："准停留一月Only"。（后来由学校宴请内务部把这个给注销了，不在话下。）管它Only还是"哼来"，快下船哪，别人都走了。敢情还得检查行李呢。这回很干脆："烟？"我说"凹"；"丝？"又一个"no"。皮箱上画了一道符，完事。我的英语很有根了，心里说。看别人买车票，我也买了张；大家走，我也走，反正他们知道上哪儿。他们要是走丢了，我还能不陪着么？上了火车。火车非常的清洁舒服。越走，四外越绿，高高低低全是绿汪汪的。太阳有时出来，有时进去，绿地的深浅时时变动。远处的绿坡托着黑云，绿色特别的深厚。看不见庄稼，处处是短草，有时看见一两只摇尾食草的牛。这不是个农业国。

　　…………

　　车停在Cannon Street。大家都下来，站台上不少接客的男女，接吻的声音与姿式各有不同。我也慢条斯理的下来；上哪儿呢？啊，来了救兵，易文思教授向我招手呢。他的中国话比我的英语应多得着九十多分。他与我一人一件行李，走

37

向地道车站去；有了他，上地狱也不怕了。坐地道火车到了 liverpool Street。这是个大车站，把行李交给了转运处，他们自会给送到家去。然后我们喝了杯啤酒，吃了块点心。车站上，地道里，转运处，咖啡馆，给我这个印象：外面都是乌黑不起眼，可是里面非常的清洁有秩序。后来我慢慢看到，英国人也是这样。脸板得要哭似的，心中可是很幽默，很会讲话。他们慢，可是有准。易教授早一分钟也不来；车进了站，他也到了。他想带我上学校去，就在车站的外边。想了想，又不去了，因为这天正是礼拜。他告诉我，已给我找好了房，而且是和许地山在一块。我更痛快了，见了许地山还有什么事作呢，除了说笑话？

....

易教授住在 Bamet，所以他也在那里给我找了房。这虽在"大伦敦"之内，实在是属 Hertfordshire，离伦敦有十一哩，坐快车得走半点多钟。我们就在原车站上了车，赶到车快到目的地，又看见大片的绿草地了。下了车，易先生笑了。说我给带来了阳光。果然，树上还挂着水珠，大概是刚下过雨去。

....

正是九月初的天气，地上潮阴阴的，树和草都绿得鲜灵灵的。由车站到住处还要走十分钟。街上差不多没有什么行人，汽车电车上也空空的。礼拜天。街道很宽，铺户可不大，都是些小而明洁的，此处已没有伦敦那种乌黑色。铺户都关着门，路右边有一大块草场，远处有一片树林，使人心中安静。

....

最使我忘不了的是一进了胡同：Carnarvon Street。这是条不大不小的胡同。路是柏油碎石子的，路边上还有些流水，因刚下过雨去。两旁都是小房，多数是两层的，瓦多是红色。走道上有小树，多像冬青，结着红豆。房外二尺多的空地全种着花草，我看见了英国的晚玫瑰。窗都下着帘，绿蔓有的爬满了窗沿。路上几乎没人，也就有十点钟吧，易教授的大皮鞋响声占满了这胡同，没有别的声。那些房子实在不是很体面，可是被静寂，清洁，花草，红绿的颜色，雨后的空气与阳光，给了一种特别的味道。它是城市，也是村庄，它本是在伦敦作事的中等人的居住区所。房屋表现着小市民气，可是有一股清香的气味，和一点安适太平的景象。

....

将要作我的寓所的也是所两层的小房，门外也种着一些花，虽然没有什么好的，倒还自然；窗沿上悬着一两枝灰粉的豆花。房东是两位老姑娘，姐已白了头，胖胖的很傻，说不出什么来。妹妹做过教师，说话很快，可是很清晰，她也有四十上下了。妹妹很尊敬易教授，并且感谢他给介绍两位中国朋友。许地山在屋里写小说呢，用的是一本油盐店的账本，笔可是钢笔，时时把笔尖插入账本里去，似乎表示着力透纸背。

…………

房子很小：楼下是一间客厅，一间饭室，一间厨房。楼上是三个卧室，一个浴室。由厨房出去，有个小院，院里也有几棵玫瑰，不怪英国史上有玫瑰战争，到处有玫瑰，而且种类很多。院墙只是点矮矮的木树，左右邻家也有不少花草，左手里的院中还有几株梨树，挂了不少果子。我说"左右"，因自从在上海便转了方向，太阳天天不定从哪边出来呢！

…………

这所小房子里处处整洁，据地山说，都是妹妹一个人收拾的；姐姐本来就傻，对于工作更会"装"傻。他告诉我，她们的父亲是开面包房的，死时把买卖给了儿子，把两所小房给了二女。姊妹俩卖出去一所，把钱存起吃利；住一所，租两个单身客，也就可以维持生活。哥哥不管她们，她们也不求哥哥。妹妹很累，她操持一切；她不肯叫住客把硬领与袜子等交洗衣房：她自己给洗并烫平。在相当的范围内，她没完全商业化了。

易先生走后，姐姐戴起大而多花的帽子，去作礼拜。妹妹得做饭，只好等晚上再到教堂去。她们很虔诚；同时，教堂也是她们唯一的交际所在。姐姐并听不懂牧师讲的是什么，地山告诉我。路上慢慢有了人声，多数是老太婆与小孩子，都是去礼拜的。偶尔也跟着个男人，打扮得非常庄重，走路很响，是英国小绅士的味儿。邻家有弹琴的声音。

…………

饭好了，姐姐才回来，傻笑着。地山故意的问她，讲道的内容是什么？她说牧师讲的很深，都是哲学。饭是大块牛肉。由这天起，我看见牛肉就发晕。英国普通人家的饭食，好处是在干净；茶是真热。口味怎样，我不敢批评，说着伤心。

…………

饭后，又没了声音。看着屋外的阳光出没，我希望点蝉声，没有。什么声音也没有。连地山也不讲话了。寂静使我想起家来，开始写信。地山又拿出账本来，写他的小说。

…………

伦敦边上的小而静的礼拜天。

载 1934 年 8 月《良友画报》第 92 期

还想着它

钱在我手里，也不怎么，不会生根。我并不胡花，可是钱老出去的很快。据相面的说，我的指缝太宽，不易存财；到如今我还没法打倒这个讲章。在德法意等国跑了一圈，心里很舒服了，因为钱已花光。钱花光就不再计划什么事儿，所以心里舒服。幸而巴黎的朋友还拿着我几个钱，要不然哪，就离不了法国。这几个钱仅够买三等票到新加坡的。那也无法，到新加坡再讲吧。反正新加坡比马赛离家近些，就是这个主意。

上了船，袋里还剩了十几个佛郎①，合华币大洋一元有余；多少不提，到底是现款。船上遇见了几位留法回家的"国留"——复杂着一点说，就是留法的中国学生。大家一见如故。不大会儿的工夫，大家都彼此明白了经济状况；最阔气的是位姓李的，有二十七个佛郎；比我阔着块把来钱。大家把钱凑在一处，很可以买瓶香槟酒，或两支不错的吕宋烟。我们既不想喝香槟或吸吕宋，连头发都决定不去剪剪，那么，我们到底不是赤手空拳，干吗不快活呢？大家很高兴，说得也投缘。有人提议：到上海可以组织个银行。他是学财政的。我没表示什么，因为我的船票只到新加坡；上海的事先不必操心。

船上还有两位印度学生，两位美国华侨少年，也都挺和气。两位印度学生穿得满讲究，也关心中国的事。在开船的第三天早晨，他俩打起来：一个弄了个黑眼圈，一个脸上挨了一鞋底。打架的原因：他俩分头向我们诉冤，是为一双袜子。也不是谁卖给谁，穿了（或者没穿）一天又不要了，于是打起架来。黑眼圈的除用湿手绢捂着眼，一天到晚嘟囔着："在国里，我吐痰都不屑于吐在他身上！他脏了我的鞋底！"吃了鞋底的那位就对我们讲："上了岸再说；揍他，勒死，用小刀子捅！"他俩不再和我们讨论中国的问题，我们也不问甘地怎样了。

---

① 现通译法郎。

那两位华侨少年中的一位是出来游历：由美国到欧洲大陆，而后到上海，再回家。他在柏林住了一天，在巴黎住了一天，他告诉我，都是停在旅馆里，没有出门。他怕引诱。柏林巴黎都是坏地方，没意思，他说。到了马赛，他丢了一只皮箱。那一位少年是干什么的，我不知道。他一天到晚想家。想家之外，便看法国姑娘。而后告诉那位出来游历的："她们都钓我呢！"

所谓"她们"，是七八个到安南或上海的法国舞女，最年轻的不过才三十多岁。三等舱的食堂永远被她们占据着。她们吸烟，吃饭，抢大腿，练习唱，都在这儿。领导的是个五十多岁的小干老头儿，脸像个干橘子。她们没事的时候也还光着大腿，有俩小军官时常和她们弄牌玩。可是那位少年老说她们关心着他。

三等舱里不能算不热闹，舞女们一唱就唱两个多钟头。那个小干老头似乎没有夸奖她们的时候，差不多老对她们喊叫。可是她们也不在乎。她们唱或抢腿，我们就瞎扯，扯腻了便到甲板上过过风。我们的茶房是中国人，永远蹲在暗处，不留神便踩了他的脚。他卖一种黑玩艺，五个佛郎一小包，舞女们也有买的。

二十多天就这样过去：听唱，看大腿，瞎扯，吃饭。舱中老是这些人，外边老是那些水。没有一件新鲜事，大家的脸上眼看着往起长肉，好像一船受填时期的鸭子。坐船是件苦事，明知光阴怪可惜，可是没法不白白扔弃。书读不下去，海是看腻了，话也慢慢的少来。我的心里想着：到新加坡怎办呢？

就在那么心里悬虚一天的，到了新加坡。再想在船上吃，是不可能了，只好下去。雇上洋车，不，不应当说雇上，是坐上；此处的洋车夫是多数不识路的，即使识路，也听不懂我的话。坐上，用手一指，车夫便跑下去。我是想上商务印书馆。不记得街名，可是记得它是在条热闹街上；上欧洲去的时候曾经在此处玩过一天。洋车一直跑下去，我心里说：商务印书馆要是在这条街上等着我，便是开门见喜；它若不在这条街上，我便玩完。事情真凑巧，商务馆果然等着我呢。说不定还许是临时搬过来的。

这就好办了。进门就找经理。道过姓字名谁，马上问有什么工作没有。经理是包先生，人很客气，可是说事情不大易找。他叫我去看看南洋兄弟烟草公司的黄曼士先生——在地面上很熟，而且好交朋友。我去见黄先生，自然是先在商务馆吃了顿饭。黄先生也一时想不到事情，可是和我成了很好的朋友；我在新加坡，后来，常到他家去吃饭，也常一同出去玩。他是个很可爱的人。他家给他寄茶，总是龙井与香片两种，他不喜喝香片，便都归了我；所以在南洋我还有香片茶吃。不过，这都是后话。我还得去找事，不远就是中华书局，好，就是中华书局吧。经理徐采明先生至今还是我的好朋友。倒不在乎他给找着个事作，他的人可爱。见了他，我说明来意。他说有办法。马上领我到华侨中学去。这个中学离街市至少有十多里，好在公众汽车（都是小而红的车，跑得飞快）方便，一会儿就到了。徐先生替我去吃喝。行了，他们正短个国文教员。马上搬来行李，上任大吉。有了事作，心才落了实，花两毛钱买了个大柚子吃吃。然后支了点钱，买了条毯子，因为夜间必须盖上的。买了身白衣裳，中不中，西不西，自有南洋风味。赊了部《辞源》；教书不同自己读书，字总得认清了——有好些好些字，我总以为认识而实在念不出。一夜睡得怪舒服；新《辞源》摆在桌上被老鼠啃坏，是美中不足。预备用皮鞋打老鼠，及至见了面，又不想多事了，老鼠的身量至少比《辞源》长，说不定还许是仙鼠呢，随它去吧。老鼠虽大，可并不多。最多是壁虎。到处是它们：棚上墙上玻璃杯里——敢情它们喜甜味，盛过汽水的杯子总有它们来照顾一下。它们还会唱，吱吱的，没什么好听，可也不十分讨厌。

天气是好的。早半天教书，很可以自自然然的，除非在堂上被学生问住，还不至于四脖子汗流的。吃过午饭就睡大觉，热便在暗中度过去。六点钟落太阳，晚饭后还可以作点工，壁虎在墙上唱着。夜间必须盖条毯子，可见是不热；比起南京的夏夜，这里简直是仙境了。我很得意，有薪水可拿，而夜间还可以盖毯子，美！况且还得冲凉呢，早午晚三次，在自来水龙头下，灌顶浇脊背，也是痛快事。

可是，住了不到几天，我发烧，身上起了小红点。平日我是很勇敢的，一病可就有点怕死。身上有小红点哟，这玩艺，痧疹归心，不死才怪！把校医请来了，他给了我两包金鸡纳霜，告诉我离死还很远。吃了金鸡纳霜，睡在床上，既然离死很远，死我也不怕了，于是依旧勇敢起来。早晚在床上听着户外行人的足声，"心眼"里制构着美的图画：路的两旁杂生着椰树槟榔；海蓝的天空；穿白或黑的女郎，赤着脚，趿拉着木板，嗒嗒的走，也许看一眼树丛中那怒红的花。有诗意呀。矮而黑的锡兰人，头缠着花布，一边走一边唱。躺了三天，颇能领略这种浓绿的浪漫味儿，病也就好了。

一下雨就更好了。雨来得快，止得快，沙沙的一阵，天又响晴。路上湿了，树木绿到不能再绿。空气里有些凉而浓厚的树林子味儿，马上可以穿上夹衣。喝碗热咖啡顶那个。

学校也很好。学生们都会听国语，大多数也能讲得很好。他们差不多都很活泼。因为下课后便不大穿衣，身上就黑黑的，健康色儿。他们都很爱中国，愿意听激烈的主张与言语。他们是资本家——大小不同，反正非有俩钱不能入学读书——的子弟，可是他们愿打倒资本家。对于文学，他们也爱最新的，自己也办文艺刊物。他们对先生们不大有礼貌，可不是故意的；他们爽直。先生们若能和他们以诚相见，他们便很听话。可惜有的先生爱耍些小花样！学生们不奢华。一身白衣便解决了衣的问题；穿西服受洋罪的倒是先生们，因为先生们多是江浙与华北的人，多少习染了上海的派头儿。吃也简单，除了爱吃刨冰，他们并不多花钱。天气使衣食住都简单化了。以住说吧，有个床，有条毯子，便可以过去。没毯子，盖点报纸，其实也可以将就。再有个自来水管，作冲凉之用，便万事亨通。还有呢，社会是个工商社会，大家不讲究穿，不讲究排场，也不讲究什么作诗买书，所以学生自然能俭朴。从一方面说，这个地方没有上海或北平那样的文化；从另一方面说，它也没有酸味的文化病。此地不能产生《儒林外史》。自然，大烟窑子等是有的，可是学生还不至于干这些事儿。倒是由内地的先生们觉得苦闷，没有社会。事业都在广东福建人手里，当教员的没有地位，也打不进广东或福建人的圈里去。教员似乎是一些高等工人，雇来的；出钱办学的人们没有把他们放在心里。玩的地方也没有，除了电影，没有可看的。所以住到三个月，我就有点厌烦了。别人也这么说。还拿天气说吧，老那么好，老那么好，没有变化，没有春夏秋冬，这就使人生厌。况且别的事儿也是死板板的没变化呢。学生们爱玩球，爱音乐，倒能有事可作。先生们在休息的时候，只能弄点汽水闲谈。我开始写《小坡的生日》。

本来我想写部以南洋为背景的小说。我要表扬中国人开发南洋的功绩：树是我们栽的，田是我们垦的，房是我们盖的，路是我们修的，矿是我们开的。都是我们作的。毒蛇猛兽，荒林恶瘴，我们都不怕。我们赤手空拳打出一座南洋来。我要写这个。我们伟大。是的，现在西洋人立在我们头上。可是，事业还仗着我们。我们在西人之下，其他民族之上。假如南洋是个糖烧饼，我们是那个糖馅。我们可上可下。自要努力使劲，我们只有往上，不会退下。没有了我们，便没有了南洋；这是事实，自自然然的事实。马来人什么也不干，只会懒。印度人也干不过我们。西洋人住上三四年就得回家休息，不然便支持不住。干活是我们，作买卖是我们，行医当律师也是我们。住十年，百年，一千年，都可以，什么样的天气我们也受得住，什么样的苦我们也能吃，什么样的工作我们有能力去干。说手有手，说脑子有脑子。我要写这么一本小说。这不是英雄崇拜，而是民族崇拜。所谓民族崇拜，不是说某某先生会穿西装，讲外国话，和懂得怎样给太太提着小伞。我是要说这几百年来，光脚到南洋的那些真正好汉。没钱，没国家保护，什么也没有。硬去干，而且真干出玩艺来。我要写这些真正中国人，真有劲的中国人。中国是他们的，南洋也是他们的。那些会提小伞的先生们，屁！连我也算在里面。

可是，我写不出。打算写，得到各处去游历。我没钱，没工夫。广东话，福建话，马来话，我都不会。不懂的事还很多很多。不敢动笔。黄曼士先生没事就带我去看各种事儿，为是供给我点材料。可是以几个月的工夫打算抓住一个地方的味儿，不会。再说呢，我必须描写海，和中国人怎样在海上冒险。对于海的知识太少了；我生在北方，到二十多岁才看见了轮船。

那么，只好多住些日子了。可是我已离家六年，老母已七十多岁，常有信催我回家。为省得闲着，我开始写《小坡的生日》。本来想写的只好再等机会吧。直到如今，啊，机会可还没来。

写《小坡的生日》的动机是：表面的写点新加坡的风景什么的。还有：以儿童为主，表现着弱小民族的联合——这是个理想，在事实上大家并不联合，单说广东与福建人中间的成见与争斗便很厉害。这本书没有一个白小孩，故意的落掉。写了三个多月吧，得到五万来字；到上海又补了一万。

这本书中好的地方，据我自己看，是言语的简单与那些像童话的部分。它不完全是童话，因为前半截有好些写实处——本来是要描写点真事。这么一来，实的地方太实，虚的地方又很虚，结果是既不像童话，又非以儿童为主的故事，有点四不像了。设若有工夫删改，把写实的部分去掉，或者还能成个东西。可是我没有这个工夫。顶可笑的是在南洋各色小孩都讲着漂亮——确是漂亮——的北平话。

《小坡的生日》写到五万来字，放年假了。我很不愿离开新加坡，可是要走这是个好时候，学期之末，正好结束。在这个时节，又有去作别的事情的机会。若是这些事情中有能成功的，我自然可以辞去教职而仍不离开此地，为是可以多得些经验。可是这些事都没成功，因为有人从中破坏。这么一来，我就决定离开。我不愿意自己的事和别人捣乱争吵。在阳历二月底，我又上了船。

到现在想起来，我还很爱南洋——它在我心中是一片颜色，这片颜色常在梦中构成各样动心的图画。它是实在的，同时可以是童话的，原始的，浪漫的。无论在经济上，商业上，军事上，民族竞争上，诗上，音乐上，色彩上，它都有种魔力。

载 1934 年 10 月《大众画报》第 12 期

东方学院

从一九二四的秋天，到一九二九的夏天，我一直的在伦敦住了五年。除了暑假寒假和春假中，我有时候离开伦敦几天，到乡间或别的城市去游玩，其余的时间就都消磨在这个大城里。我的工作不许我到别处去，就是在假期里，我还有时候得到学校去。我的钱也不许我随意的去到各处跑，英国的旅馆与火车票价都不很便宜。

我工作的地方是东方学院，伦敦大学的各学院之一。这里，教授远东近东和非洲的一切语言文字。重要的语言都成为独立的学系，如中国语，阿拉伯语等；在语言之外还讲授文学哲学什么的。次要的语言，就只设一个固定的讲师，不成学系，如日本语；假如有人要特意的请求讲授日本的文学或哲学等，也就由这个讲师包办。不甚重要的语言，便连固定的讲师也不设，而是有了学生再临时去请教员，按钟点计算报酬。譬如有人要学蒙古语文或非洲的非英属的某地语文，便是这么办。自然，这里所谓的重要与不重要，是多少与英国的政治，军事，商业等相关联的。

在学系里，大概的都是有一位教授，和两位讲师。教授差不多全是英国人；两位讲师总是一个英国人，和一个外国人——这就是说，中国语文系有一位中国讲师，阿拉伯语文系有一位阿拉伯人作讲师。这是三位固定的教员，其余的多是临时请来的，比如中国语文系里，有时候于固定的讲师外，还有好几位临时的教员，假若赶到有学生要学中国某一种方言的话；这系里的教授与固定讲师都是说官话的，那么要是有人想学厦门话或绍兴话，就非去临时请人来教不可。

这里的教授也就是伦敦大学的教授。这里的讲师可不都是伦敦大学的讲师。以我自己说，我的聘书是东方学院发的，所以我只算学院里的讲师，和大学不发生关系。那些英国讲师多数的是大学的讲师，这倒不一定是因为英国讲师的学问怎样的好，而是一种资格问题：有了大学讲师的资格，他们好有升格的希望，由讲师而副教授而教授。教授既全是英国人，如前面所说过的，那么外国人得到了大学的讲师资格也没有多大用处。况且有许多部分，根本不成为学系，没有教授，自然得到大学讲师的资格也不会有什么发展。在这里，看出英国人的偏见来。以梵文，古希伯来文，阿拉伯文等说，英国的人才并不弱于大陆上的各国；至于远东语文与学术的研究，英国显然的追不上德国或法国。设若英国人愿意，他们很可以用较低的薪水去到德法等国聘请较好的教授。可是他们不肯。他们的教授必须是英国人，不管学问怎样。就我所知道的，这个学院里的中国语文学系的教授，还没有一位真正有点学问的。这在学术上是吃了亏，可是英国人自有英国人的办法，决不会听别人的。幸而呢，别的学系真有几位好的教授与讲师，好歹一背拉，这个学院的教员大致的还算说得过去。况且，于各系的主任教授而外，还有几位学者来讲专门的学问，像印度的古代律法，巴比仑的古代美术等等，把这学院的声价也提高了不少。在这些教员之外，另有位音韵学专家，教给一切学生以发音与辨音的训练与技巧，以增加学习语言的效率。这倒是个很好的办法。

大概的说，此处的教授们并不像牛津或剑桥的教授们那样只每年给学生们一个有系统的讲演，而是每天与讲师们一样的教功课。这就必须说一说此处的学生了。到这里来的学生，几乎没有任何的限制。以年龄说，有的是七十岁的老夫或老太婆，有的是十几岁的小男孩或女孩。只要交上学费，便能入学。于是，一人学一样，很少有两个学生恰巧学一样东西的。拿中国语文系说吧，当我在那儿的时候，学生中就有两位七十多岁的老人：一位老人是专学中国字，不大管它们都念作什么，所以他指定要英国的讲师教他。另一位老人指定要跟我学，因为他非常注重发音；他对语言很有研究，古希腊，拉丁，希伯来，他都会，到七十多岁了，他要听听华语是什么味儿；学了些日子华语，他又选上了日语。这两个老人都很用功，头发虽白，心却不笨。这一对老人而外，还有许多学生：有的学言语，有的念书，有的要在伦敦大学得学位而来预备论文，有的念元曲，有的念《汉书》，有的是要往中国去，所以先来学几句话，有的是已在中国住过十年八年而想深造……总而言之，他们学的功课不同，程度不同，上课的时间不同，所要的教师也不同。这样，一个人一班，教授与两个讲师便一天忙到晚了。这些学生中最小的一个才十二岁。

因此，教授与讲师都没法开一定的课程，而是兵来将挡，学生要学什么，他们就得教什么；学院当局最怕教师们说："这我可教不了。"于是，教授与讲师就很不易当。还拿中国语文系说吧，有一回，一个英国医生要求教他点中国医学。

我不肯教，教授也瞪了眼。结果呢，还是由教授和他对付了一个学期。我很佩服教授这点对付劲儿；我也准知道，假若他不肯敷衍这个医生，大概院长那儿就更难对付。由这一点来说，我很喜欢这个学院的办法，来者不拒，一人一班，完全听学生的。不过，要这样办，教员可得真多，一系里只有两三个人，而想使个个学生满意，是作不到的。

成班上课的也有：军人与银行里的练习生。军人有时候一来就是一拨儿，这一拨儿分成几组，三个学中文，两个学日文，四个学土耳其文……既是同时来的，所以可以成班。这是最好的学生。他们都是小军官，又差不多都是世家出身，所以很有规矩，而且很用功。他们学会了一种语言，不管用得着与否，只要考试及格，在饷银上就有好处。据说会一种语言的，可以每年多关一百镑钱。他们在英国学一年中文，然后就可以派到中国来，到了中国，他们继续用功，而后回到英国受试验。试验及格便加薪俸了。我帮助考过他们，考题很不容易，言语，要能和中国人说话；文字，要能读大报纸上的社论与新闻，和能将中国的操典与公文译成英文。学中文的如是，学别种语文的也如是。厉害！英国的秘密侦探是著名的，军队中就有这么多，这么好的人才呀：和哪一国交战，他们就有会哪一国言语文字的军官。我认得一个年轻的军官，他已考及格过四种言语的初级试验，才二十三岁！想打倒帝国主义么，啊，得先充实自己的学问与知识，否则喊哑了嗓子只有自己难受而已。

最坏的学生是银行的练习生们。这些都是中等人家的子弟——不然也进不到银行去——可是没有军人那样的规矩与纪律，他们来学语言，只为马马虎虎混个资格，考试一过，马上就把"你有钱，我吃饭"忘掉。考试及格，他们就有被调用到东方来的希望，只是希望，并不保准。即使真被派遣到东方来，如新加坡、香港、上海等处，他们早知道满可以不说一句东方语言而把事全办了。他们是来到这个学院预备资格，不是预备言语，所以不好好的学习。教员们都不喜欢教他们，他们也看不起教员，特别是外国教员。没有比英国中等人家的二十上下岁的少年再讨厌的了，他们有英国人一切的讨厌，而英国人所有的好处他们还没有学到，因为他们是正在刚要由孩子变成大人的时候，所以比大人更讨厌。

班次这么多，功课这么复杂，不能不算是累活了。可是有一样好处：他们排功课表总设法使每个教员空闲半天。星期六下午照例没有课，再加上每周当中休息半天，合起来每一星期就有两天的休息。再说呢，一年分为三学期，每学期只上十个星期的课，一年倒可以有五个月的假日，还算不坏。不过，假期中可还有学生愿意上课；学生愿意，先生自然也得愿意，所以我不能在假期中一气离开伦敦许多天。这可也有好处，假期中上课，学费便归先生要。

学院里有个很不错的图书馆，专藏关于东方学术的书籍，楼上还有些中国书。学生在上课前，下课后，不是在休息室里，便是到图书馆去，因为此外别无去处。这里没有运动场等等的设备，学生们只好到图书馆去看书，或在休息室里吸烟，没别的事可作。学生既多数的是一人一班，而且上课的时间不同，所以不会有什么团体与运动。每一学期至多也不过有一次茶话会而已。这个会总是在图书馆里开，全校的人都被约请。没有演说，没有任何仪式，只有茶点，随意的吃。在开这个会的时候，学生才有彼此接谈的机会，老幼男女聚在一起，一边吃茶一边谈话。这才看出来，学生并不少；平日一个人一班，此刻才看到成群的学生。

假期内，学院里清静极了，只有图书馆还开着，读书的人可也并不甚多。我的《老张的哲学》，《赵子曰》，与《二马》，大部分是在这里写的，因为这里清静啊。那时候，学院是在伦敦城里。四外有好几个火车站，按说必定很乱，可是在学院里并听不到什么声音。图书馆靠街，可是正对着一块空地，有些花木，像个小公园。读完了书，到这个小公园去坐一下，倒也方便。现在，据说这个学院已搬到大学里去，图书馆与课室——一个友人来信这么说——相距很远，所以馆里更清静了。哼，希望多咱有机会再到伦敦去，再在这图书馆里写上两本小说！

载 1937 年 3 月《西风》第 7 期

船 上
——自汉口到宜昌

七月十九，武昌大轰炸，我躲在院外的空地上。炸弹在头上吱吱的叫，晓得必落在附近，也许是以我住的地方为目标。警报解除，回到院中，院墙及邻舍已倒；我的屋里只落下些灰土。大家决定搬到汉口去。我十分难过。这里并不是我的家，可是我十分的爱它，特别是在轰炸后。不论是多么不顺眼的地方，一经暴敌轰炸，便很可爱了。况且我所住的地方又是那么清静宽敞。匆匆的卷起铺盖，不好意思落泪，可也又是一番小流亡的滋味呀。

由武昌迁到汉口，只是一江之隔，尚且难过；离开武汉，奔往他处，是连想也不敢想的。可是，廿六日文艺界抗敌协会开会，决定总会迁往重庆，我必须去！当然得尊重会中的决议，虽然我决不想走。路上的苦处，到重庆后的困难，都不便预先害怕；我是舍不得武汉，特别是在大轰炸之后。轰炸有什么可怕呢？炸死，不过是一死；炸不死，多少在保卫大武汉的工作中尽自己一点点力量。轰炸只是使人愤怒，只有日本人的愚蠢才以为我们害怕呢。

廿九晚还参加"文协"的招待阿特莱女士茶会，卅日夜间可就上了船。走，是服从"文协"的命令；船票，是老向去买的。（船票是自己掏钱，不动"文协"的一文。）我只尽了跟着行李，走上船去的责任。假若前几天的炸弹落偏了一些，我必定不会走上船来！可是上船的滋味，并不比听着炸弹吱吱的往下落好受。我几乎不知身在何处，不知为何要挤在人群里。家信已发了：打回老家么？我越去越远了！儿女们还好吧？还记得这两句，可是不敢多去咂摸，把家信作为例行的公事吧。朋友们呢？在武汉交了许多新朋友，昨天还在一处言笑，今晚又分别了。何时能再会面呢？最后，因为它是最重要的，所以放在最后；最后，武汉怎样呢？武汉是不会陷落的！这样告诉朋友们不止一次了。可是，我为什么走呢，既相信武汉不会陷落？这无可自解的矛盾，使人把舌团在口里。身已在船上，即使万感交集，难道还不是以一走了之么？岸上的灯光，射在江里，万星沉浮，动

49

荡无定，心也随着欲碎。别矣武汉！

　　因为票价贵，船上并不十分挤。可是以人声去判断，简直不知有多少人，而且都发了疯。不知道为什么一定要这么乱嚷乱闹，莫非这就是逃亡必须有的表示么？不在路口上立着，大家便都能过去。可是偏有许多人立在那里，自己不走，也不许别人通过。等一等，大家就都能走过去；然而谁也不等，都往前拥，都开口就骂。中国人大概不会严肃。

　　安闲自在的只有茶房，酒钱是票价的五分之一，先付。他们穿着拖鞋，托着水烟袋，坐在客厅里闲谈。外国船上的茶房理应如此，他们没有国难，也没有任何责任；可羡慕的隐于舟上的生活呀！

　　船只有轮廓。一切零件，久已残落，决不修补，门上没柄，壶上没嘴，净桶没边沿，椅子没靠背，床前没号数，电灯没开关，……这船的轮廓要把几百条生命送到宜昌去。票价很贵；此外，一律须加"不"字。饭不能吃，开水不开，出恭不方便，……污辱中国的江，中国的人，岂只是日本暴敌呢？

　　可是中国人挺自在，舱里充满了鸦片烟味。疏散人口，免去无谓的牺牲，就是使这些鸦片烟鬼多活几天的意思么？鸦片烟鬼有钱，坐得起污辱华人的洋船，很自在的享受着中西合璧的腐臭生活。有谁敢来干涉他们呢！看，那群孩子！这就是保存国家的元气么？脏，瘦，皮在骨上挂着，一天到晚不是哭便是吃糖果。鸦片烟鬼的后裔呀，也去到后方去安全的害童子痨啊！

　　船上没有医生。有人把洗脚水倒在开水桶里。我拉痢，害病的还很多呢。两天内，舱里死了七个人。买了船票的猪狗们，就喝搀了洗脚水的水吧，就死在舱里吧，外国人只要你们的钱。大概洋船长教你们都跳下江去死，你们也不发一声吧？

　　没心去看江景。那夹岸的青山，云中的塔影，蒲上的流烟，多么美好的江山哪！可是，这是被奸污了的美妇。除了把强盗们都赶出去，谁有心肠去谀赞江上的清风与山间的明月呢！那些鸦片鬼们终日倒在床上，那些能坐着的壮士，终日围坐在麻雀桌旁，他们也无心观看美景。他们不理会中国的伟大，所以也就不替中国着急。无限的青山，滚滚的长江，你们是位置在没有诗，没有热情的地方；等着听炮声吧。

　　船白天走，走得很慢；晚间停住，没一定地方，没一定时间，全凭洋船长的旨意。领江的没有夜间开船的本领；在白天也还触到沙上而几乎搁浅了好多次，四天的工夫没离开船，船白天慢慢的走，夜间不定停在何处，不靠码头，怎能下去呢？只好闻着鸦片烟味，听着牌声，看着那群死尸，喝着不开而且搀了洗脚水的水。就是这样，我到了宜昌。痢疾更重了。茶房又来要小账；预先付过的大概是算了。松懈，肮脏，怯懦的流亡，啊！还用到别处去找国耻吗？

载 1938 年 10 月 16 日《宇宙风》第 77 期

滇行短记

一

总没学会写游记。这次到昆明住了两个半月，依然没学会写游记，最好还是不写。但友人嘱寄短文，并以滇游为题。友情难违；就想起什么写什么。另创一格，则吾岂敢，聊以塞责，颇近似之，惭愧得紧！

二

八月二十六日早七时半抵昆明。同行的是罗莘田先生。他是我的幼时同学，现在已成为国内有数的音韵学家。老朋友在久别之后相遇，谈些小时候的事情，都快活得要落泪。

他住昆明青云街靛花巷，所以我也去住在那里。

住在靛花巷的，还有郑毅生先生、汤老先生、袁家骅先生、许宝騄先生、郁泰然先生。

毅生先生是历史家，我不敢对他谈历史，只能说些笑话，汤老先生是哲学家，精通佛学，我偷偷的读他的晋魏六朝佛教史，没有看懂，因而也就没敢向他老人家请教。家骅先生在西南联大教授英国文学，一天到晚读书，我不敢多打扰他，只在他泡好了茶的时候，搭讪着进去喝一碗，赶紧告退。他的夫人钱晋华女士常来看我。到吃饭的时候每每是大家一同出去吃价钱最便宜的小馆。宝騄先生是统计学家，年轻，瘦瘦的，聪明绝顶。我最不会算术，而他成天的画方程式。他在英国留学毕业后，即留校教书，我想，他的方程式必定画得不错！假若他除

52

了统计学，别无所知，我只好闭口无言，全没办法。可是，他还会唱三百多出昆曲。在昆曲上，他是罗莘田先生与钱晋华女士的"老师"。罗先生学昆曲，是要看看制曲与配乐的关系，属于那声的字容或有一定的谱法，虽腔调万变，而不难找出个作谱的原则。钱女士学昆曲，因为她是个音乐家。我本来学过几句昆曲，到这里也想再学一点。可是，不知怎的一天一天的度过去，天天说拍曲，天天一拍也未拍，只好与许先生约定：到抗战胜利后，一同回北平去学，不但学，而且要彩唱！郁先生在许多别的本事而外，还会烹调。当他有工夫的时候，便做一二样小菜，沽四两市酒，请我喝两杯。这样，靛花巷的学者们的生活，并不寂寞。当他们用功的时候，我就老鼠似的藏在一个小角落里读书或打盹；等他们离开书本的时候，我也就跟着"活跃"起来。

此外，在这里还遇到杨今甫、闻一多、沈从文、卞之琳、陈梦家、朱自清、罗膺中、魏建功、章川岛……诸位文坛老将，好像是到了"文艺之家"。关于这些位先生的事，容我以后随时报告。

三

靛花巷是条只有两三人家的小巷，又狭又脏。可是，巷名的雅美，令人欲忘其陋。

昆明的街名，多半美雅。金马碧鸡等用不着说了，就是靛花巷附近的玉龙堆，先生坡，也都令人欣喜。

靛花巷的附近还有翠湖，湖没有北平的三海那么大，那么富丽，可是，据我看：比什刹海要好一些。湖中有荷蒲；岸上有竹树，颇清秀。最有特色的是猪耳菌，成片的开着花。此花叶厚，略似猪耳，在北平，我们管它叫作凤眼兰，状其花也；花瓣上有黑点，像眼珠。叶翠绿，厚而有光；花则粉中带蓝，无论在日光下，还是月光下，都明洁秀美。

云南大学与中法大学都在靛花巷左右，所以湖上总有不少青年男女，或读书，或散步，或划船。昆明很静，这里最静；月明之夕，到此，谁仿佛都不愿出声。

四

昆明的建筑最似北平，虽然楼房比北平多，可是墙壁的坚厚，橼柱的雕饰，都似"京派"。

花木则远胜北平。北平讲究种花，但夏天日光过烈，冬天风雪极寒，不易把花养好。昆明终年如春，即使不精心培植，还是到处有花。北平多树，但日久不雨，则叶色如灰，令人不快。昆明的树多且绿，而且树上时有松鼠跳动！人眼浓绿，使人心静，我时时立在楼上远望，老觉得昆明静秀可喜；其实呢，街上的车马并不比别处少。

至于山水，北平也得有愧色，这里，四面是山，滇池五百里——北平的昆明湖才多么一点点呀！山土是红的，草木深绿，绿色盖不住的地方露出几块红来，显出一些什么深厚的力量，教昆明城外到处人感到一种有力的静美。

四面是山，围着平坝子，稻田万顷。海田之间，相当宽的河堤有许多道，都有几十里长，满种着树木。万顷稻，中间画着深绿的线，虽然没有怎样了不起的特色，可也不是怎的总看着像画图。

五

在西南联大讲演了四次。

第一次讲演，闻一多先生做主席。他谦虚的说：大学里总是作研究工作，不容易产出活的文学来……我答以：抗战四年来，文艺写家们发现了许多文艺上的问题，诚恳的去讨论。但是，讨论的第二步，必是研究，否则不易得到结果；而写家们忙于写作，很难静静的坐下去作研究；所以，大学里作研究工作，是必要的，是帮着写家们解决问题的。研究并不是崇古鄙今，而是供给新文艺以有益的参考，使新文艺更坚实起来。譬如说：这两年来，大家都讨论民族形式问题，但讨论的多半是何谓民族形式，与民族形式的源泉何在；至于其中的细腻处，则必非匆匆忙忙的所能道出，而须一项一项的细心研究了。近来，罗莘田先生根据一百首北方俗曲，指出民间诗歌用韵的活泼自由，及十三辙的发展，成为小册。这小册子虽只谈到了民族形式中的一项问题，但是老老实实详详细细的述说，绝非空论。看了这小册子，至少我们会明白十三辙已有相当长久的历史，和它怎样代替了官样的诗韵；至少我们会看出民间文艺的用韵是何等活动，何等大胆——也就增加了我们写作时的勇气。罗先生是音韵学家，可是他的研究结果就能直接有助于文艺的写作，我愿这样的例子一天比一天多起来。

六

正是雨季，无法出游。讲演后，即随莘田下乡——龙泉村。村在郊北，距城约二十里，北大文科研究所在此。冯芝生、罗膺中、钱端升、王了一、陈梦家诸教授都在村中住家。教授们上课去，须步行二十里。

研究所有十来位研究生，生活至苦，用工极勤。三餐无肉，只炒点"地蛋"丝当作菜。我既佩服他们苦读的精神，又担心他们的健康。莘田患恶性摆子，几位学生终日伺候他，犹存古时敬师之道，实为难得。

莘田病了，我就写剧本。

七

研究所在一个小坡上——村人管它叫"山"。在山上远望，可以看见蟠龙江。快到江外的山坡，一片松林，是黑龙潭。晚上，山坡下的村子都横着一些轻雾；驴马带着铜铃，顺着绿堤，由城内回乡。

冯芝生先生领我去逛黑龙潭，徐旭生先生住在此处。此处有唐梅宋柏；旭老的屋后，两株大桂正开着金黄花。唐梅的干甚粗，但活着的却只有二三细枝——东西老了也并不一定好看。

坐在石凳上，旭老建议：中秋夜，好不好到滇池去看月；包一条小船，带着乐器与酒果，泛海竟夜。商议了半天，毫无结果。（一）船价太贵。（二）走到海边，已须步行二十里，天亮归来，又须走二十里，未免太苦。（三）找不到会玩乐器的朋友。看滇池月，非穷书生所能办到的呀！

八

中秋。莘田与我出了点钱，与研究所的学员们过节。吴晓铃先生掌灶，大家帮忙，居然做了不少可口的菜。饭后，在院中赏月，有人唱昆曲。午间，我同两位同学去垂钓，只钓上一二条寸长的小鱼。

九

莘田病好了一些。我写完了话剧《大地龙蛇》的前二幕。约了膺中、了一和众研究生，来听我朗读。大家都给了些很好的意见，我开始修改。

对文艺，我实在不懂得什么，就是愿意学习，最快活的，就是写得了一些东西，对朋友们朗读，而后听大家的批评。一个人的脑子，无论怎样的缜密，也不能教作品完全没有漏隙，而旁观者清，不定指出多少窟窿来。

十

从文和之琳约上呈贡——他们住在那里，来校上课须坐火车。莘田病刚好，不能陪我去，只好作罢。我继续写剧本。

十一

岗头村距城八里，也住着不少的联大的教职员。我去过三次，无论由城里去，还是由龙泉村去，路上都很美。走二三里，在河堤的大树下，或在路旁的小茶馆，休息一下，都使人舍不得走开。

村外的小山上，有涌泉寺，和其他的云南的寺院一样，庭中有很大的梅树和桂树。桂树还有一株开着晚花，满院都是香的。庙后有泉，泉水流到寺外，成为小溪；溪上盛开着秋葵和说不上名儿的香花，随便折几枝，就够插瓶的了。我看到一两个小女学生在溪畔端详哪枝最适于插瓶——涌泉寺里是南菁中学。

在南菁中学对学生说了几句话。我告诉他们：各处缠足的女子怎样在修路，抬土，做着抗建的工作。章川岛先生的小女儿下学后，告诉她爸爸："舒伯伯挖苦了我们的脚！"

十二

离龙泉村五六里，为凤鸣山。山上有庙，庙有金殿——一座小殿，全用铜筑。山与庙都没什么好看，倒是遍山青松，十分幽丽。

云南的松柏结果都特别的大。松塔大如菠萝，柏实大如枣。松子几乎代替了瓜子，闲着没事的时候，大家总是买些松子吃着玩，整船的空的松塔运到城中；大概是作燃料用，可是凤鸣山的青松并没有松塔儿，也许是另一种树吧，我叫不上名字来。

十三

在龙泉村，听到了古琴。相当大的一个院子，平房五六间。顺着墙，丛丛绿竹。竹前，老梅两株，瘦硬的枝子伸到窗前。巨杏一株，荫遮半院。绿荫下，一案数椅，彭先生弹琴，查先生吹箫；然后，查先生独奏大琴。

在这里，大家几乎忘了一切人世上的烦恼！

这小村多么污浊呀，路多年没有修过，马粪也数月没有扫除过，可是在这有琴音梅影的院子里，大家的心里却发出了香味。

查阜西先生精于古乐。虽然他与我是新识，却一见如故，他的音乐好，为人也好。他有时候也作点诗——即使不作诗，我也要称他为诗人啊！

与他同院住的是陈梦家先生夫妇，梦家现在正研究甲骨文。他的夫人，会几种外国语言，也长于音乐，正和查先生学习古琴。

十四

在昆明两月，多半住在乡下，简直的没有看见什么。城内与郊外的名胜几乎都没有看到。战时，古寺名山多被占用；我不便为看山访古而去托人情，连最有名的西山，也没有能去。在城内靛花巷住着的时候，每天我必倚着楼窗远望西山，想象着由山上看滇池，应当是怎样的美丽。山上时有云气往来，昆明人说："有雨无雨看西山。"山峰被云遮住，有雨，峰还外露，虽别处有云，也不至有多大的雨。此语，相当的灵验。西山，只当了我的阴晴表，真面目如何，恐怕这一生也不会知道了；哪容易再得到游昆明的机会呢！

到城外中法大学去讲演了一次，本来可以顺脚去看筇竹寺的五百罗汉塑像。可是，据说也不能随便进去，况且，又落了雨。

连城内的园通公园也只可游览一半，不过，这一半确乎值得一看。建筑的大方，或较北平的中山公园还好一些；至于石树的幽美，则远胜之，因为中山公园太"平"了。

同查阜西先生逛了一次大观楼。楼在城外湖边，建筑无可观，可是水很美。出城，坐小木船。在稻田中间留出来的水道上慢慢的走。稻穗黄，芦花已白，田坝旁边偶而还有几穗凤眼兰。远处，万顷碧波，缓动着风帆——到昆阳去的水路。

大观楼在公园内，但美的地方却不在园内，而在园外。园外是滇池，一望无际。湖的气魄，比西湖与颐和园的昆明池都大得多了。在城市附近，有这么一片水，真使人狂喜。湖上可以划船，还有鲜鱼吃。我们没有买舟，也没有吃鱼，只在湖边坐了一会儿看水。天上白云，远处青山，眼前是一湖秋水，使人连诗也懒得作了。作诗要去思索，可是美景把人心融化在山水风花里，像感觉到一点什么，又好像茫然无所知，恐怕坐湖边的时候就有这种欣悦吧？在此际还要寻词觅字去作诗，也许稍微笨了一点。

十五

剧本写完，今年是我个人的倒霉年。春初即患头晕，一直到夏季，几乎连一个字也没有写。没想到，在昆明两月，倒能写成这一点东西——好坏是另一问题，能动笔总是件可喜的事。

十六

剧本既已写成，就要离开昆明，多看一些地方。从文与之琳约上呈贡，因为莘田病初好，不敢走路，没有领我去，只好延期。我很想去，一来是听说那里风景很好，二来是要看看之琳写的长篇小说！——已经写了十几万字，还在继续的写。

十七

查阜西先生愿陪我去游大理。联大的友人们虽已在昆明二三年，还很少有到过大理的。大家都盼望我俩的计划能实现。于是我们就分头去接洽车子。

有几家商车都答应了给我们座位，我们反倒难于决定坐哪一家的了。最后，决定坐吴晓铃先生介绍的车，因为一行四部卡车，其中的一位司机是他的弟弟。兄弟俩一定教我们坐那部车，而且先请我们吃了饭，吃饭的时候，我笑着说："这回，司机可教黄鱼给吃了！"

十八

　　一上了滇缅公路，便感到战争的紧张；在那静静的昆明城里，除了有空袭的时候，仿佛并没有什么战争与患难的存在。在我所走过的公路中，要算滇缅公路最忙了，车，车，车，来的，去的，走着的，停着的，大的，小的，到处都是车！我们所坐的车子是商车，这种车子可以搭一两个客，客人按公路交通车车价十分之二买票。短途搭脚的客人，只乘三五十里，不经过检查站，便无须打票，而做黄鱼；这是司机车的一笔"外找"。官车有押车的人，黄鱼不易上去，这批买卖多半归商车作。商车的司机薪水既高，公物安全的到达，还有奖金；薪水与奖金凑起来，已近千元，此外且有外找，差不多一月可以拿到两三千元。因为人款多，所以他们开车极仔细可靠。同时，他们也敢享受。公家车子的司机待遇没有这么高；而到处物价都以商车司机的阔气为标准，所以他们开车便理直气壮。据说，不久的将来，沿途都要为司机们设立招待所，以低廉的取价，供给他们相当舒适的食宿，使他们能饱食安眠，得到一些安慰。我希望这计划能早早实现！

　　第一天，到晚八时余，我们才走了六十三公里！我们这四部车没有押车的，因为押车的既没法约束司机，跟来是自讨无趣，而且时时耽误了工夫——一与司机冲突，则车不能动——一到时候交不上货去。押车员的地位，被司机的班长代替了，而这位班长绝对没有办事的能力。已走出二十公里，他忘记了交货证；回城去取。又走了数里，他才想起，没有带来机油，再回去取来！商车，假若车主不是司机出身，只有赔钱！

　　六十三公里的地方，有一家小饭馆，一位广东老人，不会说云南话，也不会说任何异于广东话的言语，做着生意。我很替他着急，他却从从容容的把生意做了；广东人的精神！

　　没有旅馆，我们住在一家人家里。房子很大，院中极脏。又赶上落了一阵雨，到处是烂泥，不幸而滑倒，也许跌到粪堆里去。

十九

第二天一早动身，过羊老哨，开始领略出滇缅路的艰险。司机介绍，从此到下关，最险的是圾山坡和天子庙，一上一下都有二十多公里。不过，这样远都是小坡，真正危险的地方还须过下关才能看到；有的地方，一上要一整天，一下又要一整天！

山高弯急，比川陕与西兰公路都更险恶。说到这里，也就难怪司机们要享受一点了。这是玩命的事啊！我们的司机，真谨慎：见迎面来车，马上停住让路；听后面有响声，又立刻停住让路；虽然他开车的技巧很好，可是一点也不敢大意。遇到大坡，车子一步一哼，不肯上去，他探着身（他的身量不高），连眼皮似乎都不敢眨一眨。我看得出来，到下午三四点钟的时候，他已经有点支持不住了。

在禄丰打尖，开铺子的也多是广东人。县城距公路还有二三里路，没有工夫去看。打尖的地方是在公路旁新辟的街上。晚上宿在镇南城外一家新开的旅舍里，什么设备也没有，可是住满了人。

二十

第三天经过圾山坡及天子庙两处险坡。终日在山中盘旋。山连山，看不见村落人烟。有的地方，松柏成林；有的地方，却没有多少树木。可是，没有树的地方，也是绿的，不像北方大山那样荒凉。山大都没有奇峰，但浓翠可喜；白云在天上轻移，更教青山明媚。高处并不冷，加以车子越走越热，反倒要脱去外衣了。

晚上九点，才到下关车站。几乎找不到饭吃，因为照规矩须在日落以前赶到，迟到的便不容易找到东西吃了。下关在高处，车子都停在车站。站上的旅舍饭馆差不多都是新开的，既无完好的设备，价钱又高，表示出"专为赚钱，不管别的"的心理。

公路局设有招待所，相当的洁净，可是很难有空房。我们下了一家小旅舍，门外没有灯，门内却有一道臭沟，一进门我就掉在沟里！楼上一间大屋，设床十数架，头尾相连，每床收钱三元。客人们要有两人交谈的，大家便都须陪着不睡，因为都在一间屋子里。

这样的旅舍要三元一铺，吃饭呢，至少须花十元以上，才能吃饱。司机者的花费，即使是绝对规规矩矩，一天也要三四十元啊。

二十一

下关的风，上关的花，苍山的雪，洱海的月，为大理四景。据说下关的风虽多，而不进屋子。我们没遇上风，不知真假。我想，不进屋子的风恐怕不会有，也许是因这一带多地震，墙壁都造得特别厚，所以屋中不大受风的威胁吧。

早晨，车子都开了走，下关便很冷静；等到下午五六点钟的时候，车子都停下，就又热闹起来。我们既不愿白日在旅馆里呆坐，也不喜晚间的嘈杂，便马上决定到喜洲镇去。

由下关到大理是三十里，由大理到喜洲镇还有四十五里。看苍山，以在大理为宜；可是喜洲镇有我们的朋友，所以决定先到那里去。我们雇了两乘滑竿。

这里抬滑竿的多数是四川人。本地人是不愿卖苦力气的。

离开车站，一拐弯便是下关。小小的一座城，在洱海的这一端，城内没有什么可看的。穿出城，右手是洱海，左手是苍山，风景相当的美。可惜，苍山上并没有雪；按轿夫说，是几天没下雨，故山上没有雪，——地上落雨，山上就落雪，四季皆然。

到处都有流水，是由苍山流下的雪水。缺雨的时候，即以雪水灌田，但是须向山上的人购买；钱到，水便流过来。

沿路看到整齐坚固的房子，一来是因为防备地震，二来是石头方便。

在大理城内打尖。长条的一座城，有许多家卖大理石的铺子。铺店的牌匾也有用大理石作的，圆圆的石块，嵌在红木上，非常的雅致。城中看不出怎样富庶，也没有多少很体面的建筑，但是在晴和的阳光下，大家从从容容的作着事情，使人感到安全静美。谁能想到，这就是杜文秀抵抗清兵十八年的地方啊！

太阳快落了，才看到喜洲镇。在路上，被日光晒得出了汗；现在，太阳刚被山峰遮住，就感到凉意。据说，云南的天气是一岁中的变化少，一月中的变化多。

二十二

洱海并不像我们想象的那么美。海长百里，宽二十里，是一个长条儿，长而狭便一览无余，缺乏幽远或苍茫之气；它像一条河，不像湖。还有，它的四面都是山，可是山——特别是紧靠湖岸的——都不很秀，都没有多少树木。这样，眼睛看到湖的彼岸，接着就是些平平的山坡了；湖的气势立即消散，不能使人凝眸伫视——它不成为景！

湖上的渔帆也不多。

喜洲镇却是个奇迹。我想不起，在国内什么偏僻的地方，见过这么体面的市镇，远远的就看见几所楼房，孤立在镇外，看样子必是一所大学校。我心中暗喜；到喜洲来，原为访在华中大学的朋友们；假若华中大学有这么阔气的楼房，我与查先生便可以舒舒服服的过几天了。及仔细一打听，才知道那是五台中学，地方上士绅捐资建筑的，花费了一百多万，学校正对着五台高峰，故以五台名。

一百多万！是的，这里的确有出一百多万的能力。看，镇外的牌坊，高大，美丽，通体是大理石的，而且不止一座呀！

进到镇里，仿佛是到了英国的剑桥，街旁到处流着活水；一出门，便可以洗菜洗衣，而污浊立刻随流而逝。街道很整齐，商店很多。有图书馆，馆前立着大理石的牌坊，字是贴金的！有警察局。有像王宫似的深宅大院，都是雕梁画柱。有许多祠堂，也都金碧辉煌。

不到一里，便是洱海。不到五六里便是高山。山水之间有这样的一个镇市，真是世外桃源啊！

二十三

华中大学却在文庙和一所祠堂里。房屋又不够用，有的课室只像卖香烟的小棚子。足以傲人的，是学校有电灯。校车停驶，即利用车中的马达磨电。据说，当电灯初放光明的时节，乡人们"不远千里而来""观光"。用不着细说，学校中一切的设备，都可以拿这样的电灯作象征——设尽方法，克服困难。

教师们都分住在镇内，生活虽苦，却有好房子住。至不济，还可以租住阔人们的祠堂——即连壁上都嵌着大理石的祠堂。

四年前，我离家南下，到武汉便住在华中大学。隔别三载，朋友们却又在喜洲相见，是多么快活的事呀！住了四天，天天有人请吃鱼；洱海的鱼拿到市上还欢跳着。"留神破产呀！"客人发出警告。可是主人们说："谁能想到你会来呢？！破产也要痛快一下呀！"

我给学生们讲演了三个晚上，查先生讲了一次。五台中学也约去讲演，我很怕小学生们不懂我的言语，因为学生们里有的是讲民家话的。民家话属于哪一语言系统，语言学家们还正在讨论中。在大理城中，人们讲官话，城外便要说民家话了。到城里作事和卖东西的，多数的人只能以官话讲价钱，和说眼前的东西的名称，其余的便说不上来了。所谓"民家"者，对官家军人而言，大概在明代南征的时候，官吏与军人被称为官家与军家，而原来的居民便成了民家。

民家人是谁？民家语是属于哪一系统？都有人正在研究。民家人的风俗、神话、历史，也都有研究的价值。云南是学术研究的宝地，人文而外，就单以植物而言，也是兼有温带与寒带的花木啊。

二十四

游了一回洱海，可惜不是月夜。湖边有不少稻田，也有小小的村落。阔人们在海中建起别墅别有天地。这些人是不是发国难财的，就不得而知了。

也游了一次山，山上到处响着溪水，东一个西一个的好多水磨。水比山还好看！苍山的积雪化为清溪，水浅绿，随处在石块左右，翻起白花，水的声色，有点像瑞士的。

山上有罗刹阁。菩萨化为老人，降伏了恶魔罗刹父子，压于宝塔之下。这类的传说，显然是佛教与本土的神话混合而成的。经过分析，也许能找出原来的宗教信仰，与佛教输入的情形。

64

二十五

此地，妇女们似乎比男人更能干。在田里下力的是妇女，在场上卖东西的是妇女，在路上担负粮柴的也是妇女。妇女，据说可以养着丈夫，而丈夫可以在家中安闲的享福。

妇女的装束略同汉人，但喜戴些零七八碎的小装饰。很穷的小姑娘老太婆，尽管衣裙破旧，也戴着手镯。草帽子必缀上两根红绿的绸带。她们多数是大足，但鞋尖极长极瘦，鞋后跟钉着一块花布，表示出也近乎缠足的意思。

听说她们很会唱歌，但是我没有听见一声。

二十六

由喜洲回下关，并没在大理停住，虽然华中的友人给了我们介绍信，在大理可以找到住处。大理是游苍山的最合适的地方。我们所以直接回下关者，一来因为不愿多打扰生朋友，二来是车子不好找，须早为下手。

回到下关，范会连先生来访，并领我们去洗温泉。云南这一带温泉很多，而且水很热。我们洗澡的地方，安有冷水管，假若全用泉水，便热得下不去脚了。泉下，一个很险要的地方，两面是山，中间是水，有一块碑，刻着汉诸葛武侯擒孟获处。碑是光绪年间立的，不知以前有没有。

范先生说有小车子回昆明，教我们乘搭。在这以前，我们已交涉好滇缅路交通车，即赶紧辞退，可是，路局的人员约我去演讲一次。他们的办公处，在湖边上，一出门便看见山水之胜。小小的一个俱乐部，里面有些书籍。职员之中，有些很爱好文艺的青年。他们还在下关演过话剧。他们的困难是找不到合适的剧本。他们的人少，服装道具也不易置办，而得到的剧本，总嫌用人太多，场面太多，无法演出。他们的困难，我想，恐怕也是各地方的热心戏剧宣传者的困难吧，写剧的人似乎应当注意及此。

讲演的时候，门外都站满了人。他们不易得到新书，也不易听到什么，有朋自远方来，当然使他们兴奋。

在下关旅舍里，遇见一位新由仰光回来的青年，他告诉我：海外是怎样的需要文艺宣传。有位"常任侠"——不是中大的教授——声言要在仰光等处演戏，需钱去接来演员。演员们始终没来一个，而常君自己已骗到手十多万！

二十七

小车子一天赶了四百多公里，早六时半出发，晚五时就开到了昆明。

预备作两件事：一件是看看滇戏，一件是上呈贡。滇戏没看到，因为空袭的关系，已很久没有彩唱，而只有"坐打"。呈贡也没去成。预定十一月十四日起身回渝，十号左右可去呈贡，可是忽然得到通知，十号可以走，破坏了预定计划。

十日，恋恋不舍的辞别了众朋友。

载 1941 年 11 月 22 日至 1942 年 1 月 7 日《扫荡报》

青蓉略记

今年八月初，陈家桥一带的土井已都干得滴水皆无。要水，须到小河湾里去"挖"。天既奇暑，又没水喝，不免有些着慌了。很想上缙云山去"避难"，可是据说山上也缺水。正在这样计无从出的时候，冯焕章先生来约同去灌县与青城。这真是福自天来了！

八月九日晨出发。同行者还有赖亚力与王冶秋二先生，都是老友，路上颇不寂寞。在来凤驿遇见一阵暴雨，把行李打湿了一点，临时买了一张席子遮在车上。打过尖，雨已晴，一路平安的到了内江。内江比二三年前热闹得多了，银行和饭馆都新增了许多家。傍晚，街上挤满了人和车。次晨七时又出发，在简阳吃午饭。下午四时便到了成都。天热，又因明晨即赴灌县，所以没有出去游玩。夜间下了一阵雨。

十一日早六时向灌县出发，车行甚缓，因为路上有许多小渠。路的两旁都有浅渠，流着清水；渠旁便是稻田：田埂上往往种着薏米，一穗穗的垂着绿珠。往西望，可以看见雪山。近处的山峰碧绿，远处的山峰雪白，在晨光下，绿的变为明翠，白的略带些玫瑰色，使人想一下子飞到那高远的地方去。还不到八时，便到了灌县。城不大，而处处是水，像一位身小而多乳的母亲，滋养着川西坝子的十好几县。住在任觉五先生的家中。孤零零的一所小洋房，两面都是雪浪激流的河，把房子围住，门前终日几乎没有一个行人，除了水声也没有别的声音。门外有些静静的稻田，稻子都有一人来高。远望便见到大面青城雪山，都是绿的。院中有一小盆兰花，时时放出香味。

青年团正在此举行夏令营；一共有千名：以上的男女学生，所以街上特别的显着风光。学生和职员都穿汗衫短裤（女的穿短裙），赤脚着草鞋，背负大草帽，非常的精神。张文白将军与易君左先生都来看我们，也都是"短打扮"，也就都显着年轻了好多。夏令营本部在公园内，新盖的礼堂，新修的游泳池，原有一块

67

不小的空场，即作为运动和练习骑马的地方。女学生也练习马术，结队穿过街市的时候，使居民们都吐吐舌头。

灌县的水利是世界闻名的。在公园后面的一座大桥上，便可以看到滚滚的雪水从离堆流进来。在古代，山上的大量雪水流下来，非河身所能容纳，故时有水患。后来，李冰父子把小山硬凿开一块，水乃分流——离堆便在凿开的那个缝子的旁边。从此双江分灌，到处划渠，遂使川西平原的十四五县成为最富庶的区域——只要灌县的都江堰一放水，这十几县便都不下雨也有用不完的水了。城外小山上有二王庙，供养的便是李冰父子。在庙中高处可以看见都江堰的全景。在两江未分的地方，有驰名的竹索桥。距桥不远，设有鱼嘴，使流水分家，而后一江外行，一江入离堆，是为内外江。到冬天，在鱼嘴下设阻碍，把水截住，则内江干涸，可以淘滩。春来，撤去阻碍，又复成河。据说，每到春季开水的时候，有多少万人来看热闹。在二王庙的墙上，刻着古来治水的格言，如深淘滩，低作堰等。细细玩味这些格言，再看着江堰上那些实际的设施，便可以看出来，治水的诀窍只有一个字——"软"。水本力猛，遇阻则激而决溃广所以应低作堰，使之轻轻漫过，不至出险。水本急流而下，波涛汹涌，故中设鱼嘴，使分为二，以减其力；分而又分，江乃成渠，力量分散，就有益而无损了。作堰的东西只是用竹编的篮子，盛上大石卵。竹有弹性，而石卵是活动的，都可以用"四两破千斤"的劲儿对付那惊涛骇浪。用分化与软化对付无情的急流，水便老实起来，乖乖的为人们灌田了。

竹索桥最有趣。两排木柱，柱上有四五道竹索子，形成一条窄胡同儿。下面再用竹索把木板编在一处，便成了一座悬空的、随风摇动的大桥。我在桥上走了走，虽然桥身有点动摇，虽然木板没有编紧，还看得到下面的急流，——看久了当然发晕——可是绝无危险，并不十分难走。

治水和修构竹索桥的方法，我想，不定是经过多少年代的试验与失败，而后才得到成功的。而所谓文明者，我想，也不过就是能用尽心智去解决切身的问题而已。假若不去下一番功夫，而任着水去泛滥，或任着某种自然势力兴灾作祸，则人类必始终是穴居野处，自生自灭，以至灭亡。看到都江堰的水利与竹索桥，我们知道我们的祖先确有不甘屈服而苦心焦虑的去克服困难的精神。可是，在今天，我们还时时听到看到各处不是闹旱便是闹水，甚至于一些蝗虫也能教我们去吃树皮草根。可怜，也可耻呀！我们连切身的衣食问题都不去设法解决，还谈什么文明与文化呢？

灌县城不大，可是东西很多。在街上，随处可以看到各种的水果，都好看好吃。在此处，我看到最大的鸡卵与大蒜大豆。鸡蛋虽然已卖到一元二角一个，可是这一个实在比别处的大着一倍呀！雪山的大豆要比胡豆还大。雪白发光，看着便可爱！药材很多，在随便的一家小药店里，便可以看到雷震子、贝母、虫草、熊胆、麝香，和多少说不上名儿来的药物。看到这些东西，使人想到西边的山地与草原里去看一看。啊，要能到山中去割几脐麝香，打几匹大熊，够多威武而有趣呀！

物产虽多，此地的物价可也很高。只有吃茶便宜，城里五角一碗，城外三角，再远一点就卖二角了。青城山出茶，而遍地是水，故应如此。等我练好辟谷的功夫，我一定要搬到这一带来住，不吃什么，只喝两碗茶，或者每天只写二百字就够生活的了。

在灌县住了十天。才到青城山去。山在县城西南，约四十里。一路上，渠溪很多，有的浑黄，有的清碧：浑黄的大概是上流刚下了大雨。溪岸上往往有些野花，在树荫下幽闲的开着。山口外有长生观，今为荫堂中学校舍；秋后，黄碧野先生即在此教书。入了山，头一座庙是建福宫，没有什么可看的。由此拾阶而前，行五里，为天师洞——我们即住于此。由天师洞再往上走，约三四里，即到上清宫。天师洞上清宫是山中两大寺院，都招待游客，食宿概有定价，且甚公道。

从我自己的一点点旅行经验中，我得到一个游山玩水的诀窍："风景好的地方，虽无古迹，也值得来，风景不好的地方，纵有古迹，大可以不去。"古迹，十之八九，是会使人失望的。以上清宫和天师洞两大道院来说吧，它们都有些古迹，而一无足观。上清宫里有鸳鸯井，也不过是一井而有二口，一方一圆，一干一湿；看它不看，毫无关系。还有麻姑池，不过是一小方池浊水而已。天师洞里也有这类的东西，比如洗心池吧，不过是很小的一个水池；降魔石呢，原是由山崖裂开的一块石头，而硬说是被张大师用剑劈开的。假若没有这些古迹，这两座庙子的优美自然一点也不减少，上清宫在山头，可以东望平原，青碧千顷；山是青的，地也是青的，好像山上的滴翠慢慢流到人间去了的样子。在此，早晨可以看日出，晚间可以看圣灯；就是白天没有什么特景可观的时候，登高远眺，也足以使人心旷神怡。天师洞，与上清宫相反，是藏在山腰里，四面都被青山环抱着，掩护着，我想把它叫作"抱翠洞"，也许比原名更好一些。

不过，不管庙宇如何，假若山林无可观，就没有多大意思，因为庙以庄严整齐为主。成不了什么很好的景致。青城之值得一游，正在乎山的本身也好；即使它无一古迹，无一大寺，它还是值得一看的名山。山的东面倾斜，所以长满了树木，这占了一个"青"字。山的西面，全是峭壁千丈，如城垣，这占了一个"城"

字。山不厚，山"青"的这一头转到"城"的那一面，只须走几里路便够了。山也不算高。山脚至顶不过十里路。既不厚，又不高，按说就必平平无奇了。但是不然。它"青"，青得出奇，它不像深山老峪中那种老松凝碧的深绿。山不像北方山上的那种东一块西一块的绿，它的青色是包住了全山，没有露着山骨的地方；而且，这个笼罩全山的青色是竹叶，楠叶的嫩绿，是一种要滴落的，有些光泽的，要浮动的，淡绿。这个青色使人心中轻快，可是不敢高声呼唤，仿佛怕把那似滴未滴，欲动未动的青翠惊坏了似的。这个青色是使人吸到心中去的，而不是只看一眼，夸赞一声便完事的。当这个青色在你周围，你便觉出一种恬静，一种说不出，也无须说出的舒适。假若你非去形容一下不可呢，你自然的只会找到一个字——幽。所以，吴稚晖先生说："青城天下幽。"幽得太厉害了，便使人生畏；青城山却正好不太高，不太深，而恰恰不大不小的使人既不畏其旷，也不嫌它窄；它令人能体会到"悠然见南山"的那个"悠然"。

山中有报更鸟，每到晚间，即梆梆的呼叫，和柝声极相似，据道人说，此鸟不多，且永不出山。那天，寺中来了一队人，拿着好几枝猎枪，我很为那儿只会击柝的小鸟儿担心，这种鸟儿有个缺欠，即只能打三更——梆，梆梆——无论是傍晚还是深夜，它们老这么叫三下。假若能给它们一点训练，教它们能从一更报到五更，有多么好玩呢！

白日游山，夜晚听报更鸟，"悠悠"的就过了十几天。寺中的桂花开始放香，我们恋恋不舍的离别了道人们。

返灌县城，只留一夜，即回成都。过郫县，我们去看了看望丛祠；没有什么好看的，地方可是很清幽，王法勤委员即葬于此。

成都的地方大，人又多，若把半个多月的旅记都抄写下来，未免太麻烦了。拣几项来随便谈谈吧。

（一）成都文协分会：自从川大迁开，成都文协分会因短少了不少会员，会务曾经有过一个时期不大旺炽。此次过蓉，分会全体会员举行茶会招待，到会的也还有四十多人，并不太少。会刊——《笔阵》——也由几小页扩充到好几十页的月刊，虽然月间经费不过才有百元钱。这样的努力，不能不令人钦佩！可惜，开会时没有见到李劼人先生，他上了乐山。《笔阵》所用的纸张，据说，是李先生设法给捐来的；大家都很感激他；有了纸，别的就容易办得多了。会上，也没见到圣陶先生，可是过了两天，在开明分店见到。他的精神很好，只是白发已满了头。他的少爷们，他告诉我，已写了许多篇小品文，预备出个集子，想找我作序，多么有趣的事啊！郭子杰先生陶雄先生都约我吃饭，牧野先生陪着我游看各处，还有陈翔鹤、车瘦舟诸先生约我聚餐，一当然不准我出钱——都在此致谢。瞿冰森先生和中央日报的同仁约我吃真正成都味的酒席，更是感激不尽。

（二）看戏：吴先忧先生请我看了川剧，及贾瞎子的竹琴，德娃子的洋琴，这是此次过蓉最快意的事。成都的川剧比重庆的好得多，况且我们又看的是贾佩之、肖楷成、周慕莲、周企何几位名手，就更觉得出色了。不过，最使我满意的，倒还是贾瞎子的竹琴。乐器只有一鼓一板，腔调又是那么简单，可是他唱起来仿佛每一个字都有些魔力，他越收敛，听者越注意静听，及至他一放音，台下便没法不喝彩了。他的每一个字像一个轻打梨花的雨点，圆润轻柔；每一句是有声有色的一小单位；真是字字有力，句句含情。故事中有多少人，他要学多少人，忽而大嗓，忽而细嗓，而且不只变嗓，还要咬音吐字各尽其情；这真是点本领！希望再有上成都去的，机会。多听他几次！

（三）看书：在蓉，住在老友侯宝璋大夫家里。虽是大夫，他却极喜爱字画。有几块闲钱，他便去买破的字画；这样，慢慢的他已收集了不少四川先贤的手迹。这样，他也就与西玉龙街一带的古玩铺及旧书店都熟识了。他带我去游玩，总是到这些旧纸堆中来。成都比重庆有趣就在这里——有旧书摊儿可逛。买不买的且不去管，就是多摸一摸旧纸陈篇也是快事啊。真的，我什么也没买，书价太高。可是，饱了眼福也就不虚此行。一般的说，成都的日用品比重庆的便宜一点，因为成都的手工业相当的发达，出品既多，同业的又多在同一条街上售货，价格当然稳定一些。鞋、袜、牙刷，纸张什么的，我看出来，都比重庆的相因着不少。旧书虽贵，大概也比重庆的便宜，假若能来往贩卖，也许是个赚钱的生意。不过，我既没发财的志愿，也就不便多此一举，虽然贩卖旧书之举也许是俗不伤雅的吧。

（四）归来：因下雨，过至中秋前一日才动身返渝。中秋日下午五时到陈家桥，天还阴着。夜间没有月光，马马虎虎的也就忘了过节。这样也好，省得看月思乡，又是一番难过！

载一九四二年十月十日《大公报》

由三藩市到天津

到三藩市（旧金山）恰好在双十节之前，中国城正悬灯结彩，预备庆贺。在我们侨胞心里，双十节是与农历新年有同等重要的。

常听人言：华侨们往往为利害的，家族的，等等冲突，去打群架，械斗。事实上，这已是往日的事了；为寻金而来的侨胞是远在一八五○年左右；现在，三藩市的中国城是建设在几条最体面，最重要的大街上，侨胞们是最守法的公民；械斗久已不见。

可是，在双十的前夕，这里发生了斗争，打伤了人。这次的起打，不是为了家族的，或私人间利害的冲突，而是政治的。

青年们和工人们，在双十前夕，集聚在一堂，挂起金星红旗，庆祝新中国的诞生。这可招恼了守旧的、反动的人们，就派人来捣乱。红旗被扯下，继以斗殴。

双十日晚七时，中国城有很热闹的游行。因为怕再出事，五时左右街上已布满警察。可惜，我因有个约会，没能看到游行。事后听说，游行平安无事；队伍到孙中山先生铜像前致敬，并由代表们献剑给蒋介石与李宗仁，由总领事代收。

全世界已分为两大阵营，美国的华侨也非例外：一方面悬起红旗，另一方面献剑给祸国殃民的匪酋。

在这里，我们应当矫正大家常犯的一个错误——华侨们都守旧，落后。不，连三藩和纽约，都有高悬红旗，为新中国欢呼的青年与工人。

就是在那些随着队伍，去献剑的人们里，也有不少明知蒋匪昏暴，而看在孙中山先生的面上，不好不去凑凑热闹的。另有一些，虽具有爱国的高度热诚，可是被美国的反共宣传所惑，于是就很怕"共产"。

老一辈的侨胞，能读书的并不多。晚辈们虽受过教育，而读不到中国的英文与华文书籍。英文书很少，华文书来不到。报纸呢（华文的）又多被二陈所控制，信意的造谣。这也就难怪他们对国事不十分清楚了。

纽约的《华侨日报》是华文报纸中唯一能报道正确消息的，我们应多供给它资料——特别是文艺与新政府行政的纲领与实施的办法。此外，也应当把文艺图书、刊物，多寄去一些。

十月十三号开船。船上有二十二位回国的留学生。他们每天举行讨论会，讨论到祖国应如何服务，并报告自己专修过的课程，以便交换知识。

同时，船上另有不少回国的人，却终日赌钱，打麻将。

船上有好几位财主，都是菲律宾人。他们的服饰，比美国阔少的更华丽。他们的浅薄无知，好玩好笑，比美国商人更俗鄙。他们看不起中国人。

十八日到檀香山。论花草，天气，风景，这真是人间的福地。到处都是花。街上，隔不了几步，便有个卖花人，将栀子、虞美人等香花织成花圈出售；因此，街上也是香的。

这里百分之四十八是日本人，中国人只占百分之二十以上，这里的经济命脉却在英美人手里。这里，早有改为美国的第四十九州之议，可是因为东方民族太多了，至今未能实现。好家伙，若选出日本人或中国人做议员，岂不给美国丢人。

二十七日到横滨。由美国军部组织了参观团，船上搭客可买票参加，去看东京。

只有四五个钟头，没有看见什么。自横滨，到东京，一路原来都是工业区。现在，只是败瓦残屋，并无烟筒；工厂都被轰炸光了。

路上，有的人穿着没有一块整布的破衣，等候电车。许多妇女，已不穿那花里胡哨的长衣，代替的是长裤短袄。

在东京，人们的服装显得稍微整齐，而仍掩蔽不住寒伧。女人们仍有穿西服的，可是鞋袜都很破旧。男人们有许多还穿着战时的军衣，戴着那最恨的军帽——抗战中，中国的话剧中与图画中最习见的那凶暴的象征。

日本的小孩儿们，在战前，不是脸蛋儿红扑扑的好看么？现在，他们面黄肌瘦。被绞死的战犯只获一死而已；他们的遗毒余祸却殃及后代啊！

由参观团的男女领导员们（日本人）口中，听到他们没有糖和香蕉吃——因为他们丢失了台湾！其实，他们所缺乏的并不止糖与香蕉。他们之所以对中国人单单提到此二者，倒许是为了不忘情台湾吧？

三十一日到马尼拉。这地方真热。

大战中打沉了的船还在海里卧着，四围安着标识，以免行船不慎，撞了上去。

岸上的西班牙时代所建筑的教堂，及其他建筑物，还是一片瓦砾。有城墙的老城完全打光。新城正在建设，还很空旷，看来有点大而无当。

本不想下船，因为第一，船上有冷气设备，比岸上舒服。第二，听说菲律宾人不欢喜中国人；税吏们对下船的华人要搜检每一个衣袋，以防走私。第三，菲律宾正要选举总统，到处有械斗，受点误伤，才不上算。

可是，我终于下了船。

在城中与郊外转了一圈，我听到一些值得记下来的事：前两天由台湾运来大批的金银。这消息使我理会到，蒋介石虽在表面上要死守台湾，可是依然不肯把他的金银分给士兵，而运到国外来。据说，菲律宾并没有什么工业；那么，将自己的与他的走狗的财富，便可以投资在菲律宾；到台湾不能站脚的时候，便到菲律宾来作财阀了。依最近的消息，我这猜测是相当正确的。可是，我在前面说过，菲律宾人并不喜欢中国人。其原因大概是因为中国人的经营能力强，招起菲律宾人的忌妒。那么，假若蒋匪与他的匪帮到菲律宾去投资，剥削菲人，大概菲人会起来反抗的，一旦菲人起来反抗，那些在菲的侨胞便会吃挂误官司。蒋匪真是不祥之物啊！

舟离日本，遇上台风，离马尼拉，再遇台风。两次台风，把我的腿又搞坏。到香港——十一月四日——我已寸步难行。

等船，一等就是二十四天。

在这二十四天里，我看见了天津帮、山东帮、广东帮的商人们，在抢购抢卖运各色的货物。室内室外，连街上，入耳的言语都是生意经。他们庆幸虽然离弃了上海天津青岛，而在香港又找到了投机者的乐园。

遇见了两三位英国人，他们都稳稳当当的说：非承认新中国不可了。谈到香港的将来，他们便微笑不言了。

一位美国商人告诉我："我并不愁暂时没有生意；可虑的倒是将来中外贸易的路线！假若路线是走'北'路，我可就真完了！"

我可也看见了到广州去慰劳解放军的青年男女们。他们都告诉我："他们的确有纪律、有本事、有新的气象！我们还想再去！"

好容易，我得到一张船票。

不像是上船，而像一群猪入圈。码头上的大门不开，而只在大门中的小门开了一道缝。于是，旅客、脚行、千百件行李，都要由这缝子里钻进去。嚷啊、挤啊、查票啊，乱成一团。"乐园"吗？哼，这才真露出殖民地的本色。花钱买票，而须变成猪！这是英国轮船公司的船啊！

挤进了门，印度巡警检查行李。给钱，放行。不出钱，等着吧！那黑大的手把一切东西都翻乱，连箱子再也关不上。

一上船，税关再检查。还得递包袱！

呸！好腐臭的"香"港！

二十八日夜里开船。船小（二千多吨），浪急，许多人晕船。为避免遭遇蒋家的炮舰，船绕行台湾外边，不敢直入海峡。过了上海，风越来越冷，空中飞着雪花。许多旅客是睡在甲板上，其苦可知。

十二月六日到仁川，旅客一律不准登岸，怕携有共产党宣传品，到岸上去散放。美国防共的潮浪走得好远啊，从三藩市一直走到朝鲜！

九日晨船到大沽口。海河中有许多冰块，空中落着雪。离开华北已是十四年，忽然看到冰雪，与河岸上的黄土地，我的泪就不能不在眼中转了。

因为潮水不够，行了一程，船便停在河中，直到下午一点才又开动；到天津码头已是掌灯的时候了。

税关上的人们来了。一点也不像菲律宾和香港的税吏们，他们连船上的一碗茶也不肯喝。我心里说：中国的确革新了！

我的腿不方便，又有几件行李，怎么下船呢？幸而马耳先生也在船上，他奋勇当先的先下去，告诉我："你在这里等我，我有办法！"还有一位上海的商人，和一位原在复旦，现在要入革大的女青年，也过来打招呼："你在这里等，我们先下去看看。"

茶房却比我还急："没有人来接吗？你的腿能走吗？我看，你还是先下去，先下去！我给你搬行李！"经过这么三劝五劝，我把行李交给他，独自慢慢扭下来；还好，在人群中，我只跌了"一"跤。

检查行李是在大仓房里，因为满地积雪，不便露天行事。行李，一行行的摆齐，丝毫不乱；税务人员依次检查。检查得极认真。换钱——旅客带着的外钞必须在此换兑人民券——也依次而进，秩序井然，谁说中国人不会守秩序！有了新社会，才会有新社会秩序呀！

又遇上了马耳和那两位青年。他们扶我坐在衣箱上，然后去找市政府的交际员。找到了，两位壮实、温和、满脸笑容的青年。他们领我去换钱，而后代我布置一切。同时，他们把我介绍给在场的工作人员，大家轮流着抽空儿过来和我握手，并问几句美国的情形。啊，我是刚入了国门，却感到家一样的温暖！在抗战中，不论我在哪里，"招待"我的总是国民党的特务。他们给我的是恐怖与压迫——他们使我觉得我是个小贼。现在，我才又还原为人，在人的社会里活着。

检查完，交际员们替我招呼脚行，搬运行李，一同到交际处的招待所去。到那里，已是夜间十点半钟；可是，滚热的菜饭还等着我呢。

没能细看天津，一来是腿不能走，二来是急于上北京。但是，在短短的两天里，我已感觉到天津已非旧时的天津；因为中国已非旧时的中国。更有滋味的是未到新中国的新天津之前，我看见了那渐次变为法西斯的美国，彷徨歧途的菲律宾，被军事占领的日本，与殖民地的香港。从三藩市到天津，即是从法西斯到新民主主义，中间夹着这二者所激起的潮浪与冲突。我高兴回到祖国来，祖国已不是半殖民地半封建国家，而是崭新的，必能领导全世界被压迫的人民走向光明、和平、自由与幸福的路途上去的伟大力量！

　　　　　　　　　　　　　　　　载 1950 年《人民文学》第 4 期

内蒙风光（节选）

一九六一年夏天，我们——作家、画家、音乐家、舞蹈家、歌唱家等共二十来人，应内蒙古自治区乌兰夫同志的邀请，由中央文化部、民族事务委员会和中国文联进行组织，到内蒙古东部和西部参观访问了八个星期。陪同我们的是内蒙古文化局的布赫同志。他给我们安排了很好的参观程序，使我们在不甚长的时间内看到林区、牧区、农区、渔场、风景区和工业基地；也看到了一些古迹、学校和展览馆；并且参加了各处的文艺活动，交流经验，互相学习。到处，我们都受到领导同志们和各族人民的欢迎与帮助，十分感激！

以上作为小引。下面我愿分段介绍一些内蒙风光。

林 海

这说的是大兴安岭。自幼就在地理课本上见到过这个山名，并且记住了它，或者是因为"大兴安岭"四个字的声音既响亮，又含有兴国安邦的意思吧。是的，这个悦耳的名字使我感到亲切、舒服。可是，那个"岭"字出了点岔子：我总以为它是奇峰怪石，高不可攀。这回，有机会看到它，并且进到原始森林里边去，脚落在千年万年积累的几尺厚的松针上，手摸到那些古木，才真的证实了那种亲切与舒服并非空想。

对了，这个"岭"字，可跟秦岭的"岭"字不大一样。岭的确很多，高点的，矮点的，长点的，短点的，横着的，顺着的，可是没有一条使人想起"云横秦岭"那种险句。多少条岭啊，在疾驰的火车上看了几个钟头，既看不完，也看不厌。每条岭都是那么温柔，虽然下自山脚，上至岭顶，长满了珍贵的林木，可是谁也不孤峰突起，盛气凌人。

目之所及，哪里都是绿的。的确是林海。群岭起伏是林海的波浪。多少种绿颜色呀：深的，浅的，明的，暗的，绿得难以形容，绿得无以名之。我虽诌了两句："高岭苍茫低岭翠，幼林明媚母林幽"，但总觉得离眼前实景还相差很远。恐怕只有画家才能够写下这么多的绿颜色来吧？

兴安岭上千般宝，第一应夸落叶松。是的，这是落叶松的海洋。看，"海"边上不是还有些白的浪花吗？那是些俏丽的白桦，树干是银白色的。在阳光下，一片青松的边沿，闪动着白桦的银裙，不像海边上的浪花么？

两山之间往往流动着清可见底的溪河，河岸上有多少野花呀。我是爱花的人，到这里我却叫不出那些花的名儿来。兴安岭多么会打扮自己呀：青松作衫，白桦为裙，还穿着绣花鞋呀。连树与树之间的空隙也不缺乏色彩：在松影下开着各种的小花，招来各色的小蝴蝶——它们很亲热地落在客人的身上。花丛里还隐藏着像珊瑚珠似的小红豆，兴安岭中酒厂所造的红豆酒就是用这些小野果酿成的，味道很好。

就凭上述的一些风光，或者已经足以使我们感到兴安岭的亲切可爱了。还不尽然：谁进入岭中，看到那数不尽的青松白桦，能够不马上向四面八方望一望呢？有多少省份用过这里的木材呀！大至矿井、铁路，小至桌椅、椽柱，有几个省市的建设与兴安岭完全没有关系呢？这么一想，"亲切"与"舒服"这种字样用来就大有根据了。所以，兴安岭越看越可爱！是的，我们在图画中或地面上看到奇山怪岭，也会发生一种美感，可是，这种美感似乎是起于惊异与好奇。兴安岭的可爱，就在于它美得并不空洞。它的千山一碧，万古常青，又恰好与广厦、良材联系起来。于是，它的美丽就与建设结为一体，不仅使我们拍掌称奇，而且叫心中感到温暖，因而亲切、舒服。

哎呀，是不是误投误撞跑到美学问题上来了呢？假若是那样，我想：把美与实用价值联系起来，也未必不好。我爱兴安岭，也更爱兴安岭与我们生活上的亲切关系。它的美丽不是孤立的，而是与我们的建设分不开的。它使不远千里而来的客人感到应当爱护它，感谢它。

及至看到林场，这种亲切之感便更加深厚了。我们伐木取材，也造林护树，左手砍，右手栽。我们不仅取宝，也做科学研究，使林海不但能够万古常青，而且百计千方，综合利用。山林中已有了不少的市镇，给兴安岭添上了新的景色，添上了愉快的劳动歌声。人与山的关系日益密切，怎能够使我们不感到亲切、舒服呢？我不晓得当初为什么管它叫作兴安岭，由今天看来，它的确含有兴国安邦的意义了。

草　原

　　自幼就见过"天苍苍，野茫茫，风吹草低见牛羊"这类的词句。这曾经发生过不太好的影响，使人怕到北边去。这次，我看到了草原。那里的天比别处的天更可爱，空气是那么清鲜，天空是那么明朗，使我总想高歌一曲，表示我的愉快。在天底下，一碧千里，而并不茫茫。四面都有小丘，平地是绿的，小丘也是绿的。羊群一会儿上了小丘，一会儿又下来，走在哪里都像给无边的绿毯绣上了白色的大花。那些小丘的线条是那么柔美，就像没骨画那样，只用绿色渲染，没有用笔勾勒，于是，到处翠色欲流，轻轻流入云际。这种境界，既使我惊叹，又叫人舒服，既愿久立四望，又想坐下低吟一首奇丽的小诗。在这境界里，连骏马与大牛都有时候静立不动，好像回味着草原的无限乐趣。紫塞，紫塞，谁说的？这是个翡翠的世界。连江南也未必有这样的景色啊！

　　我们访问的是陈巴尔虎旗的牧业公社。汽车走了一百五十华里，才到达目的地。一百五十里全是草原。再走一百五十里，也还是草原。草原上行车至为洒脱，只要方向不错，怎么走都可以。初入草原，听不见一点声音，也看不见什么东西，除了一些忽飞忽落的小鸟。走了许久，远远地望见了迂回的，明如玻璃的一条带子。河！牛羊多起来，也看到了马群，隐隐有鞭子的轻响。快了，快到公社了。忽然，像被一阵风吹来的，远丘上出现了一群马，马上的男女老少穿着各色的衣裳，马疾驰，襟飘带舞，像一条彩虹向我们飞过来。这是主人来到几十里外，欢迎远客。见到我们，主人们立刻拨转马头，欢呼着，飞驰着，在汽车左右与前面引路。静寂的草原，热闹起来：欢呼声，车声，马蹄声，响成一片。车、马飞过了小丘，看见了几座蒙古包。

　　蒙古包外，许多匹马，许多辆车。人很多，都是从几十里外乘马或坐车来看我们的。我们约请了海拉尔的一位女舞蹈员给我们作翻译。她的名字漂亮——水晶花。她就是陈旗的人，鄂温克族。主人们下了马，我们下了车。也不知道是谁的手，总是热乎乎地握着，握住不散。我们用不着水晶花同志给做翻译了。大家的语言不同，心可是一样。握手再握手，笑了再笑。你说你的，我说我的，总的意思都是民族团结互助！

也不知怎的，就进了蒙古包。奶茶倒上了，奶豆腐摆上了，主客都盘腿坐下，谁都有礼貌，谁都又那么亲热，一点不拘束。不大会儿，好客的主人端进来大盘子的手抓羊肉和奶酒。公社的干部向我们敬酒，七十岁的老翁向我们敬酒。正是：

祝福频频难尽意，举杯切切莫相忘！

我们回敬，主人再举杯，我们再回敬。这时候鄂温克姑娘们，戴着尖尖的帽儿，既大方，又稍有点羞涩，来给客人们唱民歌。我们同行的歌手也赶紧唱起来。歌声似乎比什么语言都更响亮，都更感人，不管唱的是什么，听者总会露出会心的微笑。

饭后，小伙子们表演套马、摔跤，姑娘们表演了民族舞蹈。客人们也舞的舞，唱的唱，并且要骑一骑蒙古马。太阳已经偏西，谁也不肯走。是呀！蒙汉情深何忍别，天涯碧草话斜阳！

人的生活变了，草原上的一切都也随着变。就拿蒙古包说吧，从前每被呼为毡庐，今天却变了样，是用木条与草秆做成的，为是夏天住着凉爽，到冬天再改装。看那马群吧，既有短小精悍的蒙古马，也有高大的新种三河马。这种大马真体面，一看就令人想起"龙马精神"这类的话儿，并且想骑上它，驰骋万里。牛也改了种，有的重达千斤，乳房像小缸。牛肥草香乳如泉啊！并非浮夸。羊群里既有原来的大尾羊，也添了新种的短尾细毛羊，前者肉美，后者毛好。是的，人畜两旺，就是草原上的新气象之一。

渔　场

这些渔场既不在东海，也不在太湖，而是在祖国的最北边，离满洲里不远。我说的是达赉湖。若是有人不信在边疆的最北边还能够打鱼，就请他自己去看看。到了那里，他就会认识到祖国有多么伟大，而内蒙古也并不仅有风沙和骆驼，像前人所说的那样。内蒙古不是什么塞外，而是资源丰富的宝地，建设祖国必不可缺少的宝地！

据说：这里的水有多么深，鱼有多么厚。我们吃到湖中的鱼，非常肥美。水好，所以鱼肥。有三条河流入湖中，而三条河都经过草原，所以湖水一碧千顷——草原青未了，又到绿波前。湖上飞翔着许多白鸥。在碧岸、翠湖、青天、白鸥之间游荡着渔船，何等迷人的美景！

我们去游湖。开船的是一位广东青年，长得十分英俊，肩阔腰圆，一身都是力气。他热爱这座湖，不怕冬天的严寒，不管什么天南地北，兴高采烈地在这里工作。他喜爱文学，读过不少的文学名著。他不因喜爱文学而藏在温暖的图书馆里，他要碰碰北国冬季的坚冰，打出鱼来，支援各地。是的，内蒙古尽管有无穷的宝藏，若是没有人肯动手采取，便连鱼也会死在水里。可惜，我忘了这位好青年的姓名。我相信他会原谅我，他不会是因求名求利而来到这里的。

风景区

扎兰屯真无愧是塞上的一颗珍珠。多么幽美呀！它不像苏杭那么明媚，也没有天山万古积雪的气势，可是它独具风格，幽美得迷人。它几乎没有什么人工的雕饰，只是纯系自然的那么一些山川草木。谁也指不出哪里是一"景"，可是谁也不能否认它处处美丽。它没有什么石碑，刻着什么什么烟树，或什么什么奇观。它只是那么纯朴的、大方的、静静的，等待着游人。没有游人呢，也没大关系。它并不有意地装饰起来，向游人索要诗词。它自己便充满了最纯朴的诗情词韵。

四面都有小山，既无奇峰，也没有古寺，只是那么静静地在青天下绣成一个翠环。环中间有一条河，河岸上这里多些，那里少些，随便地长着绿柳白杨。几头黄牛，一小群白羊，在有阳光的地方低着头吃草，并看不见牧童。也许有，恐怕是藏在柳荫下钓鱼呢。河岸是绿的。高坡也是绿的。绿色一直接上了远远的青山。这种绿色使人在梦里也忘不了，好像细致地染在心灵里。

绿草中有多少花呀。石竹，桔梗，还有许多说不上名儿的，都那么毫不矜持地开着各色的花，吐着各种香味，招来无数的凤蝶，闲散而又忙碌地飞来飞去。既不必找小亭，也不必找石墩，就随便坐在绿地上吧。风儿多么清凉，日光可又那么和暖，使人在凉暖之间，想闭上眼睡去，所谓"陶醉"，也许就是这样吧？

夕阳在山，该回去了。路上到处还是那么绿，还有那么多的草木，可是总看不厌。这里有一片荞麦，开着密密的白花；那里有一片高粱，在微风里摇动着红穗。也必须立定看一看，平常的东西放在这里仿佛就与众不同。正是因为有些荞麦与高粱，我们才越觉得全部风景的自自然然，幽美而亲切。看，那间小屋上的金黄的大瓜哟！也得看好大半天，仿佛向来也没有看见过！

是不是因为扎兰屯在内蒙古，所以才把五分美说成十分呢？一点也不是！我们不便拿它和苏杭或桂林山水做比较，但是假若非比一比不可的话，最公平的说法便是各有千秋。"天苍苍，野茫茫"在这里就越发显得不恰当了。我并非在这里单纯地宣传美景，我是要指出，并希望矫正以往对内蒙古的那种不正确的看法。知道了一点实际情况，像扎兰屯的美丽，或者就不至于再一听到"口外""关外"等名词，便想起八月飞雪，万里流沙，望而生畏了。

载 1961 年 10 月 13 日《人民日报》

人生人物 ＞＞＞＞＞＞＞＞＞＞

吃莲花的

今年我种了两盆白莲。盆是由北平搜寻来的，里外包着绿苔，至少有五六十岁。泥是由黄河拉来的。水用趵突泉的。只是藕差点事，吃剩下来的菜藕。好盆好泥好水敢情有妙用，菜藕也不好意思了，长吧，开花吧，不然太对不起人！居然，拔了梗，放了叶，而且开了花。一盆里七八朵，白的！只有两朵，瓣尖上有点红，我细细的用檀香粉给涂了涂，于是全白。作诗吧，除了作诗还有什么办法？专说"亭亭玉立"这四个字就被我用了七十五次，请想我作了多少首诗吧！

这且不提。好几天了，天天门口卖菜的带着几把儿白莲。最初，我心里很难过。好好的莲花和茄子冬瓜放在一块，真！继而一想，若有所悟。啊，济南名士多，不能自己"种"莲，还不"买"些用古瓶清水养起来，放在书斋？是的，一定是这样。

这且不提。友人约游大明湖，"去买点莲花来！"他说。"何必去买，我的两盆还不可观？"我有点不痛快，心里说："我自种的难道比不上湖里的？真！"况且，天这么热，游湖更受罪，不如在家里，煮点毛豆角，喝点莲花白，作两首诗，以自种白莲为题，岂不雅妙？友人看着那两盆花，点了点头。我心里不用提多么痛快了；友人也很雅哟！除了作新诗向来不肯用这"哟"，可是此刻非用不可了！我忙着吩咐家中煮毛豆角，看看能买到鲜核桃不。然后到书房去找我的诗稿。友人静立花前，欣赏着哟！

这且不提。及至我从书房回来一看，盆中的花全在友人手里握着呢，只剩下两朵快要开败的还在原地未动。我似乎忽然中了暑，天旋地转，说不出话。友人可是很高兴。他说："这几朵也对付了，不必到湖中买去了。其实门口卖菜的也有，不过没有湖上的新鲜便宜。你这些不很嫩了，还能对付。"他一边说着，一边奔了厨房。"老田，"他叫着我的总管事兼厨子："把这用好香油炸炸。外边的老瓣不要，炸里边那嫩的。"老田是我由北平请来的，和我一样不懂济南的典故，

85

他以为香油炸莲瓣是什么偏方呢。"这治什么病，烫伤？"他问。友人笑了。"治烫伤？吃！美极了！没看见菜挑子上一把一把儿的卖吗？"

这且不提。还提什么呢，诗稿全烧了，所以不能附录在这里。

载 1933 年 8 月 16 日《论语》第 23 期

买彩票

在我们那村里，抓会赌彩是自古有之。航空奖券，自然的，大受欢迎。头彩五十万，听听！二姐发起集股合作，首先拿出大洋二角。我自己先算了一卦，上吉，于是拿了四角。和二姐算计了好大半天，原来还短着九元四才够买一张的。我和她分头去宣传，五十万，五十万，五十个人分，每人还落一万，二角钱弄一万！举村若狂，连狗都听熟了"五十万"，凡是说"五十万"的，哪怕是生人，也立刻摇尾而不上前一口把腿咬住。闹了整一个星期；十元算是凑齐；我是最大的股员。三姥姥才拿了五分，和四姨五姨公同凑了一股；她们还立了一本账簿。

上哪里去买呢？还得算卦。二姐不信任我的诸葛金钱课，花了五大枚请王瞎子占了个马前神课……利东北。城里有四家代售处；利成记在城之东北；决议，到利成记去买。可是，利成是四家买卖中最小的一号，只卖卷烟煤油，万一把十元拐去，或是卖假券呢！又送了王瞎子五大枚，从新另占。西北也行，他说；不但是行，他细掐过手指，还比东北好呢！西北是恒祥记，大买卖，二姐出阁时的缎子红被还是那儿买的呢。

谁去买？又是个问题。按说我是头号股员，我应当跑一趟。可是我是属牛的，今年是鸡年，总得找属鸡的，还得是男性，女性丧气。只有李家小三是鸡年生的，平日那些属鸡的好像都变了，找不着一个。小三自己去太不放心啊，于是决定另派二员金命的男人妥为保护。挑了吉日，三位进城买票。

票买来了，谁拿着呢？我们村里的合作事业有个特点，谁也不信任谁。经过三天三夜的讨论，还是交给了三姥姥，年高虽不见得必有德，可是到底手脚不利落，不至私自逃跑。

直到开彩那天，大家谁也没睡好觉。以我自己说，得了头彩——还能不是我们得吗？！——就分两万，这两万怎么花？买处小房，好，房的地点、样式，怎么布置，想了半夜。不，不买房子，还是做买卖好，于是铺子的地点、形式、种

87

类，怎么赚钱，赚了钱以后怎样发展，又是半夜。天上的星星，河边的水泡，都看着像洋钱。清晨的鸟鸣，夜半的虫声，都说着"五十万"。偶尔睡着，手按在胸上，梦见一堆现洋压在身上，连气也出不得！特意买了一付骨牌，为是随时打卦。打了坏卦，不算，另打；于是打的都是好卦，财是发准了。

开奖了。报上登出前五彩，没有我们背熟了的那一号。房子，铺子……随着汗全走了。等六彩七彩吧，头五奖没有，难道还不中个小六彩？又算了一卦，上吉；六彩是五百，弄几块做件夏布大衫也不坏。于是一边等着六彩七彩的揭露，一边重读前五彩的号数，替得奖的人们想着怎么花用的方法，未免有些羡妒，所以想着想着便想到得奖人的乐极生悲，也许被钱烧死；自己没得也好；自然自己得奖也不见得就烧死。无论怎说，心中有点发堵。

六彩七彩也登出来了，还是没咱们的事，这才想起对尾子，连尾子都和我们开玩笑，我们的是个"三"，大奖的偏偏是个"二"。没办法！

二姐和我是发起人呀！三姥姥向我们俩要索她的五分。没法不赔她。赔了她，别人的二角也无意虚掷。二姐这两天生病，她就是有这个本事，心里一想就会生病。剩下我自己打发大家的二角。打发完了，二姐的病也好了，我呢，昨天夜里睡得很清甜。

载 1933 年 9 月 1 日《论语》第 24 期

写　信

写信是近代文化病之一，类似痢疾，一会儿一阵，每日若干次。可是如得其道，或可稍减痛苦。兹条列有效办法如下：

（一）给要人写信宜挂号，或快邮，以引起注意；要人每日接信甚多也。

（二）托人办事的信，莫等回信（参看第四条），应即速发第二封。第二封宜比第一封更客气；这样，或足使对方觉得不好意思不回信。

（三）托人办事的信，信封信纸均宜讲究，字勿潦草。顶好随寄些礼物。答友人求事函，虽利用讣文之空隙亦可。

（四）接信切勿于五日内回答，以免又惹起麻烦。尤其是托办事的信，搁下不答，也许就马虎过去；焉知求事的人不于最短期间已从别方面有了办法哉。如又得函催办前事，仍宜不答，似与之绝交者；直至你托他时，再恢复邦交。

（五）接不相识之人来信，不答；如呼老师，可报以短函。

（六）托人转信，须托比收信人地位高的。

（七）回信不必贴足邮票，不贴尤妙。

（八）为减少检信官员的疑心，书信宜用文言，问候语越多越好。

（九）故意接受检查（如骂人的祖宗函），信封上宜写某某女士收或发。

（十）挂号信勿落于太太之手，内或有汇票也。

（十一）索欠函或账条宜原物退回。

（十二）无论填写何项表格，"永久通信处"宜空着。

（十三）平安家信印好一千张，按时填发。本条极不适用于情书。

（十四）情书须与绝命书同时写好，以免临时赶作。

载 1933 年 10 月 13 日《申报·自由谈》

自传难写

　　自古道：今儿个晚上脱了鞋，不知明日穿不穿；天有不测的风云啊！为留名千古，似应早早写下自传；自己不传，而等别人偏劳，谈何容易！以我自己说吧，眼看就快四十了，万一在最近的将来有个山高水远，还没写下自传，岂不是大大的一个缺憾？！

　　可是，说起来就有点难受。自传不难哪，自要有好材料。材料好办；"好材料"，哼，难！自传的头一章是不是应当叙说家庭族系等等？自然是。人由何处生，水从哪儿来，总得说个分明。依写传的惯例说，得略述五千年前的祖宗是纯粹"国种"，然后详道上三辈的官衔，功德，与著作。至少也得来个"清封大夫"的父亲，与"出自名门"的母亲。没有这么适合体裁的双亲，写出去岂不叫人笑掉门牙！您看，这一招儿就把咱撅个对头弯；咱没有这种父母，而且准知道五千年前的祖宗不见得比我高明。好意思大书特书"清封普罗大夫"，与"出自不名之门"么？就是有这个勇气，也危险呀：普罗大夫之子共党耳，推出斩首，岂不糟了？！英雄不怕出身低，可也得先变成英雄啊。汉刘邦是小小的亭长，淮阴侯也讨过饭吃，可是人家都成了英雄，自然有人捧场喝彩。咱是不是英雄？对镜审查，不大像！

　　自传的头一章根本没着落。

　　再说第二章吧。这儿应说怎么降生：怎么在胎中多住了三个多月，怎么产房闹妖精，怎么天上落星星，怎么生下来啼声如豹，怎么左手拿着块现洋……我细问过母亲，这些事一概没有。母亲只说：生下来奶不足，常贴吃糕干——所以到如今还有时候一阵阵的发糊涂。

　　第二章又可以休矣。

　　第三章得说幼年入学的光景喽。"幼怀大志，寡言笑，囊萤刺股……"这多么好听！可是咱呢，不记得有过大志，而是见别人吃糖馅烧饼就馋得慌——到如

90

今也没完全改掉。逃学的事倒不常干。而挨手板与罚跪说起来似乎并不光荣。第三章，即使勉强写出，也不体面。

没有前三章，只好由第四章写了，先不管有这样的书没有。这一章应写青春时期。更难下笔。假如专为泄气，又何必自传；当然得吹腾着点儿。事情就奇怪，想吹都吹不起来。人家牛顿先生看苹果落地就想起那么多典故来，我看见苹果落地——不，不等它落地就摘下来往嘴里送。青春时期如此，现在也没长进多少，不但没做过惊天动地的事，而且没存过惊天动地的心。偶尔大喊一声，天并不惊；跺地两脚，地也不动。第四章又是糖心的炸弹，没响儿！

以下就不用说了，伤心！

自传呢，下世再说。好在马上为善，或者还不太晚，多积点阴功，下辈子咱也生在贵族之家，专是自传的第一章就能写八万字。气死无数小布尔乔亚。等着吧，这个事是急不得的。

载 1934 年 1 月《大众画报》第 3 期

大发议论

　　过年是一种艺术。咱们的先人就懂得贴春联，点红灯，换灶王像，馒头上印红梅花点，都是为使一切艺术化。爆竹虽然是噪音，但"灯儿带炮"便给声音加上彩色，有如感觉派诗人所用的字眼儿。盖自有史以来，中国人本是最艺术的，其过年比任何民族都更复杂，热闹，美好，自是民族之光，亦理所当然。

　　以烹调而言，上自龙肝凤肺，下至姜蒜大葱，无所不吃，且都有奇妙的味道。拿板凳腿作冰激凌，只要是中国人做的，给欧西的化学家吃，他也得莫名其妙，而连声夸好；即使稍有缺点，亦不过使肚子微痛一阵而已。吃了老鼠而再吃猫，既不辨其为鼠为猫，且不在肚中表演猫捕鼠的游戏，是之谓巧夺天工。烹调的方法既巧夺天工，新年便没法儿不火炽，没法儿不是艺术的。一碗清汤，两片牛肉，而后来个硬凉苹果，如西洋红毛鬼子的办法，只足引起伤心，哪里还有心肠去快活。反之，酒有茵陈玫瑰和佛手露，佐以蜜饯果儿——红的是山楂糕，绿的是青梅，黄的是橘饼，紫的是金丝蜜枣，有如长虹吹落，碎在桌上，斑斑块块如灿艳群星，而到了口中都甜津津的，不亦乐乎！加以八碟八碗，或更倍之，各发异香，连冒出的气儿都婉转缓腻，不像馒头揭锅，热气立散；于是吃一看二，咽一块不能不点点头，喝一口不能不咂咂嘴；或汤与块齐尝，则顺流而下，不知所之，岂不快哉！脑与口与肚一体舒畅，宜乎行令猜拳，吃个七八小时也。这是艺术。做得艺术，吃得艺术，于是一肚子艺术，而后题诗壁上，剪烛梅前，入了象牙之塔，出了象牙之狗，美哉新年也！

　　这不过略提了提"吃"，已足使弱小民族垂涎三尺，而万国来朝。至若吃饱喝足，面色微紫，或看牌，或掷骰，或顶牛，勾心斗角，各运心思，赢了微笑，输急才骂"妈的"；至若穿新衣，逛花灯，看亲戚，接姑奶奶与小外甥……只好从略，只好从略，以免六国联军又打天津。因羡生妒，至蛮不讲理，往往有之。

　　到了现在，过年的艺术不但在质上，就是在量上，也正在迈进。以次数说，新年起码有两个，增多了一倍。活个七老八十，而能过一百好几十次新年，正是：

五风十雨皆为瑞，
一岁双年总是春。

人生七十古来稀，到而今，活五十岁而过一百次年，活不到七十也没多大关系了。这顺手儿就解决了人口过剩问题，因为活到四五十岁，已经过了一百来回年，在价值上总算过得去了；那么，五十多而仍不死，就满可以立下遗嘱，而后把自己活埋了。不过，这是附带的话；如不愿活埋呢，也无须一定这么办，活着也好。书归正传：

两个新年，先过国历新年，然后再过"家历"新年。二者之间隔着那么几十天，恰好藕断丝连，顾此而不失彼，是诗意的跌宕，是艺术的沉醉，是电影的广告！前前后后三个来月，甚至于可以把冬至的馄饨接上端阳的粽子，而后紧跟着去到青岛避暑。天哪，感谢你使我们生活在中国！

可是，人心不同，也有不这样看的。记得去年在我们镇上，铺户都在"家历"新年关上了门。小徒弟们在铺内敲锣打鼓，掌柜们把脸喝得怪红。邻家二大妈一向失于修饰，也戴上了朵小红绢石榴花。私塾中的学童们把《三字经》等放在神龛后面，暂由财神奶奶妥为照管。洋学堂的秀才们也回来凑热闹，过了灯节还舍不得走。这本是为艺术而艺术，并没有什么说不过去的地方。哪知道，镇上有位爱国志士发了议论：爱国的人应当遵守国历；再说，国历是最科学的。

我也说了话。我既也是镇上的圣人之一，自然不能增他人的锐气而减自己的威风。你看，大家听了志士的议论，虽然过年如故，可是心中有点不自在。我们镇上的人向来不提倡仇货；也不赞成妇女放脚，因为缠脚是更含有国货的意味。他们不甘于做不爱国的人，但是，他们没话反攻，而爱国志士就鼻孔朝天的得意起来。我不能不开口了！我说：过年是种艺术，谈不到科学；谁能在除夕吃地质学，喝王水，外加安米尼亚？再说，国历是科学的，连洋鬼子都知道，难道堂堂的天朝选民就不晓得？二月是二十八天，正合二十八宿，中西正是一理，不过，科学是日新月异的，将来一高兴，也许二月剩八天，巧合八卦图，而十二月来上五六十来天！再说，家历月月十五有圆月，而国历月月十五有圆太阳，阳胜于阴，理当乾纲大振，大家不怕老婆。可惜，圆月之外还有新月半月等等，而太阳没有出过太阳牙。

连邻家二大妈也听出我这一套是暗含讥讽，马上给我送过来一大盘年糕；虽

93

然我看出糕的一角似被老鼠啃去，也还很感激她。她的话比年糕的价值还大。她说：八月十五云遮月，正月十五雪打灯。假如十五没月亮，这两句古语从何应验？还有，腊月三十要是出了圆月，咱们是过年好呢，还是拜月好呢？二大妈的话实在有理。于是设法传到爱国志士耳中，省得叫他目空一切。二大妈至少比他多吃过二三十年的年糕，这不是瞎说的。

他似乎也看出八月十五云遮月的重要，可是仍然不服气。他带着讽刺的味儿说：为什么不可以把吃喝玩乐都放在国历新年；莫非是天气不够冷的？

我先回答了他这末一句。对于此点我更有话说。过去的经验不定在什么时候就会大有用处；你看，我恰巧在南洋过过一次年。在那里，元旦依然是风扇与冰激凌的天气。大家赤着脚，穿着单衫，可是拼命的放爆竹，吃年糕，贴对子，买牡丹，祭财神。天气和六月里一样，而过年还是过年。这不是冷不冷的问题。冷也得过年，热也得过年，过年是种艺术，与寒暑表的升降无关。

至于为什么不把吃喝玩乐都放在国历新年，他是只知其一，不知其二。为表示爱国，为表示科学化，我们都应当遵守国历；国历国科国学国民等等本来自成一系统。严格的说，一个国民而不欢欢喜喜的过下儿国历新年，理当斩首，号令国门。可是有一层，人当爱国，也当爱家。齐家而后能治国；试看古今多少英雄豪杰，哪个不是先把钱搂到家中，使家族风光起来，而后再谈国事？因此，国历与家历应当两存；到爱国的时候就爱国，到爱家的时候就爱家，这才称得起是圣之时者。你真要在家历新年之际，三过其门而不入，留神尊夫人罚你跪下顶灯三小时；大冷的天，不是玩的！这不是要哪个与不要哪个的问题，也不是哪个好与哪个坏的问题，而是应当下一番功夫去研究怎样过新新年，与怎样过旧新年。二者的历史不同，性质不同，时间不同，种类不同，所以过法也得不同。把旧艺术都搬到新节令上来，不但是显着驴唇不对马嘴，而且是自己剥夺了生命的享受。反之，顺着天时地利与人和，各有各的办法，各有各的味道，才能算作生活的艺术。

以国历新年说吧。过这个年得带洋味，因为它是洋钦天监给规定的。在这个新年，见面不应说"多多发财"，而须说"害怕扭一耳"①。非这么办不可，你必须带出洋味，以便别于家历新年。该新则新，该旧则旧，这一向是我们的长处。你目已穿洋服去跳舞，而叫小脚夫人在家中啃窝窝头，理当如此。过年也是这样。那么，过国历家年，应在大街上高搭彩牌，以示普天同庆。大家到大饭店

---

① 英语 Happy New Year（新年好）的谐音。

94

去喝香槟。然后，去跳舞一番，或凑几个同志打打高尔夫。约女朋友看看电影，或去听听西洋音乐，吃些块奶油巧克力，也不失体统。若能凑几个人演一出三幕戏，偏请女客为自己来鼓掌，那更有意思。不必去给父亲拜年，你父亲自然会看到你在报纸上登的贺年小广告。可是见着父亲的时候别忘了说"害怕扭一耳"。你应当作一身新洋服。总之，你要在这个时节充分的表现出来，你是爱国，你懂得新事，你会跳舞，你会溜冰。这个年要过得似乎是洋鬼子，又不十分像；不像吧，又像。这也是一种艺术。若以酒类作喻，这是啤酒。虽然是酒，可又像汽水。拿准这个尺寸，这个新年正大有滋味，你要是不过它一下，你便永远摸不清个人与世界的关系。说到这儿，你顶好给美国总统写个贺年片，贴足邮票寄去。他要是不回拜的话，那是他的错儿，你居心无愧。

这么过了一个年，然后再等过那一个，艺术上的对照法。一个是浪漫的，摩登的，香槟与裸体美人的；一个是写实的，遗传的，家长里短的。你身过二年，胃收百味，是沟通东西文化的活水，是香槟与陈绍的产儿，是一切的一切！

应当再说怎过旧新年。不过，你早就知道。只须告诉你一句：无论是在哪个新年，总不应该还债。还有一句——只是一句了——在旧新年元旦出门，必先看好喜神是在哪一方；国历新年则不受此限制，你拿着顶出来也好。

爱国志士听了这一番高论，茅塞一顿一顿的都开了，托二大妈来约我去打几圈小麻雀，遂单刀赴会焉。

载 1934 年 2 月 16 日《论语》第 35 期

取 钱

　　我告诉你，二哥，中国人是伟大的。就拿银行说吧，二哥，中国最小的银行也比外国的好，不冤你。你看，二哥，昨儿个我还在银行里睡了一大觉。这个我告诉你，二哥，在外国银行里就做不到。

　　那年我上外国，你不是说我随了洋鬼子吗？二哥，你真有先见之明。还是拿银行说吧，我亲眼得见，洋鬼子再学一百年也赶不上中国人。洋鬼子不够派儿。好比这么说吧，二哥，我在外国拿着张十镑钱的支票去兑现钱。一进银行的门，就是柜台，柜台上没有亮亮的黄铜栏杆，也没有大小的铜牌。二哥你看，这和油盐店有什么分别？不够派儿，再说人吧，柜台里站着好几个，都那么光梳头，净洗脸的，脸上还笑着；这多下贱！把支票交给他们谁也行，谁也是先问你早安或午安；太不够派儿了！拿过支票就那么看一眼，紧跟着就问："怎么拿？先生！"还是笑着。哪道买卖人呢？！叫"先生"还不够，必得还笑，洋鬼子脾气！我就说了，二哥："四个一镑的单张，五镑的一张，一镑零的；零的要票子和钱两样。"要按理说，二哥，十镑钱要这一套罗哩罗嗦，你讨厌不，假若二哥你是银行的伙计？你猜怎么样，二哥，洋鬼子笑得更下贱了，好像这样麻烦是应当应分。喝，登时从柜台下面抽出簿子来，唰唰的就写；写完，又一伸手，钱是钱，票子是票子，没有一眨眼的工夫，都给我数出来了；紧跟着便是："请点一点，先生！"又是一个"先生"，下贱，不懂得买卖规矩！点完了钱，我反倒愣住了，好像忘了点什么。对了，我并没忘了什么，是奇怪洋鬼子干事——况且是堂堂的大银行——为什么这样快？赶丧哪？真他妈的！

　　二哥，还是中国的银行，多么有派儿！我不是说昨儿个去取钱吗？早八点就去了，因为现在天儿热，银行八点就开门；抓个早儿，省得大晌午的劳动人家；咱们事事都得留个心眼，人家有个伺候得着与伺候不着，不是吗？到了银行，人家真开了门，我就心里说，二哥：大热的天，说什么时候开门就什么时候开门，

96

真叫不容易。其实人家要愣不开一天，不是谁也管不了吗？一边赞叹，我一边就往里走。喝，大电扇忽忽的吹着，人家已经都各按部位坐得稳稳当当，吸着烟卷，按着铃要茶水，太好了，活像一群皇上，太够派儿了。我一看，就不好意思过去，大热的天，不叫人家多歇会儿，未免有点不知好歹。可是我到底过去了，二哥，因为怕人家把我撵出去；人家看我像没事的，还不撵出来么？人家是银行，又不是茶馆，可以随便出入。我就过去了，极慢的把支票放在柜台上。没人搭理我，当然的。有一位看了我一眼，我很高兴；大热的天，看我一眼，不容易。二哥，我一过去就预备好了：先用左腿金鸡独立的站着，为是站乏了好换腿。左腿立了有十分钟，我很高兴我的腿确是有了劲。支持到十二分钟我不能不换腿了，于是就来个右金鸡独立。右腿也不弱，我更高兴了，嗨，爽性来个猴啃桃吧，我就头朝下，顺着柜台倒站了几分钟。翻过身来，大家还没动静，我又翻了十来个跟头，打了些旋风脚。刚站稳了，过来一位；心里说：我还没练两套拳呢；这么快？那位先生敢情是过来吐口痰，我补上了两套拳。拳练完了，我出了点汗，很痛快。又站了会儿，一边喘气，一边欣赏大家的派头——真稳！很想给他们喝个彩。八点四十分，过来一位，脸上要下雨，眉毛上满是黑云，看了我一眼。我很难过，大热的天，来给人家添麻烦。他看了支票一眼，又看了我一眼，好像断定我和支票像亲哥儿俩不像。我很想把脑门子上签个字。他连大气没出把支票拿了走，扔给我一面小铜牌。我直说："不忙！不忙！今天要不合适，我明天再来；明天立秋。"我是真怕把他气死，大热的天。他还是没理我，真够派儿，使我肃然起敬！

拿着铜牌，我坐在椅子上，往放钱的那边看了一下。放钱的先生——一位像屈原的中年人——刚按铃要鸡丝面。我一想：工友传达到厨房，厨子还得上街买鸡，凑巧了鸡也许还没长成个儿；即使顺当的买着鸡，面也许还没磨好。说不定，这碗鸡丝面得等三天三夜。放钱的先生当然在吃面之前决不会放钱；大热的天，腹里没食怎能办事。我觉得太对不起人了，二哥！心中一懊悔，我有点发困，靠着椅子就睡了。睡得挺好，没蚊子也没臭虫，到底是银行里！一闭眼就睡了五十多分钟；我的身体，二哥，是不错了！吃得饱，睡得着！偷偷的往放钱的先生那边一看，（不好意思正眼看，大热的天，赶劳人是不对的！）鸡丝面还没来呢。我很替他着急，肚子怪饿的，坐着多么难受。他可是真够派儿，肚子那么饿还不动声色，没法不佩服他了，二哥。

大概有十点左右吧，鸡丝面来了！"大概"，因为我不肯看壁上的钟——大热的天，表示出催促人家的意思简直不够朋友。况且我才等了两点钟，算得了什么。我偷偷的看人家吃面。他吃得可不慢。我觉得对不起人。为兑我这张支票再逼得人家噎死，不人道！二哥，咱们都是善心人哪。他吃完了面，按铃要手巾，然后点上火纸，咕噜开小水烟袋。我这才放心，他不至于噎死了。他又吸了半点多钟水烟。这时候，二哥，等取钱的已有了六七位，我们彼此对看，眼中都带出对不起人的神气。我要是开银行，二哥，开市的那天就先枪毙俩取钱的，省得日后麻烦。大热的天，取哪门子钱？！不知好歹！

十点半，放钱的先生立起来伸了伸腰。然后捧着小水烟袋和同事的低声闲谈起来。我替他抱不平，二哥，大热的天，十时半还得在行里闲谈，多么不自由！凭他的派儿，至少该上青岛避两月暑去；还在行里，还得闲谈，哼！

十一点，他回来，放下水烟袋，出去了；大概是去出恭。十一点半才回来。大热的天，二哥，人家得出半点钟的恭，多不容易！再说，十一点半，他居然拿起笔来写账，看支票。我直要过去劝告他不必着急。大热的天，为几个取钱的得点病才合不着。到了十二点。我决定回家，明天再来。我刚要走，放钱的先生喊："一号！"我真不愿过去，这个人使我失望！才等了四点钟就放钱，派儿不到家！可是，他到底没使我失望。我一过去，他没说什么，只指了指支票的背面。原来我忘了在背后签字，他没等我拔下自来水笔来，说了句："明天再说吧。"这才是我所希望的！本来吗，人家是一点关门；我补签上字，再等四点钟，不就是下午四点了吗？大热的天，二哥，人家能到时候不关门？我收起支票来，想说几句极合适的客气话，可是他喊了"二号"；我不能再耽误人家的工夫，决定回家好好的写封道歉的信！二哥，你得开开眼去，太够派儿！

载 1934 年 10 月 1 日《论语》第 50 期

读　书

　　若是学者才准念书，我就什么也不要说了。大概书不是专为学者预备的；那么，我可要多嘴了。

　　从我一生下来直到如今，没人盼望我成个学者；我永远喜欢服从多数人的意见。可是我爱念书。

　　书的种类很多，能和我有交情的可很少。我有决定念什么的全权；自幼儿我就会逃学，愣挨板子也不肯说我爱《三字经》和《百家姓》。对，《三字经》便可以代表一类——这类书，据我看，顶好在判了无期徒刑后去念，反正活着也没多大味儿。这类书可真不少，不知道为什么；也许是犯无期徒刑罪的太多；要不然便是太少——我自己就常想杀些写这类书的人。我可是还没杀过一个，一来是因为——我才明白过来——写这样书的人敢情有好些已经死了，比如写《尚书》的那位李二哥。二来是因为现在还有些人专爱念这类书，我不便得罪人太多了。顶好，我看是不管别人；我不爱念的就不动好了。好在，我爸爸没希望我成个学者。

　　第二类书也与咱无缘：书上满是公式，没有一个"然而"和"所以"。据说，这类书里藏着打开宇宙秘密的小金钥匙。我倒久想明白点真理。如地是圆的之类；可是这种书别扭，它老瞪着我。书不老老实实的当本书，瞪人干吗呀？我不能受这个气！有一回，一位朋友给我一本《相对论原理》，他说：明白这个就什么都明白了。我下了决心去念这本宝贝书。读了两个"配纸"①，我遇上了一个公式。我跟它"相对"了两点多钟！往后边一看，公式还多了去啦！我知道和它们"相对"下去，它们也许不在乎，我还活着不呢？

　　可是我对这类书，老有点敬意。这类书和第一类有些不同，我看得出。第一类书不是没法懂，而是懂了以后使我更糊涂。以我现在的理解力——比上我七岁

---

　　①　英语 Page（页）的谐音。

的时候，我现在满可以作圣人了——我能明白"人之初，性本善"。明白完了，紧跟着就糊涂了；昨儿个晚上，我还挨了小女儿——玫瑰唇的小天使——一个嘴巴。我知道这个小天使性本不善，她才两岁。第二类书根本就看不懂，可是人家的纸上没印着一句废话；懂不懂的，人家不闹玄虚，它瞪我，或者我是该瞪。我的心这么一软，便把它好好放在书架上；好打好散，别太伤了和气。

这要说到第三类书了。其实这不该算一类；就这么算吧，顺嘴。这类书是这样的：名气挺大，念过的人总不肯说它坏，没念过的人老怪害羞的说将要念。譬如说《元曲》，太炎"先生"的文章，罗马的悲剧，辛克莱的小说，《大公报》——不知是哪儿出版的一本书——都算在这类里，这些书我也都拿起来过，随手便又放下了。这里还就属那本《大公报》有点劲。我不害羞，永远不说将要念。好些书的广告与威风是很大的，我只能承认那些广告作得不错，谁管它威风不威风呢。

"类"还多着呢，不便再说；有上面的三项也就足所证明我怎样的不高明了。该说读的方法。

怎样读书，在这里，是个自决的问题；我说我的，没勉强谁跟我学。第一，我读书没系。借着什么，买着什么，遇着什么，就读什么。不懂的放下，使我糊涂的放下，没趣味的放下，不客气。我不能叫书管着我。

第二，读得很快，而不记住。书要都叫我记住，还要书干吗？书应该记住自己。对我，最讨厌的发问是："那个典故是哪儿的呢？""那句话是怎么来着？"我永不回答这样的考问，即使我记得。我又不是印刷机器养的，管你这一套！

读得快，因为我有时候跳过几页去。不合我的意，我就练习跳远。书要是不服气的话，来跳我呀！看侦探小说的时候，我先看最后的几页，省事。

第三，读完一本书，没有批评，谁也不告诉。一告诉就糟："嘿，你读《啼笑因缘》？"要大家都不读《啼笑因缘》，人家写它干吗呢？一批评就糟："尊家这点意见？"我不惹气。读完一本书再打通儿架，不上算。我有我的爱与不爱，存在我自己心里。我爱念什么就念，有什么心得我自己知道，这是种享受，虽然显得自私一点。

再说呢，我读书似乎只要求一点灵感。"印象甚佳"便是好书，我没工夫去细细分析它，所以根本便不能批评。"印象甚佳"有时候并不是全书的，而是书中的一段最入我的味；因为这一段使我对这全书有了好感；其实这一段的美或者正足以破坏了全体的美，但是我不去管；有一段叫我喜欢两天的，我就感谢不尽。因此，设若我真去批评，大概是高明不了。

第四，我不读自己的书，不愿谈论自己的书。"儿子是自己的好"，我还不晓得，因为自己还没有过儿子。有个小女儿，女儿能不能代表儿子，就不得而知。"老婆是别人的好"，我也不敢加以拥护，特别是在家里。但是我准知道，书是别人的好。别人的书自然未必都好，可是至少给我一点我不知道的东西。自己的，一提都头疼！自己的书，和自己的运气，好像永远是一对儿累赘。

第五，哼，算了吧。

载 1934 年 12 月《太白》第 1 卷第 7 期

记涤洲①

死是多么容易想到的事，可是白涤洲的死大概朋友们谁也没想到吧？这才使人跺脚！才三十多岁，天不怕地不怕——因为身体好，精明强干，舍己从人，涤洲，竟自死了；谁在事前敢这么想，谁是疯子；而今"天"是疯了；从青岛到北平，我的泪不能干，不能干！

十六七岁的时候，我俩是同学。虽然隔着班级，不知道怎的我和涤洲最说得来。那时候，他偏着头，穿着瘦蓝布褂，身量就不矮，常考第一。有的同学和他好，有的不大对劲儿；没人恨他。他简单，有点乡下气，好说，也有些不高明而宽厚的幽默。说起西山来，他的眼——老那么扣扣着点——发了光。他得意，自称为山精。我俩很好，可是我找不到他有什么特别可爱的地方。我承认他聪明，没脾气，可是我同时怕他只为考第一，样样功课叫好，而落得什么也不真好；天才往往倒不见得考第一。对他的脾气也是这样，我怕他为太讨好而学圆滑了；我爱硬干的人。

他在师范学校毕业后就派做了校长，接我的手。这时候，我俩的交情更深了些，我看出他的本事，和交友的厚道。我这才明白：他的精明使他更忠厚——本来应当更圆滑——这就是说，他"肯"吃亏。他吃了亏，向好友们说说，一种幽默的出气方法。假若没地方去说，他可受不住。这个人必须有些好友，他自己是个好朋友。我想不起更足以表现他整个人格的称号；对，只有"好朋友"，大家有什么事都找他。有时候因为事的琐细，他说声"他妈的"，可是马上穿起大衫，不怕是在怎样劳累以后，还是去给办那件小事。什么都是他，钱归他拿着，房契他保存，书在他那里堆着。他高兴，他对事事点头。啊，涤洲，你的死，我们大家都负着责任。你是累死了。

---

① 本篇发表时署名"舍"。

在小学校界里几年，他成了很重要的人物。几个好友都看出来：涤洲不应当这样下去，他应该求学，他有才力。他盘算了一番，只接受这个建议，而不接受任何人的金钱。他考入了北大。一边求学，一边还得养活一家子人。他又接了我的事，在教育会里做干事。大家都说："涤洲和舍予是一对儿。"其实，我凭哪样赶得上他呢？就以我俩的事说，我的钱，他管着，明知他那么忙。我的家人，他给照应着；有人借去一本书，他都写个小条钉在书架上。回到北平，我住在他家。我帮助了他什么呢？还不就是能彼此谈得来，他能和我谈那些带"他妈的"的话？夏天我在他那儿住，他满头大汗的回来，抱着个出号的西瓜。脱了大衫，他去找刀："来，舍予，看我宰这个肥的！"吃了瓜，他脱了袜子，脚蹬在椅上，和我说起来。在他的谈话里，永远不自傲；对于学问，他常叹气；对于做人，他才肯点头——"我是个好人！"把吃亏受累的事都向我诉了委屈，手——那指甲微有点长的手——拍在腿上："嘿，还忘了给老杨去定铺位呢，他后天上南京。"他又跑了，甭管天气多热。

就在这么忙，这么多事的几年中，他居然成了个学者。什么事我都敢希望他，除了成为学者。他堵了我的嘴，可是激动了我的心。我不知怎样对他好了：应帮助他成为学者——自然第一是先别求他办事了。不求他办事，怎能行呢？他是我的主心骨！求他办事？当然耽误了他的用功。朋友，涤洲，恐怕不是我一个人对你这样吧？我们想过了，而事情终于托你给办。只有你办得好，只有你肯替我们受累。你是散处各方的朋友的总办事处。你死了，涤洲，我们……说什么呢？！眼泪有什么用呢？！十天没有接到你的信，我还心里说：莘田到了北平，热闹起来，忘我！我还——该死！——给你汇钱，详详细细的写信，托你给办事。钱汇到北平，电报到了青岛——涤洲病故！

每次到北平来，洗澡，吃饭，买东西，听戏，都是你陪着；这次，你独自睡在法源寺。你的一切，我知道。你的高身量，深色的衣服，手，脸，想主意时把下唇一咬……都记得，都记得，只是没了你，像个梦！

你这一辈子，受过多少累，吃过多少苦，家中遭了多大的变故，你总不灰心，始终努力，就这样死了吗？前年我由济南赶来，是为祭你的夫人，安慰你。你还是笑着，泪终日在眼眶里。去年你过济南，我们谈了半夜。你老那么高兴，要强，不怕，你老是我们中最年少最有为的一位——朋友。朋友！你决不肯——我知道——弃舍了我们。你在我们心中老活着。想起了你，会使我们努力作人，努力治学。命是短的，作好作坏是一样的——早晚得死。有你死在前面，我们懂得了：作好要快呀，命是短的。涤洲，我说不出什么来了。我只能叫几声"好朋友"，哭着跑回青岛。人家说咱俩是一对儿，唉！！！

廿三年十月十七，北平

载 1934 年 10 月 27 日《国语周刊》第 161 期

哭白涤洲

十月十二接到电报："涤洲病危。"十四起身；到北平，他已过去。接到电报，隔了一天才动身，我希望在这一天再得个消息——好的。十二号以前，什么信儿都没听到，怎能忽然"病危"？涤洲的身体好，大家都晓得，所以我不信那个电报，而且深信必再有电更正。等了一天，白等；我的心凉了。在火车上我的泪始终在眼里转。车到前门，接我的是齐铁恨——他在南京作事——我俩的泪都流下来了。我恨我晚来了一天，可是铁恨早来一天也没见到"他"。十二的早晨，"他"就走了。

这完全像个梦。八月底，我们三个——涤洲、铁恨与我——还在南京会着。多么欢喜呀！涤洲张罗着逛这儿那儿，还要陪我到上海，都被我拦住了。他先是同刘半农先生到西北去；半农先生死后，他又跑到西安去讲学。由西安跑到南京，还要随我上海。我没叫他去。他的身体确是好，但是那么热的天，四下里跑，不是玩的。这只是我的小心；梦也梦不到他会死。他回到北平，有信来，说：又搬了家。以后，再没信了，我心里还说：他大概是忙着做文章呢。敢情他又到河南讲学去了。由河南回来就病。十二号我接到那个电报。这不像个梦？

今天翻弄旧稿，夹着他一封信——去年一月十日在西山发的。"苓儿死去……咽气恰与伊母下葬同时，使我不能不特别哀痛。在家里我抱大庄，家母抱菊，三辈四人，情形极惨。现在我跑到西山，住在第三小学的最下一个院子，偌大的地方只有我一个人。天极冷，风顶大，冰寒的月光布满了庭院，我隔着玻窗，凝望南山，回忆两礼拜来的遭遇，止不住的眼泪流下来！"

"两礼拜来的遭遇"是大孩子蓝死，夫人死，女孩苓死。跟着——老天欺侮起来好人没完！——是菊死，和白老伯死；一气去了五口。蓝是夜间死的，他一边哭一边给我写信。紧跟着又得到白夫人病故的信，我跑回北平去安慰他。他还支持着，始终不放声的哭，可是端茶碗的时候手颤。跟着又死去三口，大家都担

105

心他。他失眠，闭上眼就看见他的孩子。可是他不喝酒，不吸烟，像棵松树似的立着。他要做好到底。现在，剩下六十多的老母，廿多岁的续娶的夫人，与五岁的大庄！人生是什么呢？

朋友里，他最好。他对谁也好。有他，大家的交情有了中心。什么都是他做，任劳任怨的做，会做，肯做，有力气做。对家人、对朋友，永远舍己从人。对事情，明知上当，还做，只求良心上过得去。他很精明，但不掏出手段；他很会办事，多一半是因为肯办，肯认真办。他就这么累死了。

对学问，他很谦虚，总说他自己"低能"。可是在事情那么忙乱的时候，他居然在音韵学上有成就，有著作。他作到别人所不能作到的了：就在家中死了五口以后，他会跑到西北去调查方音！他还笑着说呢：到外边散散心。死了五口，散心？拿调查工作散心，他不是心狠，是尽人力所及的铸造自己。他老要对得起自己，对得起朋友，对得起一生。卅五岁就死去，这样的人，只有无知的老天知道怎回事！

自我一认识他，他仿佛就是个高个子。老推平头，老穿深色的衣服，腮上胡子很重。偶尔穿上洋服，他笑自己。他知道自己不漂亮。同样，他知道自己的一切缺点。有一次，他把件绸子大衫染得发了绿头，他笑着把它藏起去："这不行，这不行，穿它还能上街？"他什么也不行，他觉得。于是高过他的人，他不巴结。低于他的人，他帮忙。对他自己，在幽默的轻视中去努力。高高的个子，灰色或蓝色的长袍，一天到晚他奔忙。他没有过人的思想，只求在他才力所及的事上、学问上、做人上，去做。他实在。说给他一件新事，或一个新的思想，他要想了，然后他拍着腿："高！高！"到此为止；他能了解，而永远不能做出来，新的。旧社会的享受，他没享受过；新的，也没享受过。他老想使别人过得去，什么新的旧的，反正自己没占了便宜。自己不占便宜就舒服。因此，他心宽。死了五口，还能支持，还替朋友办事，还努力工作，就是这个力量的果实。谁都说，过了那一场，涤洲什么也不怕了。他竟会死了！

他死的时候，一群朋友围着他，眼看着咽气，没办法。他给朋友帮过多少忙，而大家只能看着他死。他死后，由上海汉口青岛赶来许多朋友，来哭；有什么用呢？他已经死在医院了，老太太还拉着大庄给他送果子来。噢，什么也别说了吧，要惨到什么地步呢！涤洲，涤洲，我们只有哭；没用，是没用。可是，我们是哭你的价值呀。我们能找到比你俊美的人，比你学问大的人，比你思想高的人；我们到哪儿去找一位"朋友"，像你呢？

载 1934 年 12 月《人间世》第 17 期

落花生

　　我是个谦卑的人。但是，口袋里装上四个铜板的落花生，一边走一边吃，我开始觉得比秦始皇还骄傲。假若有人问我："你要是做了皇上，你怎么享受呢？"简直的不必思索，我就答得出："派四个大臣拿着两块钱的铜子，爱买多少花生吃就买多少！"

　　什么东西都有个幸与不幸。不知道为什么瓜子比花生的名气大。你说，凭良心说，瓜子有什么吃头？它夹你的舌头，塞你的牙，激起你的怒气——因为一咬就碎；就是幸而没碎，也不过是那么小小的一片，不解饿，没味道，劳民伤财，布尔乔亚！你看落花生：大大方方的，浅白麻子，细腰，曲线美。这还只是看外貌。弄开看：一胎儿两个或者三个粉红的胖小子。脱去粉红的衫儿，象牙色的豆瓣一对对的抱着，上边儿还结着吻。那个光滑，那个水灵，那个香喷喷的，碰到牙上那个干松酥软！白嘴吃也好，就酒喝也好，放在舌上当槟榔含着也好。写文章的时候，三四个花生可以代替一支香烟，而且有益无损。

　　种类还多呢：大花生，小花生，大花生米，小花生米，糖饯的，炒的，煮的，炸的，各有各的风味，而都好吃。下雨阴天，煮上些小花生，放点盐；来四两玫瑰露；够作好儿首诗的。瓜子可给诗的灵感？冬夜，早早的躺在被窝里，看着《水浒传》，枕旁放着些花生米；花生米的香味，在舌上，在鼻尖；被窝里的暖气，武松打虎……这便是天国！冬天在路上，刮着冷风，或下着雪，袋里有些花生使你心中有了主儿；掏出一个来，剥了，慌忙往口中送，闭着嘴嚼，风或雪立刻不那么厉害了。况且，一个二十岁以上的人肯神仙似的，无忧无虑的，随随便便的，在街上一边走一边吃花生，这个人将来要是做了宰相或度支部尚书，他是不会有官僚气与贪财的。他若是做了皇上，必是朴俭温和直爽天真的一位皇上，没错。吃瓜子的照例不在街上走着吃，所以我不给他保这个险。

　　至于家中要是有小孩儿，花生简直比什么也重要。不但可以吃，而且能拿

107

它们玩。夹在耳唇上当环子。几个小姑娘就能办很大的一回喜事。小男孩若找不着玻璃球儿，花生也可以当弹儿。玩法还多着呢。玩了之后，剥开再吃，也还不脏。两个大子儿的花生可以玩半天；给他们些瓜子试试。

论样子，论味道，栗子其实满有势派儿。可是它没有落花生那点家常的"自己"劲儿。栗子跟人没有交情，仿佛是。核桃也不行，榛子就更显得疏远。落花生在哪里都有人缘，白天子以至庶人都跟它是朋友；这不容易。

在英国，花生叫作"猴豆"——Monkey Nuts。人们到动物园去才带上一包，去喂猴子。花生在这个国里真不算很光荣，可是我亲眼看见去喂猴子的人——小孩就更不用提了——偷偷的也往自己口中送这猴豆。花生和苹果好像一样的有点魔力，假如你知道苹果的典故；我这儿确是用着典故。

美国吃花生的不限于猴子。我记得有位美国姑娘，在到中国来的时候，把几只皮箱的空处都填满了花生，大概凑起来总够十来斤吧，怕是到中国吃不着这种宝物。美国姑娘都这样重看花生，可见它确是有价值；按照哥伦比亚的哲学博士的辩证法看，这当然没有误儿。

花生大概还跟婚礼有点关系，一时我可想不起来是怎么个办法了；不是新娘子在轿里吃花生，不是；反正是什么什么春吧——你可晓得这个典故？其实花轿里真放上一包花生米，新娘子未必不一边落泪一边嚼着。

载 1935 年 1 月 20 日《漫画生活》第 5 期

有钱最好

　　既是苦命人，到处都得受罪。穷大奶奶逛青岛，受洋罪；我也正受着这种洋罪。

　　青岛的青山绿水是给诗人预备的，我不是诗人。青岛的洋楼汽车是给阔人预备的，我有时候袋里剩三个子儿。享受既然无缘，只好放在一边，单表受罪。

　　第一先得说房。大小不拘，这里的房全是洋式。由房东那方面看，租钱不算多；由住房儿的看，像我这样的人，简直一月月的干给房钱赶网。吃也不算贵，喝也不算贵；房没有贱的。房既然贵，自然住不起一整所儿，所以大多数的楼房是分租的，一层儿两三间房租给一家。住楼上的呢，得上下跑腿；而且费煤，因为高处得风，墙又不厚。住楼下的，自然省了脚，也较比的暖一点，可是乐不抵苦。您别看大家都洋服嘟当儿的，讲到公德心，青岛的人并不比别处的文明。楼的建筑根本是二五八，楼板也就是一寸来厚，而楼上的人们，绝不会想到楼下还有人。希望大家铺地毯，未免所求过奢；能垫上点席子的便很难得。要赶上楼上有那么七八个孩子，那就蛤蟆垫桌腿儿，死挨。人家能把楼板踩得老忽闪忽闪的动，时时有塌下来的可能。自然没人能管住小孩不走不跳，可是能够作到的也没人作。比如说椅子腿上包点布，或者不准小孩拉椅子，这很容易办吧？哼，没那回事。你莫名其妙楼上怎会有那么多椅子，更不知道为什么老在那儿拉。你晓得楼上拉椅子多么难听，它钻脑子，叫人想马上自杀。可是谁叫你住楼下呢！你趁早不用去请求，住楼上的理直气壮。"哟，我们的孩子会闹？那可奇怪！拉椅子？我们的小孩可就是喜欢拉椅子玩。在楼上踢毽？可不是，小孩还能不玩？"楼上的人都这么和气而且近情近理。你只有一条路，搬家。

　　搬吧，都调查好了，同楼的小孩少，大人也规矩，你很喜欢。搬过去一看，院里有八条狗！青岛是带洋派的地方，讲究养狗。可是养狗的人想不起去遛遛它们，狗屎全摆在院中。狗名儿都是洋的，什么济美、什么邦走；敢情洋名的狗拉洋屎，也是臭的。济美们还叫呢，要赶上你要睡会儿觉，或是孩子刚睡着，人家才叫得凶呢。

还得搬哪！这回可好，没有小孩，也没有狗。早晨七点来钟，人家唱上了。青岛的京戏最时兴。早晨唱过了，那敢情不过是喊喊嗓子。大轴子是在晚上，胡琴拉着，生末净旦丑俱全，唱开了没头儿。唱得好听的自然不是没有哇；叫人想自杀的也不少。你怎办？还得搬家。

搬一回家，要安一回灯，挂一回帘子；洋房吗。搬一回家，要到公司报一回灯，报一回水，洋派吗。搬一回家，要损失一些东西，损失一些钱，洋罪吗。

好房子有哇，也得住得起呀。算了吧，房子够了。

带洋字的，还就是洋车好，干净，雨布风帘也齐全；可就是贵。一上车就是一毛钱，稍微远那么一点就得两毛。我的办法是不坐。这有点对不起"车友"们，可是有什么办法呢？自行车也不好骑，净是山路，坡得要命。最好是坐汽车，其次就是走，据我看。汽车呢，连那个喇叭咱也买不起；即使勉强的买个喇叭，不是还得自己走路；干脆，咱走就是了。青岛的空气却是不坏，可惜脚受点委屈！

关于食，没有什么可说的。饭馆子不少，中菜西菜都有。价钱都可以的，所以咱还是消极抵抗，不吃。自己家里做菜倒不贵，鱼虾现成，而且新鲜。别的肉类菜蔬也说不上贵；吃饱了拉倒，这倒好办。馋了呢？活该！

穿，随便。青年人多数穿洋服，也很有些穿得很讲究的。咱向来不讲究穿，给它个不在乎。这占了已结婚的便宜。设若正在"追求"期间，我想我也得多一份洋罪。不穿洋服，可是我天天刮胡子，这一来是耍洋派，二来表示我并不完全不怕太太。完全不怕太太的人不易发财，真的！

说到了玩，此地没有什么游艺场。此地根本是个避暑的所在，成年价在这儿住，当然是别扭。京戏偶尔来几个名角，戏价总得两三块，咱犯不上去。平日呢，老有蹦蹦戏，听着又不过瘾。电影院有几处，夏天才来好片子；冬天只是对付事儿，我假装的避宿，赶到惊蛰再去，也还不迟。公园真好，道路真好，海岸真好，遇上晴天我便去走，既不用花钱，而且接近了自然。在别方面受的罪，由这个享受补过来，这叫作穷欢喜。

总起来说，青岛不是个坏地方，官员们也真卖力气建设。所谓洋罪，是我的毛病，穷。假若我一旦发了财，我必定很喜欢这里。等着吧，反正咱不能穷一辈子。

载 1935 年 3 月 1 日《论语》第 60 期

忙

近来忙得出奇。恍忽之间，仿佛看见一狗，一马，或一驴，其身段神情颇似我自己；人兽不分，忙之罪也！

每想随遇而安，贫而无谄，忙而不怨。无谄已经作到；无论如何不能欢迎忙。

这并非想偷懒。真理是这样：凡真正工作，虽流汗如浆，亦不觉苦。反之，凡自己不喜作，而不能不作，作了又没什么好处者，都使人觉得忙，且忙得头疼。想当初，苏格拉底终日奔忙，而忙得从容，结果成了圣人；圣人为真理而忙，故不手慌脚乱。即以我自己说，前年写《离婚》的时候，本想由六月初动笔，八月十五交卷。及至拿起笔来，天气热得老在九十度以上，心中暗说不好。可是写成两段以后，虽腕下垫吃墨纸以吸汗珠，已不觉得怎样难受了。"七"月十五日居然把十二万字写完！因为我爱这种工作哟！我非圣人，也知道真忙与瞎忙之别矣。

所谓真忙，如写情书，如种自己的地，如发现九尾彗星，如在灵感下写诗作画，虽废寝忘食，亦无所苦。这是真正的工作，只有这种工作才能产生伟大的东西与文化。人在这样忙的时候，把自己已忘掉，眼看的是工作，心想的是工作，作梦梦的是工作，便无暇计及利害金钱等等了；心被工作充满，同时也被工作洗净，于是手脚越忙，心中越安怡，不久即成圣人矣。情书往往成为真正的文学，正在情理之中。

所谓瞎忙，表面上看来是热闹非常，其实呢它使人麻木，使文化退落，因为忙得没意义，大家并不愿作那些事，而不敢不作；不作就没饭吃。在这种忙乱情形中，人们像机器般的工作，作完了一饱一睡，或且未必一饱一睡，而半饱半睡。这里，只有奴隶，没有自由人；奴隶不会产生好的文化。这种忙乱把人的心杀死，而身体也不见得能健美。它使人恨工作，使人设尽方法去偷油儿。我现在就是这样，一天到晚在那儿作事，全是我不爱作的。我不能不去作，因为眼前有个饭碗；多咱我手脚不动，那个饭碗便啪的一声碎在地上！我得努力呀，原来是为那个饭碗的完整，多么高伟的目标呀！试观今日之世界，还不是个饭碗文明！

因此，我羡慕苏格拉底，而恨他的时代。苏格拉底之所以能忙成个圣人，正因为他的社会里有许多奴隶。奴隶们为苏格拉底作工，而苏格拉底们乃得忙其所乐意忙者。这不公道！在一个理想的文化中，必能人人工作，而且乐意工作，即便不能完全自由，至少他也不完全被责任压得翻不过身来，他能把眼睛从饭碗移开一会儿，而不至立刻啪的一声打个粉碎。在这样的社会里，大家才会真忙，而忙得有趣，有成绩。在这里，懒是一种惩罚；三天不作事会叫人疯了；想想看，灵感来了，诗已在肚中翻滚，而三天不准他写出来，或连哼哼都不许！懒，在现在的社会里，是必然的结果，而且不比忙坏；忙出来的是什么？那么，懒又有什么不可以呢？

世界上必有那么一天，人类把忙从工作中赶出去，大家都晓得，都觉得，工作的快乐，而越忙越高兴；懒还不仅是一种羞耻，而是根本就受不了的。自然，我是看不到那样的社会了；我只能在忙得——瞎忙——要哭的时候这么希望一下吧。

载 1935 年 6 月 30 日《益世报》

何容何许人也

粗枝大叶的我可以把与我年纪相仿佛的好友们分为两类。这样的分类可是与交情的厚薄一点也没关系。

第一类是因经济的压迫或别种原因，没有机会充分发展自己的才力，到二十多岁已完全把生活放在挣钱养家，生儿养女等等上面去。他们没工夫读书，也顾不得天下大事，眼睛老盯在自己的忧喜得失上。他们不仅不因此而失去他们的可爱，而且可羡慕，因为除非遇上国难或自己故意作恶，他们总是苦乐相抵，不会遇到什么大不幸。他们不大爱思想，所以喝杯咸菜酒也很高兴。

第二类差不多都是悲剧里的角色。他们有机会读书；同情于，或参加过，革命；知道，或想去知道，天下大事；会思想或自己以为会思想。这群朋友几乎没有一位快活的。他们的生年月日就不对：都生在前清末年，现在都在三十五与四十岁之间。礼义廉耻与孝悌忠信，在他们心中还有很大的分量。同时，他们对于新的事情与道理都明白个几成。以前的作人之道弃之可惜，于是对于父母子女根本不敢作什么试验。对以后的文化建设不愿落在人后，可是别人革命可以发财，而他们革命只落个"忆昔当年……"。他们对于一切负着责任：前五百年，后五百年，全属他们管。可是一切都不管他们，他们是旧时代的弃儿，新时代的伴郎。谁都向他们讨税，他们始终就没有二亩地，这些人们带着满肚子的委屈，而且还得到处扬着头微笑，好像天下与自己都很太平似的。

在这第二类的友人中，有的是徘徊于尽孝呢，还是为自己呢？有的是享受呢，还是对家小负责呢？有的是结婚呢，还是保持个人的自由呢？……花样很多，而其基本音调是一个——徘徊、迟疑、苦闷。他们可是也并不敢就干脆不挣扎，他们的理智给感情画出道儿来，结果呢，还是努力的维持旧局面吧，反正得站一面儿，那么就站在自幼儿习惯下来的那一面好啦。这可不是偷懒，捡着容易的作，也不是不厌恶旧而坏的势力，而实在需要很大的勉强或是——说得好听一点——牺牲；因为他们打算站在这一面，便无法不舍掉另一面，而这个另一面正自带着许多媚人的诱惑力量。

何容兄是这样朋友中的一位代表。在革命期间，他曾吃过枪弹：幸而是打在腿上，所以现在还能"不"革命的活着。革命吧，不革命吧，他的见解永不落在时代后头。可是在他的行为上，他比提倡尊孔的人还更古朴，这里所指的提倡尊孔者还是那真心想翼道救世的。他没有一点"新"气，更提不到"洋"气。说卫生，他比谁都晓得。但是他的生活最没规律：他能和友人们一谈谈到天亮，他决不肯只陪到夜里两点。可有一点，这得看是什么朋友；他要是看谁不顺眼，连一分钟也不肯空空的花费。他的"古道"使他柔顺像个羊，同时能使他硬如铁。当他硬的时候，不要说巴结人，就是泛泛的敷衍一下也不肯。在他柔顺的时候，他的感情完全受着理智的调动：比如说友人的小孩病得要死，他能昼夜的去给守着，而面上老是微笑，希望他的笑能减少友人一点痛苦；及至友人们都睡了，他才独对着垂死的小儿落泪。反之，对于他以为不是东西的人，他全任感情行事，不管人家多么难堪。他"承认"了谁，谁就是完人；有了错过他也要说而张不开口。他不承认谁，乘早不必讨他的厌去。

怎样能被他"承认"呢？第一个条件是光明磊落。所谓光明磊落就是一个人能把旧礼教中那些舍己从人的地方用在一切行动上。而且用得自然单纯，不为着什么利益与必期的效果。他不反对人家讲恋爱，可是男的非给女的提着小伞与低声下气的连唤"嘀耳"①不可，他便受不住了，他以为这位先生缺乏点丈夫气概。他不是不明白在"追求"期间这几乎是照例的公事，可是他遇到这种事儿，便夸大的要说他的话了："我的老婆给我扛着伞，能把人碰个跟头的大伞！"他，真的，不让何太太扛伞。真的，他也不能给她扛伞。他不佩服打老婆的人，加倍的不佩服打完老婆而出来给她提小伞的人，后者不光明磊落。

光明磊落使他不能低三下四的求爱，使他穷，使他的生活没有规律，使他不能多写文章——非到极满意不肯寄走，改、改、改，结果文章失去自然的风趣。作什么他都出全力，为是对得起人，而成绩未必好。可是他愿费力不讨好，不肯希望"歪打正着"。他不常喝酒，一喝起来他可就认了真，喝酒就是喝酒；醉？活该！在他思索的时候，他是心细如发。他以为不必思索的事，根本不去思索，譬如喝酒，喝就是了，管它什么。他的心思忽细忽粗，正如其为人忽柔忽硬。他并不是疯子，但是这种矛盾的现象，使他"阔"不起来。对于自己物质的享受，他

---

① 英语 Dear（亲爱的）的谐音。

114

什么都能将就；对于择业择友，一点也不将就。他用消极的安贫去平衡他所不屑的积极发展。无求于人，他可以冷眼静观宇宙了，所以他幽默。他知道自己矛盾，也看出世事矛盾，他的风凉话是含着这双重的苦味。

是的，他不像别的朋友们那样有种种无法解决的，眼看着越缠越紧而翻不起身的事。以他来比较他们，似乎他还该算个幸运的。可是我拿他作这群朋友的代表。正因为他没有显然的困难，他的悲哀才是大家所必不能避免的，不管你如何设法摆脱。显然的困难是时代已对个人提出清账，一五一十，清清楚楚。他的默默悲哀是时代与个人都微笑不语，看到底谁能再敷衍下去。他要想敷衍呢，他便须和一切妥协；旧东西中的好的坏的，新东西中的好的坏的，一齐等着他给喊好；自要他肯给它们喊好，他就颇有希望成为有出路的人。他不能这么办。同时他也知道毁坏了自己并不是怎样了不得的事，他不因不妥协而变成永不洗脸的名士。革命是有意义的事，可是他已先偏过了。怎办呢？他只交下几个好朋友，大家到一块儿，有的说便说，没的说彼此就愣着也好。他也教书，也编书，月间进上几十块钱就可以过去。他不讲穿，不讲究食住，外表上是平静沉默，心里大概老有些人家看不见的风浪。真喝醉了的时候也会放声的哭，也许是哭自己，也许是哭别人。

他知道自己的毛病，所以不吹腾自己的好处。不过，他不想改他的毛病，因为改了毛病好像就失去些硬劲儿似的。努力自励的人，假若没有脑子，往往比懒一些的更容易自误误人。何容兄不肯拿自己当个猴子耍给人家看。好、坏，何容是何容：他的微笑似乎表示着这个。对好友们，他才肯说他的毛病，像是："起居无时，饮食无节，衣冠不整，礼貌不周，思而不学，好求甚解而不读书……" 只有他自己才能说得这么透澈。催他写文章，他不说忙，而是 "慢与忙有关系，因优故忙"。因为 "作文章像暖房里人工孵鸡，鸡孵出来了，人得病一场！"

他若穿起军服来，很像个营里的书记长。胸与肩够宽，可惜脸上太白了些，不完全像个兵。脸白，可并不美。穿起蓝布大衫，又像个学校里不拿事的庶务员。面貌与服装都没什么可说，他的态度才是招人爱的地方，老是安安稳稳，不慌不忙，不多说话，但说出来就得让听者想那么一会儿。香烟不离口；酒不常喝，而且喝多了在两天之后才现醉象——这使朋友们视他为 "异人"；他自己也许很以此自豪，虽然 "晚醉" 和 "早醉" 是一样受罪的。他喜爱北平，大概最大的原因是北平有几位说得来的朋友。

载 1935 年 12 月《人间世》第 41 期

婆婆话

一位友人从远道而来看我，已七八年没见面，谈起来所以非常高兴。一来二去，我问他有了几个小孩？他连连摇头，答以尚未有妻。他已三十五六，还做光棍儿，倒也有些意思；引起我的话来，大致如下：

我结婚也不算早，做新郎时已三十四岁了。为什么不肯早些办这桩事呢？最大的原因是自己挣钱不多，而负担很大，所以不愿再套上一份麻烦，作双重的马牛。人生本来是非马即牛，不管是贵是贱，谁也逃不出衣食住行，与那油盐酱醋。不过，牛马之中也有些性子刚硬的，挨了一鞭，也敢回敬一个别扭。合则留，不合则去，我不能在以劳力换金钱之外，还赔上狗事巴结人，由马牛调作走狗。这么一来，随时有卷起铺盖滚蛋的可能，也就得有些准备：积极的是储蓄俩钱，以备长期抵抗；消极的是即使挨饿，独身一个总不致灾情扩大。所以我不肯结婚，卖国贼很可以是慈父良夫，错处是只尽了家庭中的责任，而忘了社会国家。我的不婚，越想越有理。

及至过了三十而立，虽有桌椅板凳亦不敢坐，时觉四顾茫然。第一个是老母亲的劝告，虽然不明说："为了养活我，你牺牲了自己，我是怎样的难过！"可是再说硬话实在使老人难堪；只好告诉母亲：不久即有好消息。君子一言，驷马难追；一透口话，就满城风雨。朋友们不论老少男女，立刻都觉得有做媒的资格，而且说得也确是近情近理；平日真没想到他们能如此高明。还普遍而且最动听的——不晓得他们都是从哪儿学来的这一套？——是：老光棍儿正如老姑娘，独居惯了就慢慢养成绝户脾气——万要不得的脾气！一个人，他们说，总得活泼泼的，各尽所长，快活的忙一辈子！因不婚而弄得脾气古怪，自己苦恼，大家不痛快，这是何苦？这个，的确足以打动一个卅多岁，对世事有些经验的人！即使我不希望升官发财，我也不甘成为一个老别扭鬼。

那么经济问题呢？我问他们。我以为这必能问住他们，因为他们必不会因为

116

怕我成了老绝户而愿每月津贴我多少钱。哼，他们的话更多了。第一，两个人的花销不必比一个人多到哪里去；第二，即使多花一些，可是苦乐相抵，也不算吃亏；第三，找位能挣些钱的女子，共同合作，也许从此就富裕起来；第四，就说她不能挣钱，而且多花一些，人生本来是经验与努力，不能永远消极的防备，而当努力前进。

说到这里，他们不管我相信这些与否，马上就给我介绍女友了。仿佛是我决不会去自己找到似的。可是，他们又有文章。恋爱本无须找人帮忙，他们晓得；不过，在恋爱期间，理智往往弱于感情；一旦造成了将错就错的局面，必会将恩作怨，糟糕到底。反之，经友人介绍，旁观者清，即使未必准是半斤八两，到底是过了磅的有个准数。多一番理智的考核，便少一些感情的瞎碰。双方既都到了男大当娶，女大当聘之年，而且都愿结婚，一经介绍，必定郑重其事的为结婚而结婚，不是过过恋爱的瘾，况且结婚就是结婚；所谓同居，所谓试婚，所谓解决性欲问题，原来都是这一套。同居而不婚，也得两个吃饭，也得生儿养女；并不因为思想高明，而可以专接吻，不用吃饭！

我没了办法。你一言，我一语，说得我心中闹得慌。似乎只有结婚才能心静，别无办法。于是我就结了婚。

到如今，结婚已有五年，有了一儿一女。把五年的经验和婚前所听到的理论相证，倒也怪有个味儿。

第一该说脾气。不错，朋友们说对了：有了家，脾气确是柔和了一些。我必定得说，这是结婚的好处。打算平安的过活必须采纳对方的意见，阳纲或阴纲独振全得出毛病；男女同居，根本需要民治精神，独裁必引起革命；努力于此种革命并不足以升官发财，而打得头破血出倒颇悲壮而泄气。彼此非纳着点气儿不可，久而久之都感到精神的胜利，凡事可以和平解决，夫妇而可成圣矣。

这个，可并不能完全打倒我在婚前的主张：独身气壮，天不怕地不怕；结婚气馁，该瞅着的就得低头。我的顾虑一点不算多此一举。结了婚，脾气确是柔和了，心气可也跟着软下来。为两个人打算，绝不会像一人吃饱天下太平那么干脆。于是该将就者便须将就，不便挺起胸来大吹浩然之气，恋爱可以自由，结婚无自由。

朋友们说对了。我也并没说错。这个，请老兄自己去判断，假如你想结婚的话。

第二该说经济。现在，如果再有人对我说，俩人花钱不见得比一人多，我一定毫不迟疑的敬他一个嘴巴子。俩人是俩人，多数加 S，钱也得随着加 S。是的，太太可以去挣钱，俩人比一人挣得多；可是花得也多呀。公园，电影场，绝不会有"太太免票"的办法，别的就不用说了。及至有了小孩，简直的就不能再有什么预算决算，小孩比皇上还会花钱。太太的事不能再作，顾了挣钱就顾不了小孩，因挣钱而把小孩养坏，照样的不上算；好，太太专看小孩，老爷专去挣钱，小孩专管花钱，不破产者鲜矣。

自然小孩会带来许多快乐，作了父母的夫妻特别的能彼此原谅，而小胖孩子又是那么天真可爱。单单的伸出一个胖手指已足使人笑上半天。可是，小胖子可别生病；一生病，爸的表，娘的戒指，全得暂入当铺，而且昼夜吃不好，睡不安，不亚于国难当前。割割扁桃腺，得一百块！幸亏正是扁桃腺，这要是整个的圆桃，说小定就得上万！以我自己说，我对儿女总算不肯溺爱，可是只就医药费一项来说，已经使我的肩背又弯了许多。有病难道不给治么？小孩真是金子堆成的。这还没提到将来的教育费——谁敢去想，闭着眼瞎混吧！

有人会说喽，结婚之后顶好不要小孩呀。不用听那一套。我看见不少了，夫妻因为没有小孩而感情越来越坏，甚至去抱来个娃娃，暂时敷衍一下。有小孩才像家庭；不然，家庭便和旅馆一样。要有小孩，还是早些有的为是。一来，妇女岁数稍大，生产就更多危险；二来，早些有子女，虽然花费很多，可是多少能早些有个打算，即便计划不能实现，究竟想有个准备；一想到将来，便想到子女，多少心中要思索一番，对于作事花钱就不能不小心。这样，夫妇自自然然的会老成一些了，要按着老法子说呢，父母养活子女，赶到子女长大便倒过头来养活父母。假如此法还能适用，那么早有小孩，更为上算。假如父亲在四十岁上才有了儿子，儿子到二十的时候，父亲已经六十了；说不定，也许活不到六十的；即使儿子应用古法，想养活父亲，而父亲已入了棺材，哪能喝酒吃饭？

这个，朋友，假若你想结婚的话，又该去思索一番。娶妻须花钱，生儿养女须花钱，负担日大，肩背日弯，好不伤心；同时，结婚有益，有子也有乐趣，即使乐不抵苦，可是生命至少不显着空虚。如何之处，统希鉴裁！

至于娶什么样的太太，问题太大，一言难尽。不过，我看出这么点来：美不是一切。太太不是图画与雕刻，可以用审美的态度去鉴赏。人的美还有品德体格的成分在内。健壮比美更重要。一位爱生病的太太不大容易使家庭快乐可爱。学问也不是顶要紧的，因为有钱可以自己立个图书馆，何必一定等太太来丰富你的或任何人的学问？据我看，结婚是关系于人生的根本问题的；即使高调很受听，可是我不能不本着良心说话，吃，喝，性欲，繁殖，在结婚问题中比什么理想与学问也更要紧。我并不是说妇人应当只管洗衣做饭抱孩子，不应读书作事。我是说，既来到婚姻问题上，既来到家庭快乐上，就乘早不必唱高调，说那些闲盘儿。这是个实际问题，是解决生命的根源上的几项问题，那么，说真实的吧，不必弄一套之乎者也。一个美的摆设，正如一个有学问的摆设，都是很好的摆设，可是未见得是位好的太太。假若你是富家翁呢，那就随便的弄什么摆设也好。不幸，你只是个普通的人，那么，一个会操持家务的太太实在是必要的。假如说吧，你娶了一位哲学博士，长得也顶美，可是一进厨房便觉恶心，夜里和你讨论康德的哲学，力主生育节制，即使有了小孩也不会抱着，你怎办？听我的话，要娶，就娶个能作贤妻良母的。尽管大家高喊打倒贤妻良母主义，你的快乐你知道。这并不完全是自私，因为一位不希望做贤妻良母的满可以不嫁而专为社会服务呀。假如一位反抗贤妻良母的而又偏偏去嫁人，嫁了人又连自己的袜子都不会或不肯洗，那才是自私呢。不想结婚，好，什么主义也可以喊；既要结婚，须承认这是个实际问题，不必弄玄虚。夫妻怎不可以谈学问呢；可是有了五个小孩，欠着五百元债，明天的房钱还没指望，要能谈学问才怪！两个帮手，彼此帮忙，是上等婚姻。

有人根本不承认家庭为合理的组织，于是结婚也就成为可笑之举。这，另有说法，不是咱们所要谈的。咱们谈的是结婚与组织家庭，那么，这套婆婆话也许有一点点用，多少的备你参考吧。

载 1936 年 9 月 5 日《中流》第 1 卷第 1 期

写　字

假若我是个洋鬼子，我一定也得以为中国字有趣。换个样儿说，一个中国人而不会写笔好字，必定觉得不是味儿；所以我常不得劲儿。

写字算不算一种艺术，和做官算不算革命，我都弄不清楚。我只知道好字看着顺眼。顺眼当然不一定就是美，正如我老看自己的鼻子顺眼而不能自居姓艺名术字子美。可是顺眼也不算坏事，还没有人因为鼻子长得顺眼而去投河。再说，顺眼也颇不容易；无论你怎样自居为宝玉，你的鼻子没有我的这么顺眼，就干脆没办法；我的鼻子是天生带来的，不是在医院安上的。说到写字，写一笔漂亮字儿，不容易。功夫，天才，都得有点。这两样，我都有，可就是没人求我写字，真叫人起急！

看着别人写，个儿是个儿，笔力是笔力，真馋得慌。尤其堵得慌的是看着人家往张先生或李先生那里送纸，还得作揖，说好话，甚至于请吃饭。没人理我。我给人家作揖，人家还把纸藏起去。写好了扇子，白送给人家，人家道完谢，去另换扇面。气死人不偿命，简直的是！

只有一个办法：遇上丧事必送挽联，遇上喜事必送红对，自己写。敢不挂，玩命！人家也知道这个，哪敢不挂？可是挂在什么地方就大有分寸了。我老得到不见阳光，或厕所附近，找我写的东西去。行一回人情总得头疼两天。

顶伤心的是我并不是不用心写呀。哼，越使劲越糟！纸是好纸，墨是好墨，笔是好笔，工具满对得起人。写的时候，焚上香，开开窗户，还先读读碑帖。一笔不苟，横平竖直；挂起来看吧，一串倭瓜，没劲！不是这个大那个小，就是歪着一个。行列有时像歪脖树，有时像曲线美。整齐自然不是美的要素；要命是个个字像傻蛋，怎么要俏怎么不行。纸算糟蹋远了去啦。要讲成绩的话，我就有一样好处，比别人糟蹋的纸多。

可是，"东风常向北，北风也有转南时"，我也出过两回风头。一回是在英国一个乡村里。有位英国朋友死了,因为在中国住过几年,所以留下遗言,墓碣上要几个中国字。我去吊丧,死鬼的太太就这么跟我一提。我晓得运气来了,登时包办下来;马上回伦敦取笔墨砚,紧跟着跑回去,当众开彩。全村子的人横是差不多都来了吧,只有我会写;我还告诉他们:我不仅是会写,而且写得好。写完了,我就给他们掰开揉碎的一讲,这笔有什么讲究,那笔有什么讲究。他们的眼睛都睁得圆圆的,眼珠里满是惊叹号。我一直痛快了半个多月。后来,我那几个字真刻在石头上了,一点也不瞎吹。"光荣是中国的,艺术之神多着一位。天上落下白米饭,小鬼儿闷闷的哭;因为仓颉泄露了天机!"我还记得作了这样高伟的诗。

第二回是在中国,这就更不容易了。前年我到远处去讲演。那里没有一个我的熟人。讲演完了,大家以为我很有学问,我就棍打腿的声明自己的学问很大,他们提什么我总知道,不知道的假装一笑,作为不便于说,他们简直不晓得我吃几碗干饭了,我更不便于告诉他们。提到写字,我又那么一笑。喝,不大会儿,玉版宣来了一堆。我差点乐疯了。平常老是自己买纸,这回我可捞着了!我也相信这次必能写得好:平常总是拿着劲,放不开胆,所以写得不自然;这次我给他个信马由缰,随笔写来,必有佳作。中堂,屏条,对联,写多了,直写了半天。写得确是不坏,大家也都说好。就是在我辞别的时候,我看出点毛病来:好些人跟招待我的人嘀咕,我很听见了几句:"别叫这小子走!""那怎好意思?""叫他赔纸!""算了吧,他从老远来的……"招待员总算懂眼,知道我确是卖了力气写的,所以大家没一定叫我赔纸;到如今我还以为这一次我的成绩顶好,从量上质上说都下得去。无论怎么说,总算我过了瘾。

我知道自己的字不行,可有一层,谁的孩子谁不爱呢!是不是,二哥?

载 1936 年 12 月 16 日《论语》第 55 期

我的几个房东

　　初到伦敦，经艾温士教授的介绍，住在了离"城"有十多英里的一个人家里。房主人是两位老姑娘。大姑娘有点傻气，腿上常闹湿气，所以身心都不大有用。家务统由妹妹操持，她勤苦诚实，且受过相当的教育。

　　她们的父亲是开面包房的，死后，把面包房给了儿子，给二女一人一处小房子。她们卖出一所，把钱存在银行生息。其余的一所，就由她们合住。妹妹本可以去作，也真作过，家庭教师。可是因为姐姐需人照管，所以不出去作事，而把楼上的两间屋子租给单身的男人，进些租金。这给妹妹许多工作，她得给大家作早餐晚饭，得上街买东西，得收拾房间，得给大家洗小衣裳，得记账。这些，已足使任何一个女子累得喘不过气来。可是她于这些工作外，还得答复朋友的信，读一两段圣经，和做些针线。

　　她这种勤苦忠诚，倒还不是我所佩服的。我真佩服她那点独立的精神。她的哥开着面包房，到圣诞节才送给妹妹一块大鸡蛋糕！她决不去求他的帮助，就是对那一块大鸡蛋糕，她也马上还礼，送给她哥一点有用的小物件。当我快回国时去看她，她的背已很弯，发也有些白的了。

　　自然，这种独立的精神是由资本主义的社会制度逼出来的，可是，我到底不能不佩服她。

　　在她那里住过一冬，我搬到伦敦的西部去。这回是与一个叫艾支顿的合租一层楼。所以事实上我所要说的是这个艾支顿——称他为二房东都勉强一些——而不是真正的房东。我与他一气在那里住了三年。

　　这个人的父亲是牧师，他自己可不信宗教。当他很年轻的时候，他和一个女子由家中逃出来，在伦敦结了婚，生了三四个小孩。他有相当的聪明，好读书。专就文字方面上说，他会拉丁文、希腊文、德文、法文，程度都不坏。英文，他写得非常的漂亮。他作过一两本讲教育的书，即使内容上不怎样，他的文字之美是公认的事实。我愿意同他住在一处，差不多是为学些地道好英文。在大战时，他去投军。因为心脏弱，报不上名。他硬挤了进去。见到了军官，凭他的谈吐与学识，自然不会被叉去帐外。一来二去，他升到中校，差不多等于中国的旅长了。

战后，他拿了一笔不小的遣散费，回到伦敦，重整旧业，他又去教书。为充实学识，还到过维也纳听弗洛伊德的心理学。后来就在牛津的补习学校教书。这个学校是为工人们预备的，仿佛有点像国内的暑期学校，不过目的不在补习升学的功课。作这种学校的教员，自然没有什么地位，可是实利上并不坏：一年只作半年的事，薪水也并不很低。这个，大概是他的黄金"时代"。以身份言，中校；以学识言，有著作；以生活言，有个清闲舒服的事情。

也正是在这个时候，他和一位美国女子发生了恋爱。她出自名家，有硕士的学位。来伦敦游玩，遇上了他。她的学识正好补足他的，她是学经济的；他在补习学校演讲关于经济的问题，她就给他预备稿子。

他的夫人告了。离婚案刚一提到法厅，补习学校便免了他的职。这种案子在牛津与剑桥还是闹不得的！离婚案成立，他得到自由，但须按月供给夫人一些钱。

在我遇到他的时候，他正极狼狈。自己没有事，除了夫妇的花销，还得供给原配。幸而硕士找到了事，两份儿家都由她支持着。他空有学问，找不到事。可是两家的感情渐渐的改善，两位夫人见了面，他每月给第一位夫人送钱也是亲自去，他的女儿也肯来找他。这个，可救不了穷。穷，他还很会花钱，作过几年军官，他挥霍惯了。钱一到他手里便不会老实。他爱买书，爱吸好烟，有时候还得喝一盅。我在东方学院见了他，他到那里学华语；不知他怎么弄到手里几镑钱，便出了这个主意。见到我，他说彼此交换知识，我多教他些中文，他教我些英文，岂不甚好？为学习的方便，顶好是住在一处，假若我出房钱，他就供给我饭食。我点了头，他便找了房。

艾支顿夫人真可怜。她早晨起来，便得作好早饭。吃完，她急忙去作工，拼命的追公共汽车；永远不等车站稳就跳上去，有时把腿碰得紫里蒿青。五点下工，又得给我们做晚饭。她的烹调本事不算高明，我俩一有点不爱吃的表示，她便立刻泪在眼眶里转。有时候，艾支顿卖了一本旧书或一张画，手中摸着点钱，笑着请我们出去吃一顿。有时候我看她太疲乏了，就请他俩吃顿中国饭。在这种时节，她喜欢得像小孩子似的。

他的朋友多数和他的情形差不多。我还记得几位：有一位是个年轻的工人，谈吐很好，可是时常失业，一点也不是他的错儿，怎奈工厂时开时闭。他自然的是个社会主义者，每逢来看艾支顿，他俩便粗着脖子红着脸的争辩。艾支顿也很有口才，不过与其说他是为政治主张而争辩，还不如说是为争辩而争辩。还有一位小老头儿也常来，他顶可爱。德文、意大利文、西班牙文，他都能读能写能讲，但是找不到事作；闲着没事，他只为一家磁砖厂吆喝买卖，拿一点扣头。另一位老者，常上我们这一带来给人家擦玻璃，也是我们的朋友。这个老头儿是位博士。赶上我们在家，他便一边擦着玻璃，一边和我们讨论文学与哲学。孔子的哲学、泰戈尔的诗，他都读过，不用说西方的作家了。

只提这么三位吧，在他们的身上使我感到工商资本主义的社会的崩溃与罪恶。他们都有知识，有能力，可是被那个社会制度捆住了手，使他们抓不到面包。成千论万的人是这样，而且有远不及他们三个的！找个事情真比登天还难！

艾支顿一直闲了三年。我们那层楼的租约是三年为限。住满了，房东要加租，我们就分离开，因为再找那样便宜，和恰好够三个人住的房子，是大不容易的。虽然不在一块儿住了，可是还时常见面。艾支顿只要手里有够看电影的钱，便立刻打电话请我去看电影。即使一个礼拜，他的手中彻底的空空如也，他也会约我到家里去吃一顿饭。自然，我去的时候也老给他们买些东西。这一点上，他不像普通的英国人，他好请朋友，也很坦然的接受朋友的约请与馈赠。有许多地方，他都带出点浪漫劲儿，但他到底是个英国人，不能完全放弃绅士的气派。

直到我回国的时际，他才找到了事——在一家大书局里作顾问，荐举大陆上与美国的书籍，经书局核准，他再找人去翻译或——若是美国的书——出英国版。我离开英国后，听说他已被那个书局聘为编辑员。

离开他们夫妇，我住了半年的公寓，不便细说；房东与房客除了交租金时见一面，没有一点别的关系。在公寓里，晚饭得出去吃，既费钱，又麻烦，所以我又去找房间。这回是在伦敦南部找到一间房子，房东是老夫妇，带着个女儿。

这个老头儿——达尔曼先生——是干什么的，至今我还不清楚。一来我只在那儿住了半年，二来英国人不喜欢谈私事，三来达尔曼先生不爱说话，所以我始终没得机会打听。偶尔由老夫妇谈话中听到一两句，仿佛他是木器行的，专给人家设计做家具。他身边常带着尺。但是我不敢说肯定的话。

半年的工夫，我听熟了他三段话——他不大爱说话，但是一高兴就离不开这三段，像留声机片似的，永远不改。第一段是贵族巴来，由非洲弄来的钻石，一小铁筒一小铁筒的！每一块上都有个记号！第二段是他做过两次陪审员，非常的光荣！第三段是大战时，一个伤兵没能给一个军官行礼，被军官打了一拳。及至看明了那是个伤兵，军官跑得比兔子还快；不然的话，非教街上的给打死不可！

除了这三段而外，假若他还有什么说的，便是重述《晨报》上的消息与意见。

凡是《晨报》所说的都对！

这个老头儿是地道英国的小市民，有房，有点积蓄，勤苦，干净，什么也不知道，只晓得自己的工作是神圣的，英国人是世界上最好的人。

达尔曼太太是女性的达尔曼太太，她的意见不但得自《晨报》，而且是由达尔曼先生口中念出的那几段《晨报》，她没工夫自己去看报。

达尔曼姑娘只看《晨报》上的广告。有一回，或者是因为看我老拿着本书，她向我借一本小说。随手的我给了她一本威尔思的幽默故事。念了一段，她的脸都气紫了！我赶紧出去在报摊上给她找了本六个便士的罗曼司，内容大概是一个女招待嫁了个男招待。后来才发现这个男招待是位伯爵的承继人。这本小书使她对我又有了笑脸。

她没事作，所以在分类广告上登了一小段广告——教授跳舞。她的技术如何，我不晓得，不过她声明愿减收半费教给我的时候，我没出声。把知识变成金钱，是她，和一切小市民的格言。

她有点苦闷，没有男朋友约她出去玩耍，往往吃完晚饭便假装头疼，跑到楼上去睡觉。婚姻问题在那经济不景气的国度里，真是个没法办的问题。我看她恐怕要窝在家里！"房东太太的女儿"往往成为留学生的夫人，这是留什么外史一类小说的好材料；其实，里面的意义并不止是留学生的荒唐呀。

载 1936 年 12 月《西风》第 4 期

小型的复活（自传之一章）

"二十三，罗成关。"

二十三岁那一年的确是我的一关，几乎没有闯过去。

从生理上，心理上，和什么什么理上看，这句俗话确是个值得注意的警告。据一位学病理学的朋友告诉我：从十八到二十五岁这一段，最应当注意抵抗肺痨。事实上，不少人在二十三岁左右正忙着大学毕业考试，同时眼睛溜着毕业即失业那个鬼影儿；两气夹攻，身体上精神上都难悠悠自得，肺病自不会不乘虚而入。

放下大学生不提，一般的来说，过了二十一岁，自然要开始收起小孩子气而想变成个大人了；有好些二十二三岁的小伙子留下小胡子玩玩，过一两星期再剃了去，即是一证。在这期间，事情得意呢，便免不得要尝尝一向认为是禁果的那些玩艺儿；既不再自居为小孩子，就该老声老气的干些老人们所玩的风流事儿了。钱是自己挣的，不花出去岂不心中闹得慌。吃烟喝酒，与穿上绸子裤褂，还都是小事；嫖嫖赌赌，才真够得上大人味儿。要是事情不得意呢，抑郁牢骚，此其时也，亦能损及健康。老实一点的人儿，即使事情得意，而又不肯瞎闹，也总会想到找个女郎，过过恋爱生活，虽然老实，到底年轻沉不住气，遇上以恋爱为游戏的女子，结婚是一堆痛苦，失恋便许自杀。反之，天下有欠太平，顾不及来想自己，杀身成仁不甘落后，战场上的血多是这般人身上的。

可惜没有一套统计表来帮忙，我只好说就我个人的观察，这个"罗成关论"，是可以立得住的。就近取譬，我至少可以抬出自己作证，虽说不上什么"科学的"，但到底也不失"有这么一回"的价值。

二十三岁那年，我自己的事情，以报酬来讲，不算十分的坏。每月我可以拿到一百多块钱。十六七年前的一百块是可以当现在二百块用的；那时候还能花十五个小铜子就吃顿饱饭。我记得：一份肉丝炒三个油撕火烧，一碗馄饨带卧两个鸡子，不过是十一二个铜子就可以开付；要是预备好十五枚做饭费，那就颇可

126

以弄一壶白干儿喝喝了。

自然那时候的中交钞票是一块当作几角用的，而月月的薪水永远不能一次拿到，于是化整为零与化圆为角的办法使我往往须当一两票当才能过得去。若是痛痛快快的发钱，而钱又是一律现洋，我想我或者早已成个"阔老"了。

无论怎么说吧，一百多圆的薪水总没教我遇到极大的困难；当了当再赎出来，正合"裕民富国"之道，我也说不悦不怨。每逢拿到几成薪水，我便回家给母亲送一点钱去。由家里出来，我总感到世界上非常的空寂，非掏出点钱去不能把自己快乐的与世界上的某个角落发生关系。于是我去看戏，逛公园，喝酒，买"大喜"烟吃。因为看戏有了瘾，我更进一步去和友人们学几句，赶到酒酣耳热的时节，我也能喊两嗓子；好歹不管，喊喊总是痛快的。酒量不大，而颇好喝，凑上二三知己，便要上几斤；喝到大家都舌短的时候，才正爱说话，说得爽快亲热，真露出点燕赵多慷慨悲歌之士的气概来。这的确值得记住的。喝醉归来，有时候把钱包手绢一齐交给洋车夫给保存着，第二日醒过来，于伤心中仍略有豪放不羁之感。

也学会了打牌。到如今我醒悟过来，我永远成不了牌油子。我不肯费心去算计，而完全浪漫的把胜负交与运气。我不看"地"上的牌，也不看上下家放的张儿，我只想象的希望来了好张子便成了清一色或是大三元。结果是回回一败涂地。认识了这一个缺欠以后，对牌便没有多大瘾了，打不打都可以；可是，在那时候我决不承认自己的牌臭，只要有人张罗，我便坐下了。

我想不起一件事比打牌更有害处的。喝多了酒可以受伤，但是刚醉过了，谁者不会马上再去饮，除非是借酒自杀的。打牌可就不然了，明知有害，还要往下干，有一个人说"再接着来"，谁便也舍不得走。在这时候，人好像已被那些小块块们给迷住，冷热饥饱都不去管，把一切卫生常识全抛在一边。越打越多吃烟喝茶，越输越往上撞火。鸡鸣了，手心发热，脑子发晕，可是谁也不肯不舍命陪君子。打一通夜的麻雀，我深信，比害一场小病的损失还要大得多。但是，年轻气盛，谁管这一套呢！

我只是不嫖。无论是多么好的朋友拉我去，我没有答应过一回。我好像是保留着这么一点，以便自解自慰；什么我都可以点头，就是不能再往"那里"去；只有这样，当清夜扪心自问的时候才不至于把自己整个的放在荒唐鬼之群里边去。

可是，烟、酒、麻雀，已足使我瘦弱，痰中往往带着点血！

那时候，婚姻自由的理论刚刚被青年们认为是救世的福音，而母亲暗中给我定了亲事。为退婚，我着了很大的急。既要非作个新人物不可，又恐太伤了母亲的心，左右为难，心就绕成了一个小疙瘩。婚约到底是废除了，可是我得到了很重的病。

病的初起，我只觉得浑身发僵。洗澡，不出汗；满街去跑，不出汗。我知道要不妙。两三天下去，我服了一些成药，无效。夜间，我作了个怪梦，梦见我仿佛是已死去，可是清清楚楚的听见大家的哭声。第二天清晨，我回了家，到家便起不来了。

"先生"是位太医院的，给我下得什么药，我不晓得，我已昏迷不醒，不晓得要药方来看。等我又能下了地，我的头发已全体与我脱离关系，头光得像个磁球。半年以后，我还不敢对人脱帽，帽下空空如也。

经过这一场病，我开始检讨自己：那些嗜好必须戒除，从此要格外小心，这不是玩的！

可是，到底为什么要学这些恶嗜好呢？啊，原来是因为月间有百十块的进项，而工作又十分清闲。那么，打算要不去胡闹，必定先有些正经事作；清闲而报酬优的事情只能毁了自己。

恰巧，这时候我的上司申斥了我一顿。我便辞了差。有的人说我太负气，有的人说我被迫不能不辞职，我都不去管。我去找了个教书的地方，一月挣五十块钱。在金钱上，不用说，我受了很大的损失；在劳力上自然也要多受好多的累。可是，我很快活；我又摸着了书本，一天到晚接触的都是可爱的学生们。除了还吸烟，我把别的嗜好全自自然然的放下了。挣的钱少。作的事多，不肯花钱，也没闲工夫去花。一气便是半年，我没吃醉过一回，没摸过一次牌。累了，在校园转一转，或到运动场外看学生们打球，我的活动完全在学校里，心整，生活有规律；设若再能把烟卷扔下，而多上几次礼拜堂，我颇可以成个清教徒了。

想起来，我能活到现在，而且生活老多少有些规律，差不多全是那一"关"的劳；自然，那回要是没能走过来，可就似乎有些不妥了。"二十三，罗成关"是个值得注意的警告！

著者略历

舒舍予，字老舍，现年四十岁，面黄无须。生于北平，三岁失怙，可谓无父。志学之年，帝王不存，可谓无君。无父无君，特别孝爱老母，布尔乔亚之仁未能一扫空也。幼读三百千，不求甚解。继学师范，遂奠教书匠之基。及壮，糊口四方，教书为业，甚难发财；每购奖券，以得末彩为荣，示甘于寒贱也。二十七岁，发愤著书，科学哲学无所懂，故写小说，博大家一笑，没什么了不得。三十四岁结婚，今已有一女一男，均狡猾可喜。闲时喜养花，不得其法，每每有叶无花，亦不忍弃。书无所不读，全无所获，并不着急。教书作事，均甚认真，往往吃亏，亦不后悔。如是而已，再活四十年也许能有点出息！

著有：《老张的哲学》《赵子曰》《二马》《小坡的生日》《猫城记》《离婚》《赶集》《牛天赐传》《樱海集》《蛤藻集》《骆驼祥子》《火车集》，皆小说也。当继续再写八本，凑成二十本，可以搁笔矣。散碎文字，随写随扔；偶搜汇成集，如《老舍幽默诗文集》及《老牛破车》，亦不重视之。

载 1938 年 2 月 1 日《宇宙风》第 60 期

这几个月的生活

自去年七月中辞去教职，到如今已快八个月了。数月里，有的朋友还把信寄到学校去；有的就说我没有了影儿；有的说我已经到哪里哪里作着什么什么事……我不愿变成个谜，教大家猜着玩，所以写几句出来，一打两用：一来解疑，二来就手儿当作稿子。

辞职后，一直住在青岛，压根儿就没动窝。青岛自秋至春都非常的安静，绝不像只在夏天来过的人所说的那么热闹。安静，所以适于写作，这就是我舍不得离开此地的原因。

除了星期日或有点病的时候，我天天总写一点，有时少至几百字，有时多过三千；平均的算，每天可得二千来字。细水长流，架不住老写，日子一多，自有成绩，可是，从发表过的来看，似乎凑不上这个数儿，那是因为长稿即使写完，也不能一口气登出，每月只能发表一两段。还有写好又扔掉也是常有的事，所以有伤耗。

地方安静，个人的生活也就有了规律。我每天差不多总是七点起床，梳洗过后便到院中去打拳，自一刻钟到半点钟，要看高兴不高兴。不过，即使不高兴，也必打上一刻钟，求其不间断。遇上雨或雪，就在屋中练练小拳。

这种运动不一定比别种运动好，而且耍刀弄棒，大有义和拳上体的嫌疑。不过它的好处是方便：用不着去找伴儿，一个人随时随地都可以活动；独自打篮球，虽然胜利都是自己的，究竟不大有趣。再说，和大家一同打球，人家用多大的力气，自己也得陪着；不能一劲儿请求大家原谅。打拳呢，可长可短，可软可硬，由慢而速，亦可由速而慢，缺乏纪律，可是能够从心所欲不逾矩。它没有篮球足球那么激烈，可比纯徒手操活泼，练上几趟就多少能见点汗儿；背上微微见汗，脸色微红，最为舒服。只要有恒心，天天活动一会儿，必定有益。

打完拳，我便去浇花，喜花而不会养，只有天天浇水，以求不亏心。有的花不知好歹，水多就死；有的花，勉强的到时开几朵小花。不管它们怎样吧，反正我尽了责任。这么磨蹭十多分钟，才去吃早饭，看报。这差不多就快九点钟了。

吃过早饭，看看有应回答的信没有；若有，就先写信，溜一溜脑子；若没有，就试着写点文章。在这时候写文，不易成功，脑子总是东一头西一脚的乱闹哄。勉强的写一点，多数是得扔到纸篓去。不过，这么闹哄一阵，虽白纸上未落多少黑字，可是这一天所要写的，多少有了个谱儿，到下午便有辙可循，不至再拿起笔来发怔了。简直可以这么说，早半天的工作是抛自己的砖，以便引出自家的玉来。

十一时左右，外埠的报纸与信件来到，看报看信；也许有个朋友来谈一会儿，一早晨就这么无为而治的过去了。遇到天气特别晴美的时候，少不得就带小孩到公园去看猴，或到海边拾蛤壳。这得九点多就出发，十二时才能回来，我们是能将一里路当作十里走的；看见地上一颗特别亮的砂子，我们也能研究老大半天。

十二点吃午饭。吃完饭，我抢先去睡午觉，给孩子们示范。等孩子都决定去学我的好榜样，而闭上了眼，我便起来了；我只需一刻钟左右的休息，不必睡那伟大的觉。孩子睡了，我便可以安心拿起笔来写一阵。等到他们醒来，我就把墨水瓶盖好，一直到晚八点再打开。大概的说吧，写文的主要时间是午后两点到三点半，和晚上八点到九点半。这两个时间，我可以不受小孩们的欺侮。

九点半必定停止工作。按说，青岛的夜里最适于写文，因为各处静得连狗仿佛都懒得吠一声，可是，我不敢多写，身体钉不住；一咬牙，我便整夜的睡不好；若是早睡呢，我便能睡得像块木头，有人把我搬了走我也不知道，我可也不去睡的太早了，因为末一次的信是九点后才能送到，我得等着；还有呢，花猫每晚必出去活动，到九点后才回来，把猫收入。我才好锁上门。有时候躺下而睡不着，便读些书，直到困了为止。读书能引起倦意，写文可不能；读书是把别人的思想装入自己的脑子里，写文是把自己的思想挤出来，这两样不是一回事，写文更累得慌。

星期六下午和星期日整天，该热闹了。看朋友，约吃饭，理发，偶尔也看看电影，都在这两天。一到星期一，便又安静起来，鸦雀无声，除了和孩子们说废话，几乎连唇齿舌喉都没有了用处似的。说真的，青岛确是过于安静了。可是，只要熬过一两个月，习惯了，可也就舍不得它了。

按说，我既爱安静，而又能在这极安静的地方写点东西，岂不是很抖的事吗？唉！（必得先叹一口气！）都好哇，就是写文章吃不了饭啊！

我的身体不算很强，多写字总不能算是对我有益处的事。但是，我不在乎，多活几年，少活几年，有什么关系呢？死，我不怕；死不了而天天吃个半饱，远不如死了呢。我爱写作，可就是得挨饿，怎办呢？连版税带稿费，一共还不抵教书的收入的一半，而青岛的生活程度又是那么高，买葱要论一分钱的，坐车起码是一毛钱！怎样活下去呢？

　　常常接到青年朋友们的著作，教我给看，改；如有可能，给介绍到各杂志上去。每接到一份，我就要落泪，我没有工夫给详细的改，但是总抓着工夫给看一遍，尽我所能见到的给批注一下，客气的给寄回去。有好一点的呢，我当然找个相当的刊物，给介绍一下；选用与否，我不能管，尽到我的心算了。这点义务工作，不算什么；我要落泪，因为这些青年们都是想要指着投稿吃饭的呀！——这里没有饭吃！

　　干什么不是以力气挣钱呢，卖文章也是自食其力，不是什么坏事。不过，干这一行，第一是大有害于健康；老爬在桌上写，老思索，老憋闷得慌；有几个文人不害肺病呢？第二是卖了力气，拼了命，结果还卖不出钱来。越穷便越牢骚，越自苦，越咬牙，不久，怎样？不幸短命死矣！穷而后工，咱没见过；穷而后死，比比皆是。但分能干别的去，不要往这里走，此路不通！

　　为艺术而牺牲哟，不怕哟！好，这要不是你爸爸有钱，便是你不想活着。不想活着，找死还不容易，何必单找这条道儿？这么死，连死都不能痛痛快快的。到前线上去，哪一个枪弹不比钢笔头儿脆快呢？

　　我爱说实话，实话本不能悦耳；信不信由你吧，我算干够了。只有一条路可以使我继续下去这种生活，得航空奖券的头奖。不过，梦上加梦，也许有一天会疯了的。

载 1937 年 4 月 25 日《益世报》

轰　炸

　　不打退日本暴寇，我们的头上便老顶着炸弹。这是大中华空前的劫难，连天空也被敌人污辱了。我们相信的公道的青天只静静的不语，我们怎样呢？空前的劫难，空前的奋斗，这二者针锋相对；打吧，有什么别的可说呢？！只有我们的拳头会替我们说话，青天是不管事的哑巴。

　　去年在青岛，我就看见了敌机，那时还并未开仗。我们抗议，敌人不理。揍他，对疯狗据理抗议不是白费话么？

　　到济南，不但看见了敌机，而且看见它们投弹，看见我们受伤的人。到我快离开济南的那天，自早七时至下午四点，完全在警报中。三架来了，投弹，飞去；另三架又来了……如是往还，安然自在，飞得低，投弹时更须下降，如蜻蜓点水；一低一斜地，就震颤了。它们来，它们轰炸，它们走，大家听着，看着，闭口无言。及至要说话了，总会听到："有主席在这儿，城里总不至于……"对，炸的是黄河的各渡口呀。渡口是在城外。更可怕的是这样的话，要是和轰炸比起来。轰炸是敌人的狂暴，这种话是我们表示不会愤怒。是的，我们不会愤怒，济南的陷落是命定的了，看着几里外的敌机施威，而爬在地上为城里祷告，济南就在祷告中换了国旗。

　　离开济南，准知道是顶着炸弹走；自济南到徐州沿途轰炸，已有一两月的惨史了。我走的那天，半夜里阴起天来。次晨开始落雨。幸而落了雨，假若天气晴好，敌机来轰炸，我真不晓得车上的人怎能跑下去。门、窗已完全被器物堵住，绝对没有留一个缝子，谁的东西呢？什么东西呢？军人的东西；用不着说，当然是枪与其他的军用品了。这就很奇怪，难道军人就没有一些常识？没想到过轰炸这件事么？我不明白。也许他们是看好了天文，准知落雨。也许是更明白地理，急欲退到大炮所不及的地方，中途冒点险也就无所不可。他们的领袖是干青天啊！

到武昌，在去年岁暮，只看见了人多，街上乱，又像太平，又像大患来临。首都失陷前后，武汉是无疑的杂乱无章，谁也不知怎样才好。那时候，我几乎以为武汉也要变成济南，也要在惊疑祈祷中失去一切。不过，我可看见了处处掘建防空壕，这一点使我的心平静得些，因为武汉的防空壕是分建在各处，而济南的却只在官所里，武汉保民，济南保官，而官员们到了时候是连防空壕也不信任的，他们更相信逃走。

可是武汉的防空壕并不十分坚固，也不够用的。这似乎又是吃了官办的亏，只求应有尽有，而不管实际上该怎样。假若官民合办，多征求一些意见，多算计一番居民的数目，或者可以减少些备而"无"用的毛病吧。

武汉三次空战大捷！我看见了敌机狼狈逃窜，看见了敌机被我围住动不了身，还看见了敌机拉着火尾急奔，而终于头朝下的翻落。那时节，谁顾得隐藏起来呢，全立在比较空旷的地方，看着那翅上的太阳失了光彩，落奔尘土去。只顾得鼓掌、欢呼、跳跃，谁还管命。我们的空军没有惜命的，自一开仗到如今，我们的空军是民族复兴的象征。看，结队上飞了，多么轻便、多么高、多么英勇。飞、飞、飞像燕子般，俯瞰着武汉三镇，看谁有胆子敢来！笨重的敌机到了，我们的空军自上而下，压下来，带着新中国的力量，打碎了暴敌的铁翼，坚定了全民族抗战必胜的信念。翻上翻下，左旋右转，全城静寂，只听空中忽忽的响、噢噢的响、啪啪的响，响着响着，敌机发出临死的哀鸣，落下来了！我英勇的空军该是怎样的快活呢？地上的人全乐疯了！这时节谁还管防空壕的好歹呢，我们有长城建在头上啊！我们的青天上有铁壁啊！拳头的力量，在这时候，变为翅的力量，用翅翼扫清了民族的耻辱，用机关枪猎取侵略的怪鸟。

武汉的人有福了，有空军保卫他们，亲自看见敌机的毁灭。可是，在武汉的人都在抗战服务上尽了个人的力量没有，我不晓得。我可是看见了舞场、剧馆、茶楼、饭铺的热闹奢华，我看见了轮渡上街市中男女的漂亮衣装。是呀，一个人去吃大菜，去玩麻雀，也不见得就不准为伤兵难民捐钱。但是，一个人只拿出几个钱，便算尽了抗战的责任，便可以任情欢乐享受，似乎是缺乏着同情。况且，玩乐的金钱就不能再用在救亡的事业上，亦至显明！至于只愿享受完全忘记了国难，恐怕也不是没有的。在这一方面，实在使人难以相信"有钱的出钱"一语已有了相当的实效。在另一方面，开赴前方的将士，与负伤归来的好男儿，的确作到了"有力的出力"。抗战胜利，非钱与力相配合不能成功；伟大的空军已出了卫国卫民的最大的力量，可是有钱的人是否也有同样的伟大，献金购买飞机呢？很大的一个疑问。

武汉疏散。一面疏散，一面补充，难民源源而来；走一万，来一万多，武汉始终是拥挤不堪。那真正一去不复返的，来得快走得更快的，还是那批阔佬。武汉稳定，他们说声："汉口也还不坏！"表明出吃喝玩乐的在行，以"汉口还不错"减削了"到底还是上海高明"那点惋惜。及至武汉将要受到威胁，他们有能通神的金钱，自然会老早的凌空而去，飞到安全而"还不错"的地方去。这几天武汉的大轰炸，他们或者连听也没听到！看报纸是麻烦的事，狂炸武汉是意料中的事，有钱的人自有先见之明，更有先走的能力与决断，即使他们不嫌麻烦，在沙发上看看报纸，恐怕他们也只会为自己庆幸吧。他们不会愤怒，本来连炸弹声响都没听到一声，干吗愤怒呢？

武汉的防空壕露出来的弱点，我知道一处埋葬了六十人，另一处闷死二十多；自然还有我不知道的地方。敌人的残暴，加上我们自己的疏忽，才铸成了大错。我们必须复仇，必须咬牙抵抗，但是我们也应更留神，更细心，更合作，不应当以我们的粗心大意，苟且敷衍，使杀人的恶魔有意外的收获。

七月十二日的狂炸，我是在一处防空洞里，先听见忽忽的响，渐变为嗡嗡的响，敌机已蹿入武昌市空。高射炮响了，咚咚的响成一片。机声炮声加在一处，使人兴奋、使人胆寒、使人愤恨、使人渺茫，许多的情感集在一处，每一个感情都是那么不清楚，飘忽，仿佛最大的危险与最大的希望在相互争夺着这条生命，使人不能自主。这就是日本侵略者所给我们送来的消息：活着吧，你须不怕死；死去吧，你可是很想活。一会儿，防空壕的门动了，来了一阵风，紧跟着地里边响了，墙像要走。咚，咚，咚，像地里有什么巨兽在翻身，咚一声，颤几颤。天上响，地下响，一切都在震颤，你无处可逃，只能听着，不知道自己是在哪里，也忘了一切是在哪里。你只觉得灾患从上下左右袭来，自己不死，别人也会死的。你盼着那响声离你远一些，可是你准知道这是自私。在这地动墙摇的时候，你听不到被炸地方的塌倒声，呼号声，即使离你很近，因为一切声音都被机声、弹声、炮声所掩。你知道弹落必炸，必毁了房屋，伤了性命。心中一红一红的在想象中看到东一片血，西一片火光，你心中看见一座速成的地狱。当你稍能透过一口气来，你的脸立刻由白而红，你恨敌人，你小看自己，你为同胞们发怒。

机声远了，你极愿由洞里出来，而又懒得动。你知道什么在外面等着你呢：最晴明的天日，与最凄惨的景象，阳光射在尸与血上，晴着天的地狱。

在我所在的洞外，急速的成功了好几座地狱。民房、铺户、防空壕，都在那巨响中被魔手击碎。瓦飞了、砖碎了、器物成了烟尘；这还都不要紧，假若那瓦

135

上、砖上、与器物的碎屑残片上没有粘着人的骨，洒着人的血。啊！电线折断，上面挂着条小孩的发辫，和所有的器物，都在那一堆里，什么都有，什么也没有。这是轰炸。这只教你有一口气便当恨日本，去打日本。民族间的仇恨，用刀与血结起，还当以刀与血解开。这教训打到你的心的最深处，你的眼前便是地狱。

为什么我们截不住敌机呢？那富人们听到了那些惨事而略微带着一点感情说。是呀，富人们，为什么呢？假若你的钱老在身边，我们的飞机是不会生下几架小机来的像胎生动物那样。明白吗？

七月十九这天来得更凶。十二号那天，两弹距我有四丈远。我在洞里，所以只觉震动；比我远两丈的大水缸却被一寸长的一块炸片打成了两半。十九日，我躲在院外，前有土坡，后有豆架，或者比在洞里更安全些。弹落之处，最近的也距我十丈。可是，落弹时那种吱忽吱忽的呼啸，是我生平所听见过的声音中最难听的。没有听见过鬼叫，这大概就很相似了，它不能不是鬼音，因为呼召着人魂，那天死伤过千！当这种呼啸在空中乱叫的时候，机声炮声都似乎失去了威风。整个的空中仿佛紧张愤怒到极度，而到底无法抵抗住那些黑棒子的下落。那些黑棒子像溅了水花的几吨红铁的精华，挟着魔鬼的毒咒，吱忽吱忽的狂叫、奔落、粉碎，达到破坏的使命。炸弹的爆烈，重炮的怒吼，都有它们的宏壮威严；而这吱忽吱忽的响声却是奸狡轻狂，是鬼的狂笑，自天空一直笑到地上，引起无限的哭声！

吱忽吱忽，咚咚咚天上叫完，地紧跟着就翻了。这一天，七月十九的响动，比哪一回都剧烈。我是在土坡旁的豆田上。一切都是静的，绿的豆叶、长的豆角、各色的豆花，小风吹来，绿叶的微动并无声音。可是它自己响起来，土自己震颤。不久，地镇定了，天上的敌机已走远，像中了咒诅似的那么急奔。两处起了火，一远一近。猛然的想起血肉横飞的光景，朋友们的安全，被难同胞的苦痛，眼前的土坡，身旁的豆田，还是那么静默安闲；离十丈远，可就有妇女在狂嚎；丈夫儿女已被那吱吱的鬼叫呼摄了去，有的连块骨也没剩。

什么能打鬼呢？几乎没有别的灵验法术，而只有加强我们空军这一条实际的办法。战争是最现实的，胆大并逃不出死伤，赤手不能拨开炸弹，哀悼伤亡的同胞并不能保险自己不死。出钱出力，把全民族的拳变为铁的，把我们的呼号变为飞机的与炸弹的响声，打退贼兵，追到三岛。这才是最有效的方法。这才是在牺牲中获得了最有益的教训。怕？没一点用。不怕呢？一句空话。怕吧，不怕吧，你总得这么着：出钱或出力！除了这种实际的办法，你的情绪生活便只有恐

136

惧，你的自私将毁灭了你自己与你的国。

轰炸完了，救护队队员的每一滴汗都是金子，他们的汗把袜子都湿透。同时，烫着飞机式——在空袭警报到租界细细烫成的——头发的女郎，与用绸手绢轻拭香汗的少年男子，又在娱乐场中以享受去救亡了。

载 1938 年 8 月《文艺月刊》第 2 卷第 1 期

怀　友

虽然家在北平，可是已有十六七年没在北平住过一季以上了。因此，对于北平的文艺界朋友就多不相识。

不喜上海，当然不常去，去了也马上就走开，所以对上海的文艺工作者认识的也很少。

有三次聚会是终生忘不掉的：一次是在北平，杨今甫与沈从文两先生请吃饭，客有两桌，酒是满坛；多么快活的日子啊！今甫先生拳高量雅，喊起来大有威风。从文先生的拳也不弱，杀得我只有招架之功，并无还手之力。那快乐的日子，我被写家们困在酒阵里！最勇敢的是叶公超先生，声高手快，连连挑战。朱光潜先生拳如其文，结结实实，一字不苟。朱自清先生不慌不忙，和蔼可爱。林徽音女士不动酒，可是很会讲话。几位不吃酒的，谈古道今，亦不寂寞，有罗膺中先生，黎锦明先生，罗莘田先生，魏建功先生……其中，莘田是我自幼的同学，我俩曾对揪小辫打架，也一同逃学去听《施公案》。他的酒量不大，那天也陪了我几杯，多么快乐的日子！这次遇到的朋友，现在大多数是在昆明，每个人都跑了几千里路。他们都最爱北平，而含泪逃出北平；什么京派不京派，他们的气节不比别人低一点呀！那次还有周作人先生，头一回见面，他现在可是还在北平，多么伤心的事！

第二次是在上海，林语堂与邵洵美先生请客，我会到沈有乾、简又文诸先生。第三次是郑振铎先生请吃饭，我遇到茅盾、巴金、黎烈文、徐调孚、叶圣陶诸位先生。这些位写家们，在抗战中，我只会到了三位：简又文、圣陶与茅盾。在上海的，连信也不便多写，在别处的，又去来无定，无从通信。不过，可以放心的，他们都没有逃避，都没有偷闲，由友人们的报告，知道他们都勤苦的操作，比战前更努力。那可纪念的酒宴，等咱们打退了敌人是要再来一次呀！今日，我们不教酒杯碰着手，胜利是须"争"取来的啊！我们须紧握着我们的武器！

在山东住了整七年，在济南，认识了马彦祥与顾绥昌先生。在青岛，和洪深、孟超、王余杞、臧克家、杜宇、刘西蒙、王统照诸先生常在一处，而且还合编过一个暑期的小刊物。洪深先生在春天就离开青岛，孟超与杜宇先生是和我前后脚在"七七"以后走开的。多么可爱的统照啊，每次他由上海回家——家就在青岛——必和我喝几杯苦露酒。苦露，难道这酒名的不祥遂使我们有这长别离么？不，不是！那每到夏天必来示威的日本舰队——七十几艘，黑乎乎的把前海完全遮住，看不见了那青青的星岛——才是不祥之物呀！日本军阀不被打倒，我们的命都难全，还说什么朋友与苦露酒呢？

　　朋友们，我常常想念你们！在想念你们的时候，我就也想告诉你们：我在武汉，在重庆，又认识了许多许多文艺界的朋友，都贫苦，可是都快活，因为他们都团结起来，组织了文艺协会，携着手在一处工作。我也得说，他们都时时关切着你们，不但不因为山水相隔而彼此冷淡，反倒是因为隔离而更亲密。到胜利那一天啊，我们必会开一次庆祝大会，山南海北的都来赴会，用酒洗一洗我们的笔，把泪都滴在手背上，当我们握手的时候，那才是我们最快乐的日子啊！胜利不是梦想，快乐来自艰苦，让我们今日受尽了苦处，卖尽了力气，去取得胜利与快乐吧！

载 1939 年 4 月《抗战文艺》第 4 卷第 1 期

宗月大师

在我小的时候，我因家贫而身体很弱。我九岁才入学。因家贫体弱，母亲有时候想教我去上学，又怕我受人家的欺侮，更因交不上学费，所以一直到九岁我还不识一个字。说不定，我会一辈子也得不到读书的机会。因为母亲虽然知道读书的重要，可是每月间三四吊钱的学费，实在让她为难。母亲是最喜脸面的人。她迟疑不决，光阴又不等待着任何人，荒来荒去，我也许就长到十多岁了。一个十多岁的贫而不识字的孩子，很自然的去作个小买卖——弄个小筐，卖些花生、煮豌豆，或樱桃什么的。要不然就是去学徒。母亲很爱我，但是假若我能去作学徒，或提篮沿街卖樱桃而每天赚几百钱，她或者就不会坚决的反对。穷困比爱心更有力量。

有一天刘大叔偶然的来了。我说"偶然的"，因为他不常来看我们。他是个极富的人，尽管他心中并无贫富之别，可是他的财富使他终日不得闲，几乎没有工夫来看穷朋友。一进门，他看见了我。"孩子几岁了？上学没有？"他问我的母亲。他的声音是那么洪亮（在酒后，他常以学喊俞振庭的《金钱豹》自傲），他的衣服是那么华丽，他的眼是那么亮，他的脸和手是那么白嫩肥胖，使我感到我大概是犯了什么罪。我们的小屋，破桌凳，土炕，几乎禁不住他的声音的震动。等我母亲回答完，刘大叔马上决定："明天早上我来，带他上学，学钱、书籍，大姐你都不必管！"我的心跳起多高，谁知道上学是怎么一回事呢！

第二天，我像一条不体面的小狗似的，随着这位阔人去入学。学校是严家改良私塾，在离我的家有半里多地的一座道士庙里。庙不甚大，而充满了各种气味：一进山门先有一股大烟味，紧跟着便是糖精味（有一家熬制糖球糖块的作坊），再往里，是厕所味，与别的臭味。学校是在大殿里。大殿两旁的小屋住着道士，和道士的家眷。大殿里很黑、很冷。神像都用黄布挡着，供桌上摆着孔圣人的牌位。学生都面朝西坐着，一共有三十来人。西墙上有一块黑板——这是"改良"

私塾。老师姓李，一位极死板而极有爱心的中年人。刘大叔和李老师"囔"了一顿，而后教我拜圣人及老师。老师给了我一本《地球韵言》和一本《三字经》。我于是，就变成了学生。

自从做了学生以后，我时常的到刘大叔的家中去。他的宅子有两个大院子，院中几十间房屋都是出廊的。院后，还有一座相当大的花园。宅子的左右前后全是他的房屋，若是把那些房子齐齐的排起来，可以占半条大街。此外，他还有几处铺店。每逢我去，他必招呼我吃饭，或给我一些我没有看见过的点心。他绝不以我为一个苦孩子而冷淡我，他是阔大爷，但是他不以富傲人。

在我由私塾转入公立学校去的时候，刘大叔又来帮忙。这时候，他的财产已大半出了手。他是阔大爷，他只懂得花钱，而不知道计算。人们吃他，他甘心教他们吃；人们骗他，他付之一笑。他的财产有一部分是卖掉的，也有一部分是被人骗了去的。他不管；他的笑声照旧是洪亮的。

到我在中学毕业的时候，他已一贫如洗，什么财产也没有了，只剩了那个后花园。不过，在这个时候，假若他肯用用心思，去调整他的产业，他还能有办法教自己丰衣足食，因为他的好多财产是被人家骗了去的。可是，他不肯去请律师。贫与富在他心中是完全一样的。假若在这时候，他要是不再随便花钱，他至少可以保住那座花园，和城外的地产。可是，他好善。尽管他自己的儿女受着饥寒，尽管他自己受尽折磨，他还是去办贫儿学校、粥厂，等等慈善事业。他忘了自己。就是在这个时候，我和他过往的最密。他办贫儿学校，我去作义务教师。他施舍粮米，我去帮忙调查及散放。在我的心里，我很明白：放粮放钱不过只是延长贫民的受苦难的日期，而不足以阻拦住死亡。但是，看刘大叔那么热心，那么真诚，我就顾不得和他辩论，而只好也出点力了。即使我和他辩论，我也不会得胜，人情是往往能战败理智的。

在我出国以前，刘大叔的儿子死了。而后，他的花园也出了手。他入庙为僧，夫人和小姐入庵为尼。由他的性格来说，他似乎势必走入避世学禅的一途。但是由他的生活习惯上来说，大家总以为他不过能念念经，布施布施僧道而已，而绝对不会受戒出家。他居然出了家。在以前，他吃的是山珍海味，穿的是绫罗绸缎。他也嫖也赌。现在，他每日一餐，入秋还穿着件夏布道袍。这样苦修，他的脸上还是红红的，笑声还是洪亮的。对佛学，他有多么深的认识，我不敢说。我却真知道他是个好和尚，他知道一点便去做一点，能做一点便做一点。他的学问也许不高，但是他所知道的都能见诸实行。

出家以后，他不久就作了一座大寺的方丈。可是没有好久就被驱除出来。他

141

是要作真和尚，所以他不惜变卖庙产去救济苦人。庙里不要这种方丈。一般的说，方丈的责任是要扩充庙产，而不是救苦救难的。离开大寺，他到一座没有任何产业的庙里作方丈。他自己既没有钱，他还须天天为僧众们找到斋吃。同时，他还举办粥厂等等慈善事业。他穷，他忙，他每日只进一顿简单的素餐，可是他的笑声还是那么洪亮。他的庙里不应佛事，赶到有人来请，他便领着僧众给人家去喊真经，不要报酬。他整天不在庙里，但是他并没忘了修持；他持戒越来越严，对经义也深有所获。他白天在各处筹钱办事，晚间在小室里做工夫。谁见到这位破和尚也不曾想到他曾是个在金子里长起来的阔大爷。

去年，有一天他正给一位圆寂了的和尚念经，他忽然闭上了眼，就坐化了。火葬后，人们在他的身上发现许多舍利。

没有他，我也许一辈子也不会入学读书。没有他，我也许永远想不起帮助别人有什么乐趣与意义。他是不是真的成了佛？我不知道。但是，我的确相信他的居心与言行是与佛相近似的。我在精神上物质上都受过他的好处，现在我的确愿意他真的成了佛，并且盼望他以佛心引领我向善，正像在三十五年前，他拉着我去入私塾那样！

他是宗月大师。

载 1940 年 1 月 23 日《华西日报》

无题（因为没有故事）

　　人是为明天活着的，因为记忆中有朝阳晓露；假若过去的早晨都似地狱那么黑暗丑恶，盼明天干吗呢？是的，记忆中也有痛苦危险，可是希望会把过去的恐怖裹上一层糖衣，像看着一出悲剧似的苦中有些甜美。无论怎说吧，过去的一切都不可移动；实在，所以可靠；明天的渺茫全仗昨天的实在撑持着，新梦是旧事的拆洗缝补。

　　对了，我记得她的眼。她死了好多年了，她的眼还活着，在我的心里。这对眼睛替我看守着爱情。当我忙得忘了许多事，甚至于忘了她，这两只眼会忽然在一朵云中，或一汪水里，或一瓣花上，或一线光中，轻轻的一闪，像归燕的翅儿，只须一闪，我便感到无限的春光。我立刻就回到那梦境中，哪一件小事都凄凉，甜美，如同独自在春月下踏着落花。

　　这双眼所引的一点爱火，只是极纯的一个小火苗，像心中的一点晚霞，晚霞的结晶。它可以烧明了流水远山，照明了春花秋叶，给海浪一些金光，可是它恰好的也能在我心中，照明了我的泪珠。

　　它们只有两个神情：一个是凝视，极短极快，可是千真万确的凝视。只微微的一看，就看到我的灵魂，把一切都无声的告诉了给我。凝视，一点也不错，我知道她只须极短极快的一看，看的动作过去了，极快的过去了，可是，她心里看着我呢，不定看多么久呢；我到底得管这叫作凝视，不论它是多么快，多么短。一切的诗文都用不着，这一眼道尽了"爱"所会说的与所会做的。另一个是眼珠横着一移动，由微笑移动到微笑里去，在处女的尊严中笑出一点点被爱逗出的轻佻，由热情中笑出一点点无法抑止的高兴。

　　我没和她说过一句话，没握过一次手，见面连点头都不点。可是我的一切，她知道；她的一切，我知道。我们用不着看彼此的服装，用不着打听彼此的身世，我们一眼看到一粒珍珠，藏在彼此的心里；这一点点便是我们的一切，那些七零

143

八碎的东西都是配搭，都无须注意。看我一眼，她低着头轻快的走过去，把一点微笑留在她身后的空气中，像太阳落后还留下一些明霞。

我们彼此躲避着，同时彼此愿马上搂抱在一处。我们轻轻的哀叹；忽然遇见了，那么凝视一下，登时欢喜起来，身上像减了分量，每一步都走得轻快有力，像要跳起来的样子。

我们极愿意过一句话，可是我们很怕交谈，说什么呢？哪一个日常的俗字能道出我们的心事呢？让我们不开口，永不开口吧！我们的对视与微笑是永生的，是完全的，其余的一切都是破碎微弱，不值得一作的。

我们分离有许多年了，她还是那么秀美，那么多情，在我的心里。她将永远不老，永远只向我一个人微笑。在我的梦中，我常常看见她，一个甜美的梦是最真实，最纯洁，最完美的，多少多少人生中的小困苦小折磨使我丧气，使我轻看生命。可是，那个微笑与眼神忽然的从哪儿飞来，我想起唯有"人面桃花相映红"差可比拟的一点心情与境界，我忘了困苦，我不再丧气，我恢复了青春；无疑的，我在她的洁白的梦中，必定还是个美少年呀。

春在燕的翅上，把春光颤得更明了一些，同样，我的青春在她的眼里，永远使我的血温暖，像土中的一颗子粒，永远想发出一个小小的绿芽。一粒小豆那么小的一点爱情，眼珠一移，嘴唇一动，日月都没有了作用，到无论什么时候，我们总是一对刚开开的春花。

不要再说什么，不要再说什么！我的烦恼也是香甜的呀，因为她那么看过我！

选自《无题》，人民文学出版社《老舍全集》，2013年，第79页。

在民国卅年元旦写出我自己的希望

（一）关于写作者：

（1）把长诗《剑北篇》写完。此稿已成二十八段，希望再写十二段，凑成四十段，于今年四月里全稿可以付印。

（2）试写歌剧，拟请茅盾先生设计，由我去试写，合撰一小型的歌剧。能否成功，完全没有把握。

（3）至少再写一本话剧：在绥西的友人嘱写话剧，以汉回蒙合作抗战为题。对蒙胞生活知道的不很多，须先去打听，并须搜集绥西抗战资料。

（4）也许写一两篇小说：这须看有无时间与材料。

（二）关于行旅者：

（1）须到成都去几天，希望在春间能办到。

（2）假若可能，愿再到北方去两三个月，搜集写作资料。

（三）关于金钱者：

（1）希望得节约储蓄券头奖，二十万元。以十万开一书店，以十万和朋友们花掉。

（2）若不能得二十万，则希望友人中有得之者，向他借用一些。

（四）关于身体者：

（1）希望比以前更强健，更能吃苦，且能饲鸡下蛋，以便每天有蛋吃，多些滋养。

（2）希望不打摆子，拟使蚊虫的嘴变为注射药针，叮在身上，不但不打摆子，且能消灭一切疾病。

（3）希望能打赤脚走路：坐车太贵，走路则省车资而太费鞋袜，鞋袜亦贵物也，故应练习赤脚行路，百无禁忌。

（五）关于设置者：

（1）巨大的烟碟：去岁买了一个汤盆当烟碟，而蓬子先生仍然看不见它，还把烟灰弹在地板上；今拟用洋灰筑池于屋中，或引起他的注意！

（2）添买被子：何容先生或别位先生来城访我，往往住下。一盖褥，一盖被，二人皆冷，而面子问题所在，在颤抖中互道不冷，似须矫正；添被子为最合理。

（3）购保险柜：为省花钱，接到信函，即将信封反糊再用。但糊好即被老鼠咬坏，极为伤心，故须有保险柜藏护之。

载 1941 年 1 月 1 日《新蜀报》

自　谴

去年在北碚养病的时候我作了一首小诗：

> 雾里梅花江上烟，
> 小三峡外又新年；
> 病中逢酒仍须醉，
> 家在卢沟桥北边！

既病，又值新年，故有流离之感。可是，这只是那一时的感触。及至身体好了一些，便又忘了病痛与乡思，而想打起精神去作事；即使终身流浪，只要儿辈能"家祭无忘告乃翁"以胜利的消息，便死也安心了。

可是，直到今天，身体还未全好，每逢说多了话，或写多了字，头就发晕。非常的着急，但心越急头便越昏——病是我们自己的最大的仇敌！医生嘱咐多吃猪肝脑、菠菜与豆腐。可是住在别人的家里，怎好意思发号施令呢？况且，肉已难买到手，还能强使人家专为我自己去找肝与脑吗？有时候，我后悔结过婚；假若我是独身汉，大概就不会在无聊的时候因想念儿女皱眉。没有闲愁，或者就可多写出一些东西。及至遇到了猪肝这一类问题，我又否定了这个悔意，而切盼家眷能够西来，人生要有多少小小的矛盾才算及格呢？！

且不提新的工作，去年未写完的东西到今天还都秃着尾巴。《剑北篇》，到去年秋季，只成了二十八段。所余的材料，大概还够写十二段的。二十八加十二，整四十。即使四十段未必能有一万行——原本是想写成一万行的——可是四十这个数倒还整齐，就此结束，未为不可。可是，过半年了，并没在二十八段之外多添上"一"个字。每逢有空袭，我必抱着那足以再成十二段的材料入洞；纸已有了破烂的地方，而我还没能把这些将要模糊的字变成韵语。这简直是块心病！是

147

的，即使我能写成四十段，它们能算作诗不算，还是个问题，我知道。那么，写完或写不完，又有什么关系呢？不过，"把戏是假的，功夫是真的"，我愿把它写完。假若我去扫地，低头也就没有说话的资格，我只能谴责自己！

载 1941 年 7 月 7 日《新蜀报》

敬悼许地山先生

地山是我的最好的朋友。以他的对种种学问好知喜问的态度，以他的对生活各方面感到的趣味，以他的对朋友的提携辅导的热诚，以他的对金钱利益的淡薄，他绝不像个短寿的人。每逢当我看见他的笑脸，握住他的柔软而戴着一个翡翠戒指的手，或听到他滔滔不断的讲说学问或故事的时候，我总会感到他必能活到八九十岁。而且相信若活到八九十岁，他必定还能像年轻的时候那样有说有笑，还能那样说干什么就干什么，永不驳回朋友的要求，或给朋友一点难堪。

地山竟自会死了——才将快到五十的边儿上吧。

他是我的好友。可是，我对于他的身世知道的并不十分详细。不错，他确是告诉过我许多关于他自己的事情；可是，大部分都被我忘掉了。一来是我的记性不好；二来是当我初次看见他的时候，我就觉得"这是个朋友"，不必细问他什么；即使他原来是个强盗，我也只看他可爱；我只知道面前是个可爱的人，就是一点也不晓得他的历史，也没有任何关系！况且，我还深信他会活到八九十岁呢。让他讲那些有趣的故事吧，让他说些对种种学术的心得与研究方法吧；至于他自己的历史，忙什么呢？等他老年的时候再说给我听，也还不迟啊！

可是，他已经死了！

我知道他是福建人，他的父亲做过台湾的知府——说不定他就生在台湾。他有一位舅父，是个很有才而后来作了不十分规矩的和尚的。由这位舅父，他大概自幼就接近了佛说，读过不少的佛经。还许因为这位舅父的关系，他曾在仰光一带住过，给了他不少后来写小说的资料。他的妻早已死去，留下一个小女孩。他手上的翡翠戒指就是为纪念他的亡妻的。从英国回到北平，他续了弦。这位太太姓周，我曾在北平和青岛见到过。

以上这一点：事实恐怕还有说得不十分正确的地方，我的记性实在太坏了！记得我到牛津去访他的时候，他告诉了我为什么老戴着那个翡翠戒指；同时，他

149

说了许许多多关于他的舅父的事。是的，清清楚楚的我记得他由述说这位舅父而谈到禅宗的长短，因为他老人家便是禅宗的和尚。可是，除了这一点，我把好些极有趣的事全忘得一干二净；后悔没把它们都笔记下来！

我认识地山，是在二十年前了。那时候，我的工作不多，所以常到一个教会去帮忙，作些"社会服务"的事情。地山不但常到那里去，而且有时候住在那里，因此我认识了他。我呢，只是个中学毕业生，什么学识也没有。可是地山在那时候已经在燕大毕业而留校教书，大家都说他是个很有学问的青年。初一认识他，我几乎不敢希望能与他为友，他是有学问的人哪！可是，他有学问而没有架子，他爱说笑话，村的雅的都有；他同我去吃八个铜板十只的水饺，一边吃一边说，不一定说什么，但总说得有趣。我不再怕他了。虽然不晓得他有多大的学问，可是的确知道他是个极天真可爱的人了。一来二去，我试着步去问他一些书本上的事；我生怕他不肯告诉我，因为我知道有些学者是有这样脾气的：他可以和你交往，不管你是怎样的人；但是一提到学问，他就不肯开口了；不是他不肯把学问白白送给人，便是不屑于与一个没学问的人谈学问——他的神态表示出来，跟你来往已是降格相从，至于学问之事，哈哈……但是，地山绝对不是这样的人。他愿意把他所知道的告诉人，正如同他愿给人讲故事。他不因为我向他请教而轻视我，而且也并不板起面孔表示他有学问。和谈笑话似的，他知道什么便告诉我什么，没有矜持，没有厌倦，教我佩服他的学识，而仍认他为好友。学问并没有毁坏了他的为人，像那些气焰千丈的"学者"那样，他对我如此，对别人也如此；在认识他的人中，我没有听到过背地里指摘他，说他不够个朋友的。

不错，朋友们也有时候背地里讲究他；谁能没有些毛病呢。可是，地山的毛病只使朋友们又气又笑的那一种，绝无损于他的人格。他不爱写信。你给他十封信，他也未见得答复一次；偶尔回答你一封，也只是几个奇形怪状的字，写在一张随手拾来的破纸上。我管他的字叫作鸡爪体，真是难看。这也许是他不愿写信的原因之一吧？另一毛病是不守时刻。口头的或书面的通知，何时开会或何时集齐，对他绝不发生作用。只要他在图书馆中坐下，或和友人谈起来，就不用再希望他还能看看钟表。所以，你设若不亲自拉他去赴会就约，那就是你的过错；他是永远不记着时刻的。

一九二四年初秋，我到了伦敦，地山已先我数日来到。他是在美国得了硕士学位，再到牛津继续研究他的比较宗教学的；还未开学，所以先在伦敦住几天，我和他住在了一处。他正用一本中国小商店里用的粗纸账本写小说，那时节，我对文艺还没有发生什么兴趣，所以就没大注意他写的是哪一篇。几天的工夫，他

150

带着我到城里城外玩耍，把伦敦看了一个大概。地山喜欢历史，对宗教有多年的研究，对古生物学有浓厚的兴趣。由他领着逛伦敦，是多么有趣、有益的事呢！同时，他绝对不是"月亮也是外国的好"的那种留学生。说真的，他有时候过火的厌恶外国人。因为要批判英国人，他甚至于连英国人有礼貌，守秩序，和什么喝汤不准出响声，都看成愚蠢可笑的事。因此，我一到伦敦，就借着他的眼睛看到那古城的许多宝物，也看到它那阴暗的一方面，而不至胡胡涂涂的断定伦敦的月亮比北平的好了。

不久，他到牛津去入学。暑假寒假中，他必到伦敦来玩几天。"玩"这个字，在这里，用得很妥当，又不很妥当。当他遇到朋友的时候，他就忘了自己：朋友们说怎样，他总不驳回。去到东伦敦买黄花木耳，大家做些中国饭吃？好！去逛动物园？好！玩扑克牌？好！他似乎永远没有忧郁，永远不会说"不"。不过，最好还是请他闲扯。据我所知道的，除各种宗教的研究而外，他还研究人学、民俗学、文学、考古学；他认识古代钱币，能鉴别古画，学过梵文与巴利文。请他闲扯，他就能——举个例说——由男女恋爱扯到中古的禁欲主义，再扯到原始时代的男女关系。他的故事多书本上的佐证也丰富。他的话一会儿低降到贩夫走卒的俗野，一会儿高飞到学者的深刻高明。他谈一整天并不倦容，大家听一天也不感疲倦。

不过，你不要让他独自溜出去。他独自出去，不是到博物院，必是入图书馆。一进去，他就忘了出来。有一次，在上午八九点钟，我在东方学院的图书馆楼上发现了他。到吃午饭的时候，我去唤他，他不动。一直到下午五点，他才出来，还是因为图书馆已到关门的时间的缘故。找到了我，他不住的喊"饿"，是啊，他已饿了十点钟。在这种时节，"玩"字是用不得的。

牛津不承认他的美国的硕士学位，所以他须花二年的时光再考硕士。他的论文是法华经的介绍，在预备这本论文的时候，他还写了一篇相当长的文章，在世界基督教大会（？）上去宣读。这篇文章的内容是介绍道教。在一般的浮浅传教师心里，中国的佛教与道教不过是与非洲黑人或美洲红人所信的原始宗教差不多。地山这篇文章使他们闻所未闻，而且得到不少宗教学学者的称赞。

他得到牛津的硕士。假若他能继续住二年，他必能得到文学博士——最荣誉的学位。论文是不成问题的，他能于很短的期间预备好。但是，他必须再住二年；校规如此，不能变更。他没有住下去的钱，朋友们也不能帮助他。他只好以硕士为满意，而离开英国。

在他离英以前，我已试写小说。我没有一点自信心，而他又没工夫替我看

151

看。我只能抓着机会给他朗读一两段。听过了几段，他说"可以，往下写吧"，这，增多了我的勇气。他的文艺意见，在那时候，仿佛是偏重于风格与情调；他自己的作品都多少有些传奇的气息，他所喜爱的作品也差不多都是浪漫派的。他的家世，他的在南洋的经验，他的旧文学的修养，他的喜研究学问而又不忍放弃文艺的态度，和他自己的生活方式，我想，大概都使他倾向着浪漫主义。

单说：他的生活方式吧。我不相信他有什么宗教的信仰，虽然他对宗教有深刻的研究，可是，我也不敢说宗教对他完全没有影响。他的言谈举止都像个诗人。假若把"诗人"按照世俗的解释从他的生活中发展起来，他就应当有很古怪奇特的行动与行为。但是，他并没做过什么怪事。他明明知道某某人对他不起，或是知道某某人的毛病，他仍然是一团和气，以朋友相待。他不会发脾气。在他的嘴里，有时候是乱扯一阵，可是他的私生活是很严肃的，他既是诗人，又是"俗"人。为了读书，他可以忘了吃饭。但一讲到吃饭，他却又不惜花钱。他并不孤高自赏。对于衣食住行他都有自己的主张，可是假若别人喜欢，他也不便固执己见。他能过很苦的日子。在我初认识他的几年中，他的饭食与衣服都是极简单朴俭。他结婚后，我到北平去看他，他的住屋衣服都相当讲究了。也许是为了家庭间的和美，他不便于坚持己见吧。虽然由破夏布裤子换为整齐的绫罗大衫，他的脱口而出的笑话与戏谑还完全是他，一点也没改。穿什么，吃什么，他仿佛都能随遇而安，无所不可。在这里和在其他的好多地方，他似乎受佛教的影响较基督教的为多，虽然他是在神学系毕业，而且也常去作礼拜。他像个禅宗的居士，而绝不能成为一个清教徒。

不但亲戚朋友能影响他，就是不相识而偶然接触的人也能临时的左右他。有一次，我在"家"里，他到伦敦城里去干些什么。日落时，他回来了，进门便笑，而且不住的摸他的刚刚刮过的脸。我莫名其妙。他又笑了一阵。"教理发匠挣去两镑多！"我吃了一惊。那时候，在伦敦理发普通是八个便士，理发带刮脸也不过是一个先令，"怎能花两镑多呢？"原来是理发匠问他什么，他便答应什么，于是用香油香水洗了头，电气刮了脸，还不得用两镑多么？他绝想不起那样打扮自己，但是理发匠的钱罐是不能驳回的！

自从他到香港大学任事，我们没有会过面，也没有通过信；我知道他不喜欢写信，所以也就不写给他。抗战后，为了香港文协分会的事，我不能不写信给他了，仍然没有回信。可是，我准知道，信虽没来，事情可是必定办了。果然，从分会的报告和友人的函件中，我晓得了他是极热心会务的一员。我不能希望他按时回答我的信，可是我深信他必对分会卖力气，他是个极随便而又极不随便的人，我知道。

我自己没有学问，不能妥切的道出地山在学术上的成就何如。我只知道，他极用功，读书很多，这就值得钦佩，值得效法。对文艺，我没有什么高明的见解，所以不敢批评地山的作品。但是我晓得，他向来没有争过稿费，或恶意的批评过谁。这一点，不但使他能在香港文协分会以老大哥的身份德望去推动会务，而且在全国文艺界的团结上也有重大的作用。

是的，地山的死是学术界文艺界的极重大的损失！至于谈到他与我私人的关系，我只有落泪了；他既是我的"师"，又是我的好友！

啊，地山！你记得给我开的那张"佛学入门必读书"的单子吗？你用功，也希望我用功；可是那张单子上的六十几部书，到如今我一部也没有读啊！

你记得给我打电报，叫我到济南车站去接周校长①吗？多么有趣的电报啊！知道我不认识她，所以你教她穿了黑色旗袍，而电文是："×日×时到站接黑衫女！"当我和妻接到黑衫女的时候，我们都笑得闭不上口啊。朋友，你托好友做一件事，都是那样有风趣啊！啊，昔日的趣事都变成今日的泪源。你怎可以死呢！

不能再往下写了……

载 1941 年 8 月 17 日《大公报》

---

① 周校长，即许地山夫人的妹妹。

悼赵玉三司机师

　　去年十一月初，我由昆明到大理去的时候，坐的是一家公司的商车。在动身的前夕，司机师吴栾铃君请我吃北方饭。同席的有一位山东青年，高个子，粗眉毛，浑身都是胆子与力量。看样子，他像是很能喝几杯，但是他不肯动酒，因为次晨还要赶早开车。吴君才二十二岁，很像个体面的学生。赵君，虽然爱说爱笑，却像有二十七八了。及至大家互问年纪的时节，才知道他不过是二十三岁，还没有结婚。

　　他们的年纪虽轻，可是由他们的口中，我晓得了他们都已足迹遍"天下"。他们都说北方话，可是言语中夹杂着许多各地方的土语词汇，有时候还有一两个外国字。假如他们缺乏着别的历史知识，但是一部中国公路交通史好像就在他们的心里，他们从抗战前就天天把人和物由南向北由东运到西，大多数的公路，在他们的口中，就好像我们提起走熟了的街道似的；哪里有桥，哪里有急弯，哪块路牌附近的路基不够坚硬，他们都能顺口说上来。赵君在陕、甘、湘、鄂、川、滇、黔、桂、越南、缅甸的公路上都服过务。从离开南京，他就生活在公路上，六年没有给家中——在山东长清——通过信！

　　赵君名玉三，抗战前，在青岛开公共汽车。"七七"后，他在航空委员会训练汽车驾驶兵。南京陷落，他抢运沿路上的各种器材，深得官长嘉许。此后，他便在各省的公路上服务，始终是那么勇敢活泼。他替政府、军队、人民，运过多少东西，一共走过多少里路？现在已无法知道。去年十二月，距我认识他的时候仅仅一月，他死在了保山！

　　当我同他们到大理去的时候，他们一共是四部卡车，赵君为司机班长，我只到大理，他们却要到畹町，车上载的是桐油。赵君一定劝我随他们到国境上去看看："看看去。我管保你会写出好多文章来，跟我们去，准保险！我们怕热，开车又小心！"可是时间不允许我去开眼。再说，一路上赵君总是抢着会食宿账，教

154

我"过意不去"。

夜晚投宿后，赵君最喜说笑，他的嘴不甚伶俐，可是偏爱说话。他不会唱，而偏要哼几句。高了兴，他还用自己临时编造的英语或俄语与朋友交谈，只为招笑，没有别的意思。他似乎没有任何忧虑，脸上像云南的晴天那样爽朗。

他开第一部车为的是先到站头，给大家找好食宿之所。我坐的那辆道济车，由吴君开，在最后面走。他的勇敢，吴君的谨慎，正好做先锋与殿军。

我回渝，赵君复由昆明开保山。从保山回来，据朋友们的函告，在功果山的最高峰，拔海四千尺的高度，他翻了车，一直滚到澜沧江岸。车——便是我坐过的那辆道济车，此次改由他开——完全碎了，可是这位山东壮汉却没有登时断气，送到保山医院后，以伤重，在十二月中旬逝世。

没有好身体，没有胆气，都不能做司机师。特别要紧的，是没有爱国心，成不了为抗战服务的司机师。假若赵君还在山东，肯受敌人的驱使，也许还能活着，但是他宁愿在功果山的高峰上，虽然没有穿着军装，却也和战士们那样光荣的死去。

同我在一起的时候，他说过几次："给我写几句！"现在，我给他写几句了，可是他已结束了他的生命。在抗战的今日，凡是为抗战舍掉自己性命的，便是延续了国家的生命，赵君死得太早了，可他将随着中华民族的胜利与复兴而不朽！

载一九四二年一月十二日《中央日报》

南来以前

××兄：

　　大示收到，慨极！邮递迟滞，虽相隔仅千里，如居异国；计自发函至收读，已一月另三日矣！一向不暇作长函，这遭却须破些工夫；信既蜗行，再不多写一点，则我似不诚，兄必失望。

　　芦沟桥事变初起，我们在青岛，正赶写《病夫》——《宇宙风》特约长篇，议定于九月中刊露。街巷中喊卖号外，自午及夜半，而所载电讯，仅三言两语，至为恼人！一闻呼唤，小儿女争来扯手："爸！号外！"平均每日写两千字，每因买号外打断思路。至七月十五日，号外不可再见，往往步行七八里，遍索卖报童子而无所得；日侨尚在青，疑市府已禁号外，免生是非。日人报纸则号外频发，且于铺户外揭贴，加以朱圈；消息均不利于我方。我弱彼强，处处惭忍，有如是者！

　　老母尚在北平，久无信示；内人又病，心绪极劣。时在青朋友纷纷送眷属至远方，每来辞行，必嘱早作离青之计；盖一旦有事，则敌舰定封锁海口，我方必拆毁胶济路，青岛成死地矣。家在故乡，已无可归，内人身重，又难行旅，乃力自镇定，以写作摈扰，文字之劣，在意料中。自十五至二十五，天热，消息沉闷，每深夜至友家听广播，全无收获。归来，海寂天空，但闻远处犬吠，辄不成寐。

　　二十六日又有号外，廊坊有战事，友朋来辞行者倍于前。写文过苦，乃强读杂书。二十八号外，收复廊坊与丰台，不敢深信，但当随众欢笑。二十九日消息恶转，号外又停。三十一日送内人入医院。在家看管儿女；客来数起，均谓大难将临。是日仍勉强写二千字给《民众日报》。

　　八月一日得小女，大小俱平安。久旱，饮水每断，忽得大雨，即以"雨"名女——原拟名"乱"，妻嫌过于现实。电平报告老人；复访友人，告以妻小无恙；夜间又写千字。次日，携儿女往视妈妈与小妹，路过旅行社，购车票者列阵，约数百人。四日，李友入京，良乡有战事；此地大风，海水激卷，马路成河。乘帆船逃难者，多沉溺。每午，待儿女睡去，即往医院探视；街上卖布小贩已绝，车马群趋码头与车站；偶遇迁逃友人，匆匆数语即别，至为难堪。九日，《民众日报》停刊，末一号仍载有我小文一篇。王剑三以七号携眷去沪，臧克家、杨枫、孟超诸友，亦均有南下之意。我无法走。十一日，妻出院，实之自沪来电，促南下。商之内人，她决定不动。以常识判断，青岛日人产业值数万万，必不敢立时暴动，我方军队虽少，破坏计划则早已筹妥。是家小尚可暂留，俟雨满月后再定去向，至于我自己，市中报纸既已停刊，我无用武之地，救亡工作复无详妥计划，亦无人参加，不如南下，或能有些用处。遂收拾书籍，藏于他处，即电亢德，准备南下。十二日，已去托友买船票，得亢德复电："沪紧缓来"，南去之计既不能行，乃决去济南。前月已与齐大约定，秋初开学，任国文系课两门，故决先去，以便在校内找房，再接家小。别时，小女啼泣甚悲，妻亦落泪。十三早到济，沪战发。心极不安：沪战突然爆发，青岛或亦难免风波，家中无男人，若遭遇事变……

果然，十四日敌陆战队上岸。急电至友，送眷来济。妻小以十五日晨来，车上至为拥挤。下车后，大雨；妻疲极，急送入医院。复冒雨送儿女至敬环处暂住。小儿频呼"回家"，甚惨。大雨连日，小女受凉亦病，送入小儿科。自此，每日赴医院分看妻女，而后到友宅看小儿，焦急万状。《病夫》已有七万字，无法续写，复以题旨距目前情形过远，即决放弃。

十日间，雨愈下愈大。行李未到，家具全无，日行泥水中，买置应用物品。自青来济者日多，友朋相见，只有惨笑。留济者找房甚难，迁逃者匆匆上路，忙乱中无一是处，真如恶梦。

二十八日，妻女出院，觅小房，暂成家。复电在青至友，托送器物。七月事变，济南居民迁走甚多，至此又渐热闹，物价亦涨。家小既团圆，我始得匀出工夫，看访故人；多数友人已将妻女送往乡间，家家有男无女，颇有谈笑，但欠自然。沪战激烈，我的稿费停止，搬家买物看病雇车等又费去三百元，遂决定不再迁动。深盼学校能开课，有些事作，免生闲愁，果能如此，还足以傲友辈也。

学校于九月十五日开课，学生到及半数。十六日大同失陷；十九日中秋节，街上生意不多，几不见提筐肩盒送礼者。《小实报》在济复刊，约写稿。平津流亡员生渐多来此，或办刊物，或筹救亡工作，我又忙起来。二十一日，敌机过市空，投一弹，伤数人，群感不安。此后时有警报。二十五六日，伤兵过济者极多，无衣无食无药物，省政府似不甚热心照料。到站慰劳与看护者均是学界中人。三十日，敌军入鲁境，学生有请假回家者。时中央派大员来指挥，军事应有好转，但本省军事长官嫌客军在鲁，设法避战，战事遂告失利。德州危，学校停课。师生相继迁逃，市民亦多东去，来自胶东者又复搬回，车上拥挤，全无秩序。我决不走。远行无力，近迁无益，不如死守济南，几每日有空袭警报，仍不断写作。笔为我唯一武器，不忍藏起。

入十月，我方不反攻，敌军不再进，至为沉闷。校内寂无人，猫狗被弃，群来啼饥。秋高气爽，树渐有红叶，正是读书时候，而校园中全无青年笑语声矣。每日小女助母拆纱布揉棉球，备救护伤兵之用，小儿高呼到街上买木枪，好打飞机，我低首构思，全室有紧张之象。流亡者日增，时来贷金求衣，量力购助，不忍拒绝。写文之外，多读传记及小说，并录佳句于册。十四日，市保安队枪械被收缴，市面不安，但无暴动。青年学子，爱国心切，时约赴会讨论工作计划。但政府多虑，不准活动，相对悲叹。下半月，各线失利，而济市沉寂如常，虽仍未停写作，亦难自信果有何用处矣。

十一月中，敌南侵，我方退守黄河。友人力劝出走，以免白白牺牲，故南来。到汉口已两月余，还是日日拿笔。对政治军事，毫无所知，勉强写些文字，自觉空洞无物。可是，舍此别无可为，闲着当更难堪。无力无钱，只好有笔的出笔，聊以自慰。

家小尚在济，城陷后无音信。所以不能同来者：

一、车极难上，沿途且有轰炸之险。

二、儿女辈俱幼弱，天气复渐寒，遇险或受病，同是危难。

三、存款无多，仅足略购柴米，用之行旅，则成难民。版税稿费俱绝，找事非易，有出无入，何以支持？独逃可仅顾三餐，同来则无法尽避饥寒。

有此数因，故妻决留守，在济多友，亦愿为照料。不过，说着容易，实行则难，于心有所不忍，遂迟迟不敢行。及至事急，妻劝速行，盖我在家非但无益，且或累及家小。匆匆收拾衣物，儿女辈频牵衣问父何去何归，妻极勇敢，代答以父明日即来。时已入夜，天有薄云，灯下作别，难道一语！前得短诗，略记此景：

　　弱女痴儿不解哀，牵衣问父去何来。
　　语因伤别潜成泪，血若停流定是灰！
　　已见乡关沦水火，更堪江海逐风雷？
　　徘徊未忍道珍重，暮雁声低切切催！

信已太长，犹未尽意，一俟家信到此，当再叙陈。祝吉！

一封信

亢德兄：

由家出来已四个月了。我怎样不放心家小，是你可以想象得到的；因为你现在也把眷属放在了孤岛上，而独自出来挣扎。我的唯一武器是我这枝笔，我不肯教它休息。你的心血是全费在你的刊物上，你当然不肯教它停顿。为了这笔与刊物，我们出来；能作出多少成绩？谁知道呢！也许各尽其力的往前干就好吧？

这四个月来，最难过的时候是每晚十时左右。你知道，我素日生活最有规律，夜间十点前后，必须去睡。在流亡中，我还不肯放弃了这个好习惯。可是，一见表针指到该就寝的时刻，我不由的便难过起来。不错，我差不多是连星期日也不肯停笔，零七八碎的真赶出不少的东西来；但是，这到底有多大用处呢？笔在手里的时节，偶尔得到一两句满意的文章，我的确感到快乐，并且渺茫的想到这一两句也许能在我的读众心中发生一些好的作用；及至一放下笔，再看纸上那些字，这点自慰与自傲便立时变为失望与惭愧。眼看着院内的黑影或月光，我仿佛听见了前线的炮声，仿佛看见了火影与血光。多少健儿，今晚丧掉了生命！此刻有多少家庭都拆散，多少城市被轰平！这一夜有多少妇孺变成了寡妇孤儿！全民族都在血腥里，炮火下，到处有最辛酸的患难，与最悲壮的牺牲。我，我只能写一些字！即使我的文字能有一点点用处，可是又到了该睡的时候了；一天的工作——且承认它有些用——不过是那么一点点呀！我不能安心去睡，又不能不去睡，在去铺放被子的时候，我觉得自己不过是个无知的小动物，又须到窝穴里藏起头来，白白的费去七八小时了！这种难过，是我以前所未曾有过的。我简直怕见天黑了，黄昏的暮色晚烟，使我心中凝成一个黑团！我不知怎样才好，而日月轮还，黑夜又绝对不能变成白天！不管我是怎样的想努力，我到底不能不放下笔去睡，把心神交与若续若断的恶梦！

身体太坏。有心无力，勇气是支持不住肉体的疲惫的。作到了一日间所能作

159

的那一些，就像皮球已圆到了容纳空气的限度，再多打一点气就会爆裂。这是毕生的恨事，在这大家都当拼命卖力气，共赴国难的期间，便越发使人苦恼。由这点自恨力短，便不由的想到了一般文人的瘦弱单薄。文人们，因生活的窘迫，因工作的勤苦，不易得到健壮的身体；咬牙努力，适足以呕血丧命。可是他们又是多么不服软，爱要强的人呢。他们越穷越弱，他们越不肯屈服，连自己体质的薄弱也像自欺似的加以否认或忽略。衰病或夭折是常有的当然结果，文学史上有多少"不幸短命死矣"的嗟悼呢！他们这样的不幸，自有客观的，无可避免的条件，并非他们自甘丧弃了生命。不过，在这国家危急存亡之秋，我不愿细细的述说这些客观的条件与因由，而替文人们呼冤。反之，我却愿他们以极度的热心，把不平之鸣改作自励自策，希望他们也都顾及身体的保养与锻炼。文人们，你们必须有铁一般的身儿，才能使你们的笔像枪炮一样的有力呀！注意你们的身体，你们才能尽所能的发挥才力，成为百战不挠的勇士。于此，我特别要诚恳的对年轻的文艺界朋友们说——或者不惜用"警告"这个字：要成个以笔为武器的战士，可先别忽略了战士应有的铜筋铁臂啊。"白面"书生是含有些轻视的形容。深夜里狂吸着纸烟，或由激愤而过着浪漫的生活，以致减低了写作的能力，这岂但有欠严肃，而且近乎自杀呀！　日本军人每日在各处整批的屠杀我们，我们还要自杀么？我们应当反抗！战士，我们既是战士，便应当敏捷矫健，生龙活虎的冲锋陷阵。我们强壮的身体支持着我们坚定的意志。笔粗拳头大，气足心才热烈。我们都该自爱自惜。成为铁血文人，在这到处是血腥与炮火的时候，我们才能发出怒吼。惭愧，我到时候非去休息不可，因为身体弱；我是怎样的期待着那大时代锻炼出来的文艺生力军，以严肃的生活，雄美的体格，把"白面"与"文弱"等等可耻的形容词从此扫刷了去，而以粗莽英武的姿态为新中国高唱前进的战歌呢！浪漫，为什么不可以？！然而我们的浪漫必是上马杀敌，下马为文的那种磊落豪放的气概与心胸，必是坚苦卓绝，以牺牲为荣，为正义而战的那种伟大的英雄主义。以玫瑰色的背心，或披及肩项的卷发，为浪漫的象征，是死与无心肝的象征啊。

　　自恨使我睡不熟，不由的便想起了妻儿。当学校初一停课，学生来告别的时候，我的泪几乎终日在眼圈里转。"先生！我们去流亡！"出自那些年轻的朋友之口，多么痛心呢！有家，归去不得。学校，难以存身。家在北，而身向南，前途茫茫，确切可靠的事只有沿途都有敌人的轰炸与扫射！啊，不久便轮到了我，我也必得走出来呀！妻小没法出来，我得向她们告别！我是家长，现在得把她们交给命运。我自己呢，谁知道能走到哪里去呢！我只是一个影子，对家属全没了作用，而自己也不知自己的明日如何。小儿女们还帮着我收拾东西呢！

160

我没法不狠心。我不能把自己关在亡城里。妻明白这个，她也明白，跟我出来，即使可能，也是我的累赘。我照应她们，便不能尽量作我所能与所要作的事。她也狠了心。只有狠心才能互相割舍，只有狠心才见出互相谅解。她不是非与丈夫搂臂而行不可的那种妇女，她平日就不以领着我去看电影为荣，所以今天可以放了我，使我在这四个月间还能勤苦的动我的笔。

假若——呕，我真不敢这样想！——她是那从电影中学得一套虚伪娇贵的妇女，必定要同我出来，在逃难的时候，还穿着高跟鞋，我将怎办呢？我亲眼看见，在汉口最阔绰的饭店与咖啡馆中，摆着一些向她们的丈夫演着影戏的妇女。她们据说是很喜爱文艺呀。她们的丈夫们是否文艺家，我不晓得，我只不放心，假若她们的丈夫确是作者，他们能否在伺候太太而外，还有工夫去写文章呢？假若在半夜由咖啡馆回到家中，他还须去写作，她能忍受在天明的时节，看到他的苦相——与男明星绝对相反的气度与姿态吗？

我想念我的妻与儿女，我觉得太对不起她们，可是在无可奈何之中，我感谢她，我必须拼命的去作事，好对得起她。由悬念而自励，一个有欠摩登的妇人，是怎样的能帮助像我这样的人哪！严肃的生活，来自男女彼此间的彻底谅解，互助互成。国难期间，男女间的关系，是含泪相誓，各自珍重，为国效劳。男儿是兵，女子也是兵，都须把最崇高的情绪生活献给这血雨刀山的大时代。夫不属于妻，妻不属于夫，他与她都属于国家。香艳温柔的生活只足以对得起好莱坞的苦心，只足以使汉口香港畸形的繁荣；而真正的汉奸所期望的也并不与这个相差甚远吧？

现在，又十点钟了！空袭警报刚解除不久。在探射灯的交插处，我看见八架，六架，银色的铁鹰；远处起了火！我必须去睡。谁知道明日见得着太阳与否呢？但是今天我必作完今天的事，明天再作明天的事。生与死都不算什么，只求生便生在，死便死在，各尽其力，民族必能于复兴的信念中。去睡呀，明日好早起。今天或者不再难以入梦了，我的忧思与感触已写在了这里一些；对老友谈心，或者能有定心静气的功效的。假若你以为这封信被别人看到，也能有些好处，那就不妨把它发表，代替你要我写的短文吧。

《大风》已收到，谢谢！希望它更硬一些。

全国文艺界抗敌协会拟在本月下旬开成立大会，希望简公们都入会。你若能来赴会，更好！祝安！

老舍 武昌，二十七，三，十五夜。

载一九三八五月《宇宙风》第六十七期

161

家　书①

一九四二年三月十日

×ׯ²:

接到信，甚慰！济与乙都去上学，好极！唯儿女聪明不齐，不可勉强，致有损身心。我想，他们能粗识几个字，会点加减法，知道一点历史，便已够了。只要身体强壮，将来能学一份手艺，既可谋生，不必非入大学不可。假若看到我的女儿会跳舞演讲，有作明星的希望，我的男孩能体健如牛，吃得苦，受得累，我必非常欢喜！我愿自己的儿女能以血汗挣饭吃，一个诚实的车夫或工人一定强于一个贪官污吏，你说是不是？教他们多游戏，不要紧逼他们读书习字；书呆子无机会腾达，有机会作官，则必贪污误国，甚为可怕！

至于小雨，更宜多玩耍，不可教她识字；她才刚四岁呀！每见摩登夫妇，教三四岁小孩识字号，客来则表演一番，是以儿童为玩物，而忘了儿童的身心发育甚慢，不可助长也。

我近来身体稍强，食眠都好，唯仍未敢放胆写作，怕再患头晕也。给我看病的是一位熟大夫，医道高，负责任，他不收我的诊费，而且照原价卖给我药品，真可感激！前几天，他给我检查身体，说：已无大病，只是亏弱，需再打一两打补血针。现已开始。病中，才知道身体的重要。没有它，即使是圣人也一筹莫展！

春来了，我的阴暗的卧室已有阳光，桌上边有一枝桃花插在曲酒瓶中。

祝你健康！代我吻吻儿女们！

舍上，三,十

载 1942 年 4 月 5 日《文坛》第 2 期

---

① 本信发表时题名为"家书一封"。
② 此信写给夫人胡絜青。当时她与三个子女均困留在已沦陷的北平老家。

162

"四大皆空"

从收入上说，我的黄金时代是当我在青岛教书的时候。那时节，有月薪好拿，还有稿费与版税作为"外找"，所以我每月能余出一点钱来放在银行里，给小孩们预备下教育费。我自己还保了寿险，以便一口气接不上来，子女们不致马上挨饿。此外，每月我还能买几十元的书籍与杂志。这点点未能免俗的办法，使我在妻小面前显出得意，因为人家往往爱说文人们都吊儿郎当，有了钱不干正经事；我这样为子女储金，自己还保寿险，大概可以堵住他们的嘴吧？

七七事变以后，我由青岛迁往济南齐鲁大学。书籍，我舍不得扔，故只把四大筐杂志卖掉，以减轻累赘。四大筐啊，卖了四十个铜板！书籍、火炉、小孩子的卧车和我的全份的刀枪剑戟，全部扔掉。幸而铁路中有我的朋友，算是把主要的家具与书籍全由青岛运了出来。

当我由济南逃出来的时候，我的家小依然在齐大。在我起身之前，我把书籍、字画，全打了箱，存在齐大图书馆里。后来，妻子离开济南，又将全部家具寄存在齐大，只带走一些随时穿用的衣服气。

据内人来信说，儿女们的教育储金已全数等于零，因为她不屑于把它换成伪币。我的寿险，因为公司是美国人开的，在美日宣战后停业，只退还九百元法币。

这次我到成都，见到齐大的老友们。他们说：齐大在济南的校舍已完全被敌人占据，大家的一切东西都被劫一空，连校园内的青草也被敌马啃光了。

好，除了我、妻、儿女，五条命以外，什么也没有了！而这五条命能否有足够维持的衣食，不至于饿死，还不敢肯定的说。她们的命短呢，她们死；我该归阴呢，我死。反正不能因为穷困死亡而失了气节！因爱国，因爱气节，而稍微狠点心，恐怕是有可原谅的吧？

器物现金算得了什么呢？将来再买再挣就是了！噢，恐怕经了这次教训，就永不购置像样儿的东西，以免患得患失，也不会再攒钱，即使是子女的教育费。

我想，在抗战胜利以后，有了钱便去旅行，多认识认识国内名山大川，或者比买了东西更有意义。至于书籍，虽然是最喜爱的东西，也不应再自己收藏，而是理应放在公众图书馆里的。

这次损失中，说来颇觉可笑，使我连日感到不快者，倒是历年所积藏的一些字画。我喜爱字画，但是没有花到一个钱去买过。在我的"收藏"里，没有苏东坡或王石谷。我是重感情的人，我所保存的字画都是师友们的手迹。其中，有的是字不高明，画不成样，但是写字作画的人是我的朋友，所以我就珍藏着它们。在字画本身而外，它们都有些人的关系与历史在里边，使我看见字画也就想起人来，而另有一番滋味。有的呢，是字好画好，而且又出于师友之手，就分外觉得可贵。这些，唉，也都丢失了！其中最使我念念不忘的是方唯一先生给我们写的一副对子。方先生的字与文造诣都极深，我十六七岁练习古文旧诗受益于他老先生者最大。这一副对子是他临死以前给我写的，用笔运墨之妙，可以算他老人家的杰作。在抗战前，无论我在哪里住家，我总把它悬在最显眼的地方。我还记得它的文字："四世传经是谓通德，一门训善惟以永年。"方先生死去已经十年左右了，我再到哪里去求他的字呢？！其次，是松小梦的一张山水。松小梦是清末北方的一位小名家，在山东做过知县。这张画是用稿纸画的，画的非常的雄浑。济南有位关松坪先生，是我的好友，也是松小梦的再传弟子。关先生在抗战的第二年去了世，这张画也是由他配好了镜框赠给我的！松小梦的字画，在山东很容易得到；我伤心的倒是关先生的死去，我未能去吊祭，而他给我的纪念品又是这么马里马虎的丢掉，实在是太对不起朋友了。此外，如颜伯龙——我最好的同学的《牧豕图》，桑子中的油画《大明湖》，都是精美的作品，而是结婚时他们送给的礼物，大概现在也都在济南的破货摊上堆着去了！

且莫伤心图书的遗失吧，要保存文化呀，必须打倒日本军阀！

载 1943 年 4 月 30 日《文坛》第 2 卷第 1 期

假若我有那么一箱子画

在各种艺术作品中，我特别喜爱图画。我不懂绘画，正如我不懂音乐。可是，假若听完音乐，心中只觉茫然，看罢图画我却觉得心里舒服。因此，我特别喜爱图画——说不出别的大道理来。

虽然爱画，我可不是收藏。因为第一我不会鉴别古画的真假；第二我没有购置名作的财力；第三我并不爱那纸败色褪的老东西，不管怎样古，怎样值钱。

我爱时人的画，因为彩色鲜明，看起来使我心中舒服，而且不必为它们预备保险箱。

不过，时人的画也有很贵的，我不能拿一本小说的稿费去换一张画——看画虽然心里舒服，可是饿着肚子去看恐怕就不十分舒服了。

那么，我所有的画差不多都是朋友们送给我的。这画也就更可宝贵，虽然我并没出过一个钱。朋友们赠给的画，在艺术价值之外，还有友谊的价值呀！举两个例说吧：北平名画家颜伯龙是我幼年的同学。我很喜爱他的画，但是他总不肯给我画。定下结婚的时候，我决定把握住时机。"伯龙！"我毫不客气的对他说，"不要送礼，我要你一张画！不画不行！"他没有再推托，而给我画了张牧家图。图中的妇人、小儿、肥猪，与桐树，都画得极好，可惜，他把图章打倒了！虽然图章的脚朝天，我还是很爱这张画，因为伯龙就是那么个一天到晚慌里慌张的人，这个脚朝天的图章正好印上了他的人格。这个缺陷使这张画更可贵！我不知道合于哪一条艺术原理，说不定也许根本不合乎艺术原理呢。谁管它，反正我就有这么种脾气！

第二个例子是齐白石大画师所作的一张鸡雏图。对白石翁的为人与绘画，我都"最"佩服！我久想能得到他的一张画。但是，这位老人永远不给任何人白画，而润格又很高；我只好"望画兴叹"。可是，老天见怜，机会来了！一次，我给许地山先生帮了点忙，他问我："我要送你一点小礼物，你要什么？"我毫未迟疑的说："我要一张白石老人的画！"我知道他与老人很熟识，或者老人能施舍一次。老人敢情绝对不施舍。地山就出了三十元（十年前的三十元！据说这还是减半价，否则价六十元矣！）给我求了张画。画的真好，一共十八只鸡雏，个个精彩！这张画是我的宝贝，即使有人拿张宋徽宗的鹰和我换，我也不干！这是我最钦佩的画师所给，而又是好友所赠的！

当抗战后，我由济南逃亡出来的时候，我嘱告家中："什么东西都可放弃，这张画万不可失！"于是，家中把一切的家具与图书都丢在济南，而只抱着这十八只鸡雏回到北平。

去年，家中因北平的人为的饥荒而想来渝，我就又函告她们，鸡图万不可失！我不肯放弃此画，一来是白石老人已经八十多岁，二来是地山先生已经去世；白石翁的作品在北平不难买到，但是买到的万难与我所有的这一张相比！

妻得到信，她自己便也想得老人的一幅画。由老人的一位女弟子介绍，她送上四百元获到老人的六只虾，而且题了上款。那时候（现在也许又增高一倍了），老人的润格已是四百元一字尺，题上款加四百元，指定画题加倍，草虫（因目力欠佳）加倍，敷设西洋红加倍。

来到重庆，她拿出挂在墙壁上，请几个朋友们看，于是重庆造了她带来一箱子白石翁的画之谣。

哎呀！假若我真有一箱白石翁的画够多么好呢！

一箱子！就说是二尺长，半尺高的一只箱吧，大概也可以装五百张！仿照白石老人自号三百石印富翁的例，假若我真有这么一箱，我应马上自称为五百白石翁画富人——我还没到五十岁，不好意思称"翁"，不但在精神上，就是以金钱计，我也确实应自号为"富"了。想想看，以二千元一张画说吧，五百张该合多少钱？

我就纳闷，为什么妻不拿那么多的钱买点粮食（有钱，就是在北平，也还能吃饱），而教孩子们饿成那个鬼样呢？

且不管她，先说我自己吧。我若真有了那么一箱子画，该怎办呢？我想啊，我应该在重庆开一次展览会，一来是为给我最佩服的老画师做义务的宣传，以示敬意；二来是给大家个饱眼福的机会。在展览的时候，我将请徐悲鸿、林风眠、丰子恺诸先生给拟定价格，标价出售。假若平均每张售价一万元吧，我便有五百万的收入。收款了以后，我就赠给文艺界抗敌协会，戏剧界抗敌协会，美术界抗敌协会，音乐界抗敌协会各一百万元。所余的一百万元，全数交给文艺奖助金委员会，用以救济贫苦的文人——我自己先去申请助金五千元，好买些补血的

166

药品，疗治头昏。

我想，我的计划实在不能算坏！可是，教我上哪里找那一箱子画去呢？

那么，假若你高兴的话，请去北碚，还是看一看我藏的十八只鸡雏和内人的六只虾吧，你一夸奖它们，我便欢喜，庶几乎飘飘然有精神胜利之感矣！

谢谢替我夸口的友人们，他们至少又给了我写一篇短文的资料！

1944 年 1 月 7 日于北碚之头昏斋

载 1944 年 2 月 11 日《时事新报》

"住"的梦

在北平与青岛住家的时候，我永远没想到过：将来我要住在什么地方去。在乐园里的人或者不会梦想另辟乐园吧。

在抗战中，在重庆与它的郊区住了六年。这六年的酷暑重雾，和房屋的不像房屋，使我会作梦了。我梦想着抗战胜利后我应去住的地方。

不管我的梦想能否成为事实，说出来总是好玩的：

春天，我将要住在杭州。二十年前，我到过杭州，只住了两天。那是旧历的二月初，在西湖上我看见了嫩柳与菜花，碧浪与翠竹。山上的光景如何？没有看到。三四月的莺花山水如何，也无从晓得。但是，由我看到的那点春光，已经可以断定杭州的春天必定会教人整天生活在诗与图画中的。所以，春天我的家应当是在杭州。

夏天，我想青城山应当算作最理想的地方。在那里，我虽然只住过十天，可是它的幽静已拴住了我的心灵。在我所看见过的山水中，只有这里没有使我失望。它并没有什么奇峰或巨瀑，也没有多少古寺与胜迹，可是，它的那一片绿色已足使我感到这是仙人所应住的地方了。到处都是绿，而且都是像嫩柳那么淡，竹叶那么亮，蕉叶那么润，目之所及，那片淡而光润的绿色都在轻轻的颤动，仿佛要流入空中与心中去似的。这个绿色会像音乐似的，涤清了心中的万虑，山中有水，有茶，还有酒。早晚，即使在暑天，也须穿起毛衣。我想，在这里住一夏天，必能写出一部十万到二十万的小说。

假若青城去不成，求其次者才提到青岛。我在青岛住过三年，很喜爱它。不过，春夏之交，它有雾，虽然不很热，可是相当的湿闷。再说，一到夏天，游人来的很多，失去了海滨上的清静。美而不静便至少失去一半的美。最使我看不惯的是那些喝醉的外国水兵与差不多是裸体的，而没有曲线美的妓女。秋天，游人都走开，这地方反倒更可爱些。

不过，秋天一定要住北平。天堂是什么样子，我不晓得，但是从我的生活经验去判断，北平之秋便是天堂。论天气，不冷不热，论吃食，苹果、梨、柿、枣、葡萄，都每样有若干种。至于北平特产的小白梨与大白海棠，恐怕就是乐园中的禁果吧，连亚当与夏娃见了，也必滴下口水来！果子而外，羊肉正肥，高粱红的螃蟹刚好下市，而良乡的栗子也香闻十里。论花草，菊花种类之多，花式之奇，可以甲天下。西山有红叶可见，北海可以划船——虽然荷花已残，荷叶可还有一片清香。衣食住行，在北平的秋天，是没有一项不使人满意的。即使没有余钱买菊吃蟹，一两毛钱还可以爆二两羊肉，弄一小壶佛手露啊！

冬天，我还没有打好主意，香港很暖和，适于我这贫血怕冷的人去住，但是"洋味"太重，我不高兴去。广州，我没有到过，无从判断。成都或者相当的合适，虽然并不怎样和暖，可是为了水仙，素心腊梅，各色的茶花，与红梅绿梅，仿佛就受一点寒冷，也颇值得去了。昆明的花也多，而且天气比成都好，可是旧书铺与精美而便宜的小吃食远不及成都的那么多，专看花而没有书读似乎也差点事。好吧，就暂时这么规定：冬天不住成都便住昆明吧。

在抗战中，我没能发了国难财。我想，抗战结束以后，我必能阔起来，惟一的原因是我是在这里说梦。既然阔起来，我就能在杭州、青城山、北山、成都，都盖起一所中式的小三合房，自己住三间，其余的留给友人们住。房后都有起码是二亩大的一个花园，种满了花草；住客有随便折花的，便毫不客气的赶出去。青岛与昆明也各建小房一所，作为候补住宅。各处的小宅，不管是什么材料盖成的，一律叫作"不会草堂"——在抗战中，开会开够了，所以永远"不会"。

那时候，飞机一定很方便，我想四季搬家也许不至于受多大苦处的。假若那时候飞机减价，一二百元就能买一架的话，我就自备一架，择黄道吉日慢慢的飞行。

载 1945 年 5 月《民主世界》第 2 期

我的理想家庭

一个二十多岁的小伙子，讲恋爱，讲革命，讲志愿，似乎天地之间，唯我独尊，简直想不到组织家庭——结婚既是爱的坟墓，家庭根本上是英雄好汉的累赘。及至过了三十，革命成功与否，事情好歹不论，反正领略够了人情世故，壮气就差点事儿了。虽然明知家庭之累，等于投胎为马为牛，可是人生总不过如此，多少也都得经验一番，既不坚持独身，结婚倒也还容易。于是发帖子请客，笑着开驶倒车，苦乐容或相抵，反正至少凑个热闹。到了四十，儿女已有二三，贫也好富也好，自己认头苦曳，对于年轻的朋友已经有好些个事儿说不到一处，而劝告他们老老实实的结婚，好早生儿养女，即是话不投缘的一例。到了这个年纪，设若还有理想，必是理想的家庭。倒退二十年，连这么一想也觉泄气。人生的矛盾可笑即在于此，年轻力壮，力求事事出轨，决不甘为火车：及至中年，心理的，生理的，种种理的什么什么，都使他不但非作火车不可，且作货车焉。把当初与现在一比较，判若两人，足够自己笑半天的！或有例外，实不多见。

明年我就四十了，已具说理想家庭的资格：大不必吹，盖亦自嘲。

我的理想家庭要有七间小平房：一间是客厅，古玩字画全非必要，只要几张很舒服宽松的椅子，一二小桌。一间书房，书籍不少，不管什么头版与古本，而都是我所爱读的。一张书桌，桌面是中国漆的，放上热茶杯不至烫成个圆白印儿。文具不讲究，可是都很好用。桌上老有一两枝鲜花，插在小瓶里。两间卧室，我独据一间，没有臭虫，而有一张极大极软的床。在这个床上，横睡直睡都可以，不论怎睡都一躺下就舒服合适，好像陷在棉花堆里，一点也不硬碰骨头。还有一间，是预备给客人住的。此外是一间厨房，一个厕所，没有下房，因为根本不预备用仆人。家中不要电话，不要播音机，不要留声机，不要麻将牌，不要风扇，不要保险柜。缺乏的东西本来很多，不过这几项是故意不要的，有人白送给我也不要。

院子必须很大。靠墙有几株小果木树。除了一块长方的土地，平坦无草，足够打开太极拳的，其他的地方都种着花草——没有一种珍贵费事的，只求昌茂多花。屋中至少有一只花猫，院中至少也有一两盆金鱼；小树上悬着小笼，二三绿蝈蝈随意地鸣着。

这就该说到人了。屋子不多，又不要仆人，人口自然不能很多：一妻和一儿一女就正合适。先生管擦地板与玻璃，打扫院子，收拾花木，给鱼换水，给蝈蝈一两块绿黄瓜或几个毛豆；并管上街送信买书等事宜。太太管做饭，女儿任助手——顶好是十二三岁，不准小也不准大，老是十二三岁。儿子顶好是三岁，既会讲话，又胖胖的会淘气。母女于做饭之外，就做点针线，看小弟弟。大件衣服拿到外边去洗，小件的随时自己涮一涮。

既然有这么多工作，自然就没有多少工夫去听戏看电影。不过在过生日的时候，全家就出去玩半天；接一位亲或友的老太太给看家。过生日什么的永远不请客受礼，亲友家送来的红白帖子，就一概扔在字纸篓里，除非那真需要帮助的，才送一些干礼去。到过节过年的时候，吃食从丰，而且可以买一通纸牌，大家打打"索儿胡"，赌铁蚕豆或花生米。

男的没有固定的职业；只是每天写点诗或小说，每千字卖上四五十元钱。女的也没事做，除了家务就读些书。儿女永不上学，由父母教给画图，唱歌，跳舞——乱蹦也算一种舞法——和文字，手工之类。等到他们长大，或者也会仗着绘画或写文章卖一点钱吃饭；不过这是后话，顶好暂且不提。

这一家子人，因为吃得简单干净，而一天到晚又不闲着，所以身体都很不坏。因为身体好，所以没有肝火，大家都不爱闹脾气。除了为小猫上房，金鱼甩子等事着急之外，谁也不急叱白脸的。

大家的相貌也都很体面，不令人望而生厌。衣服可并不讲究，都做得很结实朴素：永远不穿又臭又硬的皮鞋。男的很体面，可不露电影明星气；女的很健美，可不红唇卷毛的鼻子朝着天。孩子们都不卷着舌头说话，淘气而不讨厌。

这个家庭顶好是在北平，其次是成都或青岛，至坏也得在苏州。无论怎样吧，反正必须在中国，因为中国是顶文明顶平安的国家；理想的家庭必在理想的国内也。

载二九三六年十一月十六日《论语》第一〇〇期

生活自述

　　卅二年十月四日，在北碚江苏医院割治盲肠，廿日出院。出院之日，正是家属由宝鸡起身来渝之时。北平在敌人铁蹄下，已成饥饿地狱，她们九月初离平，十月中旬到宝鸡。我出院，仍不能行动；她们到渝，多赖蓬子诸兄照护，甚为感激。我一时不能离碚，乃函告家属来此安家。她们以十一月十七日到碚，相别六年，儿女已不识父矣。

　　三年来，入冬即患头昏；此次病后，更难免再犯。但家属既来，儿女食量又大，遂不敢多事静养。十一月廿三日开始动笔，续写小说《火葬》。此篇已得八九万字，再补二三万字，即可交卷，交《文艺先锋》发表。久不写小说，身体又弱，全篇无一是处。为换粮米，亦不能不发表，十分惭愧！

　　小说写完，当为洪深先生赶写剧本，希望能在卅三年元月写成。剧本赶出，或再写小说。为一家吃饭，此后当勤于写作，北碚安静可喜，希能如愿。

　　燕京大学在成都复校，曾约去教书，但讲义书籍尽失，实感困难，遂不果往。

　　渝碚之间，舟车便利，本可常来常往。但路费过昂，望而生畏。此后对文艺协会或不能像以前那样帮忙了。

载 1944 年 4 月 1 日《当代文艺》第 1 卷第 4 期

讣 告

今冬拟写七八篇短者五千字，长者三四万字的小说。二年来，有工夫时写剧本，而始终没写出一本像样子的。不如返归自己的园地，以免劳而无功。再说，近来市场上，小说似乎也颇缺货。

消息传出后，订货者纷纷惠顾，前来预约。于是，退堂鼓不能轻意敲打，只好开始工作。重庆城里，不是写作的理想的地方，人多事杂，难以安心。况且，年来身体远不及从前，虽不敢自充老头儿，可是一努力便出大毛病，也不免对纸兴叹！从十月下旬就动笔写，一直到圣诞节前夕，才写完了第一篇——《不成问题的问题》。两万字写了足足两个月，慢得出奇。这两月中，还不知得罪了多少朋友。大家要文稿，而且顶好是长点的；长的不行，短的也将就。每天，我必须写小说数千字或数百字，怎能再写别的呢？一多写，必生病。朋友只知要稿，而我知道自己的身体。一病倒，大家即使能借助给我医药费，可是苦痛谁来替我受呢？只好狠心得罪朋友，不写短文，专"磨"小说。预约之件，虽然不敢先接定洋，到期交货，可是迟早总要写成，以免落个人而无信也。

十二月廿六日接到家信，老母亲病故了！我不能写什么。母亲是生命之源。没了母亲，一切仿佛都断了根。母亲受了一辈子的苦，临死还没能看见她的"老"儿子，我的罪过岂是眼泪所能赎的呢！

几天来我不能工作。因为我要做写家，所以苦了老母，她可是永没有说过一句怨言。她不认字，每当我回家的时候，她可是总含笑的问："又写书哪？"这是最伟大的鼓励！她情愿受苦，决不拦阻儿子写书！

我想写一篇《我的母亲》，把她的坚强、慈爱、笑容，都详详细细的描画出来。可是，我只写了三两千字，泪遮住了我的眼，没法往下写。再说，母亲之伟大是在她一言一笑一举一动之中，她无处不伟大，所以成其伟大；我由何处着笔呢？越是小处，越见出母亲的伟大；没有母亲对儿女的啼哭琐屑，儿女便不会长

173

大成人。人人都知道母亲的伟大，但是谁也写不出来；放下笔，我只觉得心痛！

啼哭是没有用的。我打算赶快完成写制几篇小说的计划，以便出个集子纪念老母。我既未能尽孝于亲在之日，又无力在此开吊遥祭于亲亡之后，只好还是用写作报答慈恩吧。可是，近来身体是这样的衰弱，一努力为文，即会病倒；何日何时才能写完那几篇小说呢？我恨自己！慈母已死，我自己也是中年人了，人生难道就是一辈一辈的相继死亡么？不，不，不！死亡是事业的结束，活一天就须干一天的事。死亡劫夺了我的老母，为纪念老母，我要更勇敢的活着！

就拿这篇短文，作为对成都的好友的讣告吧。

载 1943 年 2 月 13 日成都《中央日报》

174

我的母亲

母亲的娘家是北平德胜门外，土城儿外边，通大钟寺的大路上的一个小村里。村里一共有四五家人家，都姓马。大家都种点不十分肥美的地，但是与我同辈的兄弟们，也有当兵的，做木匠的，做泥水匠的，和当巡察的。他们虽然是农家，却养不起牛马，人手不够的时候，妇女便也须下地作活。

对于姥姥家，我只知道上述的一点。外公外婆是什么样子，我就不知道了，因为他们早已去世。至于更远的族系与家史，就更不晓得了；穷人只能顾眼前的衣食，没有工夫谈论什么过去的光荣；"家谱"这字眼，我在幼年就根本没有听说过。

母亲生在农家，所以勤俭诚实，身体也好。这一点事实却极重要，因为假若我没有这样的一位母亲，我以为我恐怕也就要大大的打个折扣了。

母亲出嫁大概是很早，因为我的大姐现在已是六十多岁的老太婆，而我的大外甥女还长我一岁啊。我有三个哥哥，四个姐姐，但能长大成人的，只有大姐，二姐，三姐，三哥与我。我是"老"儿子。生我的时候，母亲已有四十一岁，大姐二姐已都出了阁。

由大姐与二姐所嫁入的家庭来推断，在我生下之前，我的家里，大概还马马虎虎的过得去。那时候定婚讲究门当户对，而大姐丈是做小官的，二姐丈也开过一间酒馆，他们都是相当体面的人。

可是，我，我给家庭带来了不幸：我生下来，母亲晕过去半夜，才睁眼看见她的老儿子——感谢大姐，把我揣在怀中，致未冻死。

一岁半，我把父亲"克"死了。

兄不到十岁，三姐十二三岁，我才一岁半，全仗母亲独力抚养了。父亲的寡姐跟我们一块儿住，她吸鸦片，她喜摸纸牌，她的脾气极坏。为我们的衣食，母亲要给人家洗衣服，缝补或裁缝衣裳。在我的记忆中，她的手终年是鲜红微肿

175

的。白天，她洗衣服，洗一两大绿瓦盆。她作事永远丝毫也不敷衍，就是屠户们送来的黑如铁的布袜，她也给洗得雪白。晚间，她与三姐抱着一盏油灯，还要缝补衣服，一直到半夜。她终年没有休息，可是在忙碌中她还把院子屋中收拾得清清爽爽。桌椅都是旧的，柜门的铜活久已残缺不全，可是她的手老使破桌面上没有尘土，残破的铜活发着光。院中，父亲遗留下的几盆石榴与夹竹桃，永远会得到应有的浇灌与爱护，年年夏天开许多花。

　　哥哥似乎没有同我玩耍过。有时候，他去读书；有时候，他去学徒；有时候，他也去卖花生或樱桃之类的小东西。母亲含着泪把他送走，不到两天，又含着泪接他回来。我不明白这都是什么事，而只觉得与他很生疏。与母亲相依为命的是我与三姐。因此，她们作事，我老在后面跟着。她们浇花，我也张罗着取水；她们扫地，我就撮土……从这里，我学得了爱花，爱清洁，守秩序。这些习惯至今还被我保存着。

　　有客人来，无论手中怎么窘，母亲也要设法弄一点东西去款待。舅父与表哥们往往是自己掏钱买酒肉食，这使她脸上羞得飞红，可是殷勤的给他们温酒作面，又给她一些喜悦。遇上亲友家中有喜丧事，母亲必把大褂洗得干干净净，亲自去贺吊——份礼也许只是两吊小钱。到如今如我的好客的习性，还未全改，尽管生活是这清苦，因为自幼儿看惯了的事情是不易改掉的。

　　姑母常闹脾气。她单在鸡蛋里找骨头。她是我家中的阎王。直到我入了中学，她才死去，我可是没有看见母亲反抗过。"没受过婆婆的气，还不受大姑子的吗？命当如此！"母亲在非解释一下不足以平服别人的时候，才这样说。是的，命当如此。母亲活到老，穷到老，辛苦到老，全是命当如此。她最会吃亏。给亲友邻居帮忙，她总跑在前面:她会给婴儿洗三——穷朋友们可以因此少花一笔"请姥姥"钱——她会刮痧，她会给孩子们剃头，她会给少妇们绞脸……凡是她能作的，都有求必应。但是吵嘴打架，永远没有她。她宁吃亏，不逗气。当姑母死去的时候，母亲似乎把一世的委屈都哭了出来，一直哭到坟地。不知道哪里来的一位侄子，声称有承继权，母亲便一声不响，教他搬走那些破桌子烂板凳，而且把姑母养的一只肥母鸡也送给他。

　　可是，母亲并不软弱。父亲死在庚子闹"拳"的那一年。联军入城，挨家搜索财物鸡鸭，我们被搜两次。母亲拉着哥哥与三姐坐在墙根，等着"鬼子"进门，街门是开着的。"鬼子"进门，一刺刀先把老黄狗刺死，而后入室搜索。他们走后，母亲把破衣箱搬起，才发现了我。假若箱子不空，我早就被压死了。皇上跑了，丈夫死了，鬼子来了，满城是血光火焰，可是母亲不怕，她要在刺刀下，饥

176

荒中，保护着儿女。北平有多少变乱啊，有时候兵变了，街市整条的烧起，火团落在我们院中。有时候内战了，城门紧闭，铺店关门，昼夜响着枪炮。这惊恐，这紧张，再加上一家饮食的筹划，儿女安全的顾虑，岂是一个软弱的老寡妇所能受得起的？可是，在这种时候，母亲的心横起来，她不慌不哭，要从无办法中想出办法来。她的泪会往心中落！这点软而硬的个性，也传给了我。我对一切人与事，都取和平的态度，把吃亏看作当然的。但是，在做人上，我有一定的宗旨与基本的法则，什么事都可将就，而不能超过自己划好的界限。我怕见生人，怕办杂事，怕出头露面；但是到了非我去不可的时候，我便不得不去，正像我的母亲。从私塾到小学，到中学，我经历过起码有廿位教师吧，其中有给我很大影响的，也有毫无影响的，但是我的真正的教师，把性格传给我的，是我的母亲。母亲并不识字，她给我的是生命的教育。

当我在小学毕了业的时候，亲友一致的愿意我去学手艺，好帮助母亲。我晓得我应当去找饭吃，以减轻母亲的勤劳困苦。可是，我也愿意升学。我偷偷的考入了师范学校——制服，饭食，书籍，宿处，都由学校供给。只有这样，我才敢对母亲提升学的话。入学，要交十元的保证金。这是一笔巨款！母亲作了半个月的难，把这巨款筹到，而后含泪把我送出门去。她不辞劳苦，只要儿子有出息。当我由师范毕业，而被派为小学校校长，母亲与我都一夜不曾合眼。我只说了句："以后，您可以歇一歇了！"她的回答只有一串串的眼泪。我入学之后，三姐结了婚。母亲对儿女是都一样疼爱的，但是假若她也有点偏爱的话，她应当偏爱三姐，因为自父亲死后，家中一切的事情都是母亲和三姐共同撑持的。三姐是母亲的右手。但是母亲知道这右手必须割去，她不能为自己的便利而耽误了女儿的青春。当花轿来到我们的破门外的时候，母亲的手就和冰一样的凉，脸上没有血色——那是阴历四月，天气很暖。大家都怕她晕过去。可是，她挣扎着，咬着嘴唇，手扶着门框，看花轿徐徐的走去。不久，姑母死了。三姐已出嫁，哥哥不在家，我又住学校，家中只剩母亲自己。她还须自晓至晚的操作，可是终日没人和她说一句话。新年到了，正赶上政府倡用阳历，不许过旧年。除夕，我请了两小时的假。由拥挤不堪的街市回到清炉冷灶的家中。母亲笑了。及至听说我还须回校，她愣住了。半天，她才叹出一口气来。到我该走的时候，她递给我一些花生，"去吧，小子？"街上是那么热闹，我却什么也没看见，泪遮迷了我的眼。今天，泪又遮住了我的眼，又想起当日孤独的过那凄惨的除夕的慈母。可是慈母不会再候盼着我了，她已入了土！

儿女的生命是不依顺着父母所设下的轨道一直前进的，所以老人总免不了伤心。我廿三岁，母亲要我结了婚，我不要。我请来三姐给我说情，老母含泪点了头。我爱母亲，但是我给了她最大的打击。时代使我成为逆子。廿七岁，我上了英国。为了自己，我给六十多岁的老母以第二次打击。在她七十大寿的那一天，我还远在异域。那天，据姐姐们后来告诉我，老太太只喝了两口酒，很早的便睡下。她想念她的幼子，而不便说出来。

"七七"抗战后，我由济南逃出来。北平又像庚子那年似的被鬼子占据了，可是母亲日夜惦念的幼子却跑西南来。母亲怎样想念我，我可以想象得到，可是我不能回去。每逢接到家信，我总不敢马上拆看，我怕，怕，怕，怕有那不祥的消息。人，即使活到八九十岁，有母亲便可以多少还有点孩子气。失了慈母便像花插在瓶子里，虽然还有色有香，却失去了根。有母亲的人，心里是安定的。我怕，怕，怕家信中带来不好的消息，告诉我已是失了根的花草。

去年一年，我在家信中找不到关于老母的起居情况。我疑虑，害怕。我想象得到，没有不幸，家中念我流亡孤苦，或不忍相告。母亲的生日是在九月，我在八月半写去祝寿的信，算计着会在寿日之前到达。信中嘱咐千万把寿日的详情写来，使我不再疑虑。十二月二十六日，由文化劳军的大会上回来，我接到家信。我不敢拆读。就寝前，我拆开信，母亲已去世一年了！

生命是母亲给我的。我之能长大成人，是母亲的血汗灌养的。我之能成为一个不十分坏的人，是母亲感化的。我的性格，习惯，是母亲传给的。她一世未曾享过一天福，临死还吃的是粗粮。唉！还说什么呢？心痛！心痛！

载 1943 年 4 月《半月文萃》第 1 卷第 9、10 期合刊

多鼠斋杂谈

一　戒酒

并没有好大的量，我可是喜欢喝两杯儿。因吃酒，我交下许多朋友——这是酒的最可爱处。大概在有些酒意之际，说话作事都要比平时豪爽真诚一些，于是就容易心心相印，成为莫逆。人或者只在"喝了"之后，才会把专为敷衍人用的一套生活八股抛开，而敢露一点锋芒或"谬论"——这就减少了我脸上的俗气，看着红扑扑的，人有点样子！

自从在社会上作事至今的廿五六年中，虽不记得一共醉过多少次，不过，随便的一想，便颇可想起"不少"次丢脸的事来。所谓丢脸者，或者正是给脸上增光的事，所以我并不后悔。酒的坏处并不在撒酒疯，得罪了正人君子——在酒后还无此胆量，未免就太可怜了！酒的真正的坏处是它伤害脑子。

"李白斗酒诗百篇"是一位诗人赠另一位诗人的夸大的谀赞。据我的经验，酒使脑子麻木、迟钝，并不能增加思想产物的产量。即使有人非喝醉不能作诗，那也是例外，而非正常。在我患贫血病的时候，每喝一次酒，病便加重一些；未喝的时候若患头"昏"，喝过之后便改为"晕"了，那妨碍我写作！

对肠胃病更是死敌。去年，因医治肠胃病，医生严嘱我戒酒。从去岁十月到如今，我滴酒未入口。

不喝酒，我觉得自己像哑巴了：不会嚷叫，不会狂笑，不会说话！啊，甚至于不会活着了！可是，不喝也有好处，肠胃舒服，脑袋昏而不晕，我便能天天写一二千字！虽然不能一口气吐出百篇诗来，可是细水长流的写小说倒也保险；还是暂且不破戒吧！

二　戒烟

戒酒是奉了医生之命，戒烟是奉了法币的命令。什么？劣如"长刀"也卖百元一包？老子只好咬咬牙，不吸了！

从廿二岁起吸烟，至今已有一世纪的四分之一。这廿五年养成的习惯，一旦戒除可真不容易。

吸烟有害并不是戒烟的理由。而且，有一切理由，不戒烟是不成。戒烟凭一点"火儿"。那天，我只剩了一支"华丽"。一打听，它又长了十块！三天了，它每天长十块！我把这一支吸完，把烟灰碟擦干净，把洋火放在抽屉里。我"火儿"啦，戒烟！

没有烟，我写不出文章来。廿多年的习惯如此。这几天，我硬撑！我的舌头是木的，嘴里冒着各种滋味的水，嗓门子发痒，太阳穴微微的抽着疼！——顶要命的是脑子里空了一块！不过，我比烟要更厉害些：尽管你小子给我以各样的毒刑，老子要挺一挺给你看看！

毒刑夹攻之后，它派来会花言巧语的小鬼来劝导："算了吧，也总算是个老作家了，何必自苦太甚！况且天气是这么热；要戒，等到秋凉，总比较的要好受一点呀！"

"去吧！魔鬼！咱老子的一百元就是不再买又霉、又臭、又硬、又伤天害理的纸烟！"

今天已是第六天了，我还撑着呢！长篇小说没法子继续写下去，谁管它！除非有人来说："我每天送你一包'骆驼'，或廿支'华福'，一直到抗战胜利为止！"我想我大概不会向"人头狗"和"长刀"什么的投降的！

三　戒茶

我既已戒了烟酒而半死不活，因思莫若多加几种，爽性快快的死了倒也干脆。谈再戒什么呢？

戒荤吗？根本用不着戒，与鱼不见面者已整整二年，而猪羊肉近来也颇疏远。还敢说戒？平价之米，偶尔有点油肉相佐，使我绝对相信肉食者"不鄙"！若只此而戒除之，则腹中全是平价米，而人也决变为平价人，可谓"鄙"矣！不能戒荤！

必不得已，只好戒茶。

我是地道中国人，咖啡、蔻蔻、汽水、啤酒，皆非所喜，而独喜茶。有一杯好茶，我便能万物静观皆自得。烟酒虽然也是我的好友，但它们都是男性的——粗莽，热烈，有思想，可也有火气——未若茶之温柔，雅洁，轻轻的刺戟，淡淡的相依；茶是女性的。

我不知道戒了茶还怎样活着，和干吗活着。但是，不管我愿意不愿意，近来茶价的增高已教我常常起一身小鸡皮疙瘩！

茶本来应该是香的，可是现在卅元一两的香片不但不香，而且有一股子咸味！为什么不把咸蛋的皮泡泡来喝，而单去买咸茶呢？六十元一两的可以不出咸味，可也不怎么出香味，六十元一两啊！谁知道明天不就又长一倍呢？

恐怕呀，茶也得戒！我想，在戒了茶以后，我大概就有资格到西方极乐世界去了——要去就抓早儿，别把罪受够了再去！想想看，茶也须戒！

四　猫的早餐

多鼠斋的老鼠并不见得比别家的更多，不过也不比别处的少就是了。前些天，柳条包内，棉袍之上，毛衣之下，又生了一窝。

没法不养只猫子了，虽然明知道一买又要一笔钱，"养"也至少须费些平价米。花了二百六十元买了只很小很丑的小猫来。我很不放心。单从身长与体重说，厨房中的老一辈的老鼠会一日咬两只这样的小猫的。我们用麻绳把咪咪拴好，不光是怕它跑了，而是怕它不留神碰上老鼠。

我们很怕咪咪会活不成的，它是那么瘦小，而且终日那么团着身哆哩哆嗦的。

人是最没办法的动物，而他偏偏爱看不起别的动物，替它们担忧。

吃了几天平价米和煮包谷，咪咪不但没有死，而且欢蹦乱跳的了。它是个乡下猫，在来到我们这里以前，它连米粒与包谷粒大概也没吃过。

我们总觉得有点对不起咪咪——没有鱼或肉给它吃，没有牛奶给它喝。猫是食肉动物，不应当吃素！

可是，这两天，咪咪比我们都要阔绰了；人才真是可怜虫呢！昨天，我起来相当的早，一开门咪咪骄傲的向我叫了一声，右爪按着个已半死的小老鼠。咪咪的旁边还放着一大一小的两个死蛙——也是咪咪咬死的，而不屑于去吃，大概死蛙的味道不如老鼠的那么香美。

我怔住了，我须戒酒、戒烟、戒茶甚至要戒荤，而咪咪——会有两只蛙，一只老鼠作早餐！说不定，它还许已先吃过两三个蚱蜢了呢！

五　最难写的文章

或问：什么文章最难写？

答：自己不愿意写的文章最难写。比如说：邻居二大爷年七十，无疾而终。二大爷一辈子吃饭穿衣，喝两杯酒，与常人无异。他没立过功，没立过言。他少年时是个连模样也并不惊人的少年，到老年也还是个平平常常的老人，至多，我只能说他是个安分守己的好公民。可是，文人的灾难来了！二大爷的儿子——大学毕业，现在官居某机关科员——送过来讣文，并且诚恳的请赐挽词。我本来有两句可以赠给一切二大爷的挽词："你死了不能再见，想起来好不伤心！"可是我不敢用它来搪塞二大爷的科员少爷，怕他说我有意侮辱他的老人。我必须另想几句——近邻，天天要见面，假若我决定不写，科员少爷会恼我一辈子的。可是，老天爷，我写什么呢？

在这很为难之际，我真佩服了从前那些专凭作挽诗寿序挣吃饭的老文人了！你看，还以二大爷这件事为例吧，差不多除了扯谎，我简直没法写出一个字。我得说二大爷天生的聪明绝顶，可是还"别"说他虽聪明绝顶，而并没著过书，没发明过什么东西，和他在算钱的时候总是脱了袜子的。是的，我得把别人的长处硬派给二大爷，而把二大爷的短处一字不题。这不是作诗或写散文，而是替死人来骗活人！我写不好这种文章，因为我不喜欢扯谎。

在挽诗与寿序等而外，就得算"九一八"，"双十"与"元旦"什么的最难写了。年年有个元旦，年年要写元旦，有什么好写呢？每逢接到报馆为元旦增刊征文的通知，我就想这样回复："死去吧！省得年年教我吃苦！"可是又一想，它死了岂不又须作挽联啊？于是只好按住心头之火，给它拼凑几句——这不是我作文章，而是文章作我！说到这里，相应提出："救救文人！"的口号，并且希望科员少爷与报馆编辑先生网开一面，叫小子多活两天！

六　最可怕的人

我最怕两种人：第一种是这样的——凡是他所不会的，别人若会，便是罪过。比如说：他自己写不出幽默的文字来，所以他把幽默文学叫作文艺的脓汁，而一切有幽默感的文人都该加以破坏抗战的罪过。他不下一番功夫去考查考查他所攻击的东西到底是什么，而只因为他自己不会，便以为那东西该死。这是最要不得的态度，我怕有这种态度的人，因为他只会破坏，对人对己都全无好处。假若他作公务员，他便只有忌妒，甚至因忌妒别人而自己去做汉奸；假若他是文人，他便也只会忌妒，而一天到晚浪费笔墨，攻击别人，且自鸣得意，说自己颇会批评——其实是扯淡！这种人乱骂别人，而自己永不求进步；他污秽了批评，且使自己的心里堆满了尘垢。

第二种是无聊的人。他的心比一个小酒盅还浅，而面皮比墙还厚。他无所知，而自信无所不知。他没有不会干的事，而一切都莫名其妙。他的谈话只是运动运动唇齿舌喉，说不说与听不听都没有多大关系。他还在你正在工作的时候来"拜访"。看你正忙着，他赶快就说，不耽误你的工夫。可是，说罢便安然坐下了——两个钟头以后，他还在那儿坐着呢！他必须谈天气，谈空袭，谈物价，而且随时给你教训："有警报还是躲一躲好！"或是"到八月节物价还要涨！"他的这些话无可反驳，所以他会百说不厌，视为真理。我真怕这种人，他耽误了我的时间，而自杀了他的生命！

七　衣

对于英国人，我真佩服他们的穿衣服的本领。一个有钱的或善交际的英国人，每天也许要换三四次衣服。开会，看赛马，打球，跳舞……都须换衣服。据说，有人曾因穿衣脱衣的麻烦而自杀。我想这个自杀者并不是英国人。英国人的

183

忍耐性使他们不会厌烦"穿"和"脱"，更不会使他们因此而自杀。

我并不反对穿衣要整洁，甚至不反对衣服要漂亮美观。可是，假若教我一天换几次衣服，我是也会自杀的。想想看，系钮扣解钮扣，是多么无聊的事！而钮扣又是那么多，那么不灵敏，那么不起好感，假若一天之中解了又系，系了再解，至数次之多，谁能不感到厌世呢！

在抗战数年中，生活是越来越苦了。既要抗战，就必须受苦，我决不怨天尤人。再进一步，若能从苦中求乐，则不但可以不出怨言，而且可以得到一些兴趣，岂不更好呢！在衣食住行人生四大麻烦中，食最不易由苦中求乐，菜根香一定香不过红烧蹄膀！菜根使我贫血；"狮子头"却使我壮如雄狮！

住和行虽然不像食那样一点不能将就，可是也不会怎样苦中生乐。三伏天住在火炉子似的屋内，或金鸡独立的在汽车里挤着，我都想掉泪，一点也找不出乐趣。

只有穿的方面，一个人确乎能由苦中找到快活。七七抗战后，由家中逃出，我只带着一件旧夹袍和一件破皮袍，身上穿着一件旧棉袍。这三袍不够四季用的，也不够几年用的。所以，到了重庆，我就添置衣裳。主要的是灰布制服。这是一种"自来旧"的布作成的，一下水就一蹶不振，永远难看。吴组缃先生名之为斯文扫地的衣服。可是，这种衣服给我许多方便——简直可以称之为享受！我可以穿着裤子睡觉，而不必担心裤缝直与不直；它反正永远不会直立。我可以不必先看看座位，再去坐下；我的宝裤不怕泥土污秽，它原是自来旧。雨天走路，我不怕汽车。晴天有空袭，我的衣服的老鼠皮色便是伪装。这种衣服给我舒适，因而有亲切之感。它和我好像多年的老夫妻，彼此有完全的了解，没有一点隔膜。

我希望抗战胜利之后，还老穿着这种困难衣，倒不是为省钱，而是为舒服。

八 行

朋友们屡屡函约进城，始终不敢动。"行"在今日，不是什么好玩的事。看吧，从北碚到重庆第一就得出"挨挤费"一千四百四十元。所谓挨挤费者就是你须到车站去"等"，等多少时间？没人能告诉你。幸而把车等来，你还得去挤着买票，假若你挤不上去，那是你自己的无能，只好再等。幸而票也挤到手，你就该到车上去挨挤。这一挤可厉害！你第一要证明了你的确是脊椎动物，无论如何你都能直挺挺的立着。第二，你须证明在进化论中，你确是猴子变的，所以现在你才嘴手脚并用，全身紧张而灵活，以免被挤成像四喜丸子似的一堆肉。第三，你须有"保护皮"，足以使你全身不怕伞柄、胳臂肘、脚尖、车窗，等等的戳、碰、刺、钩；否则你会遍体鳞伤。第四，你须有不中暑发痧的把握，要有不怕把鼻子伸在有狐臭的腋下而不能动的本事……你须备有的条件太多了，都是因为你喜欢交那一千四百多元的挨挤费！

我头昏，一挤就有变成爬虫的可能，所以，我不敢动。

再说，在重庆住一星期，至少花五六千元；同时，还得耽误一星期的写作；两面一算，使我胆寒！

以前，我一个人在流亡，一人吃饱便天下太平，所以东跑西跑，一点也不怕赔钱。现在，家小在身边，一张嘴便是五六个嘴一齐来，于是嘴与胆子乃适成反比，嘴越多，胆子越小！

重庆的人们哪，设法派小汽车来接呀，否则我是不会去看你们的。你们还得每天给我们一千元零花。烟、酒都无须供给，我已戒了。啊，笑话是笑话，说真的，我是多么想念你们，多么渴望见面畅谈呀！

九　狗

中国狗恐怕是世界上最可怜最难看的狗。此处之"难看"并不指狗种而言，而是与"可怜"密切相关。无论狗的模样身材如何，只要喂养得好，它便会长得肥肥胖胖的，看着顺眼。中国人穷。人且吃不饱，狗就更提不到了。因此，中国狗最难看；不是因为它长得不体面，而是因为它骨瘦如柴，终年夹着尾巴。

每逢我看见被遗弃的小野狗在街上寻找粪吃，我便要落泪。我并非是爱作伤感的人，动不动就要哭一鼻子。我看见小狗的可怜，也就是感到人民的贫穷。民富而后猫狗肥。

中国人动不动就说：我们地大物博。那也就是说，我们不用着急呀，我们有的是东西，永远吃不完喝不尽！哼，请看看你们的狗吧！

还有：狗虽那么摸不着吃（外国狗吃肉，中国狗吃粪；在动物学上，据说狗本是食肉兽），那么随便就被人踢两脚，打两棍，可是它们还照旧的替人们服务。尽管它们饿成皮包着骨，尽管它们刚被主人踹了两脚，它们还是极忠诚的去尽看门守夜的责任。狗永远不嫌主人穷。这样的动物理应得到人们的赞美，而忠诚、义气、安贫、勇敢，等等好字眼都该归之于狗。可是，我不晓得为什么中国人不分黑白的把汉奸与小人叫作走狗，倒仿佛狗是不忠诚不义气的动物。我为狗喊冤叫屈！

猫才是好吃懒作，有肉即来，无食即去的东西。洋奴与小人理应被叫作"走猫"。

或者是因为狗的脾气好，不像猫那样傲慢，所以中国人不说"走猫"而说"走狗"？假若真是那样，我就又觉得人们未免有点"软的欺，硬的怕"了！

不过，也许有一种狗，学名叫作"走狗"；那我还不大清楚。

十　帽

在"七七"抗战后，从家中跑出来的时候，我的衣服虽都是旧的，而一顶呢帽却是新的。那是秋天在济南花了四元钱买的。

廿八年随慰劳团到华北去，在沙漠中，一阵狂风把那顶呢帽刮去，我变成了无帽之人。假若我是在四川，我便不忙于去再买一顶——那时候物价已开始要张开翅膀。可是，我是在北方，天已常常下雪，我不可一日无帽。于是，在宁夏，我花了六元钱买了一顶呢帽。在战前它公公道道的值六角钱。这是一顶很顽皮的帽子。它没有一定的颜色，似灰非灰，似紫非紫，似赭非赭，在阳光下，它仿佛有点发红，在暗处又好似有点绿意。我只能用"五光十色"去形容它，才略为近似。它是呢帽，可是全无呢意。我记得呢子是柔软的，这顶帽可是非常的坚硬，用指一弹，它哨哨的响。这种不知何处制造的硬呢会把我的脑门儿勒出一道小沟，使我很不舒服；我须时时摘下帽来，教脑袋休息一下！赶到淋了雨的时候，它就完全失去呢性，而变成铁筋洋灰的了。因此，回到重庆以后，我总是能不戴它就不戴；一看见它我就有点害怕。

因为怕它，所以我在白象街茶馆与友摆龙门阵之际，我又买了一顶毛织的帽子。这一顶的确是软的，软得可以折起来，我很高兴。

不幸，这高兴又是短命的。只戴了半个钟头，我的头就好像发了火，痒得很。原来它是用野牛毛织成的。它使脑门儿热得出汗，而后用那很硬的毛儿刺那张开的毛孔！这不是戴帽，而是上刑！

把这顶野牛毛帽放下，我还是得戴那顶铁筋洋灰的呢帽。经雨淋、汗沤、风吹、日晒，到了今年，这顶硬呢帽不但没有一定的颜色，也没有一定的样子了——可是永远不美观。每逢戴上它，我就躲着镜子；我知道我一看见它就必有斯文扫地之感！

前几天，花了一百五十元把呢帽翻了一下。它的颜色竟自有了固定的倾向，全体都发了红。它的式样也因更硬了一些而暂时有了归宿，它的确有点帽子样儿了！它可是更硬了，不留神，帽檐碰在门上或硬东西上，硬碰硬，我的眼中就冒了火花！等着吧，等到抗战胜利的那天，我首先把它用剪子铰碎，看它还硬不硬！

十一　昨天

昨天一整天不快活。老下雨，老下雨，把人心都好像要下湿了！

有人来问往哪儿跑？答以：嘉陵江没有盖儿。邻家聘女。姑娘有二十二三岁，不难看。来了一顶轿子，她被人从屋中掏出来，放进轿中；轿夫抬起就走。她大声的哭。没有锣鼓。轿子就那么哭着走了。看罢，我想起幼时在鸟市上买鸟。贩子从大笼中抓出鸟来，放在我的小笼中，鸟尖锐的叫。

黄狼夜间将花母鸡叼去。今午，孩子们在山坡后把母鸡找到。脖子上咬烂，别处都还好。他们主张还炖一炖吃了。我没拦阻他们。乱世，鸡也该死两道的！

头总是昏。一友来，又问："何以不去打补针？"我笑而不答，心中很生气。

正写稿子，友来。我不好让他坐。他不好意思坐下，又不好意思马上就走。中国人总是过度的客气。

友人函告某人如何，某事如何，即答以："大家肯把心眼放大一些，不因事情不尽合己意而即指为恶事，则人世纠纷可减半矣！"发信后，心中仍在不快。

长篇小说越写越不像话，而索短稿者且多，颇郁郁！

晚间屋冷话少，又戒了烟，呆坐无聊，八时即睡。这是值得记下来的一天——没有一件痛快事！在这样的日子，连一句漂亮的话也写不出！为什么我们没有伟大的作品哪？哼，谁知道！

十二 傻子

在民间的故事与笑话里，有许多许多是讲兄弟三个，或姐妹三个，或盟兄弟三个，或女婿三个；第三个必定是傻子，而傻子得到最后的胜利。据说这种结构的公式是世界性的，世界各处都有这样的故事与笑话。为什么呢？因为人们是同情于弱者的。三弟三妹三女婿既最幼，又最傻，所以必须胜利。

和许多别种民间故事与笑话的含义一样，这种同情弱者的表示可也许是"夫子自道也"，这就是说：人民有一肚子委屈而无处去诉，就只好想象出一位"臣包文正"，或北侠欧阳春来，给他们撑一撑腰，吐一口气。同样的，他们制造出弱者胜利的故事与笑话，也是为了自慰；故事与笑话中的傻子就是他们自己。他们自己既弱且愚，可是他们讽刺了那有势力，有钱财，与有学问的人，他们感到胜利。

可是，这种讽刺的胜利到底是否真正的胜利，就不大好说。假若胜利必须是精神上的呢，他们大概可以算得了胜。反之，精神胜利若因无补于实际而算不得胜利，那就不大好办了。

在我们的民间，这种傻子胜利的故事与笑话似乎比哪一国都多。我不知道，我应当庆祝他们已经得到胜利，还是应当把我的"怪难过的"之感告诉给他们。

载 1944 年 9 月 1、9、15、23 日，11 月 5、11、15

20 日，12 月 10、15、19，24 日《新民报晚》刊

老姐姐们

离开北京已整整十四年。

回来，北京的宫殿亭园还都照旧，只是人心变了。

当一离开北方，到重庆去的时候，我就预料到与快八十岁的老母难再见面。果然，在抗战中，她死在北京，半年后，我才在重庆得到消息。

这几年，我在各地方乱跑，中心常常想到三位老姐姐。大姐今年七十五，二姐七十，三姐比我大一轮，六十四。我常常问自己：回到家乡，三位姐姐还能活着吗？

归来，她们都还健在！这是使我多么高兴的事！

大姐二姐都不识字。三姐能勉强念通俗的小文。大姐二姐的生活很苦，三姐较好。

我刚由国外回来，虽然天天看报，可是总觉得对国内情形不十分清楚。因此我以为三位姐姐——不识字的与只识一些字的——对于时局也必是马马虎虎，不大知道。我也以为她们必定叫苦连天，不满现状，因为她们的生活是那么苦！

不，她们并没叫苦，七十三岁的老寡妇到处去帮助侄媳妇、外甥媳妇、出了嫁的女儿洗衣服、做鞋、刷家伙洗碗。一天忙到晚她并不抱怨。二姐三姐也如此。

她们知道自己的穷苦劳累，而不辞苦。她们的言语表现不出心中的善意，可是从她们的笑意与眼神中，我可以看出：她们明白这是个新时代，不管这是怎么苦，也比旧的好。她们不能抱怨，那对不起新时代。新时代的人应当劳苦，所以她们一天到晚不赋闲。

大姐曾经享过福，三姐始终没受过挨饿的苦处；她们都喜欢打牌。我问她们现在还摸四圈否？她们都笑着摇摇头，仿佛是说，"你简直不识相，小弟弟！"

她们并没到任何学校去听过课，可是接受了新时代的积极性——不怕苦、不厌劳动。她们没受过警察们的劝告，可是自动的不再打牌。政治的力量推动了北京的曲艺界，去改换脑筋，改编歌曲、改除旧习。政治的力量改造了北京的妓

189

女。政治的力量把北京的五行八作都组织起来。这力量的余波好像也碰到我的姐姐们，她们说不出什么，都感到并接受了那新潮。我希望只是她们还活着能够见面；可是出乎意外，她们不但还活着，而且是劳动着，不辞苦的活着。

侄辈们有的——在这最近二三年中——已成为很进步的工人。他们总是毫不客气的阻止了老婆婆们的谈话，便把自己的意见提出来。在一旁看着，我生怕老婆婆们吃不消而拿出前辈的威严来。可是她们并不那么办。她们好像不肯倚老卖老，反之，岁数已经不是一种法宝，而是应抱歉的什么。她们听取青年人的意见。一个侄女去南下工作，并没受到老姑姑们的阻挠。

以前，她们和我在北京，就从庚子联军侵陷北京说起吧，不知受过多少惊险变乱。但是变乱一定，我们便又顺着生活的老路子走下去。祸乱来了，我们关上大门，祷告神佛保佑。事情过去了，我们便又想起吃炸酱面。

这一次可大大不同了。北京解放后，连老婆婆们的心也变了。她们认识了一些从前向来未有认识过的道理，而且用一种新的道理态度去实行那道理。她们的牙已脱落，衣服很破，吃喝很苦，可是在操劳之外，她们似乎看到尔后有了光明的前途，所以老有那么一点从心里发出的亮光儿。

载 1950 年 3 月 4 日《留美学生通讯》第三卷第七期

养　花

　　我爱花，所以也爱养花。我可还没成为养花专家，因为没有工夫去作研究与试验。我只把养花当作生活中的一种乐趣，花开得大小好坏都不计较，只要开花，我就高兴。在我的小院中，到夏天，满是花草，小猫儿们只好上房去玩耍，地上没有它们的运动场。

　　花虽多，但无奇花异草。珍贵的花草不易养活，看着一棵好花生病欲死是件难过的事。我不愿时时落泪。北京的气候，对养花来说，不算很好。冬天冷，春天多风，夏天不是干旱就是大雨倾盆；秋天最好，可是忽然会闹霜冻。在这种气候里，想把南方的好花养活，我还没有那么大的本事。因此，我只养些好种易活、自己会奋斗的花草。

　　不过，尽管花草自己会奋斗，我若置之不理，任其自生自灭，它们多数还是会死了的。我得天天照管它们，像好朋友似的关切它们。一来二去，我摸着一些门道：有的喜阴，就别放在太阳地里，有的喜干，就别多浇水。这是个乐趣，摸住门道，花草养活了，而且三年五载老活着、开花，多么有意思呀！不是乱吹，这就是知识呀！多得些知识，一定不是坏事。

　　我不是有腿病吗，不但不利于行，也不利于久坐。我不知道花草们受我的照顾，感谢我不感谢；我可得感谢它们。在我工作的时候，我总是写了几十个字，就到院中去看看，浇浇这棵，搬搬那盆，然后回到屋中再写一点，然后再出去，如此循环，把脑力劳动与体力劳动结合到一起，有益身心，胜于吃药。要是赶上狂风暴雨或天气突变哪，就得全家动员，抢救花草，十分紧张。几百盆花，都要很快地抢到屋里去，使人腰酸腿疼，热汗直流。第二天，天气好转，又得把花儿都搬出去，就又一次腰酸腿疼，热汗直流。可是，这多么有意思呀！不劳动，连一棵花儿也养不活，这难道不是真理么？

　　送牛奶的同志，进门就夸"好香"！这使我们全家都感到骄傲。赶到昙花开放的时候，约几位朋友来看看，更有秉烛夜游的神气——昙花总在夜里放蕊。花儿分根了，一棵分为数棵，就赠给朋友们一些；看着友人拿走自己的劳动果实，心里自然特别喜欢。

当然，也有伤心的时候，今年夏天就有这么一回。三百株菊秧还在地上（没到移入盆中的时候），下了暴雨。邻家的墙倒了下来，菊秧被砸死者约三十多种，一百多棵！全家都几天没有笑容！

有喜有忧，有笑有泪，有花有实，有香有色，既须劳动，又长见识，这就是养花的乐趣。

载 1956 年 10 月 21 日《文汇报》

一点点认识

恨水兄是文艺界抗敌协会第一届理事会的理事，因为"文协"的关系，我才认识了他，虽然远在十几年前就读过他的作品了。

廿八年，"文协"推举代表参加前线慰劳团的时候，理事会首先便提出恨水兄来，因为他是国内唯一的妇孺皆知的老作家。可惜，他的笔债太多，无法分身，"文协"才另派了别人。那时候，我记得我曾写信给他，希望他能和我一同到西北去，因为我晓得他是个可爱的朋友。

假若那次他能和我一同在西北旅行半年之久，我想在今天必能写出许多许多关于他的事来，而感到骄傲。那个机会既失，我现在只好就六年来的时聚时散中，提出我对他的一点点认识了：

（一）恨水兄是个真正的文人：说话，他有一句说一句，心直口快。他敢直言无隐，因为他自己心里没有毛病。这，在别人看，仿佛就有点"狂"。但是，我说，能这样"狂"的人才配做文人。因为他的"狂"，所以他才肯受苦，才会爱惜羽毛。我知道，恨水兄就是重气节，最富正义感，最爱惜羽毛的人。所以，我称他为真正的文人。

（二）恨水兄是个真正的职业的写家：有一次，我到南温泉去看他，他告诉我："我每天必须写出三千到四千字来！"这简单的一句话中，含有多少辛酸的眼泪呀！想想看，一年三百六十天每天要写出这么多字来，而且是川流不息的一直干到三十年！难道他是铁打的身子么？坚守岗位呀，大家都在喊，可是有谁能天天受着煎熬，达三十年之久，而仍在煎熬中屹立不动呢？所以，我说，他是"真正"的职业写家。

（三）恨水兄是个没有习气的文人：他不赌钱，不喝酒，不穿奇装异服，不留长头发。他比谁都写的多，比谁都更要有资格自称为文人，可是他并不用装饰与习气给自己挂出金字招牌。闲着的时候，他只坐坐茶馆，或画山水与花卉。一个文人的生命是经不住别人与自己摧残的。别人是否给恨水兄气受，我不知道。我确实知道，他不摧残自己。修养使他健壮，健壮使他不屈不挠。

以上是我对恨水兄的一点点认识，可也就是我们应当向他学习的。

载 1944 年 5 月 16 日《新民报》晚刊

给茅盾兄祝寿

茅盾兄今年五十岁了。

时间有多么不从容啊！恐怕在五四运动中，那些想一拳打倒孔庙，另一拳打开科学与民主政治的大路的年轻小伙子们，到今天，都是四五十岁了吧！

我要落泪，白发就是白旗，从古至今还没有一个人能不向时间投降的呀！不过，这还不是我要落泪的主要原因。看看吧，五四运动中的热血青年，到今天，还有几个依旧热烈，依旧时时的握起拳头呢？哼，有的变成了官僚，有的变为富贾，有的还改为希特勒的崇拜者呀！我的天！时间要我们投降给"死"，可是我们还没等到时间拔去我们的牙，封闭了我们的耳目，我们自己就先把腿迈到地狱去，这才真可悲哀！难道人生真是个梦么？可以随便乱变，甚至于变成一条狗么？

茅盾先生变了，但是，他只变了外形。他的背已有点驼，眼有点花，而且留下胡子。他今年五十岁了，他没法阻止时间的侵略。在精神上，他可是始终没有变。在五四时代，他便是新文艺的最努力，而且也是最成功的领导者，今天他还是这样。捻着他的小胡子，他仿佛是在说："是的，我把时间的招牌自动的挂在这里。可是，时间能把我怎样呢？刀斧么，监狱么，穷困么，疾痛么，都一样的不能叫我跪下呀！"

这样，无论他受着怎样的窘迫，他也始终不闭上他的口。他永远要说出他以为值得一说的话。勇敢使他永远年轻，而时间增高了他的智慧。他创作，他翻译，他研究，他编辑，他的勤劳与成绩，从"五四"到今天，老跑在我们的前面。他使我们敬爱他，甚至于忌妒他。

在抗战中，他跑到武汉，跑到新疆，跑到香港与桂林，而后又来到重庆。无论到哪里，他总是殷恳的撒播新文艺的种子，虽然这种工作会给他带来许多身体上的与精神上的痛苦。他不单认定文艺工作是有价值与愉快的，他也认定了这种工作是痛苦的，把痛苦与愉快都尝到，他得到了崇高。

到重庆来，他时常的患病。可是，他并不肯以疼痛为理由而停止工作。每逢"文协"开会，他必跑几十里路来参加。遇到哪个朋友，他都拉不断扯不断的谈文艺上的问题和文艺界的掌故。深夜，他的眼已睁不开，可是还不肯闭上，他还须说下去。他的话与他的文章都是长江大河，虽然天旱也还有波涛。或者，我猜想，这也许是一部分因为时间把旧日的伙伴一个个的剔出去，他有些寂寞之感吧？

茅盾兄，你今年五十了，我希望你还再活三四十年，再写出十部八部比《子夜》更伟大的作品。时间早晚会毁灭了我们的，但是你的著作会使你永生。这样，我们连时间都不怕了，还怕别的什么呢！让我们给敢删改割裂你的文字的那些神童们祝福吧，因为今天是你的寿日，理当"赦免"他们。

载 1945 年 6 月 24 日《大公报》

196

八方风雨（节选）

一 前奏

虽然用了个颇像小说或剧本的名字的标题——八方风雨——这却不是小说，也不是剧本，而是在八年抗战中，我的生活的简单纪实。它不是日记，因为我的日记已有一部分被敌人的炸弹烧毁在重庆，无法照抄下来，而且，即使它还全部在我手中，它是那么简单无趣，也不值得印刷出来。所以，凭着记忆与还保存着的几页日记，我想大概的，简单扼要的，把八年的生活有话即长，无话即短的写下来。我希望它既能给我自己留下一点生命旅程中的印迹，同时也教别离八载的亲友得到我一些消息，省得逐一的在口头或书面上报告。此外，别无什么伟大的企图。在抗战前，我是平凡的人，抗战后，仍然是个平凡的人。那也就可见，我并没有乘着能够混水摸鱼的时候，发点财，或作了官；不，我不单没有摸到鱼，连小虾也未曾捞住一个。那么，腾达显贵与金玉满堂假若是"伟大"的小注儿，我这里所记录的未免就显着十分寒碜了。我必定要这么先声明一下，否则教亲友们看了伤心，倒怪不大好意思的。简言之，这是一个平凡人的平凡生活报告。假若有人喜欢读惊奇，浪漫，不平凡的故事，那我就应该另写一部传奇，而其中的主角也就一定不是我自己了。

所谓，"八方风雨"者，因此，并不是说我曾东讨西征，威风凛凛，也非私下港沪，或飞到缅甸，去弄些奇珍异宝，而后潜入后方，待价而沽。没有，这些事我都没有作过。我只有一枝笔。这枝笔是我的本钱，也是我的抗敌的武器。我不肯，也不应该，放弃了它，而去另找出路。于是，我由青岛跑到济南，由济南跑到武汉，而后跑到重庆。由重庆，我曾到洛阳，西安，兰州，青海，绥远去游荡，到川东川西和昆明大理去观光。到处，我老拿着我的笔。风把我的破帽子吹落在沙漠上，雨打湿了我的瘦小的铺盖卷儿；比风雨更厉害的是多少次敌人的炸

197

弹落在我的附近，用沙土把我埋了半截。这，是流亡，是酸苦，是贫寒，是兴奋，是抗敌，也就是"八方风雨"。

二　开始流亡

直到二十六年十一月中旬，我还没有离开济南。第一，我不知道上哪里去好：回老家北平吧，道路不通；而且北平已陷入敌手，我曾函劝诸友逃出来，我自己怎能去自投罗网呢？到上海去吧，沪上的友人又告诉我不要去，我只好"按兵不动"。第二，从泰安到徐州，火车时常遭受敌机的轰炸，而我的幼女才不满三个月，大的孩子也不过四岁，实在不便去冒险。第三，我独自逃亡吧，把家属留在济南，于心不忍；全家走吧，既麻烦又危险。这是最凄凉的日子。齐鲁大学的学生已都走完，教员也走了多一半。那么大的院子，只剩下我们几家人。每天，只要是晴天，必有警报：上午八点开始，到下午四五点钟才解除。院里静寂得可怕：卖青菜，卖果子的都已不再来，而一群群的失了主人的猫狗都跑来乞饭吃。

我着急，而毫无办法。战事的消息越来越坏，我怕城市会忽然的被敌人包围住，而我作了俘虏。死亡事小，假若我被他捉去而被逼着作汉奸，怎么办呢？这点恐惧，日夜在我心中盘旋。是的，我在济南，没有财产，没有银钱；敌人进来，我也许受不了多大的损失。但是，一个读书人最珍贵的东西是他的一点气节。我不能等待敌人进来，把我的那点珍宝劫夺了去。我必须赶紧走。

几次我把一只小皮箱打点好，几次我又把它打开。看一看痴儿弱女，我实不忍独自逃走。这情形，在我到了武汉的时候，我还不能忘记，而且写出一首诗来：

> 弱女痴儿不解哀，牵衣问父去何来？
> 话因伤别潜成泪，血若停流定是灰。
> 已见乡关沦水火，更堪江海逐风雷；
> 徘徊未忍道珍重，暮雁声低切切催。

可是，我终于提起了小箱，走出了家门。那是十一月十五日的黄昏。在将要吃晚饭的时候，天上起了一道红闪，紧接着是一声震动天地的爆炸。三个红闪，爆炸了三声。这是——当时并没有人知道——我们的军队破坏黄河铁桥。铁桥距我的住处有十多里路，可是我的院中的树木都被震得叶如雨下。

立刻，全市的铺户都上了门，街上几乎绝断了行人。大家以为敌人已到了城外。我抚摸了两下孩子们的头，提起小箱极快的走出去。我不能再迟疑，不能不下狠心：稍一踟蹰，我就会放下箱子，不能迈步了。

同时，我也知道不一定能走，所以我的临别的末一句话是："到车站看看有车没有，没有车就马上回来！"在我的心里，我切盼有车，宁愿在中途被炸死，也不甘心坐待敌人捉去我。同时我也愿车已不通，好折回来跟家人共患难。这两个不同的盼望在我心中交战，使我反倒忘了苦痛。我已主张不了什么，走与不走全凭火车替我决定。

在路上，我找到一位朋友，请他陪我到车站去，假若我能走，好托他照应着家中。

车站上居然还卖票。路上很静，车站上却人山人海。挤到票房，我买了一张到徐州的车票。八点，车入了站，连车顶上已坐满了人。我有票，而上不去车。

生平不善争夺抢挤。不管是名，利，减价的货物，还是车位，船位，还有电影票，我都不会把别人推开而伸出自己的手去。看看车子看看手中的票，我对友人说："算了吧，明天再说吧！"

友人主张再等一等。等来等去，已经快十一点了，车子还不开，我也上不去。我又要回家。友人代我打定了主意："假若能走，你还是走了好！"他去敲了敲末一间车的窗。窗子打开，一个茶役问了声："干什么？"友人递过去两块钱，只说了一句话："一个人，一个小箱。"茶役点了头，先接过去箱子，然后拉我的肩。友人托了我一把，我钻入了车中，我的脚还没落稳，车里的人——都是士兵——便连喊："出去！出去！没有地方。"好容易立稳了脚，我说了声：我已买了票。大家看着我，也不怎么没再说什么。我告诉窗外的友人："请回吧！明天早晨请告诉家里一声，我已上了车！"友人向我招了招手。

没有地方坐，我把小箱竖立在一辆自行车的旁边，然后用脚，用身子，用客气，用全身的感觉，扩充我的地盘。最后，我蹲在小箱旁边。又待了一会儿，我由蹲而坐，坐在了地上，下颏恰好放在自行车的坐垫上——那个三角形的，皮的东西。我只能这么坐着，不能改换姿式，因为四面八方都挤满了东西与人，恰好把我镶嵌在那里。

车中有不少军火，我心里说："一有警报，才热闹！只要一个枪弹打进来，车里就会爆炸；我，箱子，自行车，全会飞到天上去。"

同时，我猜想着，三个小孩大概都已睡去，妻独自还没睡，等着我也许回去！这个猜想可是不很正确。后来得到家信，才知道两个大孩子都不肯睡，他们知道爸走了，一会儿一问妈：爸上哪儿去了呢？

夜里一点才开车，天亮到了泰安。我仍维持着原来的姿式坐着，看不见外边。我问了声："同志，外边是阴天，还是晴天？"回答是："阴天。"感谢上帝！北方的初冬轻易不阴天下雨，我赶的真巧！由泰安再开车，下起细雨来。

晚七点到了徐州。一天一夜没有吃什么，见着石头仿佛都愿意去啃两口。头一眼，我看见了个卖干饼子的，拿过来就是一口。我差点儿噎死。一边打着嗝儿，我一边去买郑州的票。我上了绿钢车，安闲的，漂亮的，停在那里，好像"战地之花"似的。

到郑州，我给家中与汉口朋友打了电报，而后歇了一夜。

到了汉口，我的朋友白君刚刚接到我的电报。他把我接到他的家中去。这是二十六年十一月十八日。从这一天起，我开始过流亡的生活。到今天——三十四年十二月四日——已整整八年了。

六　组织文协

文人们仿佛忽然集合到武汉。我天天可以遇到新的文友。我一向住在北方，又不爱到上海去，所以我认识的文艺界的朋友并不很多，戏剧界的名家，我简直一个也不熟识。现在，我有机会和他们见面了。

郭沫若，茅盾，胡风，冯乃超，艾芜，鲁彦，郁达夫，诸位先生，都遇到了。此外，还遇到戏剧界的阳翰笙，宋之的诸位先生，和好多位名导演和名艺员。

朋友们见面，不约而同的都想组织全国文艺界抗敌协会，以便团结到一处，共同努力于抗敌的文艺。我不是好事喜动的人，可是大家既约我参加，我也不便辞谢。于是，我就参加了筹备工作。

筹备得相当的快。到转过年三月二十七日成立大会便开成了。文人，在平日似乎有点吊儿郎当，赶到遇到要事正事，他们会干得很起劲，很紧张。文艺协会的筹备期间并没有一个钱，可是大家肯掏腰包，肯跑路，肯车马自备。就凭着这一点齐心努力的精神，大家把会开成，而且开得很体面。

这是，一点也不夸大，历史上少见的一件事。谁曾见过几百位写家坐在一处，没有一点成见与隔膜，而都想携起手来，立定了脚步，集中了力量，勇敢的，亲热的，一心一德的，成为笔的铁军呢?

大会是在商会里开的，连写家带来宾到了七八百人。主席是邵力子先生。这位老先生是文协首次大会的主席，也是后来历届年会的主席。上午在商会开会。中午在普海春聚餐；饭后即在普海春继续开会，讨论会章并选举理事。真热闹，也真热烈。有的人登在凳子上宣传大会的宣言，有的人朗读致外国作家的英文与法文信。可是警报器响了，空袭! 谁也没有动，还照旧的开会。普海春不在租界，我们不管。一个炸弹就可以打死大一半的中国作家，我们不管。

紧急警报! 我们还是不动。高射炮响了。听到了敌机的声音。我们还继续开会。投弹了。二十七架敌机，炸汉阳。

解除警报，我们正在选举。五点多钟散会，可是被推为检票——我也是一个——及监票的，还须继续工作。我们一直干到深夜。选举的结果，正是大家所期望的——不分党派，不管对文艺的主张如何，而只管团结与抗战。就我所记得的，邵力子，郭沫若，茅盾，胡风，冯乃超，郁达夫，姚蓬子，楼适夷，王平陵，陈西滢，张恨水，老向，诸位先生都当选。只就这几位说，就可以看出他们代表的方面有多么广，而绝对没有一点谁要包办与把持的痕迹。

第一次理事会是在冯先生那里开的。会里没有钱，无法预备茶饭，所以大家硬派冯先生请客。冯先生非常的高兴，给大家预备了顶丰富、顶实惠的饮食。理事都到会，没有请假的。开会的时候，张善子画师"闻风而至"，愿作会员。大家告诉他："这是文艺界协会，不是美术协会。"可是，他却另有个解释："文艺就是文与艺术。"虽然这是个曲解，大家可不再好意思拒绝他，他就作了文协的会员。

后来，善子先生给我画了一张顶精致的扇面——秋山上立着一只工笔的黑虎。为这个扇面，我特意过江到荣宝斋，花了五元钱，配了一副扇骨。荣宝斋的人们也承认那是杰作。那一面，我求丰子恺给写了字。可惜，第一次拿出去，便丢失在洋车上，使我心中难过了好几天。

我被推举为常务理事，并须担任总务组组长。我愿作常务理事，而力辞总务组组长。文协的组织里，没有会长或理事长。在拟定章程的时候，大家愿意教它显出点民主的精神，所以只规定了常务理事分担各组组长，而不愿有个总头目。因此，总务组组长，事实上，就是对外的代表，和理事长差不多。我不愿负起这个重任。我知道自己在文艺界的资望既不够，而且没有办事的能力。

可是，大家无论如何不准我推辞，甚至有人声明，假若我辞总务，他们也就不干了。为怕弄成僵局，我只好点了头。

七　抗战文艺

这一来不要紧，我可就年年的连任，整整作了七年。

上长沙或别处的计划，连想也不再想了。文协的事务把我困在了武汉。

文协的"打炮"工作是划行会刊。这又作得很快。大家凑了点钱，凑了点文章，就在五月四日发刊了《抗战文艺》。这个日子选得好。"五四"是新文艺的生日，现在又变成了《抗战文艺》的生日。新文艺假若是社会革命的武器，现在它变成了民族革命抵御侵略的武器。

《抗战文艺》最初是三日刊。不行，这太紧促。于是，出到五期就改了周刊。最热心的是姚蓬子，适夷，孔罗荪，与锡金几位先生，他们昼夜的为它操作，奔忙。

会刊虽不很大，它却给文艺刊物开了个新纪元——它是全国写家的，而不是一个人或几个人的。积极的，它要在抗战的大前提下，容纳全体会员的作品，成为文协的一面鲜明的旗帜。消极的，它要尽量避免像战前刊物上一些彼此的口角与近乎恶意的批评。它要稳健，又要活泼；它要集思广益，还要不失了抗战的，一定的目标；它要抱定了抗战宣传的目的，还要维持住相当高的文艺水准。这不大容易作到。可是，它自始至终，没有改变了它的本来面目。始终没有一篇专为发泄自己感情。而不顾及大体的文章。

在武汉撤退的时候，有一部分会员，仍停留在那里。他们——象冯乃超和孔罗荪几位先生——决定非至万不得已的时候不离开武汉。于是，在会刊编辑部西去重庆的期间，就由这几位先生编刊武汉特刊。特刊一共出了四期，末一期出版已是十月十五日——武汉是二十五日失守的。连同这四期特刊，《抗战文艺》在武汉一共出了二十期。自十七期起，即在重庆复刊。这个变动的痕迹是可以由纸张上看出来的：前十六期及特刊四期都是用白报纸印的，自第十七期起，可就换用土纸了。

重庆的印刷条件不及武汉那么良好，纸张——虽然是土纸——也极缺乏。因此，在文协的周年纪念日起，会刊由周刊改为半月刊。后来，又改成了月刊。就是在改为月刊之后，它还有时候脱期。会中经费支绌与印刷太不方便是使它脱期的两个重要原因。但是，无论怎么困难，它始终没有停刊。它是文协的旗帜，会员们决不允许它倒了下去。在武汉的时候，它可以销到七八千份。假若武汉不失守，它一定可以增销到万份以上。销得多就不会赔钱，也自然可以解决了许多困难。可是，武汉失守了，会刊在渝复刊后，只能行销于重庆，昆明，贵阳，成都几个大都市，连洛阳，西安，兰州都到不了。于是，每期只能印五千份，求出支相抵已自不易，更说不到赚钱了。

到了日本投降时，会刊出到了七十期。文协呢，由文艺界抗敌协会改名为文艺协会，《抗战文艺》也自然须告一结束，于是编辑者决定再出一小册作为终卷；以后就须出文艺协会的新会刊了。

在香港，昆明，和成都的文协分会，也都出过刊物，可是都因人才的缺乏与经费的困难，时出时停。最值得一提的是香港分会曾经出过几期外文的刊物，向国外介绍中国的抗战文艺。这是头一个向国外作宣传的文艺刊物，可惜因经费不足而夭折了，直到抗战胜利，也并没有继承它的。

我不惮繁琐的这么叙述文协会刊的历史，因为它实在是一部值得重视的文献。它不单刊露了战时的文艺创作，也发表了战时文艺的一切意见与讨论，并且报告了许多文艺者的活动。它是文，也是史。它将成为将来文学史上的一些最重要的资料。同时它也表现了一些特殊的精神，使读者看到作家们是怎样在抗战中团结到一起，始终不懈的打着他们的大旗，向暴敌进攻。

在忙着办会刊而外，我们几乎每个星期都有座谈会联谊会。那真是快活的日子。多少相识与不相识的同道都成了朋友，在一块儿讨论抗战文艺的许多问题。开茶会呢，大家各自掏各自的茶资；会中穷得连"清茶恭候"也作不到呀。会后，刚刚得到了稿费的人，总是自动的请客，去喝酒，去吃便宜的饭食。在会所，在公园，在美的咖啡馆，在友人家里，在旅馆中，我们都开过会。假若遇到夜间空袭，我们便灭了灯，摸着黑儿谈下去。

这时候大家所谈的差不多集中在两个问题上：一个是如何教文艺下乡与入伍，一个是怎么使文艺效劳于抗战。前者是使大家开始注意到民间通俗文艺的原因；后者是在使大家于诗，小说，戏剧而外，更注意到朗诵诗，街头剧，及报告文学等新体裁。

但是，这种文艺通俗运动的结果，与其说是文艺真深入了民间与军队，倒不如说是文艺本身得到新的力量，并且产生了新的风格。文艺工作者只能负讨论，试作，与倡导的责任，而无法自己把作品送到民间与军队中去。这需要很大的经费与政治力量，而文艺家自己既找不到经费，又没有政治力量。这样，文艺家想到民间去，军队中去，都无从找到道路，也就只好写出民众读物，在报纸上刊物上发表发表而已。这是很可惜，与无可如何的事。

虽然我的一篇《抗战一年》鼓词，在七七周年纪念日，散发了一万多份；虽然何容与老向先生编的《抗到底》是专登载通俗文艺作品的刊物；虽然有人试将新写的通俗文艺也用木板刻出，好和《孟姜女》与《叹五更》什么的放在一处去卖；虽然不久教育部也设立了通俗读物编刊处；可是这个运动，在实施方面，总是枝枝节节没有风起云涌的现象。我知道，这些作品始终没有能到乡间与军队中去——谁出大量的金钱，一印就印五百万份？谁给它们运走？和准否大量的印，准否送到军民中间去？都没有解决。没有政治力量在它的后边，它只能成为一种文艺运动，一种没有什么实效的运动而已。

会员郁达夫与盛成先生到前线去慰劳军队。归来，他们报告给大家：前线上连报纸都看不到，不要说文艺书籍了。士兵们无可奈何，只好到老百姓家里去借《三国演义》，与《施公案》一类的闲书。听到了这个，大家更愿意马上写出一些通俗的读物，先印一二百万份送到前线去。我们确是愿意写，可是印刷的经费，与输送的办法呢？没有人能回答。于是，大家只好干着急，而想不出办法来。

八　入川

在武汉，我们都不大知道怕空袭。遇到夜袭，我们必定"登高一望"。探照灯把黑暗划开，几条银光在天上寻找。找到了，它们交叉在一处，照住那银亮的，几乎是透明的敌机。而后，红的黄的曳光弹打上去，高射炮紧跟着开了火。有声有色，真是壮观。

四月二十九与五月三十一日的两次大空战，我们都在高处看望。看着敌机被我机打伤，曳着黑烟逃窜，走着走着，一团红光，敌机打几个翻身，落了下去；有多么兴奋，痛快呀！一架敌机差不多就在我们的头上，被我们两架驱逐机截住，它就好像要孵窝的母鸡似的，有人捉它，它就爬下不动那样，老老实实的被击落。

可是，一进七月，空袭更凶了，而且没有了空战。在我的住处，有一个地洞，横着竖着，上下与四壁都用木桩密密的撑住，顶上堆着沙包。有一天，也就是下午两三点钟吧，空袭，我们入了这个地洞，敌机到了。一阵风，我们听到了飞沙走石；紧跟着，我们的洞就像一只小盒子被个巨人提起来，紧紧的乱摇似的，使我们眩晕。离洞有三丈吧，落了颗五百磅的炸弹，碎片打过来，把院中的一口大水缸打得粉碎。我们门外的一排贫民住房都被打垮，马路上还有两个大的弹坑。

我们没被打死，可是知道害怕了。再有空袭，我们就跑过铁路，到野地的荒草中藏起去。天热，草厚，没有风，等空袭解除了，我的袜子都被汗湿透。

不久，冯先生把我们送到汉口去。武昌已经被炸得不像样子了。千家街的福音堂中了两次弹。蛇山的山坡与山脚死了许多人。

因为我是文协的总务主任，我想非到万不得已不离开汉口。我们还时常在友人家里开晚会，十回倒有八回遇上空袭，我们煮一壶茶，灭去灯光，在黑暗中一直谈到空袭解除。邵先生劝我们快走，他的理由是："到了最紧急的时候，你们恐怕就弄不到船位，想走也走不脱了！"

这样，在七月三十日，我，何容，老向，与萧伯青（文协的干事），便带着文协的印鉴与零碎东西，辞别了武汉。只有友人白君和冯先生派来的副官，来送行。

船是一家中国的公司的，可插着意大利旗子。这是条设备齐全，而一切设备都不负责任的船。舱门有门轴，而关不上门；电扇不会转；衣钩掉了半截；什么东西都有，而全无用处。开水是在大木桶里。我亲眼看见一位江北娘姨把洗脚水用完，又倒在开水桶里！我开始拉痢。

一位军人，带着紧要公文，要在城陵矶下船。船上不答应在那里停泊。他耽误了军机，就碰死在绕锚绳的铁柱上！

船只到宜昌。我们下了旅馆。我继续拉痢。天天有空袭。在这里，等船的人很多，所以很热闹——是热闹，不是紧张。中国人仿佛不会紧张。这也许就是日本人侵华失败的原因之一吧？日本人不懂得中国人的"从容不迫"的道理。

我们求一位黄老翁给我们买票。他是一位极诚实坦白的人，在民生公司作事多年。他极愿帮我们的忙，可是连他也不住的抓脑袋。人多船少，他没法子临时给我们赶造出一只船来。等了一个星期，他算是给我们买到了铺位——在甲板上。我们不挑剔地方，只要不叫我们浮着水走就好。

仿佛全宜昌的人都上了船似的。不要说甲板上，连烟囱下面还有几十个难童呢。开饭，昼夜的开饭。茶役端着饭穿梭似的走，把脚上的泥垢全印在我们的被上枕上。我必须到厕所去，但是在夜间三点钟，厕所外边还站着一排候补员呢！

三峡有多么值得看哪。可是，看不见。人太多了，若是都拥到船头上去观景，船必会插在江里，永远不再抬头。我只能侧目看下面，看到人头——头发很黑——在水里打旋儿。

八月十四，我们到了重庆。上了岸，我们一直奔了青年会去。会中的黄次咸与宋杰人两先生都欢迎我们，可是怎奈宿舍已告客满。这时候重庆已经来了许多公务人员和避难的人，旅馆都有人满之患。青年会宿舍呢，地方清静，床铺上没有臭虫，房价便宜，而且有已经打好了的地下防空洞，所以永远客满。我们下决心不去另找住处。我们知道，在会里——那怕是地板呢——作候补，是最牢靠的办法。黄先生们想出来了一个办法，教我们暂住在机器房内。这是个收拾会中的器具的小机器房，很黑，响声很大。

天气还很热。重庆的热是出名的。我永远没睡过凉席，现在我没法不去买一张了。睡在凉席上，照旧汗出如雨。墙，桌椅，到处是烫的；人仿佛是在炉里。只有在一早四五点钟的时候，稍微凉一下，其余的时间全是在热气团里。城中树少而坡多，顶着毒花花的太阳，一会儿一爬坡，实在不是好玩的。

四川的东西可真便宜，一角钱买十个很大的烧饼，一个铜板买一束鲜桂圆。好吧，天虽热，而物价低，生活容易，我们的心中凉爽了一点。在青年会的小食堂里，我们花一二十个铜板就可以吃饱一顿。

文协的会友慢慢的都来到，我们在临江门租到了会所，开始办公。

我们的计划对了。不久，我们便由机器房里移到楼下一间光线不很好的屋里去。过些日子，又移到对门光线较好的一间屋中。最后，我们升到楼上去，屋子宽，光线好，开窗便看见大江与南山。何容先生与我各据一床。他编《抗到底》，我写我的文章。他每天是午前十一点左右才起来。我呢，到十一点左右已写完我一天该写的一二千字。写完，我去吃午饭。等我吃过午饭回来，他也出去吃东西，我正好睡午觉。晚饭，我们俩在一块儿吃。晚间，我睡得很早，他开始工作，一直到深夜。我们，这样，虽分住一间屋子，可是谁也不妨碍谁。赶到我们偶然都喝醉了的时候，才忘了这互不侵犯协定，而一齐吵嚷一回。

我开始正式的去和富少舫先生学大鼓书。好几个月，才学会了一段《白帝城》，腔调都摹拟刘（宝全）派。学会了这么几句，写鼓词就略有把握了。几年中，我写了许多段，可是只有几段被富先生们采用了：

《新拴娃娃》（内容是救济难童），富先生唱。

《文盲自叹》（内容是扫除文盲），富先生唱。

《陪都巡礼》（内容是赞美重庆），富贵花小姐唱。

《王小赶驴》（内容是乡民抗敌），董莲枝女士唱。

以上四段，时常在陪都演唱。其中以《王小赶驴》为最弱，因为董女士是唱山东犁铧大鼓的，腔调太缓慢，表现不出激昂慷慨的情调。于此，知内容与形式必求一致，否则劳而无功。

206

我也开始写旧剧剧本——用旧剧的形式写抗战的故事。这没有多大的成功。我只听说有一两出曾在某地表演过，我可是没亲眼看到。旧剧，因为是戏剧，比鼓词难写多了。最不好办的是教现代的人穿行头，走台步；不如此吧，便失去旧剧之美；按葫芦挖瓢吧，又使人看着不舒服；穿时装而且歌且舞吧，又像文明戏。没办法！

这时候，我还为《抗到底》写长篇小说——《蜕》。这篇东西没能写成。《抗到底》后来停刊了，我就没再往下写。

转过年来，二十八年之春，我开始学写话剧剧本。对戏剧，我是十成十的外行，根本不晓得小说与剧本有什么分别。不过，和戏剧界的朋友有了来往，看他们写剧，导剧，演剧，很好玩，我也就见猎心喜，决定瞎碰一碰。好在，什么事情莫不是由试验而走到成功呢。我开始写《残雾》。

初夏，文协得到战地党政工作委员会的资助，派出去战地访问团，以王礼锡先生为团长，宋之的先生为副团长，率领罗烽，白朗，葛一虹等十来位先生，到华北战地去访问抗战将士。

同时，慰劳总会组织南北两慰劳团，函请"文协"派员参加。理事会决议：推举姚蓬子，陆晶清两先生参加南团，我自己参加北团。

这是在五三、五四敌机狂炸重庆以后。重庆的房子，除了大机关与大商店的，差不多都是以竹篾为墙，上敷泥土，因为冬天不很冷，又没有大风，所以这种简单、单薄的建筑满可以将就。力气大的人，一拳能把墙砸个大洞。假若鲁智深来到重庆，他会天天闯祸的。这种房子盖得又密密相连，一失火就烧一大片。火灾是重庆的罪孽之一。日本人晓得这情形，所以五三、五四都投的是燃烧弹——不为炸军事目标，而是蓄意要毁灭重庆，造成恐怖。

前几天，我在公共防空洞里几乎憋死。人多，天热，空袭的时间长，洞中的空气不够用了。五三、五四我可是都在青年会里，所以没受到什么委屈。五四最糟，警报器因发生障碍，不十分响；没有人准知道是否有了空袭，所以敌机到了头上，人们还在街上游逛呢。火，四面八方全是火，人死得很多。我在夜里跑到冯先生那里去，因为青年会附近全是火场，我怕被火围住。彻夜，人们像流水一般，往城外搬。

经过这个大难，文协会所暂时移到南温泉去，和张恨水先生为邻。我也去住了几天。人心慢慢的安定了，我回渝筹备慰劳团与访问团出发的事情。我买了两身灰布的中山装，准备远行。此后，我老穿着这样的衣服。下过几次水以后，衣服灰不灰，蓝不蓝，老在身上裹着，使我很像个清道夫。吴组缃先生管我的这种服装叫作斯文扫地的衣服。

文协当然不会给我盘缠钱，我便提了个小铺盖卷，带了自己的几块钱，北去远征。

在起身以前，我写完了《残雾》。没加修改，便交王平陵先生去发表。我走了半年。等我回来，《残雾》已上演过了，很成功。导演是马彦祥先生，演员有舒绣文，吴茵，孙坚白，周伯勋诸位先生。可惜，我没有看见。

慰劳团先到西安，而后绕过潼关，到洛阳。由洛阳到襄樊老河口，而后出武关再到西安。由西安奔兰州，到由兰州榆林，而后到青海，绥远，宁夏，兴集，一共走了五个多月，两万多里。

这次长征的所见所闻，都记在《剑北篇》里——一部没有写完，而且不大像样的，长诗。在陕州，我几乎被炸死。在兴集，我差一点被山洪冲了走。这些危险与兴奋，都记在《剑北篇》里，即不多赘。

王礼锡先生死在了洛阳，这是文艺界极大的一个损失！

九　由川到滇

从二十九年起，大家开始感觉到生活的压迫。四川的东西不再便宜了，而是一涨就涨一倍的天天往上涨。我只好经常穿着斯文扫地的衣服了。我的香烟由使馆降为小大英，降为刀牌，降为船牌，再降为四川土产的卷烟——也可美其名曰雪茄。别的日用品及饮食也都随着香烟而降格。

生活不单困苦，而且也不安定。二十八，二十九，三十，这三年，日本费尽心机，用各种花样来轰炸。有时候是天天用一二百架飞机来炸重庆，有时候只用每次三五架，甚至于一两架，自晓至夜的施行疲劳轰炸，有时候单单在人们要睡觉，或睡的正香甜的时候，来捣乱。日本人大概是想以轰炸压迫政府投降。这是个梦想。中国人绝不是几个或几千个炸弹所能吓倒的。虽然如此，我在夏天可必须离开重庆，因为在防空洞里我没法子写作。于是，一到雾季过去，我就须预备下乡，而冯先生总派人来迎接："上我这儿来吧，城里没法子写东西呀！"二十九年夏天，我住在陈家桥冯公馆的花园里。园里只有两间茅屋，归我独住。屋外有很多的树木，树上时时有各种的鸟儿为我——也许为它们自己——唱歌。我在这里写《剑北篇》。

雾季又到，回教协会邀我和宋之的先生合写以回教为主题的话剧。我们就写了《国家至上》。这剧本，在重庆，成都，昆明，大理，香港，桂林，兰州，恩施，都上演过。它是抗战文艺中一个成功的作品。因写这剧本，我结识了许多回教的朋友。有朋友，就不怕穷。我穷，我的生活不安定，可是我并不寂寞。

　　二十九年冬，因赶写《面子问题》剧本，我开始患头晕。生活苦了，营养不足，又加上爱喝两杯酒，遂患贫血。贫血遇上努力工作，就害头晕——低头就天旋地转，只好静卧。这个病，至今还没好，每年必犯一两次。病一到，即须卧倒，工作完全停顿！着急，但毫无办法。有人说，我的作品没有战前的那样好了。我不否认。想想看，抗战中，我是到处流浪，没有一定的住处，没有适当的饭食，而且时时有晕倒的危险，我怎能写出字字珠玑的东西来呢？

　　三十年夏，疲劳轰炸闹了两个星期。我先到歌乐山，后到陈家桥去住，还是应冯先生之邀。这时候，罗莘田先生来到重庆。因他的介绍，我认识了清华大学校长梅贻琦先生，梅先生听到我的病与生活状况，决定约我到昆明去住些日子。昆明的天气好，又有我许多老友，我很愿意去。在八月下旬，我同莘田搭机，三个钟头便到了昆明。

　　我很喜爱成都，因为它有许多地方像北平。不过，论天气，论风景，论建筑，昆明比成都都还更好。我喜欢那比什刹海更美丽的翠湖，更喜昆明湖——那真是湖，不是小小的一汪水，象北平万寿山下的人造的那个。土是红的，松是绿的，天是蓝色的，昆明的城外到处像油画。

　　更使我高兴的，是遇见那么多的老朋友。杨今甫大哥的背有点驼了，却还是那样风流儒雅。他请不起我吃饭，可是也还烤几罐土茶，围着炭盆，一谈就和我谈几点钟。罗膺中兄也显着老，而且极穷，但是也还给我包饺子，煮俄国菜汤吃。郑毅生，陈雪屏，冯友兰，冯至，陈梦家，沈从文，章川岛，段喆人，闻一多，萧涤非，彭啸咸，查良钊，徐旭生，钱端升诸先生都见到，或约我吃饭，或陪我游山逛景。这真是快乐的日子。在城中，我讲演了六次；虽然没有什么好听，听众倒还不少。在城中住腻，便同莘田下乡。提着小包，顺着河堤慢慢的走，风景既像江南，又非江南；有点像北方，又不完全像北方；使人快活，仿佛是置身于一种晴朗的梦境，江南与北方混在一起而还很调谐的，只有在梦中才会偶尔看到的境界。

　　在乡下，我写完了《大地龙蛇》剧本。这是受东西文化协会的委托，而始终未曾演出过的，不怎么高明的一本剧本。

　　认识一位新朋友——查阜西先生。这是个最爽直，热情，多才多艺的朋友。

他听我有愿看看大理的意思，就马上决定陪我去。几天的工夫，他便交涉好，我们作两部运货到畹汀的卡车的高等黄鱼。所谓高等黄鱼者，就是第一不要出钱，第二坐司机台，第三司机师倒还请我们吃酒吃烟——这当然不在协定之内，而是在路上他们自动这样作的。两位司机师都是北方人。在开车之前他们就请我们吃了一桌酒席！后来，有一位摔死在澜沧江上，我写了一篇小文悼念他。

到大理，我们没有停住，马上奔了喜洲镇去。大理没有什么可看的，不过有一条长街，许多卖大理石的铺子而已。它的城外，有苍山洱海，才是值得看的地方。到喜洲镇去的路上，左是高山，右是洱海，真是置身图画中。喜洲镇，虽然是个小镇子，却有宫殿似的建筑，小街左右都流着清清的活水。华中大学由武昌移到这里来，我又找到游泽丞教授。他和包漠庄教授，李何林教授，陪着我们游山泛水。这真是个美丽的地方，而且在赶集的时候，能看到许多夷民。

极高兴的玩了几天，吃了不知多少条鱼，喝了许多的酒，看了些古迹，并对学生们讲演了两三次，我们依依不舍的道谢告辞。在回程中，我们住在了下关等车。在等车之际，有好几位回教朋友来看我，因为他们演过《国家至上》。查阜西先生这回大显身手，居然借到了小汽车，一天便可以赶到昆明。

在昆明过了八月节，我飞回了重庆来。

十一　在北碚

北碚是嘉陵江上的一个小镇子，离重庆有五十多公里，这原是个很平常的小镇市；但经卢作孚与卢子英先生们的经营，它变成了一个"试验区"。在抗战中，因有许多学校与机关迁到此处，它又成了文化区。此地出煤。在许多煤矿中，天府公司且有最新的设备与轻便铁路。原有的手工业是制造石器——石砚及磨石等——与挂面，现在又添上小的粉面厂与染织厂。

这里的学校是复旦大学，体育专科学校，戏剧专科学校，重庆师范，江苏省立医学院，兼善中学和勉仁中学等。迁来的机关有国立编译馆，礼乐馆，中工所，水利局，中山文化教育馆，儿童福利所，江苏医院，教育电影制片厂……。有了这么多的学校与机关，市面自然也就跟着繁荣起来。它的整洁的旅舍，相当大的饭馆，浴室，和金店银行。它也有公园，体育场，戏馆，电灯，和自来水。它已不是个小镇，而是个小城。它的市外还有北温泉公园，可供游览及游泳；有山，山上住着太虚大师与法尊法师，他们在缙云寺中设立了汉藏理学院，教育年青的和尚。

二十八、二九十两年，此地遭受了轰炸，炸去许多房屋，死了不少的人。可是随炸随修。它的市容修得更整齐美丽了。这是个理想的住家的地方。具体而微的，凡是大都市应有的东西，它也都有。它有水路，旱路直通重庆，百货可以源源而来。它的安静与清洁又远非重庆可比。它还有自己的小小的报纸呢。

林语堂先生在这里买了一所小洋房。在他出国的时候，他把这所房交给老向先生与文协看管着。因此，一来这里有许多朋友，二来又有住处，我就常常来此玩玩。在复旦，有陈望道，陈子展，章靳以，马宗融，洪深，赵松庆，伍蠡甫，方令孺诸位先生，在编译馆，有李长之，梁实秋，隋树森，阎金锷，老向诸位先生；在礼乐馆，有杨仲子，杨荫浏，卢前，张充和，诸位先生；此外还有许多河北的同乡；所以我喜欢来到此处。虽然他们都穷，但是轮流着每家吃一顿饭，还不至于教他们破产。

三十一年夏天，我又来到北碚，写长篇小说《火葬》，从这一年春天，空袭就很少了；即使偶尔有一次，北碚也有防空洞，而且不必像在重庆那样跑许多路。

哪知道，这样一来可就不再动了。十月初，我得了盲肠炎，这个病与疟疾，在抗战中的四川是最流行的；大家都吃平价米，里边有许多稗子与稻子。一不留神把它们咽下去，入了盲肠，便会出毛病。空袭又多，每每刚端起饭碗警报器响了；只好很快的抓着吞咽一碗饭或粥，顾不得细细的挑拣；于是盲肠炎就应运而生。

我入了江苏医院。外科主任刘玄三先生亲自动手。他是北方人，技术好，又有个热心肠。可是，他出了不少的汗。找了三个钟头才找到盲肠。我的胃有点下垂，盲肠挪了地方，倒仿佛怕受一刀之苦，而先藏躲起来似的。经过还算不错，只是外边的缝线稍粗（战时，器材缺乏），创口有点出水，所以多住了几天院。

我还没出院，家眷由北平逃到了重庆。只好教他们上北碚来。我还不能动。多亏史叔虎，李效庵两位先生——都是我的同学——设法给他们找车，他们算是连人带行李都来到北碚。

从这时起，我就不常到重庆去了。交通越来越困难，物价越来越高；进一次城就仿佛留一次洋似的那么费钱。除了文协有最要紧的事，我很少进城。

妻絜青在编译馆找了个小事，月间拿一石平价米，我照常写作，好歹的对付着过日子。

按说，为了家计，我应去找点事作。但是，一个闲散惯了的文人会作什么呢？不要说别的，假若在从武汉撤退的时候，我若只带二三百元（这并不十分难

211

筹）的东西，然后一把搂一把的去经营，说不定我就会成为百万之富的人。有许多人，就是这样的发了财的。但是，一个人只有一个脑子，要写文章就顾不得作买卖，要作生意就不用写文章。脑子之外，还有志愿呢。我不能为了金钱而牺牲了写作的志愿。那么，去作公务人员吧？也不行！公务人员虽无发国难财之嫌，可是我坐不惯公事房。去教书呢，我也不甘心。教我放下毛笔，去拿粉笔，我不情愿。我宁可受苦，也不愿改行。往好里说，这是坚守自己的岗位；往坏里说，是文人本即废物。随便怎么说吧，我的老主意。

我也戒酒。在省钱而外，也是为了身体。酒，到此时才看明白，并不帮忙写作，而是使脑子昏乱迟钝。

我戒了烟。这却专为省钱。可是，戒了三个月，又吸上了。不行，没有香烟，简直活不下去！

既不常进城，我开始计划写一部百万字的长篇小说。一百万字，我想，能在两年中写完；假若每天能照准写一千五百字的话。三十三年元月，我开始写这长篇——就是《四世同堂》。

可是，头昏与疟疾时常来捣乱。到三十三年年底，我才只写了三十万字。这篇东西大概非三年写不完了。

北碚虽然比重庆清静，可是夏天也一样的热。我的卧室兼客厅兼书房的屋子，三面受阳光的照射，到夜半热气还不肯散，墙上还可以烤面包。我睡不好。睡眠不足，当然影响到头昏。屋中坐不住，只好到室外去，而室外的蚊子又大又多，扇不停挥，它们还会乘机而入，把疟虫注射在人身上。"打摆子"使贫血的人更加贫血。

三十三年这一年又是战局最黑暗的时候，中原，广西，我们屡败；敌人一直攻进了贵州。这使我忧虑，也极不放心由桂林逃出来的文友的安全。忧虑与关切地减低了我写作的效率。

十二　望北平

三十三年四月十六日，文协开年会。第二天，朋友们给我开了写作二十年纪念会，到会人很多，而且有朗诵，大鼓，武技，相声，魔术等游艺节目。有许多朋友给写了文章，并且送给我礼物。到大家教我说话的时候，我已泣不成声。我感激大家对我的爱护，又痛心社会上对文人的冷淡，同时想到自己的年龄加长，而碌碌无成，不禁百感交集，无法说出话来。

这却给我以很大的鼓励。我知道我写作成绩并不怎么好；友人们的鼓励我，正像鼓励一个拉了二十年车的洋车夫，或辛苦了二十年的邮差，虽然成绩欠佳，可是始终尽责不懈。那么，为酬答友人的高情厚谊，我就该更坚定的守住岗位，专心一志的去写作，而且要写得更用心一些。我决定把《四世同堂》写下去。这部百万字的小说，即使在内容上没什么可取，我也必须把它写成，成为从事抗战文艺的一个较大的纪念品。

三十三的战局很坏，我可是还天天写作。除了头昏不能起床，我总不肯偷懒。这一年，《四世同堂》得到三十万字。

三十四年，我的身体特别坏。年初，因为生了个小女娃娃，我睡得不甚好，又患头晕。春初，又打摆子。以前，头晕总在冬天。今年，夏天也犯了这病。秋间，患痔，拉痢。这些病痛时常使我放下笔。本想用两年的功夫把《四世同堂》写完，可是到三十四年年底，只写了三分之二。这简直不是写东西，而是玩命！

抗战胜利了，我进了一次城。按我的心意，文协既是抗敌协会，理当以抗战始，以胜利终。进城，我想结束结束会务，宣布解散。朋友们可是一致的不肯使它关门。他们都愿意把"抗敌"取消，成为永久的文艺协会。于是，大家开始筹备改组事宜，不久便得社会部的许可，发下许可证。

关于复员，我并不着急。一不营商，二不求官，我没有忙着走的必要。八年流浪，到处为家；反正到哪里，我也还是写作，干吗去挤车挤船的受罪呢？我很想念家乡，这是当然的。可是，我既没钱去买黑票，又没有衣锦还乡的光荣，那么就教北平先等一等我吧，写了一首"乡思"的七律，就拿它结束这段"八方风雨"吧：

> 茫茫何处话桑麻？破碎山河破碎家；
> 一代文章千古事，余年心愿半庭花！
> 西风碧海珊瑚冷，北岳霜天翔角斜；
> 无限乡思秋日晚，夕阳白发待归鸦！

三十四年十二月二十八日于四川北碚
载一九四六年四月四日至五月十六日北平《新民报》

213

四位先生

吴组缃先生的猪

从青木关到歌乐山一带，在我所认识的文友中要算吴组缃先生最为阔绰。他养着一口小花猪。据说，这小动物的身价，值六百元。

每次我去访组缃先生，必附带的向小花猪致敬，因为我与组缃先生合计过了：假若他与我共同登广告卖身，大概也不会有人出六百元来买！

有一天，我又到吴宅去。给小江——组缃先生的少爷——买了几个比醋还酸的桃子。拿着点东西，好搭讪着骗顿饭吃，否则就太不好意思了。一进门，我看见吴太太的脸比晚日还红。我心里一想，便想到了小花猪。假若小花猪丢了，或是出了别的毛病，组缃先生的阔绰便马上不存在了！一打听，果然是为了小花猪：它已绝食一天了。我很着急，急中生智，主张给它点奎宁吃，恐怕是打摆子。大家都不赞同我的主张。我又建议把它抱到床上盖上被子睡一觉，出点汗也许就好了；焉知道不是感冒呢？这年月的猪比人还娇贵呀！大家还是不赞成。后来，把猪医生请来了。我颇兴奋，要看看猪怎么吃药。猪医生把一些草药包在竹筒的大厚皮儿里，使小花猪横衔着，两头向后束在脖子上：这样，药味与药汁便慢慢走入里边去。把药包儿束好，小花猪的口中好像生了两个翅膀，倒并不难看。

虽然吴宅有此骚动，我还是在那里吃了午饭——自然稍微的有点不得劲儿！

过了两天，我又去看小花猪——这回是专程探病，绝不为看别人；我知道现在猪的价值有多大——小花猪口中已无那个药包，而且也吃点东西了。大家都很高兴，我就又就棍打腿的骗了顿饭吃，并且提出声明：到冬天，得分给我几斤腊肉：组缃先生与太太没加任何考虑便答应了。吴太太说："几斤？十斤也行！想想看，那天它要是一病不起……"大家听罢，都出了冷汗！

马宗融先生的时间观念

马宗融先生的表大概是、我想是一个装饰品。无论约他开会，还是吃饭，他总迟到一个多钟头，他的表并不慢。

来重庆，他多半是住在白象街的作家书屋。有的说也罢，没的说也罢，他总要谈到夜里两三点钟。假若不是别人都困得不出一声了，他还想不起上床去。有人陪着他谈，他能一直坐到第二天夜里两点钟。表、月亮、太阳，都不能引起他注意到时间。

比如说吧，下午三点他须到观音岩去开会，到两点半他还毫无动静。"宗融兄，不是三点，有会吗？该走了吧？"有人这样提醒他，他马上去戴上帽子，提起那有茶碗口粗的木棒，向外走。"七点吃饭。早回来呀！"大家告诉他。他回答声"一定回来"，便匆匆地走出去。

到三点的时候，你若出去，你会看见马宗融先生在门口与一位老太婆，或是两个小学生，谈话儿呢！即使不是这样，他在五点以前也不会走到观音岩。路上每遇到一位熟人，便要谈，至少有十分钟的话。若遇上打架吵嘴的，他得过去解劝，还许把别人劝开，而他与另一位劝架的打起来！遇上某处起火，他得帮着去救。有人追赶扒手，他必然得加入，非捉到不可。看见某种新东西，他得过去问问价钱，不管买与不买。看到戏报子，马上他去借电话，问还有票没有……这样，他从白象街到观音岩，可以走一天，幸而他记得开会那件事，所以只走两三个钟头，到了开会的地方，即使大家已经散了会，他也得坐两点钟，他跟谁都谈得来，都谈得有趣，很亲切，很细腻。有人刚买一条绳子，他马上拿过来练习跳绳——五十岁了啊！

七点，他想起来回白象街吃饭，归路上，又照样的劝架，救火，追贼，问物价，打电话……至早，他在八点半左右走到目的地。满头大汗，三步当作两步走的。他走了进来，饭早已开过了。

所以，我们与友人定约会的时候，若说随便什么时间，早晨也好，晚上也好，反正我一天不出门，你哪时来也可以，我们便说"马宗融的时间吧"！

姚蓬子先生的砚台

作家书屋是个神秘的地方，不信你交到那里一份文稿，而三五日后再亲自去索回，你就必定不说我扯谎了。

进到书屋，十之八九你找不到书屋的主人——姚蓬子先生。他不定在哪里藏着呢。他的被褥是稿子，他的枕头是稿子，他的桌上、椅上、窗台上……全是稿子。简单的说吧，他被稿子埋起来了。当你要稿子的时候，你可以看见一个奇迹。假如说尊稿是十张纸写的吧，书屋主人会由枕头底下翻出两张，由裤袋里掏出三张，书架里找出两张，窗子上揭下一张，还欠两张。你别忙，他会由老鼠洞里拉出那两张，一点也不少。

单说蓬子先生的那块砚台，也足够惊人了！那是块是无法形容的石砚。不圆不方，有许多角儿，有任何角度。有一点沿儿，豁口甚多，底子最奇，四周翘起，中间的一点凸出，如元宝之背，它会像陀螺似的在桌上乱转，还会一头高一头低地倾斜，如浪中之船。我老以为孙悟空就是由这块石头跳出去的！

到磨墨的时候，它会由桌子这一端滚到那一端，而且响如快跑的马车。我每晚十时必就寝，而对门儿书屋的主人要办事办到天亮。从十时到天亮，他至少有十次，一次比一次响——到夜最静的时候，大概连南岸都感到一点震动。从我到白象街起，我没做过一个好梦，刚一入梦，砚台来了一阵雷雨，梦为之断。在夏天，砚一响，我就起来拿臭虫。冬天可就不好办，只好咳嗽几声，使之闻之。

现在，我已交给作家书屋一本书，等到出版，我必定破费几十元，送给书屋主人一块平底的，不出声的砚台！

何容先生的戒烟

首先要声明：这里所说的烟是香烟，不是鸦片。

从武汉到重庆，我老同何容先生在一间屋子里，一直到前年八月间。在武汉的时候，我们都吸"大前门"或"使馆"牌；小大"英"似乎都不够味儿。到了重庆，小大"英"似乎变了质，越来越"够"味儿了，"前门"与"使馆"倒仿佛没了什么意思。慢慢的，"刀"牌与"哈德门"又变成我们的朋友，而与小大"英"，不管是谁的主动吧，好像冷淡得日悬一日，不久，"刀"牌与"哈德门"又与我们发生了意见，差不多要绝交的样子。何容先生就决心戒烟！

在他戒烟之前，我已声明过："先上吊，后戒烟！"本来吗，"弃妇抛雏"的流亡在外，吃不敢进大三元，喝么也不过是清一色（黄酒贵，只好吃点白干），女友不敢去交，男友一律是穷光蛋，住是二人一室，睡是臭虫满床，再不吸两支香烟，还活着干吗？可是，一看何容先生戒烟，我到底受了感动，既觉自己无勇，又钦佩他的伟大；所以，他在屋里，我几乎不敢动手取烟，以免动摇他的坚决！

何容先生那天睡了十六个钟头，一支烟没吸！醒来，已是黄昏，他便独自走出去。我没敢陪他出去，怕不留神递给他一支烟，破了戒！掌灯之后，他回来了，满面红光，含着笑，从口袋中掏出一包土产卷烟来。"你尝尝这个，"他客气地让我，"才一个铜板一支！有这个，似乎就不必戒烟了！没有必要！"把烟接过来，我没敢说什么，怕伤了他的尊严。面对面的，把烟燃上，我俩细细地欣赏。头一口就惊人，冒的是黄烟，我以为他误把爆竹买来了！听了一会儿，还好，并没有爆炸，就放胆继续地吸。吸了不到四五口，我看见蚊子都争着向外边飞，我很高兴。既吸烟，又驱蚊，太可贵了！再吸几口之后，墙上又发现了臭虫，大概也要搬家，我更高兴了！吸到了半枝，何容先生与我也跑出去了，他低声地说："看样子，还得戒烟！"

何容先生二次戒烟，有半天之久。当天的下午，他买来了烟斗与烟叶。"几毛钱的烟叶，够吃三四天的，何必一定戒烟呢！"他说。吸了几天的烟斗，他发现了：（一）不便携带；（二）不用力，抽不到；用力，烟油射在舌头上；（三）费洋火；（四）须天天收拾，麻烦！有此四弊，他就戒烟斗，而又吸上香烟了。"始作卷烟者，其无后乎！"他说。

最近二年，何容先生不知戒了多少次烟了，而指头上始终是黄的。

　　　　　　　载 1942 年 6 月 22、23、24、25 日《新民报晚刊》

我所认识的沫若先生

关于沫若先生，据我看，至少有五方面值得赞述：

（一）他的文艺作品的创作及翻译；

（二）在北伐期间，他的革命功业；

（三）他在考古学上的成就；

（四）抗战以来，他的抗敌工作；

（五）他的为人。

对以上的五项，可怜，我都没有资格说话，因为：

（一）他的文艺作品及翻译，我没有完全读过，不敢乱说；而马上去搜集他的全部著作，从事研读，在今天，恐怕又不可能。

（二）关于北伐期间他的革命工作，他自己已经写出了一点；以后他还许有更详细的自述，用不着我替他说；要说，我也所知无几。

（三）对于他的考古学的成就，我只知道：遇有机会，我总是小学生似的恭听他讲说古史或古文字。因为，据专家们说：今日治考古学的人们可分为三类，第一类是学有家数，生经入史，根底坚深，但不习外国言语，昧于科学方法，用力至苦而收获无多。第二类是略知科学方法，复有研究趣味，而旧学根底不够，失之浮浅。第三类是通古如今，新旧兼胜，既不泥古，复能出新，研究结果乃能照耀全世。沫若先生，据专家们说，就属于第三类。这，我只能相信他们的话。当我恭听他讲述的时候，我只怀疑自己的理解力，一句类似批评的话也不敢说，——一个外行怎敢去批评内行们所推崇的内行呢？

（四）至于抗战以来，他的抗敌工作，是眼前的事情，人人知道，我并不比别人知道的多到哪里去，也就用不着多开口。

（五）关于他的为人，我照样的没有说话的资格，因为我认识他才不过四年。

不过一位新闻记者既可以由一面之缘而写印象记，那么，相识四年，还不可以放开胆子么？根据这个聊以自解的理由，我现在要说几句没有资格来说的话。

由四年来的观察，我觉得沫若先生是个：

（一）绝顶聪明的人，这里所说的"聪明"，并不指他的多才多艺而言，因为我要说的是他的为人，而不是介绍他在文艺上与学术上的才力与成就。我说他是绝顶聪明，因为他知道他自己的天才，知道他自己的地位，而完全不利用它们去取得个人的利益与享受。反之，他老想把自己的才力聪明用到他以为有意义的事上去，即使因此而受到很大的物质上的损失和身心上的苦痛，他也不皱一皱眉！他敢去革命，敢去受苦，敢从日本小鬼的眼皮下逃回祖国，来抵抗日本小鬼！我管这叫作愚傻的聪明，假若愚傻就是舍利趋义的意思的话。这种聪明才是一个诗人的伟大处：有了它，诗人的人格才宝气珠光。

（二）沫若先生是个五十岁的小孩，因为他永是那么天真、热烈，使人看到他的笑容，他的怒色，他的温柔和蔼，而看不见，仿佛是，他的岁数。他永远真诚，等到他因真诚而受了骗的时候，他也会发怒——他的怒色是永不藏起去的。这个脾气使他不能自已的去多知多闻，对什么都感觉趣味；假若是他的才力所能及的，他便不舍昼夜去研究学习，他写字，他作诗，他学医，他翻译西洋文学名著，他考古……而且，他都把它们做得好；他是头狮子，扑什么都用全力，等到他把握到一种学术或技艺，他会像小孩拆开一件玩具那么天真，高兴，去告诉别人，领导别人；他的学问，正和他的生命一样，是要献给社会、国家与世界的。他对人也是如此，虽然不能有求必应，但凡是他所能做到的，无不尽心尽力的去为人帮忙。最使我感动的是他那随时的，真诚而并不正颜厉色的，对朋友们的规劝。这规劝，像春晓的微风似的，使人不知不觉的感到温暖，而不能不感谢他。好几次了，他注意到我贪酒。好几次了，当我辞别他的时候，他低声的，微笑的，像极怕伤了我的心似的，说："少喝点酒啊！"好多次了，我看见他这样规劝别人——绝不是老大哥的口气，而永远是一种极同情，极关切的劝慰。在我不认识他的时候，我以为他是一条猛虎；现在，相识已有四年。我才知道他是个伏虎罗汉。

啊，五十岁的老小孩，我相信你会继续在创作上，学术研究上，抗敌工作上，用你的聪明；也相信，你会在创作研究等等而外，还时时给我们由你心中发出的春风！

载 1942 年 6 月《抗战文艺》第 7 卷第 6 期

大地的女儿

我与史沫特莱初次会面是在一九四六年九月里，以前，闻名而不曾见过面。

见面的地点是雅门（XADDO）。雅门是美国纽约省的一所大花园，有一万多亩地。园内有松林、小湖、玫瑰圃、楼馆，与散在松荫下的单间书房。此园原为私产。园主是财主，而喜艺术。他死后，继承人们组织了委员会，把园子作为招待艺术家来创作的地方。这是由一九二六年开始的，到现在已招待过五百多位艺术家。招待期间，客人食宿由园中供给。

园林极美，地方幽静。这的确是安心创作的好地点。当我被约去住一个月的时候，史沫特莱正在那里撰写朱德总司令传。

客人们吃过早饭，即到林荫中的小书房去工作。游园的人们不得到书房附近来，客人们也不得凑到一处聊天。下午四点，工作停止，客人们才到一处，或打球、或散步、或划船。晚饭后，大家在一处或闲谈、或下棋、或跳舞、或喝一点酒。这样，一个月里，我差不多能见到史沫特莱。

她最初给我的印象是：这是个烈性的女人。及至稍熟识了一点，才知道她是路见不平，拔刀相助，如烈性男儿，可又善于体贴，肯服侍人，像个婆婆妈妈的中年妇人。赶到读了她的自传，《大地的女儿》，我更明白了她是既敢冲破一切网罗束缚的战士，又是个多情的女子。因此，她非常的可爱，她在工作之暇，总是挑头儿去跳舞、下棋或喝两杯酒。这些小娱乐与交际，使大家都愿意接近她；她既不摆架子，又不装腔作势。她真纯。她有许多印度亲戚与朋友。赶到他们来到，她就按着东方的习俗招待他们，拿出所有的钱给他们花，把自己的床让给他们睡，还给他们洗衣服、做饭。她并不因为自己思想前进，而忽略了按照着老办法招呼亲友。

虽然如此，她却无时无地不给当时的中国的解放区与苏联做宣传。在作这种宣传的时候，她还是针对着对象，适当的发言，不犯急性病。比如，有两次她到

220

新从战场上退役的士兵里去活动，教他们不要追随着老退伍军人做反动的事情，她就约我同去，先请我陈述蒋介石政权是多么腐烂横暴，而后她自己顺着我的话再加以说明。她并不一下子就说中国的解放区怎么好——那会教文化不高的士兵害怕，容易误认为她要劝他们加入共产党。同样的，她与一位住在雅门的英国作家讨论世界大势的时候，她也留着神，不一下子就赶尽杀绝。那位英国作家参加过西班牙内战，痛恨法西斯主义。可是，正和许多别的英国文化人一样，他一方面反法西斯，却一方面又为英国工党政府的反动政策做辩护，反对苏联。史沫特莱有心眼，知道自己要是一个劲的说苏联好，必会劳而无功，或者弄得双方面红耳赤，下不来台。她总先提：苏联的建设是全世界的一个新理想，新试验，他就是人类的光明。因此，我们不能只就某一件事去批评苏联，而须高瞻远瞩的为苏联着想，为全人类的光明远景着想。我们若是依据着别人的话语去指摘苏联，便会减低了我们的理想，遮住了人类的光明。这种苦口婆心的，识大体的规劝，对于可左可右的知识分子是大有说服力量的。

可是，她并不老婆婆妈妈。当她看到不平的事情，她会马上冒火，准备开打。有一次，我们到市里去吃饭（雅门园距市里有二英里，可以慢慢走去），看见邻桌坐着一男一女两位黑人。坐了二十多分钟，没有人招呼他们。女的极感不安，想要走出去，男的不肯。史沫特莱过去把他们让到我们桌上来，同时叫过跑堂的质问为什么不伺候黑人。那天，有某进步的工会正在市里开年会，她准备好，假若跑堂的出口不逊，她会马上去找开会的工人代表们，来兴师问罪。幸而，跑堂的见她声色俱厉，在她面前低了头；否则，那天会出些事故的。

后来，她来过纽约，为控诉麦克阿瑟。可惜，我没有见着她。据说：麦克阿瑟说她是红侦探，所以她一怒来到纽约起诉。她一点也没看得起占据日本的加料天皇。

也因为她，雅门后来遭受检查与检举，说那里窝藏危险人物，传播危险思想。雅门招待过不少前进的艺术家，不过史沫特莱是最招眼毒的。

在雅门的时候，要跟她谈到那时候国内文艺作家的贫困。她马上教我起草一封信，由她打出多少份，由她寄给美国的前进作家们。结果，我收到了大家的献金一千四百多元，存入银行。我没法子汇寄美金，又由她写信给一位住在上海的友人，教她把美金交给那时候的"文协"负责人。她的热心、肯受累、肯负责，令人感动、感激。

从她的精力来看，她不像个早死的人。她的死是与美国在第二次大战后，日甚一日的走向法西斯化，大有关系。单是这个恶劣倾向，已足使许多开明的知识

221

分子感到痛苦，而史沫特莱又是身受其害的人，就不能不悲愤抑郁，以至伤害了她的健康。我不大知道她临死时的情况，但是我的确知道这几年中，美国人被压迫病了的、疯了的、自杀了的，也不在少数。

在她去世以前，我知道，她曾有机会到印度去。可是她告诉我：要走，我就再到中国去！

美国政府不允许她再到中国来，她只能留下遗嘱把尸身埋葬在她所热爱的中国去。她临死还向那要侵略中国的美国战争贩子，与诬蔑新中国的政客财阀们抗议——她的骨头要埋在中国的土地里。她是中国人民的真朋友。

在她的心里，没有国籍的种族的宗教的成见。她热爱世界上所有的劳苦大众，她自己就是劳苦出身。她受过劳苦人民所受的压迫、饥寒、折磨，所以哪里有劳苦人民的革命，她就往哪里去。她认识中国人，同情中国人，热爱中国人，死了还把尸骨托付给中国人，因为她认识了中国的革命是人民的革命。安眠吧，大地的女儿，你现在是睡在人民革命胜利了的地土中！

载 1951 年 5 月 6 日《光明日报》

白石夫子千古

齐白石夫子在国内与国际所获得的极高的荣誉，是他生平热爱劳动、勤学苦练，及富于创造精神的结果。中年以前，他是工人，文化程度不很高。中年以后，凭着坚定不拔的毅力，日夜不辍的艰苦学习，他成为能画、能诗、能写和治印的大艺术家。在没有成名的时候，他好学不倦，克服一切困难；成名之后，他并不自满，仍力求精进，要求自己不断地创造。结果，他的画、诗、书法与刻印都独具风格，自成一家。这种精神是我们每个人都该学习的。是的，他年将九十时，为了参加保卫世界和平运动，还养了几只鸽子，精心观察，以便绘画和平鸽。已到九十五的高龄，他还辛勤作画，时得前所未有的精品。只在最近二年，他才不能坚持日课，因为时常生病。

在学习时期，白石夫子并不专师一家，而广为临摹，吸收各家的长处。及至掌握了各种基本技巧，他便力求创造，不再摹拟。以他五十岁的和七十岁的作品比较，简直不像出于一人之手；直到九十岁之后，他还不断有所创造。我们应当学习夫子的下苦功夫把基础打好，然后放胆创造的精神。

近些年来，学习国画的往往偏于因袭古法，不多自振拔。假若这样继续下去，则国画有走入绝径的危险。白石夫子的功绩即在不甘保守，承袭古法而推陈出新，使国画不失其为国画，可是独创了一种新的风格，给国画增添了新的生命力量。所以他成为大师，在绘画史中有他自己的特殊地位。

在他以前，也曾有人尝试改革国画，另辟途径。可是，他们多偏重笔墨趣味，潇洒出尘，不斤斤于形似。这样，他们的作品便只能得到文人雅士的欣赏，不一定为群众所喜。白石夫子非常讲究笔墨，可是笔墨所至，又能形色鲜明，状物传神，雅俗共赏。夫子出身工人，感情与群众一致，所以他的作品变而不幻，新而不怪。他的改革与创辟是健康的。

有一次，我以《芭蕉叶卷抱秋花》为题，求夫子作画。夫子年高，已记不得蕉叶新拔，是向左还是向右卷着。北京又没有多少芭蕉可供观察，于是老人含着笑说："只好不要卷叶了，不能随便画呀！"是的，夫子作画永远这样严肃，永远要看见真东西，而后独出心裁，设计画稿。他笔下的鱼、虾、草虫，没有一足一须不正确的，不合适的。市上假画甚多，假若我们发现虫或鸟有什么画得不妥当的地方，十之八九就是伪造的。夫子的山水也是先看了名山大川，而后落笔的。

白石夫子是一代大师，可是向来不随便说别人的作品不好。对于学生们，夫子也时时给予热诚的鼓舞。学生们拿来作品，夫子总要题上些字，给以鼓励。白石夫子与我们长辞了，我切盼国画界今后在党的领导下，亲密地团结，使人民所喜爱的传统绘画的确作到百花齐放，日新月异！让我们继承白石夫子的热爱劳动、勤学苦练，与努力创造的精神，把毕生的精力献给人民的美术事业吧！

白石夫子千古！

载 1957 年 9 月 22 日《人民日报》

贺　年

劳动是最有滋味的事。肯劳动，连过新年都更有滋味，更多乐趣。

记得当初我还是个孩子的时候，家里很穷。所以母亲在一入冬季就必积极劳动，给人家浆洗大堆大堆的衣服，或代人赶做新大衫等，以便挣到一些钱，作过年之用。

姐姐和我也不能闲着。她帮助母亲洗、做；我在一旁打下手儿——递烙铁、添火，送热水与凉水等等。我也兼管喂狗、扫地、和给灶王爷上香。我必须这么作，以便母亲和姐姐多赶出点活计来，增加收入，好在除夕与元旦吃得上包饺子！

快到年底，活计都交出去，我们就忙着筹备过年。我们的收入有限，当然不能过个肥年。可是，我们也有非办不可的事：灶王龛上总得贴上新对联，屋子总得大扫除一次，破桌子上已经不齐全的铜活总得擦亮，猪肉与白菜什么的也总得多少买一些。由大户人家看来，我们的这点筹办工作的确简单的可怜。我们自己却非常兴奋。

我们当然兴奋。首先是我们过年的那一点费用是用我们自己的劳动换来的，来得硬正。每逢我向母亲报告：当铺刘家宰了两口大猪，或放债的孙家请来三堂供佛的、像些小塔似的头号"蜜供"，母亲总会说：咱们的饺子里菜多肉少，可是最好吃！当时，我不大明白为什么菜多肉少的饺子反倒最好吃。在今天想起来，才体会到母亲的话里确有很高的思想性。是呀，第一我们的饺子不是由开当铺或放高利贷得来的，第二我们的饺子是亲手包的，亲手煮的，怎能不最好吃呢？刘家和孙家的饺子必是油多肉满，非常可口，但是我们的饺子会使我们的胃里和心里一齐舒服。

劳动使我们穷人骨头硬，有自信心。回忆起来，在那黑暗的岁月里，我们一家子怎么闯过了一关又一关，终于挣扎过来，得到解放，实在不能不感谢共产党，也不能不提到母亲的热爱劳动。她不懂得革命，可是她使儿女们相信：只要手脚不闲着，便不会走到绝路，而且会走得噔噔的响。

虽然母亲也迷信，天天给灶王上三炷香，可是赶到实在没钱请香的时节，她会告诉灶王：对不起，今天饿一顿，明天我挣来钱再补上吧！是的，她自信能够挣来钱，使神仙不至于长期挨饿。我看哪，神佛似乎倒应当向她致谢、致敬！

我也体会到：劳动会使我们心思细腻。任何工作都不是马马虎虎就能做好的。马马虎虎，必须另做一回，倒不如一下手就仔仔细细，做得妥妥帖帖。劳动与取巧是结合不到一处的。要不怎么劳动能改变人的气质呢。

说起来有点奇怪，回忆往事，特别是幼年与少年时代的事，也不知怎么就觉得分外甜美。事实上，我在幼年与少年遇到的那些事，多半是既不甜，也不美的。恐怕是因为年少单纯，把当时的事情能够记得特别深刻，清楚，所以到后来每一回想就觉得滋味深长，又甜又美。若是果然如此，我们便应警惕：是否我们太善于恋旧，因而容易保守呢？沉醉于过去，就会不看今天的进步事实，更不看明天的美丽远景，一来二去，没法不做出"今不如昔"的结论而感慨系之。这可就非常危险！保守落后的人就是阻碍社会向前发展的人！

不过，咱们开头就说的是劳动最有滋味。是的，假若幼年与少年时代过的是勤苦生活，回忆起来就不能不果然甜美了。小时候养成的好习惯，必然直到如今还继续发生作用，怎能不美呢！到今天，我还天天自己收拾屋子，不肯叫别人插手。这点轻微的劳动本算不了什么大事，值不得夸口。可是，它的作用并不限于使屋里干净，瓶子罐子都有一定的位置。它还给我的写作生活一些好的影响。我天天必擦抹桌子，也必拿笔写点什么。劳动不同，劲儿可是一样，不干点什么，心里就不舒服。擦桌子要擦得干干净净，写稿子也要写得清清楚楚，劲儿又是一样。不这样心里就不安。不管怎么说，这都是好习惯。古语说：业精于勤。据我看，光勤于用脑力而总不用体力，业也许不见得能精；两样都用，心身并健，一定更有好处。

欣逢新岁，想起当年，觉得劳动滋味的确甜美，而且享受不尽。因而也就想到今天有多少干部与多少作家都正在山上或乡下，和农民们在一处过年。这真是可喜的事，令我羡慕。我敢断言：你们和农家的父老兄弟们在一处包饺子过年，一定吃得最香甜，胃里和心里一齐都舒服。这点生活经验，我相信，将永远成为您们记忆中的最甜美的部分，而且热爱劳动的习惯一旦养成，即能终身享受不尽。尝到劳动滋味的人有福了，因为社会主义的幸福是您们的！谨向您们致贺，向一切劳动人民致敬，并祝

新年之禧！

载 1958 年 1 月 1 日《人民日报》

祭王统照先生

　　王统照先生的逝世是文艺界的很大损失。他为人诚笃，治学严谨；近年来对社会主义的文化事业建设具有热情。这样的人是死不得的！我们需要他！

　　他与我同岁，自从初识到如今，三十年如一日，始终是最亲密的好友。他的死使我极其伤心。但是，一想到文艺界怎么需要他，我就更伤心了！

　　解放后，他每逢来到北京，必来看我。他的身体一次比一次弱，有时候连说话都感到困难。可是，他不肯休息，该到北京来就到北京来。他把工作摆在第一，个人的病痛放在其次。见了面，尽管说话困难，他还是尽量地谈工作，谈文艺，谈自己的写作计划。他的劳动热情压倒了病痛。到了实在不能再说下去的时候，他还是亲热地看着我，仿佛是说：这点病不算什么，相信我吧，我还会做许多许多的事情。及至我劝他应当多休息休息，他便只那么笑一笑，表示必须抓紧时间，做出更多的成绩。

　　他末一次来京，身体极坏。我到旅舍看他，他刚由医院回来。他喘得厉害。他可是还勉强地道歉：等一等，等我喘过气来再谈！

　　他坐了一会儿，喘得稍好一些，便赶紧说：我是来看看老朋友们！

　　我的泪马上要落下来。是的，他是爱朋友的人，抱着重病，不远千里，来看看大家——也许永难再见了！

　　克家也这么看出来，所以对我说：剑三恐怕要"走"到咱们前面去了！因此，剑三（统照先生的字）离京后，我们非常不放心，并且极怕接到济南来的电报或电话。

　　可是，电话终于来了……

　　剑三，老友，安眠吧，中国必会富强，文艺事业必会日益繁荣，你尽到了你的心，我们必定也尽到我们的心！人总是会死的，我们一定向你学习，在死之前，把生命献给社会主义建设！

载 1958 年 1 月 10 日《前哨》1 月号

悼念罗常培先生

与君长别日，悲忆少年时……

听到罗莘田（常培）先生病故的消息，我就含着热泪写下前面的两句。我想写好几首诗，哭吊好友。可是，越想泪越多，思想无法集中，再也写不下去！

悲忆少年时！是的，莘田与我是小学的同学。自初识到今天已整整有五十年了！叫我怎能不哭呢？这五十年间，世界上与国家里起了多大的变化呀，少年时代的朋友绝大多数早已不相闻问或不知下落了。在莘田活着的时候，每言及此，我们就都觉得五十年如一日的友情特别珍贵！

我记得很清楚：我从私塾转入学堂，即编入初小三年级，与莘田同班。我们的学校是西直门大街路南的两等小学堂。在同学中，他给我的印象最深，他品学兼优。而且长长的发辫垂在肩前；别人的辫子都垂在背后。虽然也吵过嘴，可是我们的感情始终很好。下午放学后，我们每每一同到小茶馆去听评讲《小五义》或《施公案》。出钱总是他替我付。我家里穷，我的手里没有零钱。

不久，这个小学堂改办女学。我就转入南草厂的第十四小学，莘田转到报子胡同第四小学。我们不大见面了。到入中学的时候，我们俩都考入了祖家街的第三中学，他比我小一岁，而级次高一班。他常常跃级，因为他既聪明，又肯用功。他的每门功课都很好，不像我那样对喜爱的就多用点心，不喜爱的就不大注意。在"三中"没有好久，我即考入北京师范，为的是师范学校既免收学膳费，又供给制服与书籍。从此，我与莘田又不常见了。

师范毕业后，我即去办小学，莘田一方面在参议院做速记员，一方面在北大读书。这就更难相见了。我们虽不大见面，但未相忘。此后许多年月中都是如此，忽聚忽散，而始终彼此关切。直到解放后，我们才又都回到北京，常常见面，高高兴兴地谈心道故。

莘田是学者，我不是。他的著作，我看不懂。那么，我们俩为什么老说得

228

来，不管相隔多远，老彼此惦念呢？我想首先是我俩在做人上有相同之点，我们都耻于巴结人，又不怕自己吃点亏。这样，在那污浊的旧社会里，就能够独立不倚，不至被恶势力拉去做走狗。我们愿意自食其力，哪怕清苦一些。记得在抗日战争中，我在北碚，莘田由昆明来访，我就去卖了一身旧衣裳，好请他吃一顿小饭馆儿。可是，他正闹肠胃病，吃不下去。于是，相视苦笑者久之。

是的，遇到一处，我们总是以独立不倚，作事负责相勉。志同道合，所以我们老说得来。莘田的责任心极重，他的学生们都会作证。学生们大概有点怕他，因为他对他们的要求，在治学上与为人上，都很严格。学生们也都敬爱他，因为他对自己的要求也严格。他不但要求自己把学生教明白，而且要求把他们教通了，能够去独当一面，独立思考。他是那么负责，哪怕是一封普通的信，一张字条，也要写得字正文清，一丝不苟。多少年来，我总愿向他学习，养成凡事有条有理的好习惯，可总没能学到家。

莘田所重视的独立不倚的精神，在旧社会里有一定的好处。它使我们不至于利欲熏心，去蹚混水。可是它也有毛病，即孤高自赏，轻视政治。莘田的这个缺点也正是我的缺点。我们因不关心政治，便只知恨恶反动势力，而看不明白革命运动。我们武断地以为二者既都是搞政治，就都不清高。在革命时代里，我们犯了错误——只有些爱国心，而不认识革命道路。细想起来，我们的独立不倚不过是独善其身，但求无过而已。我们的四面不靠，来自黑白不完全分明。我们总想远远躲开黑暗势力，而躲不开，可又不敢亲近革命。直到革命成功，我们才明白救了我们的是革命，而不是我们自己的独立不倚！

是的，到解放后，我们才看出自己的错误，从而都愿随着共产党走，积极为人民服务。彼此见面，我们不再提独立不倚，而代之以关心政治，改造思想。可是，多年来养成的思想习惯往往阻碍着我们的思想跃进。莘田哪，假若你能多活几岁，我相信我们会互相督励，勤于学习，叫我们的心眼更亮堂一些，胸襟更开朗一些，忘掉个人的小小顾虑，而全心全意地接受党的领导，作出更多更好的工作来！你死的太早了！

莘田虽是博读古籍的学者，却不轻视民间文学。他喜爱戏曲与曲艺，常和艺人们来往，互相学习。他会唱许多折昆曲。莘田哪，再也听不到你的圆滑的嗓音，高唱《长生殿》与《夜奔》了！

安眠吧，莘田！我知道：这二三年来，你的最大苦痛就是因为身体不好，不能照常工作，老觉得对不起党与人民！安眠吧，在治学与教学上你尽了所能尽的心力，在政治思想上你更不断地学习，改造自己，儿女们都已长大，朋友与学生

229

们都不会忘了你，休息吧！特别重要的是，我们都知道，并且永难忘记：党怎么爱护你，信任你！疾病夺去你的生命，你的朋友、学生和子女却都会因你所受的爱护与教育而感激党，靠近党，从而全心全意地努力于社会主义的建设！安眠吧，五十年的老友！明年来祭你的时候，祖国的革命事业必又有飞跃的发展与成就，你含笑休息吧！

载 1959 年 1 月号《中国语文》

悼于非闇画师

于非闇画师的病故是全国画界的损失！

画师多才多艺，能画、能写、能刻印。善莳花、豢鸽、养鱼，并善于鉴赏古器。从养花养鸽得来的知识，都运用在绘画上，所以他特精绘事，尤精于花卉翎毛。

画师在施彩运墨方面，多遵宋元秘法，可是构图状物，一本真实，所以他笔下的一花一木既饶古趣，又有所创造。他极重写生。即在晚年，虽已成名，可是还时刻留神观察百卉虫鸟，以求精确。每逢公园牡丹盛开，或闻某处有菊花展览，他必去详为赏览，勾画底稿多幅。每值我家菊开，画师必来，徘徊花间，见细瓣如针，或色嫩韵秀，虽谓"这怎么画呢"，事实上，他并不畏难；他千方百计地想办法，把最不易摹拟的画了出来。这便是创造，因为前人没有这么画过。

他善养鸽，著有专书。为了保卫世界和平的宣传，他画过各种各式的鸽子。对鸽子的姿态，他有多年的观察。可是，有一次朋友们求他作大幅的翔鸽图，他为了难。平日放鸽，他只能仰观。他没从上俯视过鸽子如何飞翔。于是，他就到城楼上去俯视鸽群的起落，而后动笔描画。这种严肃的态度，使许多青年画家受到感动。

他坚持日课，每日必画。他画工笔画，费时间较多。可是在解放后，他有多少作品啊。这证明他是如何精勤，至老不懈。他只住着三间小屋，但是他不因环境局促，而稍弛怠。绘画就是他的生命，一拿起笔来，他就得到无穷的乐趣，日夕不息地把春花秋卉赠给广大群众。是的，他的作品是雅俗共赏，受到普遍称赞的。到了晚年，他笔下的群芳特别明艳。他说：万紫千红，争奇斗艳，才足以配合新社会的新气象。

是的，他热爱新社会。他衷心感激党对他个人与对传统绘画的关切与爱护。为表示他个人对党的感激，他刻了一块图章，文曰"再生"。当他卧病医院的时候，他还念念不忘的就是画家要靠近党，在党的领导下发展国画事业。

入医院之后，他极为乐观。他相信自己会恢复健康，会创作出更好的作品来。可是，病痛夺去了他的生命，现在正在画舫斋展出的他的那幅极精彩的《牡丹鸽子》遂成绝笔！

非阇先生，安息吧！您的独具风格的作品会流传下去，您的徒弟们不但会继承您的画法，成为流派，而且也会发扬您的勤学苦练的精神，毕生不懈地争取青出于蓝而胜于蓝的成就。您的画界朋友们现在团结得很好，而且会更好，国画的发展的确可以作到百花齐放，推陈出新！安息吧，非阇先生！我们的国家正在百废俱兴，日趋富强，我们的美术事业也随之而欣欣向荣，生机活跃！

载 1959 年 7 月 7 日《人民日报》

勤俭持家

在旧日的北京，人们清晨相遇，不互道早安，而问"您喝了茶啦"。这有个原因：那时候，绝大多数的人家每日只吃两顿饭。清晨，都只喝茶。上午九十点钟吃早饭，下午四五点钟吃晚饭，大家都早睡早起。

老北京里并非没有花天酒地、骄奢淫逸的生活。不过，那只限于富贵之家；一般市民是有勤俭持家的好传统的。当人们表扬一个好媳妇的时候，总夸她"会过日子"。会过日子即是会勤俭持家。

在我还是个孩子的时候，我们的小胡同里，住着赤贫的人家，也住着中等人家。即使是中等人家，对吃饭馆这件事也十分生疏。按照我们的胡同那时候的舆论说：大吃大喝是败家的征兆。

是的，我们都每日只进两餐，每餐只有一样菜——冬天主要的是白菜、萝卜；夏天是茄子、扁豆。饺子和打卤面是节日的饭食。在老京剧里，丑角往往以打卤面逗笑，足证并不常吃。至于贫苦的人家，像我家，夏天佐饭的"菜"，往往是盐拌小葱，冬天是腌白菜帮子，放点辣椒油。还有比我们更苦的，他们经常以酸豆汁度日。它是最便宜的东西，一两个铜板可以买很多。把所能找到的一点粮或菜叶子掺在里面，熬成稀粥，全家分而食之。从旧社会过来的卖苦力的朋友们都能证明，我说的一点不假！

党和毛主席不断地教导我们，叫我们勤俭持家，勤俭办一切的事。可是，我们的生活有所改善，家里参加工作的人多了，工资也多了。口袋里有了钱，就容易忘了勤俭，甚至连往日喝酸豆汁度日的苦楚也忘了！勤俭持家的好传统万万忘不得！

载 1961 年 2 月 12 日《北京晚报》

敬悼郝寿臣老先生

郝老先生，我从十几岁刚刚会听戏的时候，就认识您。您可还不认识我。我看过您的戏。那时候，您扮演《打渔杀家》里的倪荣，和《失街亭》里的马谡等等。不管您扮演什么角色，哪怕只有一两句唱儿，或一点点武打，您总是全力以赴，一丝不苟。您不因扮演二路角色而不卖力气。这使观众看出来，以您的严肃认真，您的表演艺术成就是未可限量的。大家认识了您，即使您扮倪荣，一出台帘便有人喝彩。

郝老先生，您没有使大家失望。不久，您的《审李七》与《长坂坡》等便成为拿手好戏，驰誉京津。人家都说您是黄三老夫子的继承人，管您叫作"活曹操"。这是多么不容易得到的荣誉啊！

郝老先生，您会的戏很多，又有《审李七》等戏看家。按说，您就可以轻松自在地作个名演员了。可是，您并不满足于已得到的声誉。您要活到老，学到老，一出跟着一出，您已将失传的剧目整理出来，和群众见面。大家多么兴奋啊，又看到《打督邮》《打曹豹》《打龙棚》《黄一刀》……那时候，四大名旦竞演新戏，女演员们也不断演出新的剧目，而净角却欠活跃，今天，《草桥关》，明天《忠孝全》，没有相应的新尝试与贡献。只有您，当仁不让，不辞辛劳，把渐成绝响的剧目挖掘出来，加以整理，打破了花脸行的沉寂，得到观众的赞扬。大家都说：您既有深厚的根底，又肯好学不倦。您不止挖掘老剧目，而且与杨小楼、高庆奎、马连良诸名家共同钻研，整理出武生与花脸、老生与花脸合演的名剧。在当时，大家都争先恐后地去欣赏您自己独挑的，和您与诸名家合演的重排或新排的好戏；在今天看来，我们实在应当感谢您的孜孜不息，为京剧保存下来，增添出来，那么多的剧目。随着这些剧目，唱腔、脸谱、服装，与表演技术，因以丰富。

郝老先生，您在学戏的时候，看见过前辈们的演技，所以您有资格整理，重排那些老戏。您又能够择善而从，吸取各家的长处，所以在保存老节目之中，您又有所创造。您的唱腔、脸谱，乃至于一冠一带，都既根据传统，又加以改革。承前启后，定非过誉。按照传统，京剧净角，必须会演《醉打山门》《火判》《嫁妹》等昆曲。您承继了这个传统。您学过多少出昆腔，我不知道。可是，在您中年，您演出了最受欢迎的《醉打山门》。那是多么繁重难演的戏呀，您可是不因难而退。您的继承传统，不是找容易的去学，而是敢碰一碰那最难的！您有毅力，不怕难！同时，在《醉打山门》中，您也改造了鲁智深的形象。您不因那是最难的而只求循规蹈矩；不，您愿独出心裁，推陈出新！

郝老先生，您一生始终守身如玉，这是内外行久已知道的，钦佩的。您把个人的修持与艺术的修养视为分不开的。是的，您在旧社会里演戏那么多年，而没有染上旧社会里的坏习气。您有一股正气。旧日的统治阶级是看不起戏曲演员的，您可是以那一股正气打退他们的欺侮。在日本军阀占据北京的时候，您留下胡子，不肯再登台。

郝老先生，在解放后，您高兴起来，欣然就任北京戏曲学校校长。学校初创，条件很差。您可是兴高采烈。校长室并不是专为办公用的，而是老有一群孩子围着您，请您说戏。孩子们爱您，您感到愉快，只要他们肯学，您就肯教。您感激党与政府，决定把全身本领传授给第二代。在您身体不大好的时候，也还把孩子们叫到家中去上课。而且，您教花脸戏使用自己的路子，赶到教铜锤戏呢，又用金秀山等前辈的唱法。这不仅因为您渊博，而且表现了您只看艺术，不存门户之见。

郝老先生，您的逝世是京剧界的一个损失。可是，您的道德品质与表演艺术是会留芳千古，影响后代的。安眠吧，我们敬爱的郝老先生！

载 1961 年 11 月 30 日《人民日报》

谈艺录 ›››››››››››››

又是一年芳草绿

　　悲观有一样好处，它能叫人把事情都看轻了一些。这个可也就是我的坏处，它不起劲，不积极。您看我挺爱笑不是？因为我悲观。悲观，所以我不能板起面孔，大喊："孤——刘备！"我不能这样。一想到这样，我就要把自己笑毛咕了。看着别人吹胡子瞪眼睛，我从脊梁沟上发麻，非笑不可。我笑别人，因为我看不起自己。别人笑我，我觉得应该：说得天好，我不过是脸上平润一点的猴子。我笑别人，往往招人不愿意；不是别人的量小，而是不像我这样稀松，这样悲观。

　　我打不起精神去积极的干，这是我的大毛病。可是我不懒，凡是我该做的我总想把它做了，总算得点报酬养活自己与家里的人——往好了说，尽我的本分。我的悲观还没到想自杀的程度，不能不找点事做。有朝一日非死不可呢，那只好死喽，我有什么法儿呢？

　　这样，你瞧，我是无大志的人。我不想当皇上。最乐观的人才敢做皇上，我没这份胆气。

　　有人说我很幽默，不敢当。我不懂什么是幽默。假如一定问我，我只能说我觉得自己可笑，别人也可笑；我不比别人高，别人也不比我高。谁都有缺欠，谁都有可笑的地方。我跟谁都说得来，可是他得愿意跟我说；他一定说他是圣人，叫我三跪九叩报门而进，我没这个瘾。我不教训别人，也不听别人的教训。幽默，据我这么想，不是嬉皮笑脸，死不要鼻子。

　　也不知怎股子劲儿，我成了个写家。我的朋友德成粮店的写账先生也是写家，我跟他同等，并且管他叫二哥。既是个写家，当然得写了。"风格即人"——还是"风格即驴"？——我是怎个人自然写怎样的文章了。于是有人管我叫幽默的写家。我不以这为荣，也不以这为辱。我写我的。卖得出去呢，多得个三块五块的，买什么吃不香呢。卖不出去呢，拉倒，我早知道指着写文章吃饭是不易的事。

239

稿子寄出去，有时候是肉包子打狗，一去不回头；连个回信也没有。这，咱只好幽默；多咱见着那个骗子再说，见着他，大概我们俩总有一个笑着去见阎王的。不过，这是不很多见的，要不怎么我还没想自杀呢。常见的事是这个，稿子登出去，酬金就睡着了，睡得还是挺香甜。直到我也睡着了，它忽然来了，仿佛故意吓人玩。数目也惊人，它能使我觉得自己不过值一毛五一斤，比猪肉还便宜呢。这个咱也不说什么，国难期间，大家都得受点苦，人家开铺子的也不容易，掌柜的吃肉，给咱点汤喝，就得念佛。是的，我是不能当皇上，焚书坑掌柜的，咱没那个狠心，你看这个劲儿！不过，有人想坑他们呢，我也不便拦着。

这么一来，可就有许多人看不起我。连好朋友都说："伙计，你也硬挣着点，说你是为人类而写作，说你是中国的高尔基；你太泄气了！"真的，我是泄气，我看高尔基的胡子可笑。他老人家那股子自卖自夸的劲儿，打死我也学不来。人类要等着我写文章才变体面了，那恐怕太晚了吧？我老觉得文学是有用的；拉长了说，它比任何东西都有用，都高明。可是往眼前说，它不如一尊高射炮，或一锅饭有用。我不能吆喝我的作品是"人类改造丸"。我也不相信把文学杀死便天下太平。我写就是了。

别人的批评呢？批评是有益处的。我爱批评，它多少给我点益处；即使完全不对，不是还让我笑一笑吗？自己写的时候仿佛是蒸馒头呢，热气腾腾，莫名其妙。及至冷眼人一看，一定看出许多错儿来。我感谢这种指摘。说的不对呢，那是他的错儿，不干我的事。我永不驳辩，这似乎是胆儿小；可是也许是我的宽宏大量。我不便往自己脸上贴金。一件事总得由两面瞧，是不是？

对于我自己的作品，我不拿她们当作宝贝。是呀，当写作的时候，我是卖了力气，我想往好了写。可是一个人的天才与经验是有限的，谁也不敢保了老写的好，连荷马也有打盹的时候。有的人呢，每一拿笔便想到自己是但丁，是莎士比亚。这没有什么不可以的，天才须有自信的心。我可不敢这样，我的悲观使我看轻自己。我常想客观的估量估量自己的才力；这不易做到，我究竟不能像别人看我看得那样清楚；好吧，既不能十分看清楚了自己，也就不用装蒜。谦虚是必要的，可是装蒜也大可以不必。

对做人，我也是这样。我不希望自己是个完人，也不故意的招人家的骂。该求朋友的呢，就求；该给朋友做的呢，就作。做得好不好，咱们大家凭良心。所以我很和气，见着谁都能扯一套。可是，初次见面的人，我可是不大爱说话；特别是见着女人，我简直张不开口，我怕说错了话。在家里，我倒不十分怕太太。可是对别的女人老觉着恐慌，我不大明白妇女的心理；要是信口开河的说，我不定说出什么来呢，而妇女又爱挑眼。男人也有许多爱挑眼的，所以初次见面，我不大愿开口。我最不喜辩论，因为红着脖子粗着筋的太不幽默。我最不喜欢好吹腾的人，可并不拒绝与这样的人谈话；我不爱这样的人，但喜欢听他的吹。最好是听着他吹，吹着吹着连他自己也忘了吹到什么地方去，那才有趣。

可喜的是有好几位生朋友都这么说："没见着阁下的时候，总以为阁下有八十多岁了。敢情阁下并不老。"是的，虽然将奔四十的人，我倒还不老。因为对事轻淡，我心中不大藏着计划，做事也无须耍手段，所以我能笑，爱笑；天真的笑多少显着年青一些。我悲观，但是不愿老声老气的悲观，那近乎"虎事"。我愿意老年轻轻的，死的时候像朵春花将残似的那样哀而不伤。我就怕什么"权威"咧，"大家"咧，"大师"咧，等等老气横秋的字眼们。我爱小孩，花草，小猫，小狗，小鱼；这些都不"虎事"。偶尔看见个穿小马褂的"小大人"，我能难受半天，特别是那种所谓聪明的孩子，让我难过。比如说，一群小孩都在那儿看变戏法儿，我也在那儿，单会有那么一两个七八岁的小老头儿说："这都是假的！"这叫我立刻走开，心里堵上一大块。世界确是更"文明"了，小孩也懂事懂得早了，可是我还愿意大家傻一点，特别是小孩。假若小猫刚生下来就会捕鼠，我就不再养猫，虽然它也许是个神猫。

我不大爱说自己，这多少近乎"吹"。人是不容易看清楚自己的。不过，刚过完了年，心中还慌着，叫我写"人生于世"，实在写不出，所以就近的拿自己当材料。万一将来我不得已而做了皇上呢。这篇东西也许成为史料，等着瞧吧。

载 1935 年 3 月 6 日《益世报》

投　稿

先声明，我并不轻视为投稿而做文章的人，因为我自己便指着投稿挣饭吃。

这，却挡不住我要说的话。投稿者可以就是文艺家，假若他的稿子有文艺的价值。投稿者也许成不了个文艺家，假若他专为投稿而投稿。专为投稿而投稿者，第一要审明刊物的性质，以期投稿而中。刊物要什么文章，他便写什么文章，于是他少不得就不懂而假充懂，可以写非洲探险，也可以写家庭常识，而究其实则一无所知。第二要看清刊物所特喜的文字，幽默或严肃，激烈或温柔，随行市而定自己的喜怒哀乐，文字合格恰巧也就是感情的虚晃一刀，并无真实力量。有此二者，事不深知，文字虚浮，乃成毛病。

有志文艺的青年，往往以投稿为练习，东一小篇，西一小篇，留神刊物某某特辑的征文启事，揣摩着某某编辑所喜的风格，结果：东一小篇，西一小篇，都发表出来，而失去自己——连灵魂带文字一齐送给了模仿——投机，这是最吃亏的事。练习是必需的，但是这样以刊物编辑的标准为标准，只能把自己送了礼，而落下了一股子新闻气在笔尖上。编辑只管一个刊物，并非文艺之神，不可不知。

为拿稿费，自然也是投稿的动机之一——连我自己也这样，并不怎么可耻；吃饭本是人生头一件大事。但是越为要钱，便越紧追着编辑先生们，甚至有时造些谣言以博编辑的欢心及读者的一笑，这便连人格也丢了。

好文章到底是好文章，它总会一鸣惊人，连编辑也没法不打自己的嘴巴。使编辑先生瞪眼的东西而不被录用，那是编辑先生的错儿。使编辑先生搭拉着眼皮去看的东西，就是回回发表出来也没什么光荣。练习你自己的吧，不必管刊物和编辑。你要成一只会高飞的鹰，莫做被抽击才会转动的陀螺。

载 1937 年 5 月 15 日《北平晨报》

"五四"给了我什么

因家贫，我在初级师范学校毕业后就去挣钱养家，不能升学。在五四运动的时候，我正作一个小学校的校长。

以我这么一个中学毕业生（那时候，中学是四年毕业，初级师范是五年毕业），既没有什么学识，又须挣钱养家，怎么能够一来二去地变成作家呢？这就不能不感谢五四运动了！

假若没有五四运动，我很可能终身做这样的一个人；兢兢业业地办小学，恭恭顺顺地侍奉老母，规规矩矩地结婚生子，如是而已。我绝对不会忽然想起去搞文艺。

这并不是说，作家比小学校校长的地位更高，任务更重；一定不是！我是说，没有"五四"，我不可能变成个作家。"五四"给我创造了当作家的条件。

首先是：我的思想变了。五四运动是反封建的。这样，以前我以为对的，变成了不对。我幼年入私塾，第一天就先给孔圣人的木牌行三跪九叩的大礼；后来，每天上学下学都要向那牌位作揖。到了"五四"，孔圣人的地位大为动摇。既可以否定孔圣人，那么还有什么不可否定的呢？他是大成至圣先师啊！这一下子就打乱了二千年来的老规矩。这可真不简单！我还是我，可是我的心灵变了，变得敢于怀疑孔圣人了！这还了得！假若没有这一招，不管我怎么爱好文艺，我也不会想到跟才子佳人、鸳鸯蝴蝶有所不同的题材，也不敢对老人老事有任何批判。五四运动送给了我一双新眼睛。

其次是：五四运动是反抗帝国主义的。自从我在小学读书的时候，我就知道了国耻。可是，直到"五四"，我才知道一些国耻是怎么来的，而且知道了应该反抗谁和反抗什么。以前，我常常听说"中国不亡，是无天理"这类的泄气话，而且觉得不足为怪。看到了五四运动，我才懂得了"天下兴亡，匹夫有责"。这运动使我看见了爱国主义的具体表现，明白了一些救亡图存的初步办法。反封建

243

使我体会到人的尊严，人不该做礼教的奴隶；反帝国主义使我感到中国人的尊严，中国人不该再作洋奴。这两种认识就是我后来写作的基本思想与情感。虽然我写的并不深刻，可是若没有五四运动给了我这点基本东西，我便什么也写不出了。这点基本东西迫使我非写不可，也就是非把封建社会和帝国主义所给我的苦汁子吐出来不可！这就是我的灵感，一个献身文艺写作的灵感。

最后，五四运动也是个文艺运动。白话已成为文学的工具。这就打断了文人腕上的锁铐——文言。不过，只运用白话并不能解决问题。没有新思想，新感情，用白话也可以写出非常陈腐的东西。新的心灵得到新的表现工具，才能产生内容与形式一致新颖的作品。"五四"给了我一个新的心灵，也给了我一个新的文学语言。

感谢"五四"，它叫我变成了作家，虽然不是怎么了不起的作家。

载 1957 年 5 月 4 日《解放军报》

入会誓词

我是文艺界中的一名小卒，十几年来日日操练在书桌上与小凳之间，笔是枪，把热血洒在纸上。可以自傲的地方，只是我的勤苦；小卒心中没有大将的韬略，可是小卒该作的一切，我确是作到了。以前如是，现在如是，希望将来也如是。在我入墓的那一天，我愿有人赠给我一块短碑，刻上：文艺界尽责的小卒，睡在这里。

在动摇的时代，维持住文艺的生命，到十几年，是不大容易的。思想是多么容易落伍，情感是多么容易拒新恋旧；眼角的皱纹日多，脊背的弯度日深；身老，心老，一个四十岁的人很容易老气横秋，翻回头来呆看昔日的光景，而把明日付与微叹了。我没有特殊的才力，没有高超的思想，我所以能还在文艺界之营里吃粮持戈者，端赖勤苦。我几乎永远不发表对文艺的意见，因为发号施令不是我的事，我是小卒。可是别人的意见，我向来不轻轻放过；必定要看一看，想一想。我虽不言，可是知道别人说了什么。对于自己的批评，我永远谦诚的读念；对也好，不对也好，别人所见到的总足以使自己警戒；一名小卒也不能浑吃闷睡，而须眼观六路耳听八方啊！我的制服也许太破旧了，我的言谈也许是近于唠里唠叨，可是我有一颗愿到最新式的机械化部队里去作个兄弟的心哪。

全国文艺界抗敌协会成立了，这是新的机械化部队。我这名小卒居然也被收容，也能随着出师必捷的部队去作战，腰间至少也有几个手榴弹打碎些个暴敌的头颅。你们发令吧，我已准备好出发。生死有什么关系呢，尽了一名小卒的职责就够了！

假若小卒入伍也要誓词，这就算是一篇吧，谁管誓词应当是什么样儿呢。

载 1938 年 4 月《文艺月刊·战时特刊》第 9 期

血　点①

一

　　诗人们！你们虽然因热心而聚集到一处，来讨论现在的诗歌的写法，可是我以为不如先创作出一些新的东西来。创作吧！诗人们！别教这伟大时代所激起的热情在讨论中消散了，而应抓住它，把它从笔尖流出来。讨论使你们虚心的承认以前的缺陷，不错，可是那也足以使你们减降勇气。创作吧，诗人们！把作品拿出来，再去讨论，你们的讨论才不落空，你们才能就着新的作品去找更新的道路。

　　用两千行写八百壮士吧，用五千行描写一位伤好再赴前线的勇士吧！这些宝贵的材料，在平时，哪里去找呢？这时代给予你们的激刺，事过后，哪里去寻呢？现在你们若使笔尖锈住，你们便永远成为哑子！写作吧，诗人们！等暴风过去，你们再也找不到惊涛巨浪呀。到风清月朗的时候，你们将又吟风弄月了，而使大时代在诗歌中哑然而逝，多大的损失！

二

　　青年的兄弟们！你们不是说吗，学系里课程还是战前的那一套，唐诗晋字汉文章，和抗战毫无关系。是的，我知道你们苦闷，而且深深的同情你们。告诉你，兄弟们，学系是学系，它永远是那样，它不为抗战而设，更不为教导文艺而设。用不着抱怨，认清了大葱不是水仙，你就不责备它不开香花了。

---

　　① 近来痰里又有了血点，故以此名篇。希望口中的血点日减，而纸上的血点日增。——作者

246

你们须自己努力。你们须立在时代与学系之间，细细看看，别只教时代引出你们的泪，难过一会儿就算了！也别教学系圈住你们的灵魂，而把时代关在外边。认清你自己与时代的关系，你就会在学系课程以外，去找唐诗晋字汉文章里所没有而又是你所必当知道的东西。只要你有一颗活的心，你就能找到活文艺。你不满意那死板的学系，你可别因懒惰而渐渐也成了半死的人啊！学系给你学分，你自己给你生命！

三

新诗人问：朗诵诗可以采用点旧有的民众文艺的技巧与词汇吗？

新小说家问：新小说可以按照评词那么写吗？

新文艺理论者问：旧瓶新酒的办法，不是作来作去还是旧瓶吗？

答曰：你们都先去费点心，看看民众文艺再谈。知道了民众文艺是什么东西，则自己找到了答案；否则我细细回答也毫无益处。

四

职业的写家，在中国，并不很多。在我的友人中，多数是服务于各机关，公余之暇才能写些文章。他们的努力使他们的姓名常常见于报端或刊物上，他们创作的愿望可是被生活的压迫给憋回去不少。

职业的写家不多，就我所知道的，恐怕其中只有林语堂先生能吃饱饭，因为他赚的是外国人的钱。其余的，差不多都是面黄肌瘦，充分的表现出食不饱，力不足。创作么？一部较比整齐的长篇小说，在我自己，须写七八个月，以至一年多。在这期间，谁也不会来送米赠炭。于是，他们就没法不打游击战，好随时有些收入。写家并非神仙，他们的肚子不是能以灵感充满的。

到前线服务的文艺界朋友可真不少，他们能写出什么呢？他们第一得跟着军队跑。跑路是用脚的事，而手与足很难同时都工作。第二，当他们站住脚的时候，他们有许多非文艺的事都待办理。即使要动笔，他们也得先给军民写歌，剧，和故事什么的，这是他们重要的任务。他们所见所闻确是不少，可是只能暂记在笔记本上。

写家们自己的困难有如上述，同时，还有许多客观的困难，使他们的工作不能如意发展。纸贵，印刷难，运输不方便，书店不收新书，刊物卖不出去……这些困难，日见严重，他们简直束手无策。

好多人说，自抗战以来，文艺的成绩不甚好，但是成绩之所以不好，并非文艺工作者甘心惰怠，其中有许多许多心有余而力不足的地方，想要文艺充分发展力量，似乎除文艺者自己努力外，还须各方面认清种种困难，而来帮忙与合作吧！

五

成见这个鬼不但使别人讨厌它，它自己也越来越觉得自己讨厌，而不得已的硬着头皮，假装以讨厌为荣。文艺工作者呀，把这小鬼从你心中打出去！你必须打出去它，不然你的心便死硬，以倔强自谀，而实际上是已落在了时代后边。神圣的民族战争把中华的一切将都大大的改变了一下，这变动将是一个聪明人所不能想象到的。在这时候，你至少要把心放开，能放开多大便放开多大，或者你能随着这几乎是不可思议的变动，而得到一点新的理解，供献一点新的意见。反之，若抱着你以前的那一套旧把戏，而想在这时代耍一耍，那除了是立意要出风头，便什么也不是。可怜啊，这风头便丢尽了你的脸。一粒沙中可以见到一个世界，那可还是一粒沙那么小的一个世界呀！据我看，你的心要和新中国那么大，你才能写出伟大的东西来。不必向文艺之神祷告吧，那是劳而无功的事；你自己且先下决心驱逐出去成见那小鬼吧。

从我们自家的文艺遗产，你得到一些成见；也许从别人家的文艺作品与理论，你得到一些成见……不打开你的心，你的用功与研究等等好事反倒教你固执与偏狭。打开你的心，你才会看到我们独力抗战，自图生存，不是国内任何一个力量，不是任何一方面的努力，所能单独支持得起来的。配备着全民抗战的文艺，也不是任何一种文章义法，任何一种文艺主张，所能支持起来的。你须要明白中国，还须要明白世界；你须明白你自己，也须明白你的同胞们；你须明白文艺，也须明白文艺与抗战的关系……起码你须有这个态度，你才能看出抗战前途的光明，与明日的文艺大概是什么样子。成见么，它使你死于今日。

六

爱国家爱民族须先明白国家与民族。知道了你所爱的是什么样的国家与民族，你才不至于因事情不顺利而灰心，因一次的失败而绝望。爱你的国家与民族不是押宝。啊，这回我可押对了，准赢；不，不，不，这应不是赌博，而应是最坚定的信仰。文艺者今日最大的使命便是以自己的这信仰去坚定别人的这信仰。

七

我以为，文艺工作者应把工作调整一下，尽可能的使文艺发生确定的宣传效果。比如说，各报纸的文艺副刊很可以联合起来，齐一步骤，在同一期间内一致的宣传某一项事，或攻击某一项事，一定比零零碎碎的提出更有力量。看，今日的都市中的妇女，还不是打扮得鲜花儿一般？看，洋装少爷们还不是洋酒洋烟洋咖啡洋皮鞋的一天到晚作着洋梦？我们为什么不集中笔墨去挞伐呢？为什么看着他们与她们胡闹而不作有效的劝告呢？试试看吧，我相信，我们的笔尖若能一致朝向某一点去，也讽刺，也攻击，也劝告，也建议，他不但能消极的减除恶习，或者还能积极的建设起来新的风气呢。

八

真惭愧！爱好文艺的青年朋友们问我许多问题。我都回答不出！是的，我并未顾左右而言他，我尽量的把我所知道抖搂出来；可是我所见到的究竟对不对呢？我嘴里说着，心中惭愧！不能肯定的答出这是黑，那是白，在我想，便和没有回答差不多。谦虚的说，"我以为如此，不敢说一定正确"，到底是废话；告诉问路的："试试看"，虽然和气，并无济于事。

怎样描写风景？怎样创造人物？怎样去想象？……这样的探问几乎天天到我耳中。我口中说着，心里惭愧，没法三言五语的说明白，而越说越多，自己心中越乱，直到听者茫然，我自己面红耳赤！

文艺界的朋友们，让咱们大家伙儿凑在一块，凭着咱们的良心，把这些我回答不出的问题讨论出些可以说得出口而无咎于衷的答案来，好不好呢？我说，"凭着咱们的良心"，意思是把咱们的真经验，客观地判定后，好是好，歹是歹，真诚的说出来。凡是未经咱们自己试验过的理论与说法，只能作为"附录"，假若咱们以为那有介绍的价值。我说，"无咎于衷"，就是说我们真诚的道出真经验，而这经验也只能作为青年朋友的一点参考，不是写作的定律。虽然这仍然犯着未能作到这是黑、那是白的地步的毛病，可是，（一）大家说的总比一个人说的更确切；（二）我们的真诚与谦虚也许能给青年朋友们一点好影响。

九

这一年来的文艺像刀切的那么整齐，戏剧小说诗歌与杂文无一不与抗战有关，教任何人都能一眼看清，这是全民抗战的产物，也是全民抗战的支持力量之一。假若它也有一星半点不规则的地方，像一二文人因过于重视文字技巧而以为文艺不必死死拉着抗战，也没多大关系；它并没有成为，且永不能成为文艺上的一个有力的理论。至于沿着这个说法而写成的作品，就更不多见。不管他对"文艺应尽宣传的责任"怎样看，文人总是有良心的。既有良心，谁还肯专求文字的漂亮而把神圣的抗战放在一旁呢，那么一二向来不从事于创作的人，偶尔的说几句不负责任的话，也就只是说说而已。

反过来讲，这一年来的好小说好报告倒几乎都是文字朴拙，以真实的经验，写出使人感泣的文章，这些文章的内容是血是泪。假若稍加修饰，力求精巧漂亮，反倒容易流为油腔滑调，而失去应有的沉毅严肃，文字与风格配备着内容，不是文字与风格管辖着决定着内容。若是只会一套油腔滑调，无论遇到多么重大的事，总先想怎样去造句与遣字，便是文字的奴隶，便是八股匠。假若抗战文艺不甚精美者被称为抗战八股，则抗战期间专事修辞与笔调的文章，可称为抗战期间的八股。前者有热心，可因努力而渐于成熟；后者永远是八股，今日弄文字，

250

明日还是弄文字，故无前途。所谓抗战八股者可进而成为抗战文艺，而抗战文艺决定着将来文艺的命运。抗战期间的八股与科举时代的八股同为"死魂灵"，僵尸永难再立起！

载 1938 年 12 月 7、14、15、21 日《大公报》

未成熟的谷粒

一

我最大的苦痛，是我知道的事情太少。使我心里光亮起来的理论，并不能有补于创作——它教给了我怎么说，而没教给我说什么。啊，丰富的生活才是创作的泉源吧？

二

照着批评者的意见去创作，也许只能掉在公式阵中吧？创作饥歉，批评便也瘠瘦；随着瘠瘦的理论去学习，怎能康健呢？还是勇于创作，多方去试验吧！

三

想起来就头疼呀：到底是应当按着民众的教育程度，去撰制宣传文字呢？还是假设民众已经都在大学毕业，而供给高深莫测的作品呢？

四

我时常想写诗，而找不到合适的字。旧诗中的词汇太腐，鼓词旧戏中的词汇好多都欠通；上哪里找足以使我满意，而又使人爱念的字呢？这没有诗的社会啊！

五

艺术都含有宣传性。偏重宣传又被称为八股。怎办好？

六

吸不起香烟了，买来个烟斗，费事，费火柴，又欠干净。发明烟卷的人该死！

七

越忙越写不出东西来，文艺仿佛是"闲而后工"。

八

写通俗的文艺，俗难，俗而有力更难。能作到俗而有力恐怕就是伟大的作品吧？

九

诗的形式太自由了，写完总疑心——是诗吗？戏剧的形式太不自由，写完老不放心——是戏剧吗？还是小说容易像样儿。

十

诗与散文的界限为什么那样不清楚呢？用尽力量写成的几行诗，一转眼便变作散文，颇想自杀！

十一

友人善意的说：你写了不少抗战的文字，为何不写点关于建设的呢？这是好话！然而，哪一项建设不需要许多时日去仔细观察呢？去观察、去学习，谁给饭吃呢？噢，那么，抗战文字必是八股了？惭愧得紧！

十二

写信与开会是两件费时间的事。可是，私心里却极愿接读友人们的信，也愿去到会场和友人们见面谈一谈；这就无法声冤了！

十三

把散文分成短行写出就是诗，虽然没人敢这样主张，可是的确有人这样办了，危险！

十四

生平不讲究吃喝，只爱穿几件整洁的衣服，流亡中，连这点讲究也牺牲了。虽然也没多大的苦痛，可是身上一痒，就疑心是有虱子！

十五

不许小孩子说话，造成不少的家庭小革命者。

十六

想写一本戏，名曰最悲剧的悲剧，里面充满了无耻的笑声。

十七

伟大文艺之所以伟大，自有许多因素，其中必不可缺少的是一股正气，谓之能动天地，泣鬼神，亦非过誉。至若要弄点小聪明，偷偷的骂人几句，虽足快意一时，可是这态度已经十分的卑鄙。

十八

骂人并不是件容易的事。欲骂某人必洞悉其恶。若仅东拉西扯，说些闲白儿，是谓无中生有，罪在造谣，既骂不倒别人，反使自己心脏口臭。

十九

文人相轻是件极自然的事。每个文人都多少有点才气。每个文人在创作的时候都愿把全力用出来。这样，他的辛苦使他没法不自信自傲，看不起别人和不易接受别人的批评，几乎是理当如此。能闯过这由卖力气而自傲的一关，进到虚心大度，才能由自傲而自尊，才能觉得认清自己的毛病，承认自己的短处，正是自策自励所当取的态度——这可不很容易。

二十

哲人的智慧，加上孩子的天真，或者就能成个好作家了。

二十一

中玉来信说，继续研究文学理论。告以整旧难以见新，以新衡旧亦难得当，未若努力介绍新的，使大家多看到一些。

二十二

实际去批判一本书，胜于读批评理论十卷。专凭读书，成不了医生，治文艺批评者或亦类是。

二十三

晚会中，大家朗读新诗，极有趣。新诗读法，尚无规定，亦永难规定，不妨多方面试验。光未然先生有腔调有姿式，将来若有诗剧上演，必用此法。朱铭仙与高兰二先生清楚亲切，宜于警劝激励之作。我自己读诗如说话，取其自然流利，只宜于十数人的晚会中，在广大听众前必定失败。

二十四

无聊的话虽每起于:（一）以甲衡乙;（二）以己度人。前者，譬如说:甲乐善好施，而论者遂讥乙不如甲，不知甲为富翁，而乙乃寒士，怎能相比。后者，自己好名，遂以为稍具名声者必都高视阔步，得意非常，故当责骂以泄自己无名之怨。前者可称为善意的错误，后者卑劣的想象。

二十五

我应当受苦。没有任何专门学识，只凭一点点想象力去乱写胡诌;受苦是当然的惩罚。青年朋友们，别因为算术或外国语不能及格，而想作个写家呀!

二十六

　　早晨吃豆浆与油条也须花两角多了！自元旦起，废止朝食。空着肚皮写作，脑子似乎倒更清楚。和尚们有每日只进一餐的。由写家而出家，照现在的情形看来，倒许是条顺路。

载 1940 年 2 月 5、9、14 日《新蜀报》

成绩欠佳，收入更欠佳

昨天在茶馆里同朋友闲吹。算了算，我虽已练习写作十七八年之久，可是不过才出了二十本书。这二十本是：一、长篇小说：《老张的哲学》《赵子曰》《二马》《大明湖》《猫城记》《离婚》《牛天赐传》《骆驼祥子》；二、中篇小说：《小坡的生日》；三、短篇小说集：《赶集》《樱海集》《蛤藻集》《火车集》；四、剧本：《残雾》《国家至上》《张自忠》《面子问题》《大地龙蛇》；五、长诗：《剑北篇》；六、鼓词旧剧：《三四一》。在这二十本里，《大明湖》的原稿是被一二八的毒火烧毁，始终未能与世谋面，《剑北篇》上册也在去年遭了大劫，幸而还有底稿，现在正重行排印。在这二十本外，还有一小本《幽默诗文集》，一本写作经验谈——《老牛破车》，和至少也有二三百篇随感和报告之类的短文。我不喜欢自己的短文，所以不肯出集子；只有《幽默诗文集》与《老牛破车》是循友人的恳求，破了例的，其余的多少篇小文都已随写随扔，或者永远不会印成集子了。此外，市间还有一本《老舍选集》，这是野鸡本，未得著者的同意。也不给版税，除了影响我的收入而外，可谓与我无关。

十七八年的成绩实在太少了！人不说不知，木不钻不透，成绩欠佳也自有些原因；待我慢慢讲来：最初的三本小说都是在伦敦写的。这根本是"写写玩"，可以写，可以不写；高兴就多写；不高兴就放下。那时候，身在异国，时动乡思，故借此遣愁。再说呢，自己心中多少有点牢骚，吐之为快，也就都纳之笔下。回国以后，教书糊口，虽屡想放下粉笔，专心写作。而母老家贫，不敢任性。一心不能两用，教书便不能创作，只好利用暑寒假过过瘾。《大明湖》《小坡的生日》《猫城记》《离婚》《牛天赐传》《赶集》《樱海集》《蛤藻集》，便都是"寒来暑往"的产儿。

只有《骆驼祥子》是心无二念，虔诚念佛写成的。这是在抗战的前一年，我辞去了教职，立誓作个职业的写作家。那一年的前半，我写成了《骆驼祥子》，和几个短篇；后半年，我同时写两个长篇，一个以青岛为背景，一个以北平为背景；一个写成了二万多字，一个写成三四万字。七七的炮声一响，这五六万字都被我扔在字纸篓。假若战争未起，我相信，这一年中我会写出三十万字来！想想看，一年三十万，十年三百万，二十年，三十年……哎呀！那还了得！固然喽，艺术作品贵精而不贵多，可是力气究竟是力气，谁能责备一个黄包车夫走路太多呢？况且，熟能生巧，业精于勤，多写不见得就没有好处。

流亡四年中，简直没写出什么来。长篇小说是没法儿写了。生活不安定，怎能作长远的计划呢？不错，写家是要生活，生活在抗战中，才能写出抗战文艺来。可是，生活是一件事，写作是另一件事。一个写作家应当在大街上活着，可是不能在大街下写作。他像一条牛，吃了草以后，须静静地去反刍细嚼，而后草才能变成乳。我，可是，找不到个清静地方。

于是，我开始练习作诗、写剧。抓点工夫就写点，不管好坏，只求渐有所获。这也就说明了，我并非以为戏剧或诗歌比小说容易写，而是说写小说必期其成，势必旷日持久。练习诗歌戏剧，既曰练习，则可成可败，可进可止。这个态度恰好与我的时间配合，忙则停，闲则进，亦游击战术也。我希望，在抗战中把诗歌戏剧的门路摸清，到抗战胜利后，把自己藏起来，好好的，专心的，去写小说，诗歌，戏剧；教每种都有较长的，颇像样儿的作品出来，以洗今日之丑！

反正是闲扯吧，说到哪里去也可以。您也许要问吧：既有二十本书，版税收入当然可观，你为何还老这么穷相呢？是的，容我慢慢算给您听。

《二马》等三本书是文学会的丛书。每次版税都由商务印书馆付给文学会的负责人，由会里扣百分之十，再发给作者。这百分之十的税上税都作什么用了？天晓得！最近四年我的版税都上哪里去了？天晓得！好，这三本书等于不存在。出《猫城记》的那一家书店久已倒闭，纸型押在了一个纸铺里。纸铺仍继续印它，但与我无关。我若问版税，则纸铺会找我代书店还债！好了，四本等于不存在了。《牛天赐传》等四本书，四年的版税应是多少？不晓得。我只听到家中的报告：从抗战第二年起，家中每月得五十元（五十元到家不过是二十元，而书局按五十元算），最近得到通知，说二年多共付一千七百元，即算全数付清！此后不再付！好了，八本书等于不存在了！《赶集》与《离婚》，近二年来才在沪复印，恢复版税，而今日沪上情形如何，不可得知，大概这两本也要不存在！好，十本了！《面子问题》与《三四一》均卖版权，书卖多卖少与我不相干。好，十二本了！《国家至上》没得过分文，详情不必说。十三本了！《小坡的生日》每年约入二三十元。《蛤藻集》每年约入四五十元，均有账可查。《残雾》到今日为止，得过四十一元！您给我算算，我的版税是相当的可观，还是"不"相当的可观？

　　还有上演税呀！一点不错，剧本在重庆上演的确有上演税好拿。可是，别处呢？哼，回答这一问的只好是冷笑！

　　账算清了，您以为我会灰心吧？并不！让没良心的去发财吧；至于我，只要还有口气，就不放弃文艺。尽管成绩欠佳，收入更欠佳！

　　　　　　　　　　　　　　　载 1942 年 5 月 1 日《文风》创刊号

哀莫大于心死

谚云：好汉不说当年勇。因为，今天不勇，而空夸当年，对人对己，两无益也。不过，只是称道自己的过去光荣，其作用虽云无益，尚无大害。假若于自夸而外，且谓今日之勇士都是瞎胡闹，反不如缩头受辱者高明，则是强词夺理颠倒是非，便许有些流毒了。

一个文艺者的生命，应该永远为文艺活着的。昨天写得好，今天还要写得好，明天更要写得加倍的好。假若只仗着昨日的一点成绩，即投笔从"闲"，且到处拍老腔，自号老牌正统文艺家，是自弃也。

再说，放弃了写作生活，便是放弃了对于社会动态的关心，文心停止了活动，人也就变成半死。于是，一方面说自己当年曾是好汉，一方面又说如今的一切都是胡来。半死的人看着别人辛苦劳作，原也只好这样忌妒一下也。

自己停止了文艺工作，对社会即停止关心，心既不动，静如止水，自然的会渐渐的讨厌社会。于是一听到"社会"，一听到"运动"等名词，便感到头疼，不能不发出谬论：文艺是个人坐在屋子里的事呀，要什么运动？其实他自己也许知道，因为配备抗战而发生的文艺运动，正是必不可少，正是文艺者爱国与爱民族的正当表现。怎奈自己已经与世隔绝，便不好不说些风凉话，既可遮丑，复足掩威，悲哉！

新文艺的产生，根本是一种举国响应的运动。有此运动，故有此文艺。但文艺不能永远停止在某时某地，"女大十八变"，文艺亦然，它须生长，它须变动。于是"五四"而后，有种种运动；此种种运动都是外循社会所需，内求文艺本身之进益，故新文艺不死。此种精神，遇到了抗战，便极自然的，合理的，发为抗战文艺运动。设若文艺者，在民族生死关头，而投笔从闲，钻入防空洞去，则文运绝，廉耻丧矣。今有人焉，指此运动为无聊，为多事，为毁灭文艺，定是另具心肝，或者是躲在防空洞内而想叱退飞机者也。

远查历史，则古希腊之大悲剧家与喜剧家都拿剧本去竞赛。他们并不以走出屋门，与大众混在一起为耻。

　　此后，文艺上种种运动，都是运动，而非静候灵感。剧圣莎士比亚自己走江湖，上舞台，倒也未曾失去了尊严，而反留下若干的不朽之作。若谓一参与什么运动，便俗气逼人，不可与言诗，分明是胡说。

　　今天，我们需要文艺运动，需要文人的团结，需要文友的相互督励。若有人站在一旁，专浇凉水；以运动为多事，以奋斗为胡闹，以团结为结党营私，天哪，不敢说别的，我看他是破坏抗战！

载 1942 年 6 月 1 日《文风》第 2 期

263

文艺与木匠

一位木匠的态度，据我看：（一）要做个好木匠；（二）虽然自己已成为好木匠，可是绝不轻看皮匠、鞋匠、泥水匠，和一切的匠。

此态度适用于木匠，也适用于文艺写家。我想，一位写家既已成为写家，就该不管怎么苦，工作怎样繁重，还要继续努力，以期成为好的写家，更好的写家，最好的写家。同时，他须认清：一个写家既不能兼作木匠、瓦匠，他便该承认五行八作的地位与价值，不该把自己视为至高无上，而把别人踩在脚底下。

我有三个小孩。除非他们自己愿意，而且极肯努力，作文艺写家，我决不鼓励他们；因为我看他们做木匠、瓦匠或作写家，是同样有意义的，没有高低贵贱之别。

假若我的一个小孩决定做木匠去，除了劝告他要成为一个好木匠之外，我大概不会絮絮叨叨的再多讲什么，因为我自己并不会木工，无须多说废话。

假若他决定去作文艺写家，我的话必然的要多了一些，因为我自己知道一点此中甘苦。

第一，我要问他：你有了什么准备？假若他回答不出，我便善意的，虽然未必正确的，向他建议：你先要把中文写通顺了。所谓通顺者，即字字妥当，句句清楚。假若你还不能作到通顺，请你先去练习文字吧，不要开口文艺，闭口文艺。文字写通顺了，你要"至少"学会一种外国语，给自己多添上一双眼睛。这样，中文能写通顺，外国书能念，你还须去生活。我看，你到三十岁左右再写东西，绝不算晚。

第二，我要问他：你是不是以为作家高贵，木匠卑贱，所以才舍木工而取文艺呢？假若你存着这个心思，我就要毫不客气的说：你的头脑还是科举时代的，根本要不得！况且，去学木工手艺，即使不能成为第一流的木匠，也还可以成为一个平常的木匠，即使不能有所创造，还能不失规矩的仿制；即使贡献不多，也

264

还不至于糟蹋东西。至于文艺呢，假若你弄不好的话，你便糟践不知多少纸笔，多少时间——你自己的，印刷人的，和读者的，罪莫大焉！你看我，已经写作了快二十年，可有什么成绩？我只感到愧悔，没有给人盖成过一间小屋，做成过一张茶几，而只是浪费了多少纸笔，谁也不曾得到我一点好处？高贵吗？啊，世上还有高贵的废物吗？

第三，我要问他：你是不是以为作写家比作别的更轻而易举呢？比如说，做木匠，须学好几年的徒，出师以后，即使技艺出众，也还不过是默默无闻的匠人；治文艺呢，你可以用一首诗，一篇小说，而成名呢？我告诉你，你这是有意取巧，避重就轻。你要知道，你心中若没有什么东西，而轻巧的以一诗一文成了名，名适足以害了你！名使你狂傲，狂傲即近于自弃。名使你轻浮、虚伪。文艺不是轻而易举的东西，你若想借它的光得点虚名，它会极厉害的报复，使你不但挨不近它的身，而且会把你一脚踢倒在尘土上！得了虚名，而丢失了自己，最不上算。

第四，我要问他：你若干文艺，是不是要干一辈子呢？假若你只干一年半载，得点虚名便闪躲开，借着虚名去另谋高就，你便根本是骗子！我宁愿你死了，也不忍看你做骗子！你须认定：干文艺并不比做木匠高贵，可是比做木匠还更艰苦。在文艺里找慈心美人，你算是看错了地方！

第五，我要告诉他：你别以为我干这一行，所以你也必须来个"家传"。世上有用的事多得很，你有择取的自由。我并不轻看文艺，正如同我不轻看木匠。我可是也不过于重视文艺，因为只有文艺而没有木匠也成不了世界。我不后悔干了这些年的笔墨生涯，而只恨我没能成为好的写家。作官教书都可以辞职，我可不能向文艺递辞呈，因为除了写作，我不会干别的；已到中年，又极难另学会些别的。这是我的痛苦，我希望你别再来一回。不过，你一定非作写家不可呢，你便须按着前面的话去准备，我也不便绝对不同意，你有你的自由。你可得认真的去准备啊！

载 1942 年 8 月 16 日《时事新报》

不要饿死剧作家

　　剧本是戏剧的母亲，没有写好了的剧本，就没有舞台上的戏剧。昔日老伶工私藏的"本子"是绝对不肯轻易给别人看的。在西洋，一出戏出演的第一日，观众们是要在末一幕闭幕时请出剧作者，给他喝彩的，因为剧本是他写的。

　　中国的话剧作者，因为负着倡导的责任，不肯像昔日的伶工那样把剧本藏得严严紧紧的，而社会上又似乎只知看戏，并不管舞台上的一切原是由剧本发生出来的。于是乎，话剧的作者苦矣！

　　西洋的观众晓得给剧作者喝彩，当然也就晓得剧作者既花了心血，便应当获得报酬。他们也许还知道，剧作者若得到报酬，衣食无忧，便会去从容的再写新剧。这仿佛是毫无不近情理之处，于是在他们的法律上就定好剧作者应拿上演税。

　　中国人也喜欢看戏，而且不断的嚷嚷着要看好戏。可是，大家并没管中国的剧作者是以自己的血汗代别人挣钱——戏演过了，上演税呢？十之八九是一字不提。

　　以我自己来说吧，二三年来，我试作了几个剧本。在我，这是为学习学习，本不求大红大紫的成为中国的萧伯纳。但是学习也要花费光阴，耗费心血，也要喝茶吃饭。我不能因为是在学习，便可以不吃东西。况且，有人要演我的戏，便是看中了它，也就应当给我上演税。天理人情，才两无缺欠。可是，我的戏被演出了，而上演税则仅属偶然的收入。好吧，穷而后工，我只好等到快饿死的时候再学习剧本吧；现在，我停止学习——万一快饿死的时候而仍不能"工"，岂不过于冒险么？

　　在我写过的剧本中，以《残雾》及《国家至上》（后者系与宋之的先生合著）为最流行。《国家至上》一剧曾在重庆、成都、香港、桂林、西安、兰州，甚至于在云南的大理演出过。只有重庆、桂林两处给过上演税。这岂只是剥削作家，

266

也是屠戮戏剧。我费了心血光阴写了剧本，而得不到我应得的生活费用，我只好停笔不写。自然，我不写剧本也与戏剧运动无碍，因为我根本就写不出好东西来。可是那能写出好剧本的朋友们也同遭此厄运，岂不就有"戏剧种子绝矣"之险么？

在抗战中，戏剧在宣传抗战，教育民众上尽了极大的力量。我真不愿看着戏剧作家都抱屈含冤的饿死！

载 1943 年 3 月《戏剧月报》第 3 期

267

旧诗与贫血

在过去的二年里，有两桩事仿佛已在我的生活中占据了地位：一桩是夏天必作几首旧诗，另一桩是冬天必患头晕。

把这两件事略加说明，似乎颇足以帮助记述二年来生活的概况，所以就不惜浪费笔墨来说上几句了。

先说作旧诗吧。对于旧诗，我并没有下过多少功夫，所以非到极闲在的时节，决不动它。所谓"极闲在"者，是把游山玩水的时候也除外，因为在山水之间游耍，腿脚要动，眼睛要看，心中要欣赏，虽然没有冗屑缠绕，到底不像北窗高卧那样连梦也懒得作。况且，名山大川与古迹名胜，已经被古人讴赞过不知多少次，添上自己一首半首不甚像样子的诗，只是献丑而已，大可以不必多此一举。赶到心中真有所感而诗兴大发了，我也是去诌几行白话诗，即使不能道前人之所未道，到底在形式上言语上还可以不落旧套，写在纸上或野店的泥壁上多少另有点味道。这样的连在山水之间都不大作旧诗，手与心便无法不越来越钝涩，渐渐的仿佛把平仄也分不清楚了似的。

可是，在过去的二年中，我似乎添了个"旧诗季节"。这是在夏天。两年来，身体总是时常出毛病，不知哪时就抛了锚；所以一入夏便到乡间去住，以避城市的忙乱，庶几可以养心。四川的乡间，不像北方的村庄那样二三百户住在一处，而只是三五人家，连个卖酒的小铺也找不到。要去赶场，才能买到花生米，而场之所在往往是十里以外。要看朋友，也往往须走十里八里。农家男女都有他们自己的工作与生活，可是外人插不进手去：看他们插秧，放牛，拔草，种菜，说笑，只是"看"着而已。有时候，从朝至夕没地方去说一句话！按说，在这个环境下，就应当埋头写作，足不出户了。但是不行。我是来养心，不是来拼命。即使天天要干活，也必须有个一定的限制，一天只写，比如说，一千字；不敢贪多。这样，写完了这一千字或五百字，便心无一事，只等日落就寝。到晚间，连个鬼也看不

268

见。在这时节，我的确是"极"闲在了。

　　人是奇怪的东西，太忙了不好，太闲了也不好。当我完全无事作的时候，身体虽然闲在，脑子却不能像石头那样安静。眼前的山水竹树与草舍茅亭都好像逼着我说些什么；在我还没有任何具体的表示的时候，我的口中已然哼哼起来。哼的不是歌曲或文章，而是一种有腔无字的诗。我不能停止在这里，哼着哼着便不由的去想些词字，把那空的腔调填补起来；结果，便成了诗，旧诗。去夏我作了十几首，有相当好的，也有完全要不得的。今年夏天，又作了十几首，差不多没有一首像样儿的。我只是那么哼，哼出字来便写在纸上，并不拧着眉毛去推敲，因为这本是一时的兴之所至，够自己哼哼着玩的使己满意，故无须死下功夫也。兹将村居四首写录出来，并无"此为样本"的意思，不过是多少也算生活上的一点微痕而已：

　　　　茅屋风来夏似秋，日长竹影引清幽；
　　　　山前林木层层隐，雨后溪沟处处流。
　　　　偶得新诗书细字，每赊村酒润闲愁；
　　　　中年喜静非全懒，坐待鹃声午夜收。

　　　　半老无官诚快事，文章为命酒为魂。
　　　　深情每祝花长好，浅醉唯知诗至尊！
　　　　送雨风来吟柳岸，借书人去掩柴门。
　　　　庄生蝴蝶原游戏，茅屋孤灯照梦痕。

　　　　中年无望返青春，且作江湖流浪人；
　　　　贫未亏心眉不锁，钱多买酒友相亲。
　　　　文惊俗子千铢贵，诗写幽情半日新；
　　　　若许太平鱼米贱，乾坤为宅置闲身。

　　　　历世于今五九年，愿尝死味懒修仙；
　　　　一张苦脸唾犹笑，半老白痴醉且眠。
　　　　每到艰危诗入蜀，略知离乱命由天；
　　　　若应啼泪须加罪，敢盼来生代杜鹃。

夏天，能够住在有竹林的乡间，喝两杯白干，诌几句旧诗，不论怎么说，总算说得过来。一到冬天，在过去的两年里，可就不这么乐观了。冬天，我总住在城里。人多，空气坏，饮食欠佳，一面要写文卖钱，一面还要办理大家委托的事情；于是，由忙而疲，由疲而病；平价米的一些养分显然是不够支持这部原本不强健的身体的。一病倒，诸事搁浅；以吃药与静卧代替了写作与奔走。用不着招急生气呀，病魔是立意要折磨人的，并不怕我们向他恫吓与示威啊。病，客观的来说，会使人多一些养气的工夫。它用折磨，苦痛，挑动你，压迫你；你可千万别生气，别动肝火，那样一来，病便由小而大，由大而重，甚至带着你的生命凯歌而归。顶好，不抵抗，逆来顺受，使它无可如何。多咱它含羞而退，你便胜利了。就是这样，我总是慢慢的把病魔敷衍走；大半已是春天了。春残夏到，我便又下了乡，留着神，试着步，天天写一点点文章；闲来无事便哼一半首诗。诗不高明，因为作者在贫血之余，不敢放胆为之也。因以"旧诗与贫血"名篇。

载 1943 年 1 月《抗战文艺》第 8 卷第 3 期

文　牛

　　干哪一行的总抱怨哪一行不好。在这个年月能在银行里，大小有个事儿，总该满意了，可是我的在银行作事的朋友们，当和我闲谈起来，没有一个不觉得怪委屈的。真的，我几乎没有见过一个满意、夸赞他的职业的。我想，世界上也许有几位满意于他们的职业的人，而这几位人必定是英雄好汉。拿破仑、牛顿、爱因司坦、罗斯福，大概都不抱怨他们的行业"没意思"。虽然不自居拿破仑与牛顿，我自己可是一向满意我的职业。我的职业多么自由啊！我用不着天天按时候上课或上公事房，我不必等七天才到星期日；只要我愿意，我可连着有一个星期的星期日！

　　我的资本很小，纸笔墨砚而已。我的生活可以按照自己的意思安排，白天睡，夜里醒着也好，昼夜都不睡也可以；一日三餐也好，八餐也好！反正我是在我自己的屋里操作，别人也不能敲门进来，禁止我把脚放在桌子上。专凭这一点自由，我就不能不满意我的职业。况且，写得好吧歹吧，大致都能卖出去，喝粥不成问题，倒也逍遥自在；虽然因此而把妒忌我的先生们鼻子气歪，我也没法子代他们去搬正！

　　可是，在近几个月来，也不知怎么我也失去了自信，而时时不满意我的职业了。这是吉是凶，且不去管，我只觉得"不大是味儿"！心里很不好过！

　　我的职业是"写"。只要能写，就万事亨通，可是，近来我写不上来了！问题严重得很，我不晓得生了娃娃而没有奶的母亲怎样痛苦，我可是晓得我比她还更痛苦。没有奶，她可以雇乳娘，或买代乳粉，我没有这些便利。写不出就是写不出，找不到代替品与代替的人。

　　天天能写一点，确实能觉得很自由自在，赶到了一点也写不出的时节呀，哈哈，你便变成世界上最痛苦的人！你的自由，闲在，正是对你的刑罚；你一分钟一分钟无结果的度过，也就每一分钟都如坐针毡！你不但失去工作与报酬，你简

271

直失去了你自己！

一夏天除了阴雨，我的卧室兼客厅兼饭厅兼浴室兼书房的书房，热得老像一只大火炉。夜间一点钟以后，我才能勉强的进去睡。睡不到四个小时，我就必须起来，好乘早凉儿工作一会儿；一过午，屋内即又成烤炉。一夏天，我没有睡足。睡不足，写的也就不多，一拿笔就觉得困啊。我很着急，但是想不出办法，缙云山上必定凉快，谁去得起呢！

入秋，我本想要"好好"的工作一番，可是天又霉，纸烟的价钱好像疯了似的往上涨。只好戒烟。我曾经声明过："先上吊，后戒烟！"以示至死不戒烟的决心。现在，自己打了嘴巴。最坏的烟卖到一百元一包（二十支：我一天须吸三十支），我没法不先戒烟，以延缓上吊之期了；人都惜命呀！没有烟，我只会流汗，一个字也写不出！戒烟就是自己跟自己摔跤，我怎能写字呢？半个月，没写出一个字！

烟瘾稍杀，又打摆子，本来贫血，摆子使血更贫。于是，头又昏起来。不留神，猛一抬头，或猛一低头，眼前就黑那么一下，老使人有"又要停电"之感，每天早上，总盼着头不大昏，幸而真的比较清爽，我就赶快的高高兴兴去研墨，期望今天一下子能写出两三千字来。墨研好了，笔也拿在手中，也不知怎么的，头中轰的一下，生命成了空白，什么也没有了，除了一点轻微的嗡嗡的响声。这一阵好容易过去了，脑中开始抽着疼，心中烦躁得要狂喊几声！只好把笔放下——文人缴械！一天如此，两天如此，忍心的、耐性的、敷衍自己："明天会好些的！"第二、三天还是如此，我开始觉得："我完了！"放下笔，我不会干别的！是的，我晓得我应当休息，并且应当吃点补血的东西——豆腐、猪肝、菠菜、红萝卜等。但是，这年月谁休息得起呢？紧写慢写还写不出香烟钱怎敢休息呢？至于补品，猪肝岂是好惹的东西，而豆腐又一见双眉紧皱，就是菠菜也不便宜啊！如此说来，理应赶快服点药，使身体从速好起来。可是西药贵如金，而中药又无特效。怎办呢？到了这般地步，我不能不后悔当初为什么单单选择这一门职业了！唱须生的倒了嗓子，唱花旦的损了面容，大概都会明白我的苦痛：这苦痛是来自希望与失望的相触，天天希望，天天失望，而生命就那么一天天的白白的摆过去，摆向绝望与毁灭！

最痛苦是接到朋友征稿的函信的时节。

朋友不仅拿你当作个友人，而且是认为你是会写点什么的人。可是，你须向友人们道歉；你还是你，你也已经不是你——你已不能够做了！

吃的是草，挤出的是牛奶；可是，文人的身体并不和牛一样壮，怎办呢？

青年朋友们，假使你没有变成一头牛的把握，请不要干我这一行事吧；当你写不出字来的时候，你比谁的苦痛都更大！我是永不怨天尤人的人，今天我只后悔自己选错了职业——完全是我自己的事，与别人毫不相干。我后悔作了写家的正如我后悔"没"作生意，或税吏一样；假若我起初就作着囤积居奇，与暗中拿钱的事，我现在岂不正兴高采烈的自庆前程远大么？啊，青年朋友们，尽使你健壮如牛，也还要细想一想再决定吧，即在此处，牛恐怕是永远没有希望的动物，管你，和我一样的，不怨天尤人。

载 1944 年 11 月《华声》第 1 卷第 1 期

生活，学习，工作

　　要想用一篇两三千字的短文，说尽自己在建国五年来所经历的，所学习的，所收获的，和所有的一切感想，一定不是容易作到的。

　　让我们像随便谈心那样，想起什么就说什么吧。用这个办法，也许不易写出一篇具有完美格局的小文，但是或者可能顺口答音地把心腹话说出来。真话总比美好的格局更要紧，不是吗？那么，就让我们这样试验一下吧。

　　五年来我写出了不少的东西来，主要的是话剧剧本和通俗的宣传文艺小段子。我本不会写话剧，这就难怪五年来所写的剧本都没有很高的艺术价值。可是，既自知不长于此道，又为什么偏要写呢？这就非说出我的心腹话不可了。话剧是用活人表演活人，可以教观众直接受到教育，登时受到感动与影响。用活人表演活人的目的必是直接地用人教育人。它直接地面对观众，收效必快。我热爱这个新社会。我渴望把自己所领悟到的赶紧告诉别人，使别人也有所领悟，也热爱这个新社会。政治热情激动了创作热情，我非写不可，不管我会写不会。

　　我必须说，我的政治思想水平并不怎么高。但是，只要我睁着眼，我就不能不看到新社会的一切建设，深深地受到感动。这样，多看到一点就多受一点感动，也就不可能不使政治热情日见增高。眼见为实，事实胜于雄辩，用不着别人说服我，我没法不自动地热爱这个新社会。新社会的人民是自由的，日子过得好，新社会的街道干净，有秩序；新社会的进展日新月异，一日千里；新社会的……这些，都是我亲眼所见，我就没法不兴奋，不快活，不热爱新人新事。除非我承认自己没有眼，没有心，我就不能不说新社会好，真好，比旧社会胜强十倍百倍。我怎能承认我没有眼，没有心呢！我能甘心作个自欺欺人的骗子么？这就说明了，我的政治热情是真的。那么，就写吧！谁能把好事关在心里，不说出来呢？

　　这样，写作难道没有困难么？有！咱们不说一句假话！

克服困难，不向困难低头，就是五年来我所看到的和领悟的新气象与新精神！前面我说过，新社会的进展一日千里，为什么这样快呢？就因为工、农、兵、教授、技师、干部，都不怕困难。有了这个精神，就可以移山倒海。的确，荆江分洪，官厅水库，成渝铁路，和其他的大工程，在我们现在的机械、技术的条件下，居然都能提前完成，难道不可与移山倒海相比么？别人能作到的，文学作家怎么就不能作到呢？我会学！初稿写的不好啊，我会接受别人的批评，用心去修改！热情，一遇到实践，就必须变成勤于学习，克服困难；若是动不动就低下头去，不战而退，还算什么热情呢？

也许有人要问了：一个老作家还要去学习，接受批评，难道不有失身份么？我说：勤于学习，勇于接受批评是光荣，而不是丢脸，是勇敢，而不是自卑！在一个新社会里，有什么比急起直追，争取吸收新知识新经验更可贵的呢？假若我在新社会里不肯前进，冷笑着放下笔墨，我不但失去身份，而且失去生命——写作的生命。

这么一说，就可以明白我为什么写那些通俗文艺的小段子，用具体的小故事宣传卫生，解释婚姻法，或破除迷信等等。文章小，文章通俗，并不损失作者的身份，只要文章能到人民的手中去，发生好的作用。我匆忙中写出的一个不很好的通俗小歌剧，《柳树井》，在宣传婚姻法的时候，全国各地用各种民间的说唱形式上演它。我不知道它究竟起了多大的作用，可是我知道它的确起了一些作用。这使我满意，满意我的小文章深入了民间，满意我能认识了为人民服务的重要。假若我也有不满意自己的地方，那就是这篇小歌剧写的并不十分好！

我也必须提到，无论我写大作品也好，小作品也好，我总受到领导上的无微不至的帮助。在国民党的黑暗统治下我是经常住在"沙漠"里。这就是说：我工作不工作，没人过问；我活着还是死去，没人过问。国民党只过问一件事——审查图书原稿。不，他们还管禁书和逮捕作家！今天，为写一点东西，我可以调阅多少文件，可以要求给我临时助手，可以得到参观与旅行的便利，可以要求首长们参加意见——当北京人民艺术剧院排演我的《春华秋实》话剧的时候，北京市三位市长都在万忙中应邀来看过两三次，跟我们商议如何使剧本更多一点艺术性与思想性。当我的《龙须沟》（并非怎么了不起的一本话剧）上演后，市长便依照市民的意见，给了我奖状。党与政府重视文艺，人民重视文艺，文艺工作者难道能够不高兴不努力么？我已有三十年的写作生活，可是只有在最近的五年中的新社会里我才得到一个作家应得的尊重。

在精神上我得到尊重与鼓舞，在物质上我也得到照顾与报酬。写稿有稿费，出书有版税，我不但不像解放前那样愁吃愁喝，而且有余钱去珍藏几张大画师齐白石老先生的小画，或买一两件残破而色彩仍然鲜丽可爱的康熙或乾隆时代的小瓶或小碗。在我的小屋里，我老有绘画与各色的瓷器供我欣赏。在我的小院中，我有各种容易培植的花草。我有腿病，不能作激烈的运动，浇花种花就正合适。我现在已不住在"沙漠"里了！

我一年到头老不断地工作。除了生病，我不肯休息。我已经写了不少东西，可是还嫌写的太少。新社会里有多少新人新事可写啊！只要我肯去深入生活，无论是工、是农还是兵，都有取之不尽，用之不竭的写作资料。每一工厂，每一农村，每一部队单位，都像一座宝山，奇珍异宝俯拾即是。要写工农兵，是给作家开辟了一个新的世界，多么现实，多么丰富，多么美丽的新世界啊！要为工农兵写，是给作家一个新的光荣任务。现在，我几乎不敢再看自己在解放前所发表过的作品。那些作品的内容多半是个人的一些小感触，不痛不痒，可有可无。它们所反映的生活，乍看确是五花八门；细一看却无关宏旨。那时候，我不晓得应当写什么，所以抓住一粒沙子就幻想要看出一个世界；我不晓得为谁写，所以把自己的一点感触看成天大的事情。这样，我就没法不在文字技巧上绕圈子，想用文字技巧遮掩起内容的空虚与生活的贫乏。今天，我有了明确的创作目的。为达到这个目的，我须去深入生活；难道深入生活是使作家吃亏的事么？只有从生活中掏出真东西来，我才真能自由地创作。在解放前，我为该写什么时常发愁，即使没有那个最厉害的图书审查制度，我也发愁——没有东西可写啊！今天，我可以自由地去体验生活；生活丰富了，我才能够自由地写作。假若我闭上眼不看现实的生活，而凭着幻想写点虚无缥缈的东西，那是浪费笔墨，不是自由——人民不看虚无缥缈的东西，人民愿意从作品中得到教育与娱乐，看到怎么过更美好幸福的日子的启示！

为了写成像样子有思想性与艺术性的作品，我老热心地参加北京文艺界的学习——政治学习与业务学习。在学习中，苏联的文艺理论与作品给了我很多很多的好处，使我对社会主义现实主义的文艺创作方法得到更明确一些的认识，并且读到运用这种方法写成的优美范本。

在体验生活、写作与学习之外，我也帮忙编辑《说说唱唱》——一个全国性的通俗文艺刊物。因编辑这个刊物，我接触到有关于民间文艺的种种问题，丰富了我对继承民间文艺传统和发扬文艺的民族风格等等的知识。从实际工作中得到了知识，也就得到了快乐。于此，我体会出"自觉的劳动"的意味。

因为接触到继承民族文艺传统等问题，我的那一点古典文艺知识就有了用处。我给《说说唱唱》的编辑部的和其他的青年朋友们时时讲解一下，帮助他们多了解一些古典文艺的好处，并就我所能理解的告诉他们怎样学习和怎样运用古典文艺遗产。毛主席的"百花齐放，推陈出新"的指示是正确而美丽的。我们的创作既不能故步自封，也不能粗鲁地割断历史，既要有现实主义的内容，又要有多种多样的形式。

字数已经写够，可是并没有说尽五年来我的工作与生活情况，和由工作与生活中得到的快乐与经验，而且在文章格局上也显着杂乱无章。不过，假若我的确说出了几句心腹话，我也就不多管文章的好坏了。

载 1954 年 9 月 20 日《北京日报》

277

大力推广普通话

在我童年的时候，我就听说过：有许多人拿《红楼梦》当作学习北京话的课本。

这说明了一个问题：文艺作品在思想教育而外还有一种责任，就是教给大家怎么写文章和说话。在老年间，绝大多数的文人用文言写作，所以古文古诗就成为后人学习写作的范本；现在，绝大多数的文人用白话写作，所以文艺作品，正像《红楼梦》那样，不但只教给大家怎么写文章，也教给大家怎么说话。

这个责任并不小。一个民族的语言总是越来越趋向统一的。用不着多解释，语言的统一有很大很大的政治作用。历史已经证明，文艺作品会有力地帮助语言的统一。意大利的但丁、英国的超叟①，和咱们的曹雪芹都在这方面有很大的功绩。

汉语本是统一的。不过，因为汉族人多，分布的地方又非常广阔，于是各地方就难免在发音上有所不同，也难免各有各的土语。我们现在谈汉语的统一就是要在发音上、词汇上，和某一些不同的语法上，要求更进一步的一致。语言越一致，我们自己就团结得越好；兄弟民族和外国朋友学起来也就越省事。作家们在这个运动中应当负起责任，尽到我们推进语言统一的力量；这是个重要的政治任务。

汉语，据语言学家们说，是很进步的语言。可是不幸，汉字却十分难学难记。有那么一天（我自己切盼越早越好），我们会改用拼音文字。为将来推行拼音文字创造条件，我们今天就该下手调整发音，整理词汇和某一些语法上的纷歧。没有这样的准备，拼音的办法就不易下手推行。是嘛，假若我按京音拼，你按厦门音拼，咱们俩就没法子利用拼音文字交流思想。同样的，我说我的土话，你说你的土话，咱们俩的拼音文字恐怕也只好你干你的，我干我的，全不相干。因此，我们现在决定以北京语音为标准进行汉民族共同语的教育工作。为什么用

---

① 现通译乔叟。

278

北京语音而不用上海语音作标准？为什么不教大家都干脆说北京话，而教大家说普通话（汉民族共同语）？我不在这里解释，因为我主要地要说说作家对这个运动应取的态度。

我想，就说我自己的态度吧。这么说容易亲切一些。我写过一些小说和剧本。从思想上和艺术上看，我的作品都不很高明。可是，在语言上，因为我的普通话还写得不算太坏，我占了点便宜。有二十多年了，我的作品曾经先后在不同的地方被利用为"官话"课本。我很高兴：我的不甚高明的作品能够有些实际用处。

可是，即使专从语言上说，我从前的作品也还有点毛病：我往往爱用北京的土语。近二年来，我开始控制自己，少用土语方言。为什么呢？第一，土话给我招来许多麻烦：山南海北的读者常常来信问这个词怎么讲，那句话是什么意思，我得一一回信解答。第二，以剧本来说，土话太多，远离北京的地方就不易上演。照原词说吧，听众不懂；改成本地话吧，又不易找到恰好相同的成语；于是，只好拉倒，不去上演。在国内既已如此，赶到译为外文的时候，不难想到就一定更麻烦。

我以前爱用土语不是没有道理的。某些土语的表现力强啊。可是，经验把我的道理碰回来了。表现力强吗？人家不懂！不懂可还有什么表现力可言呢？作品本是为教育人民的，可是因为土语太多，剧本没人演，小说读不明白，岂不弄巧成拙，反倒减少了宣传教育的效用么？

根据上述的经验，从今以后我希望能注意到：

（一）不用土语撑门面。这就是说，我将尽量地选用普通的词汇，不故意卖弄土语。我应当把卖弄自己改为替群众服务。假若"油条"比"油炸鬼"更普通一些，我就用"油条"。同样的，假若"墙角"比"嘎栏儿"更普通，我就用"墙角"。地方色彩并不仗着几个方言中的词汇支持着。不深入一个地方的生活，而只用几个地方上的特殊字眼儿，如"油炸鬼"和"嘎栏儿"之类去支持，是得不到什么好处的。它们适足以增加语言的混乱与纷歧。

这样作，会不会使语言枯窘，不丰富呢？我看不会。就拿北京话来说，在过去的四五十年里就有很大的变化：我幼年听惯说惯的词汇有许多许多已经死去了。这衰死的原因一来是大家的生活起了变化，老的词汇就不能不引退；二来是全国各地的人来到北京，听不懂北京的土话，北京人自己也就不得不适应情况，把得不到外方人支持的话收起去。这样减少了词汇，北京话是不是因而枯窘死板了呢？不是。新的生活和新的事物带来了新的词汇。好多这种新词并非土生土长，而是由四面八方的人共同创造的。于是，北京话就变了样：四五十年来，它越变

279

越语文一致，越富有普遍性了。普遍性必然地战胜地方性：几十年来除了"压根儿""没落"等少数北京特有的词得到较比广泛的承认，很多的地道土话都先后死去。

今天，我们正全国一心地建设社会主义社会，我们的政治生活、社会生活、文化生活，和科学知识都一天比一天丰富，那么我们的语言也必然地越采越丰富。眼睛看着明天，我们大可不必依依不舍地恋惜一些地方上的、有可能被淘汰的词汇。

（二）选择地运用土语。举例说明："蹲"和"站"都是普通字，我无须节外生枝地去另找土语代替它们；即使找到了，也还不过是说明"蹲"和"站"这么两个姿态，并没有什么特殊的表现力，只是教许多人不懂而已。可是，在"蹲"和"站"之外，还有个"骑马蹲裆式"；它既非"蹲"，也非"站"，而是另一个姿态——半蹲半站。北京话里还没有一个能够概括地形容出这个姿态的字。我们只能说"骑马蹲裆式"，别无办法。假若我能够在北京的土语中找到这么一个字，我一定利用它，因为它具有足以形容既非"蹲"又非"站"的姿态的特殊能力。同一理由，假若我在别的方言中找到这么一个字，我也会借用过来，介绍到普通话里去。

上述的例子说明了我个人以后怎么选择地运用土语。这是说，我不再随便乱用我所熟悉的土语，而要经过考虑，决定何去何取。这也说明，我并不一笔抹杀一切土语，而要披沙拣金地把值得保存的保存下来。作家们要是都这么作，就能洗练出许多生动的、明确的和富于表现力的词汇，丰富我们的语言。提倡普通话并非要求大家因陋就简，写出千篇一律的呆板文章，而是一方面要使语言纯洁，不许土语方言泛滥成灾；另一方面要使语言更丰富更健康。

（三）我须怎样创造语言。作家有权创造语言。但是，创造语言不等于毫无选择地乱用土语。那不是创造，而是偷懒取巧，其结果是使语言越来越混乱，不利于语言的统一。这也就是说，语言的创造不是标奇立异，令人感到高深莫测，越读越糊涂，而是要在大家都能明白的语言中出奇制胜，既使人看得懂，又使人喜爱。在普通话里，我们有很大的用武之地。随便举几个例子就能说明这个意见：像"无边落木萧萧下，不尽长江滚滚来"，像"小楼一夜听春雨，深巷明朝卖杏花"这类的诗句，里面都是些极普通的字，而一经诗人的加工创制，就成了不朽的名句。在王安石的诗草里，我们发现："春风又绿江南岸"的"绿"字，是经过几次圈改，而后决定用"绿"字的。最初是"春风又到江南岸"，后来圈去"到"字，改为"过"；然后又改为"入"，又改为"满"，换来换去，才找到最好的一

280

个字——"绿"。啊，普通话里有多么大的潜在力，等待作家们去发掘啊！我们都知道的名句"红杏枝头春意闹"的"闹"字，是多么通俗而又多么富于表现力啊！这些例子虽然因为用的是浅显文言，究竟和现代的白话有个距离，可是这种创造方法还是值得学习的。

是的，我们的文章往往写得平平无奇，死板无力，有的人归罪于我们的语言太简单，有的人说这是受了普通话的限制。其实呢，我们是没有下够功夫，没有尽到从普通话里创出新生力量的责任。因此，我们有时候就不能不求救于一向不被广大人民所接受的语言支持门面。"潺潺"呀，"熊熊"呀，是我们自有白话诗以来就惯用的词汇，可是直到今天，我也还没听见哪个工人或农民说："溪水潺潺"或"熊熊的火光"，而且连我这个知识分子至今也还不明白溪水怎么潺潺，和火光怎么熊熊。我有这样的感觉："春风又绿江南岸"这类的句子比"火光熊熊"似乎更新鲜可爱一些。随便利用半死的文言，正如随便利用方言土语，正是我们不负责创造的表现。不要再说我们的语言太简单吧，事实上是我们的生活太简单了，所以找不到话说。不要怕运用普通话受到限制吧，事实上只要我们肯精心创造，我们的普通话里就有无尽的宝藏。

以上是我对怎么运用普通话写文章的一点体会与愿望。我愿意按照自己的体会，不但拥护推广普通话的办法，而且热心地这么去练习写作，尽我自己在这个运动中应尽与能尽的力量。不过，我的体会也许不大对，那就要请求大家来批评帮助了。

载 1955 年《北京文艺》11 月号

致臧克家①

一九五七年五月二十五日

克家：

老朋友，谢谢你约我为《诗刊》写稿！

不过，你真把我考住了！你明明知道：我没有诗才，不但不敢写诗，而且连诗也不敢谈。你却偏叫我为《诗刊》写稿，不是分明将我一军么？

老朋友开个小玩笑，也许没有太大的坏处吧？好，我就信口开河，谈谈诗的问题，看你敢刊用不敢！

用百花齐放的眼光来看，我以为，一想到诗，我们就想起三种形式来：旧体诗词、新诗和通俗歌曲。这三种的形式不同，语言也不同。按照百花齐放的看法，它们都应当开花。不，不但只是各开各的花，还应当彼此竞赛，看谁开的更漂亮，最漂亮。

可惜，事实上并不如此。

以近数日我所看到的作品来说，旧诗词中有很好的，可也有只能算作韵语的。新诗有了很好的发展，但精彩的也不很多。至于通俗的鼓词之类的作品，就数量既少，质量也未提高。老朋友，还是别发表这封信吧，它会招致许多人的不满！再说，我看到的作品有限，估价难免主观，不大公平。

不过，假若我的话不幸而言中，这可就有了问题。这问题的发生也许在号召百花齐放的初期是必不可免的。是的，听到百花齐放的号召，人人欢欣鼓舞，当然就愿意发表一些自己所惯用的语言与形式写成的作品。这是在情理之中的。因此，大家只顾争取发表，而一时还没考虑到值得发表与否，也在情理之中，无可厚非。

可是，日子一长，这种你新我旧，你提高我普及，近乎彼此对立，而都缺

---

① 臧克家（1905—），现代诗人。本信发表时题名为"谈诗——致臧克家"。

乏传诵一时的创作，便不能使人满意了。好的诗，不管用什么形式写的，总是能够传诵一时，洛阳纸贵的。百花齐放不仅是在形式上热闹热闹，而是要求各种形式的诗都出奇制胜，真有好东西。这些好东西使人读了再读，手舞足蹈地感谢百花齐放的号召，而不是只使读者看见多种形式，并无所热爱。我们应当开始竞赛了，不是吗？

诗是最难写的，我知道。当我念诗的时候，不管是旧体的还是新体的，我都设身处地地为诗人想想：看，这个字用的多么好啊，那一行的音节多么漂亮啊！诗人费了多少心血啊！但是，这种钦慕、感谢诗人的情感，并不能拦阻我去更严格地要求诗人写出更好的、顶好的作品来。我是读者，我有权要求当代杜甫的出现，虽然我明知道这是极不容易的；唐代那么多诗人中才只有一个杜甫啊。可是，诗人而以杜甫自期，也不见得就是狂妄吧。各种形式的诗作者，竞赛吧！不要以为掌握了某种形式便有发表权，我们读者要求真正好的诗！是的，读者也要求好小说，好戏剧；我并不专对诗人苛求，而宽容小说家与戏剧者。不过，现在咱们是在谈诗，就不便旁扯到小说与戏剧上去了。

不竞赛，就容易抱残守缺，敝帚千金，只在形式上绕圈子，力求循规蹈矩，而忘记创造。我以为我们不该只看旧体诗和新诗的表面上的区别，而忘了存异求同。所谓存异，即在形式与语言的运用上有所不同。所谓求同，即都须在思想与感情上的确是诗，不管形式与语言有什么区别。不这么看，便容易把诗的创作仅仅看成形式的运用了。我看了一些近来发表的旧体诗与新诗，它们似乎只有形式和语言的明显区别，而往往缺乏深厚的诗的味道，仿佛是告诉人：只要写得平仄调，韵脚对，就是旧体诗；只要用白话写，就是新诗，请原谅我的直言无隐吧！我知道作诗的困难。因此，我的苛求是对诗人表示敬重，而不是轻视。我渴望大家不只靠不同的形式去支持百花齐放，也希望编辑同志们不只靠不同形式去敷衍百花齐放。我们迫切需要优秀的诗。

没有竞赛，便彼此不相关切，你干你的，我干我的，坐失切磋琢磨之益。假若一位写旧体诗的而肯注意新诗和鼓词，他就会得到启发，去突破旧体诗的形式，有所创造。事实上，杜甫连写律诗也时时独辟新格，并不千篇一律。今天的旧体诗反倒似乎特别"守法"，缺乏新鲜味道。同时，他也会指出新诗在用字上，音律上，有什么不细致不妥当的地方，对新诗的作者有些好处。他也可能因注意到鼓词而写起鼓词来，因为鼓词在形式上和旧体诗有血肉相关的关系，而在语言上又较旧体诗更自由活泼一些。这有多么好啊！同样地，写新诗的而能注意旧体诗与鼓词之类的通俗作品，写鼓词的也注意新诗与旧体诗，就必互相影响，都有好处，用不着细说。

就怕呀，彼此对立，既不竞赛，也不相互交流经验。这就容易引起来文人相轻，只说自己的花香，别人都是野草，正和百花齐放背道而驰。是的，百花齐放是使我们彼此竞赛，彼此尊重，而绝对不是彼此排斥。我看见过：诗人听了鼓词的演唱，连连摇头，认为词句鄙俚不通，实在可笑。可是，为什么诗人不去帮帮艺人的忙，写些精彩的段子呢？鼓词不但有人听，而且是工农兵所喜爱的，诗人为什么不应当帮帮忙，服服务呢？假若说诗人只管提高，不屑于普及，那么，谁该去搞普及呢？或者说普及已经过时，大可不提，那怎么《杨乃武与小白菜》这出通俗的曲剧会连卖几个月满座呢？说老实话，艺人们并不满意作家们。艺人们迫切需要新节日，可是肯帮帮忙的作家并不多。这值得我们想一想。鼓词难道不能成为诗吗？看吧：京韵大鼓《白帝城》里就有"几根傲骨支床瘦，一点雄心到死明"这样的好句子。我自己并不完全满意这两句，因为其中用字遣词还嫌太文，再一配上唱腔，听众未必能够听得明白。我引用这两句不过是为说明鼓词可以成为诗，诗人若肯动手，它就可以提高。诗人若只连连摇头，而不肯或不屑动手，似乎就不大公平了。

别误会：我并非要求诗人们都马上去写鼓词之类的东西。百花齐放既不当唯我独尊，轻视别人，也不许强迫别人，都随我来。我只是为艺人们请命，希望有些人出来帮帮他们的忙。即使不愿帮忙，而注意到通俗作品的写法，也有益无损。鼓词并不比新诗或旧体诗更容易写。老朋友，也请你不要误会，我并不要求《诗刊》写上兼载旧体诗与鼓词。我倒是希望另有诗刊，专载旧体诗，或通俗文艺。虽然您不必选用旧体诗与鼓词，我却希望您召集那么一次两次座谈会，约请写各种诗体的人，包括曲艺演员，交换交换意见。座谈时，大家争辩得脸红脖子粗也好，客客气气也好。只要大家通了气，增长些知识，相互影响，便有利于诗的全面发展。诗须各体争妍，诗人本应多才多艺。

春天终于来了。这个老长老长的冬天可真够我受的。我的腿疼得要命。春天来了，就该修理房屋，去年的大雨着实厉害。此刻，我正写这封信，小立娃正背诵"天苍苍，野茫茫，风吹草低见牛羊"，一位瓦匠师傅正哼着《刘巧儿》，一位木匠师傅轻唱着什么西河大鼓，西屋里周姐正听新诗朗诵的广播。这或者也可以算作百花齐放吧？假若是这样，今年的春天，虽然来迟了一点，可就特别可爱了；它将使我的腿少疼一点，而使我的心里极其高兴，因为我听到了各种诗的音乐与语言。我希望听到更好的各体诗歌。

　　不再写下去，省得多贴八分邮票。我祝你，老朋友，诗思盛旺，身体健康，并致

　　敬礼!

老　舍^①
载 1957 年《诗刊》5 月号

---

　① 此信无日期。

文艺学徒

我想刻一块图章，上边用这么四个字——"文艺学徒"。

为什么呢？您看，每逢我写履历的时候，在职业栏中我只能填上"作家"二字。因为我的确是以写作为业。填完，我的脸就红起来，有时候甚至由红转绿。假若能够以"文艺学徒"代替"作家"，我一定会觉得舒服一些。

作家，这是个多么了不起的称号啊！一个作家应当同时也是个思想家；要不然，他就只能作个文匠或八股匠。我是不是个思想家呢？人总得诚实吧？好，既不该扯谎，我就必须连连摇头，以免自欺欺人。

再看，我们所处的是不是科学跃进的时代呢？一点不错，是的。要不怎么人造卫星与行星都陆续上了天呢？且不说天上的事吧，就专说地上人间，不是也由于科学的应用，人类的文化正起着很大的变化吗？难道一个作家应当对科学毫无所知，到工厂参观之后只交代一声："那里的机器怒吼了"就行了吗？这就要自问：我懂科学吗？还是不该扯谎；那么，还是只好连连摇头！

赫鲁晓夫同志前些日子勉励苏联作家们须做重炮的射手。这就是说，作家们应作思想上的炮手，炮弹射的远，打的准，以便共产主义的建设大军冲上前去。假若我解释得无大错误，这就证明作家须同时也是思想家的说法倒还正确。

至于科学知识，在今天既已成为与我们的生活分不开的，作家就必须掌握一些。再说，作家对事物的分析，也必须运用科学方法，才能够正确。文艺作品的创作尽管独具规律，可是科学的分析方法还是极其重要的，非有不可的。事物分析未清，纵有生花之笔，也未见得能够尽到传播真理的责任。

哲学与科学，这么看来，简直是作家的左右手。

那么，作家就该努力学习哲学与科学，而忘了艺术吗？谁说的？我现在正要从艺术修养上查看查看自己。

作家也是艺术家吧？应该懂得点艺术吧？对！那么，我懂音乐吗？懂绘画

286

吗？懂舞蹈吗？回答倒省事：都不懂！

好啦，外国的最好的芭蕾舞来了，我去鼓掌。怎么单鼓掌呢？这是实话。人家鼓掌，我也跟着鼓掌；我连领头儿鼓掌也不敢啊，怕鼓错了地方。看完了不写一段短文吗？哎呀，连鼓掌还须留着神，我怎么写文章呢？

过两天，又来了外国最有名的管弦乐队。这回，我写了文章。可惜，被刊物编辑部退回来了。我能怪编辑同志吗？我写的是：音乐很好，因为很响啊！

我的天，我是多么朴素的作家呀！可惜，这样的朴素差不多即等于无知啊！

有人也许说：你要求的太多了；音乐、绘画什么的对你有什么用处呢？

好，让咱们谈谈"用处"吧。您看，我的作品是不是写得有点干巴巴的？是！怎能不是呢？许多事情我不敢描写，包括对音乐、绘画、舞蹈等等的欣赏与享受，因为不懂啊。这就减少了作品内容的丰富多姿。知道的少，笔墨的活动便受了限制。再说，既不懂音乐，我的耳朵就不灵，写一首诗吧，缺欠音声之美，难以上口、悦耳。写一首歌吧，文字的安排是那么别扭，叫制谱者流汗不已，无法以音乐之美发挥语言之美。既不懂绘画，我就往往不善于取景，不会三言两笔描画出一段鲜明的景色来。不错，艺术各部门都各有自己的领域，各有自己的工具。可是它们也都能相互为用，产生更好的效果。在远古时代，诗歌、舞蹈、音乐本是三位一体的，后来才分了家。我们的戏曲，还保存着这个三位一体的好处。我们编写一出戏曲而不懂这三者的如何结合是不会写得出色的。

您看，京剧四大名旦不但在剧艺上各有创造，而且还都能写善画。记得梅兰芳大师说过，大意是：学点绘画，会运用五颜六色，大有助于舞台布景及服装的设计。这话对，看看他的行头是多么美丽而又合乎剧中人的身份啊！不但绘画学习的本身就是一种艺术享受，而且还能应用到舞台上去，这多么好啊！一位艺术家的生活越丰富，知道的越宽，就越敢放胆创造。

再看，余叔岩与言菊朋二位名须生吧。他们都精研韵律，所以他们能够唱得依字行腔，韵味深厚。他们"唱"，不扯着脖子乱"喊"。

说到这里，就非请出郭老来作证不可了。郭老是诗人、科学家、古文字学家、历史学家、文学家、和平战士，萃于一身。他博学多闻，生活经验丰富，又掌握了科学分析的方法。他还善于鉴定古器。他喜爱观赏绘画，并且写得一笔好字。他有这么多本领，所以他对作家这个称号的确当之无愧！

咱们历史上的文人都讲究在诗文之外还学习琴棋书画，并争取上知天文，下晓地理。郭老承袭了这个传统，可比古人还高超许多。古人不大懂科学，郭老懂；古人只知真草隶篆，而郭老是甲骨文研究的专家。甲骨文是真草隶篆的老祖

287

宗啊！没有郭老的历史知识、科学的考证方法，和诗人的想象，就创作不出郭老的那些部历史戏来。

齐白石大师也多么伟大呀：画好，诗好，刻印好，书法好。在他的一幅作品里，四妙咸备，样样表现着他终生勤学苦练、奋斗不懈的精神。

用上述的那些大师来衡量自己，是有好处的。是的，在他们的面前，我怎能不想以"文艺学徒"代替"作家"呢？

这篇小文本是为表示我自己的态度，可是我必须顺手提到两位给我来过信的青年。这两位青年只代表他们自己，不代表别人。一位是初中学生，告诉我：他要马上停学，专搞文艺创作，以便及早成为作家。您看，他的连历史、地理、物理、化学等基本知识都弃而不学的办法妥当吗？我不想多说什么。

另一青年来信控诉：我写了一篇小说，六次投稿，六次退回；这是怎么一回事？我知道，这位青年人求成心切，愿意一战成功。可是，检查自己一下，究竟自己都具备了哪些当作家的条件，是不是比控告刊物编辑更聪明呢？即使那一篇小说被选用了，又怎样呢？随时努力从各方面充实自己，自有成功的那一天；随时发表可有可无的作品，尽管作了作家协会的会员，又有什么好处呢？我知道，作家的称号每每使我面红耳赤，我年已六十，也许连文艺学徒也当不好了。我切盼这位有志于文艺创作的青年，先放下当作家的虚荣心，而去真下一番苦功夫，从社会主义哲学思想上，科学知识上，艺术修养上，生活经验上，道德品质上，充实自己。创作出优秀的作品是勤学苦练，博学多闻的结果；反之，不事耕耘，但求收获，恐怕不会得到什么好结果。

载 1959 年《新港》8 月号

五十而知使命

首次学习毛主席《在延安文艺座谈会上的讲话》我已年届五十。这篇文艺理论杰作使我在文艺习作上得到了新的生命。

像我这样年过半百的文人，往往容易犯两种毛病：保守病与贫血病。所谓保守病，就是思想感情，以及生活习惯和对人生的见解，都差不多已有一定的辙道，不肯轻易改变。特别是已有了小小的文名的，更会在保守之上还加些自满，形成顽固。所谓贫血病，就是自幼儿积累下的一些生活经验，已在不断写作中逐渐用完，而对新的事物又懒得过问，于是心里越来越空虚，笔下越来越枯窘，文如其人，一齐患了贫血症。在文学史中不难找到这样的病历：本来是现实主义的作家，到了五六十岁可变成了颓废派，或象征主义者，或神秘主义者等等，厌弃现实，而去探索梦境。也有的呢，对新人新事已不感兴趣，爽兴就一味依恋过去，眼前尽是乌云，只有回忆当年才有些甜味儿。

在我年交五十的时候，也本是这两种病在我心中渐露苗头的时候，也就是我的笔墨生活可能结束了的时候。可是，我学习了毛主席的那篇《讲话》。柳暗花明又一村，我看见了另一个广阔的天地。那里有工有农有兵，有亿万的人民，有取之不竭的写作资料。在这以前，我好像是一个蜗牛，缘着一段短短的墙壁爬来爬去，遇见一些青苔，留下些可有可无的蜗篆。现在，只要我肯去，我便可以接触高山大川、数不尽的男男女女，与革命的大潮大浪。即使我再糊涂，我也不会不欣然前往，看看这广阔的天地，找到写作资料的新泉源。

毛主席的《讲话》使我的心中爽朗，眼界开阔，好像久住在城圈儿之内，忽然出了城门，上了阳关大道，看见了绿水青山与沃野千里。毛主席所说的文艺须为工农兵服务不是缩小了文艺创作的范围，而是把它加宽了，叫我看到无边的美景，也叫我有了向来没有过的新理想。我得到从来没有得到过的鼓舞与启发，使我的创作热情增加了许多倍。我忘了我的年岁，要和年轻的小伙子们作笔墨劳动的竞赛。这就是十几年来，我可以算作多产的作家之一的原因。我所写成的作品并不都好，但是我不因此而灰心丧气。我是在学习，我是在习写向来没有写过的题材与形式。这有困难。可是，从毛主席的《讲话》中所得到的鼓舞叫我不怕困难，不怕失败。在毛主席的《讲话》里，字里行间充满了革命的乐观主义。毛主席不是叫我们知难而退，而是鼓足干劲，克服困难，取得胜利。学习，不断地学习，是会转败为胜的。

我不会因失败而悲观。按照毛主席所指出的，我须以文艺作品为广大劳动人民服务。这多么光荣，多么重大！在解放前，我只是我，孑然一身，与别人无关。我是一叶可怜的飘萍，上不着天，下不着地，随风飘荡，可能莫知所终！现在呢，我必须在群众中扎下根。我不再是个"孤儿"，而是有千千万万朋友的人。我须向他们学习，也希望因此而写出些对他们有帮助的文字。这样，我觉得，才不虚此生。毛主席叫我看明白我的责任，我的使命，我应有的理想与怀抱。不管我的文学修养多么不够，我要不断地劳动，像劳动人民那样热爱劳动，从劳动中尽到责任，得到生趣。是的，我没有写出优秀的作品来，觉得十分对不起人民。可是，十几年来，我不再像解放前那么孤独，那么毫无目的地在黑暗中独自徘徊，写些不三不四、无关宏旨的东西。我兴奋、快活，因为我得到了文艺写作的新生命！我愿继续努力，按照毛主席所说的充实自己，锻炼自己，更好地为人民服务！

载 1962 年 5 月 23 日《文艺报》第五、六期合刊

可喜的寂寞

　　既可喜，却又寂寞，有点自相矛盾。别着急，略加解释，便会统一起来。

　　近来呀，每到星期日，我就又高兴，又有点寂寞。高兴的是：儿女们都从学校、机关回家来看看，还带着他们的男女朋友，真是热闹。听吧，各屋里的笑声，辩论声，都连续不断，声震屋瓦，连我们的大猫都找不到安睡懒觉的地方，只好跑到房上去呆坐。虽然这么热闹，我却很寂寞。他们所讨论的，我插不上嘴；默坐旁听，又听不懂！

　　我的文艺知识不很丰富，可是几十年来总以写作为业，按说对儿女们应该有些影响。事实并不如此。他们都不学文艺，虽然他们也爱看小说、话剧、电影什么的。他们，连他们带来的男女朋友，都学科学。我家最小的那个梳两条小辫的娃娃，刚考入大学，又是学物理！这群小科学家们凑到一处，连说笑似乎都带点什么科学味道，我听不懂。

　　他们也并不光说笑、争辩。有时候，他们安静下来：哥哥帮助妹妹算数学上的难题，或几个人都默默地思索着一个什么科学上的道理。在这种时候，我看得出来，他们的深思苦虑和诗人的呕尽心血并没有什么不同。我可也看到，当诗人实在找不到最好的字的时候，他也只好暂且将就用个次好的字，而小科学家们可不能这么办，他们必须找到那个最正确的答案，差一点点也不行。当他们得到了答案的时候，他们便高兴得又跳又唱，觉得已拿到打开宇宙秘密的一把小钥匙。

　　我看到了一种新的精神。是，从他们决定投考哪个学校，要选修哪门科学的时候起，我就不断地听到"尖端"、"发明"和"革新"等等悦耳的字眼儿。因此，我没有参加意见，更不肯阻拦他们。他们是那么热烈地讨论着，那么努力预备考试，我还有什么可说的呢！我看出来，是那个新精神支配着他们，鼓舞着他们，我无权阻拦他们。

　　他们的选择不是为名为利，而是要下决心去埋头苦干。是，从他们怎么预备功课和怎么制订工作计划，我就看出：他们所选择的道路并不是容易走的。他们有勇气与决心去翻山越岭，攀登高峰。他们的选择不仅出于个人的嗜爱，而也是政治热情的表现——现在是原子时代，而我们的科学技术还有些落后，必须急起直追。想建设一个有现代工业、农业与文化的国家，非有现代科学技术不可！我不能因为自己喜爱文艺而阻拦儿女们去学科学。建设伟大的祖国，自力更生，必须闯过科学技术关口。儿女们，在党的教育培养下，不但看明此理，而且决心去作闯关的人。这是多么可喜的事啊！是呀，且不说别的，只说改良一个麦种，或制造一种尼龙袜子，就需要多少科学研究与试验啊！科学不发达，现代化就无从说起。

我们的老农有很多宝贵的农业知识与经验，但专凭这些知识与经验而无现代的科学技术，便难以应付农业现代化的要求。我们的手工业有悠久的传统和许多世代相传的窍门，但也须进一步提高到科学理论上去，才能发展、提高。重工业和新兴的工业更用不着说，没有现代的科学技术，寸步难行。小科学家们，你们的责任有多么重大呀！

于是，我的星期日的寂寞便是可喜的了。我不能摹仿大猫，听不懂就跑上房去。我默默地听着小将们的谈论，而且想到：我若是也懂点科学，够多么好！写些科学小品，或以发明创造为内容的小说，够多么新颖，多么富有教育性啊。若是能把青年一代这种热爱科学的新精神写出来，不就更好吗？是呀，我们大概还缺乏这样的作品。我希望这样的作品不久就会出现。这应当是文艺创作的一个新的重要题材。

载 1963 年 1 月 1 日《北京晚报》

我怎样写《骆驼祥子》

　　从何月何日起，我开始写《骆驼祥子》？已经想不起来了。我的抗战前的日记已随同我的书籍全在济南失落，此事恐永无对证矣。

　　这本书和我的写作生活有很重要的关系。在写它以前，我总是以教书为正职，写作为副业，从《老张的哲学》起到《牛天赐传》止，一直是如此。这就是说，在学校开课的时节，我便专心教书，等到学校放寒暑假，我才从事写作。我不甚满意这个办法。因为它使我既不能专心一志的写作，而又终身无一日休息，有损健康。在我从国外回到北平的时候，我已经有了去作职业写家的心意；经好友们的谆谆劝告，我才就了齐鲁大学的教职。在齐大辞职后，我跑到上海去，主要的目的是再看看有没有作职业写家的可能，那时候，正是"一·二八"以后，书业不景气，文艺刊物很少，沪上的朋友告诉我不要冒险。于是，我就接了山东大学的聘书。我不喜欢教书，一来是我没有渊博的学识，时时感到不安；二来是即使我能胜任，教书也不能给我像写作那样的愉快。为了一家子的生活，我不敢独断独行的丢掉了月间可靠的收入，可是我的心里一时一刻也没忘掉尝一尝职业写家的滋味。

　　事有凑巧，在山大教过两年书之后，学校闹了风潮，我便随着许多同事辞了职。这回，我既不想到上海去看看风向，也没同任何人商议，便决定在青岛住下去，专凭写作的收入过日子。这是"七七"抗战的前一年。《骆驼祥子》是我作职业写作的第一炮。这一炮要是放响了，我就可以放胆的作下去，每年预计着可以写出两部长篇小说来。不幸这一炮若是不过火，我便只好再去教书，也许因扫兴而完全放弃了写作。所以我说，这本书和我的写作生活有很重要的关系。

　　记得是在民国二十五年①春天吧，山大的一位朋友跟我闲谈，随便的谈到他在

---

　　①　即 1936 年。

293

北平时曾用过一个车夫。这个车夫自己买了车，又卖掉，如此者三起三落，到末了还是受穷。听了这几句简单的叙述，我当时就说："这颇可以写一篇小说。"紧跟着，朋友又说：有一个车夫被军队抓了去，哪知道，转祸为福，他趁着军队移转之际，偷偷的牵回三匹骆驼来。

这两个车夫都姓什么？哪里的人？我都没问过。我只记住了车夫与骆驼。这便是《骆驼祥子》的故事的心核。

从春到夏，我心里老在盘算，怎样把那一点简单的故事扩大，成为一篇十多万字的小说。

不管用得着与否，我首先向齐铁恨先生打听骆驼的生活习惯。齐先生生长在北平的西山，山下有许多家养骆驼的。得到他的回信，我看出来，我须以车夫为主，骆驼不过是一点陪衬，因为假若以骆驼为主，恐怕我就须到"口外"去一趟，看看草原与骆驼的情景了。若以车夫为主呢，我就无须到"口外"去，而随时随处可以观察。这样，我便把骆驼与祥子结合到一处，而骆驼只负引出祥子的责任。

怎样写祥子呢？我先细想车夫有多少种，好给他一个确定的地位。把他的地位确定了，我便可以把其余的各种车夫顺手儿叙述出来；以他为主，以他们为宾，既有中心人物，又有他的社会，他就可以活起来了。换言之，我的眼一时一刻也不离开祥子；写别的人正所以烘托他。

车夫们而外，我又去想，祥子应该租赁哪一车主的车，和拉过什么样的人。这样我便把他的车夫社会扩大了，而把比他的地位高的人也能介绍进来。可是，这些比他高的人物，也还是因祥子而存在故事里，我决定不许任何人夺去祥子的主角地位。

有了人，事情是不难想到的。人既以祥子为主，事情当然也以拉车为主。只要我教一切的人都和车发生关系，我便能把祥子拴住，像把小羊拴在草地上的柳树下那样。

可是，人与人，事与事虽以车为联系，我还感觉着不易写出车夫的全部生活来。于是，我就再去想：刮风天，车夫怎样？下雨天，车夫怎样？假若我能把这些细琐的遭遇写出来，我的主角便必定能成为一个最真确的人，不但吃的苦，喝的苦，连一阵风，一场雨，也给他的神经以无情的苦刑。

由这里，我又想到，一个车夫也应当和别人一样的有那些吃喝而外的问题。他也必定有志愿，有性欲，有家庭和儿女。对这些问题，他怎样解决呢？他是否能解决呢？这样一想，我所听来的简单的故事便马上变成了一个社会那么大。我所要观察的不仅是车夫的一点点的，浮现在衣冠上的，表现在言语与姿态上的，那些小事情了，而是要由车夫的内心状态观察到地狱究竟是什么样子。车夫的外表上的一切，都必须有生活与生命上的根据。我必须找到这个根源，才能写出个劳苦社会。

由二十五年春天到夏天，我入了迷似的去收集材料，把祥子的生活与相貌变换过不知多少次——材料变了，人也就随着变。

到了夏天，我辞去山大的教职，开始把祥子写在纸上。因为酝酿的时期相当的长，收集的材料相当的多，拿起笔来的时候我并没感到多少阻碍。二十六年一月，祥子开始在《宇宙风》上出现，作为长篇连载。当发表第一段的时候，全部还没有写完，可是通篇的故事与字数已大概的有了准谱儿，不会有很大的出入。假若没有这个把握，我是不敢一边写一边发表的。刚刚入夏，我将它写完，共二十四段，恰合《宇宙风》每月要两段，连载一年之用。

当我刚刚把它写完的时候，我就告诉了《宇宙风》的编辑：这是一本最使我自己满意的作品。后来，刊印单行本的时候，书店即以此语嵌入广告中。它使我满意的地方大概是：（一）故事在我心中酝酿得相当的长久，收集的材料也相当的多，所以一落笔便准确，不蔓不枝，没有什么敷衍的地方。（二）我开始专以写作为业，一天到晚心中老想着写作这一回事，所以虽然每天落在纸上的不过是一二千字，可是我放下笔的时候，心中并没有休息，依然是在思索；思索的时间长，笔尖上便能滴出血与泪来。（三）在这故事刚一开头的时候，我就决定抛开幽默，而正正经经的去写。在往常，每逢遇到可以幽默一下的机会，我就必抓住它不放手。有时候，事情本没什么可笑之处，我也要运用俏皮的语言，勉强的使它带上点幽默味道。这，往好里说，足以使文字活泼有趣；往坏里说，就往往招人讨厌。《祥子》里没有这个毛病。即使它还未能完全排除幽默，可是它的幽默是出自事实本身的可爱，而不是由文字里硬挤出来的。这一决定，使我的作风略有改变，教我知道了只要材料丰富，心中的确有话可说，就不必一定非幽默不足叫好。（四）既决定了不利用幽默，也就自然的决定了文字要极平易，澄清如无波的湖水。因为要求平易，我就注意到如何在平易中而不死板。恰好在这时候，好友顾石君先生供给我许多北平口语中的字与词。在平日，我总以为这些词汇是有音无字的，所以往往因写不出而割爱。现在，有了顾先生的帮助，我的笔下就丰富了许多，而可以从容调动口语，给平易的文字添上些亲切，新鲜，恰当，活泼的味儿。因此，《祥子》可以朗诵。它的语言是活的。

《祥子》自然也有许多缺点。使我自己最不满意的是收尾收得太慌了一点。

因为"连载"的关系，我必须整整齐齐的写成二十四段；事实上，我应当多写两三段才能从容不迫的刹住。这，可是没法补救了，因为我对已发表过的作品是不愿再加修改的。

《祥子》的运气不算很好：在《宇宙风》上登到多一半就遇上了"七七"抗战。《宇宙风》何时在沪停刊，我不知道；所以我也不知道《祥子》的全部登完过没有。后来，宇宙风社迁到广州，首先把《祥子》印成单行本。可是，据说刚刚印好，广州就沦陷了，《祥子》便落在敌人的手中。《宇宙风》又迁到桂林，《祥子》也又得到出版的机会，但因邮递不便，在渝蓉各地就很少见到它。后来，文化生活出版社把纸型买过来，它才在大后方稍稍活动开。

近来，《祥子》好像转了运，据友人报告，它已被译成俄文，日文与英文。

载《老舍文集》第十五卷204—208页，人民文学出版社

我怎样写短篇小说

　　我最早的一篇短篇小说还是在南开中学教书时写的；纯为敷衍学校刊物的编辑者，没有别的用意。这是十二三年前的事了。这篇东西当然没有什么可取的地方，在我的写作经验里也没有一点重要，因为它并没引起我的写作兴趣。我的那一点点创作历史应由《老张的哲学》算起。

　　这可就有了文章：合起来，我在写长篇之前并没有写短篇的经验。我吃了亏。短篇想要见好，非拼命去作不可。长篇有偷手。写长篇，全篇中有几段好的，每段中有几句精彩的，便可以立得住。这自然不是理应如此，但事实上往往是这样；连读者仿佛对长篇——因为是长篇——也每每格外的原谅。世上允许很不完整的长篇存在，对短篇便不很客气。这样，我没有一点写短篇的经验，而硬写成五六本长的作品；从技巧上说，我的进步的迟慢是必然的。短篇小说是后起的文艺，最需要技巧，它差不多是仗着技巧而成为独立的一个体裁。可是我一上手便用长篇练习，很有点像练武的不习"弹腿"而开始便举"双石头"，不被石头压坏便算好事；而且就是能够力举千斤也是没有什么用处的笨劲。这点领悟是我在写了些短篇后才得到的。

　　上段末一句里的"些"字是有作用的。《赶集》与《樱海集》里所收的二十五篇，和最近所写的几篇——如《断魂枪》与《新时代的旧悲剧》等——可以分为三组。第一组是《赶集》里的前四篇和后边的《马裤先生》与《抱孙》。第二组是自《大悲寺外》以后，《月牙儿》以前的那些篇。第三组是《月牙儿》《断魂枪》，与《新时代的旧悲剧》等。第一组里那五六篇是我写着玩的：《五九》最早，是为给《齐大月刊》凑字数的。《热包子》是写给《益世报》的《语林》，因为不准写长，所以故意写了那么短。写这两篇的时候，心中还一点没有想到我是要练习短篇；"凑字儿"是它们唯一的功用。赶到"一·二八"以后，我才觉得非写短篇不可了，因为新起的刊物多了，大家都要稿子，短篇自然方便一些。是

297

的，"方便"一些，只是"方便"一些；这时候我还有点看不起短篇，以为短篇不值得一写，所以就写了《抱孙》等笑话。随便写些笑话就是短篇，我心里这么想。随便写笑话，有了工夫还是写长篇；这是我当时的计划。可是，工夫不容易找到，而索要短篇的越来越多；我这才收起"写着玩"，不能老写笑话啊！《大悲寺外》与《微神》开始了第二组。

第二组里的《微神》与《黑白李》等篇都经过三次的修正；既不想再闹着玩，当然就得好好的干了。可是还有好些篇是一挥而就，乱七八糟的，因为真没工夫去修改。报酬少，少写不如多写；怕得罪朋友，有时候就得硬挤；这两桩决定了我的——也许还有别人——少而好不如多而坏的大批发卖。这不是政策，而是不得不如此。自己觉得很对不起文艺，可是钱与朋友也是不可得罪的。有一次有位姓王的编辑跟我要一篇东西，我随写随放弃，一共写了三万多字而始终没能成篇。为怕他不信，我把那些零块儿都给他寄了。这并不是表明我对写作是怎样郑重，而是说有过这么一回，而且只能有这么"一"回。假如每回这样，不累死也早饿死了。累死还倒干脆而光荣，饿死可难受而不体面。每写五千字，设若，必扔掉三万字；而五千字只得二十元钱或更少一些，不饿死等什么呢？不过，这个说得太多了。

第二组里十几篇东西的材料来源大概有四个：第一，我自己的经验或亲眼看见的人与事。第二，听人家说的故事。第三，摹仿别人的作品。第四，先有了个观念而后去撰构人与事。列个表吧：

第一类：《大悲寺外》《微神》《柳家大院》《眼镜》《牺牲》《毛毛虫》《邻居们》

第二类：《也是三角》《上任》《柳屯的》《老年的浪漫》

第三类：《歪毛儿》

第四类：《黑白李》《铁牛和病鸭》《末一块钱》《善人》

第三类——摹仿别人的作品——的最少，所以称说它。《歪毛儿》是摹仿 F.D. Beresford 的 The Hermit。因为给学生讲小说，我把这篇奇幻的故事翻译出来，讲给他们听。经过好久，我老忘不了它，也老想写这样的一篇。可是我始终想不出旁的路儿来，结果是照样摹了一篇；虽然材料是我自己的，但在意思上全是抄袭的。

第一类里的七篇，多数是亲眼看见的事实，只有一两篇是自己作过的事。这本没有什么可说的，假若不是《牺牲》那篇得到那么坏的批评。《牺牲》里的人与事是千真万确的，可凡是批评过我的短篇小说的全拿它开刀，甚至有的说这篇是非现实的。乍一看这种批评，我与一般人一样的拿这句话反抗："这是真事呀！"及至我再去细看它，我明白了：它确是不好。它摇动，后边所描写的不完全帮助前面所立下的主意。它破碎，随写随补充，像用旧棉花作褥子似的，东补一块西补一块。真事原来靠不住，因为事实本身不就是小说，得看你怎么写。太信任材料就容易忽略了艺术。反之，在第二类中的几篇倒都平稳，虽然其中的事实都是我听朋友们讲的。正因为是听来的，所以我才分外的留神，小心是没有什么坏处的。同样，第四类中的几篇也有很像样子的，其实其中的人与事全是想象的，全是一个观念的子女。《黑白李》与《铁牛和病鸭》都是极清楚的由两个不同的人代表两个不同的意思。先想到意思，而后造人，所以人物的一切都有了范围与轨道；他们闹不出圈儿去。这比乱七八糟一大团好，我以为。经验丰富想象，想象确定经验。

这些篇的文字都比我长篇中的老实，有的是因为屡屡修改，有的是因为要赶快交卷；前者把火气扇（用"删"字也许行吧）去，后者根本就没劲。可是大致地说，我还始终保持着我的"俗"与"白"。对于修辞，我总是第一要清楚，而后再说别的。假若清楚是思想的结果，那么清楚也就是力量。我不知道自己的文字是否清楚而有力量，不过我想这么作就是了。

该说第三组的了。这一组里的几篇——如《月牙儿》《阳光》《断魂枪》，与《新时代的旧悲剧》——并没有什么特别的好处。一个事实，一点觉悟，使我把它们另作一组来说说。前面说过了，第一组的是写着玩的，坏是当然的，好也是碰巧劲。第二组的虽然是当回事儿似的写，可还有点轻视短篇，以为自己的才力是在写长篇。到了第三组，我的态度变了。事实逼得我不能不把长篇的材料写作短篇了，这是事实，因为索稿子的日多，而材料不那么方便了，于是把心中留着的长篇材料拿出来救急。不用说，这么由批发而改为零卖是有点难过。可是及至把十万字的材料写成五千字的一个短篇——像《断魂枪》——难过反倒变成了觉悟。经验真是可宝贵的东西！觉悟是这个：用长材料写短篇并不吃亏，因为要从够写十几万字的事实中提出一段来，当然是提出那最好的一段。这就是愣吃仙桃一口，不吃烂杏一筐了。再说呢，长篇虽也有个中心思想，但因事实的复杂与人物的繁多，究竟在描写与穿插上是多方面的。假如由这许多方面之中挑选出一方面来写，当然显着紧凑精到。长篇的各方面中的任何一方面都能成个很好的短篇，而这各方面散布在长篇中就不易显出任何一方面的精彩。长篇要匀调，短篇要集中。拿《月牙儿》说吧，它本是《大明湖》中的一片段。《大明湖》被焚之后，我把其他的情节都毫不可惜的忘弃，可是忘不了这一段。这一段是，不用说，《大明湖》中最有意思的一段。但是，它在《大明湖》里并不像《月牙儿》这样整齐，因为它是夹在别的一堆事情里，不许它独当一面。由现在看来，我愣愿要《月牙儿》而不要《大明湖》了。不是因它是何等了不得的短篇，而是因它比在《大明湖》里"窝"着强。

《断魂枪》也是如此。它本是我所要写的"二拳师"中的一小块。"二拳师"是个——假如能写出来——武侠小说。我久想写它，可是谁知道写出来是什么样呢？写出来才算数，创作是不敢"预约"的。在《断魂枪》里，我表现了三个人，一桩事。这三个人与这一桩事是我由一大堆材料中选出来的，他们的一切都在我心中想过了许多回，所以他们都能立得住。那件事是我所要在长篇中表现的许多事实中之一，所以它很利落。拿这么一件小小的事，联系上三个人，所以全篇是从从容容的，不多不少正合适，这样，材料受了损失，而艺术占了便宜；五千字也许比十万字更好。文艺并非肥猪，块儿越大越好。不过呢，十万字可以得到三五百元，而这五千字只得了十九块钱，这恐怕也就是不敢老和艺术亲热的原因吧。为艺术而牺牲是很好听的，可是饿死谁也是不应当的，为什么一定先叫作家饿死呢？我就不明白！

设若没有《月牙儿》，《阳光》也许显着怪不错。有人说，《阳光》的失败在于题材。在我自己看，《阳光》所以被《月牙儿》比下去的原因是这个：《月牙儿》是由《大明湖》中抽出来而加以修改，所以一气到底，没有什么生硬勉强的地方；《阳光》呢，本也是写长篇的材料，可是没在心中储蓄过多久，所以虽然是在写短篇，而事实上是把临时想起的事全加进去，结果便显着生硬而不自然了。有长时间的培养，把一件复杂的事翻过来掉过去的调动，人也熟了，事也熟了，而后抽出一节来写个短篇，就必定成功，因为一下笔就是地方，准确产出调匀之美。写完《月牙儿》与《阳光》我得到这么点觉悟。附带着要说的，就是创作得有时间。这也就是说，写家得有敢尽量花费时间的准备，才能写出好东西。这个准备就是最伟大的一个字——"饭"。我常听见人家喊：没有伟大的作品啊！每次听见这个呼声，我就想到在这样呼喊的人的心中，写家大概是只喝点露水的什么小生物吧？我知道自己没有多么高的才力，这一世恐怕没有写出伟大作品的希望了。但是我相信，给我时间与饭，我确能够写出较好的东西，不信咱们就试试！

《新时代的旧悲剧》有许多的缺点。最大的缺点是有许多人物都见首不见尾，没有"下回分解"。毛病是在"中篇"。我本来是想拿它写长篇的，一经改成中篇，我没法不把精神集注在一个人身上，同时又不能不把次要的人物搬运出来，因为我得凑上三万多字。设若我把它改成短篇，也许倒没有这点毛病了。我的原来长篇计划是把陈家父子三个与宋龙云都看成重要人物；陈老先生代表过去，廉伯代表七成旧三成新，廉仲代表半旧半新，龙云代表新时代。既改成中篇，我就减去了四分之三，而专去描写陈老先生一个人，别人就都成了影物，只帮着支起故事的架子，没有别的作用。这种办法是危险的，当然没有什么好结果。不过呢，陈老先生确是有个劲头；假如我真是写了长篇，我真不敢保他能这么硬梆。因此，我还是不后悔把长篇材料这样零卖出去，而反觉得武戏文唱是需要更大的本事的，其成就也绝非乱打乱闹可比。

这点小小的觉悟是以三十来个短篇的劳力换来的。不过，觉悟是一件事，能否实际改进是另一件事，将来的作品如何使我想到便有点害怕。也许呢"老牛破车"是越走越起劲的，谁晓得。

在抗战中，因为忙，病，与生活不安定，很难写出长篇小说来。连短篇也不大写了，这是因为忙，病，与生活不安定之外，还有稍稍练习写话剧及诗等的缘故。从一九三八年到一九四三年，我只写了十几篇短篇小说，收入《火车集》与《贫血集》。《贫血集》这个名字起得很恰当，从一九四〇年冬到现在？穴一九四四年春？雪，我始终患着贫血病。每年冬天只要稍一劳累，我便头昏；若不马上停止工作，就必由昏而晕，一抬头便天旋地转。天气暖和一点，我的头昏也减轻一点，于是就又拿起笔来写作。按理说，我应当拿出一年半载的时间，作个较长的休息。可是，在学习上，我不肯长期偷懒；在经济上，我又不敢以借债度日。因此，病好了一点，便写一点；病倒了，只好"高卧"。于是，身体越来越坏，作品也越写越不像话！在《火车》与《贫血》两集中，惭愧，简直找不出一篇像样子的东西！

既写不成样子，为什么还发表呢？这很容易回答。我一病倒，就连坏东西也写不出来哇！作品虽坏，到底是我的心血啊！病倒即停止工作；病稍好时所写的坏东西再不拿去换钱，我怎么生活下去呢？《火车》与《贫血》两集应作如是观。

载《老舍全集》第十六卷，人民文学出版社 2013 年

关于文学的语言问题①

我想谈一谈文学语言的问题。

我觉得在我们的文学创作上相当普遍地存着一个缺点，就是语言不很好。

语言是文学创作的工具，我们应该掌握这个工具。我并不是技术主义者，主张只要语言写好，一切都不成问题了。要是那么把语言孤立起采看，我们的作品岂不都变成八股文了么？过去的学究们写八股文就是只求文字好，而不大关心别的。我们不是那样。我是说：我们既然搞写作，就必须掌握语言技术。这并非偏重，而是应当的。一个画家而不会用颜色，一个木匠而不会用刨子，都是不可想像的。

我们看一部小说、一个剧本或一部电影片子，我们是把它的语言好坏，算在整个作品的评价中的。就整个作品来讲，它应该有好的，而不是有坏的，语言。语言不好，就妨碍了读者接受这个作品。读者会说：罗哩罗嗦的，说些什么呀？这就减少了作品的感染力，作品就吃了亏！

在世界文学名著中，也有语言不大好的，但是不多。一般地来说，我们总是一提到作品，也就想到它韵美丽的语言。我们几乎没法子赞美杜甫与莎士比亚而不引用他们的原文为证。所以，语言是我们作品好坏的一个部分，而且是一个重要部分。我们有责任把语言写好！

我们的最好的思想，最深厚的感情，只能被最美妙的语言表达出来。若是表达不出，谁能知道那思想与感情怎样的好呢？这是无可分离的、统一的东西。

要把语言写好，不只是"说什么"的问题，而也是"怎么说"的问题。创作是个人的工作，"怎么说"就表现了个人的风格与语言创造力。我这么说，说的与

---

① 本篇是一九五四年底作者在中国作家协会和电影局举办的电影剧本创作讲习会上所作的报告纪录。

302

众不同，特别好，就表现了我的独特风格与语言创造力。艺术作品都是这样。十个画家给我画像，画出来的都是我，但又各有不同。每一个里都有画家自己的风格与创造。他们各个人从各个不同的风格与创造把我表现出来。写文章也如此，尽管是写同一题材，可也十个人写十个样。从语言上，我们可以看出来作家们的不同的性格，一看就知道是谁写的。莎士比亚是莎士比亚，但丁是但丁。文学作品不能用机器制造，每篇都一样，尺寸相同。翻开《红楼梦》看看，那绝对是《红楼梦》，绝对不能和《儒林外史》调换调换。不像我们，大家的写法都差不多，看来都像报纸上的通讯报导。甚至于写一篇讲演稿子，也不说自己的话，看不出是谁说的。看看爱伦堡的政论是有好处的。他谈论政治问题，还保持着他的独特风格，教人一看就看出那是一位文学家的手笔。他谈什么都有他独特的风格，不"人云亦云"，正像我们所说："文如其人"。

不幸，有的人写了一辈子东西，而始终没有自己的风格。这就吃了亏。也许他写的事情很重要，但是因为语言不好，没有风格，大家不喜欢看；或者当时大家看他的东西，而不久便被忘掉，不能为文学事业积累财富。传之久远的作品，一方面是因为它有好的思想内容，一方面也因为它有好的风格和语言。

这么说，是不是我们都须标奇立异，放下现成的语言不用，而专找些奇怪的，以便显出自己的风格呢？不是的！我们的本领就在用现成的、普通的语言，写出风格来。不是标奇立异，写的使人不懂。"啊，这文章写的深，没人能懂！"并不是称赞！没人能懂有什么好处呢？那难道不是胡涂文章么？有人把"白日依山尽……更上一层楼"改成"……更上一层板"，因为楼必有楼板。大家都说"楼"，这位先生非说"板"不可，难道就算独特的风格么？

同是用普通的语言，怎么有人写的好，有人写的坏呢？这是因为有的人的普通言语不是泛泛地写出来的，而是用很深的思想、感情写出来的，是从心里掏出来的，所以就写的好。别人说不出，他说出来了，这就显出他的本领。为什么好文章不能改，只改几个字就不像样子了呢？就是因为它是那么有骨有肉，思想、感情、文字三者全分不开，结成了有机的整体；动哪里，哪里就会受伤。所以说，好文章不能增减一字。特别是诗，必须照原样念出来，不能略述大意，（若说：那首诗好极了，说的是木兰从军，原句子我可忘了！这便等于废话！）也不能把"楼"改成"板"。好的散文也是如此。

运用语言不单纯地是语言问题。你要描写一个好人，就须热爱他，钻到他心里去，和他同感受，同呼吸，然后你就能够替他说话了。这样写出的语言，才能是真实的，生动的。普通的话，在适当的时间、地点、情景中说出来，就能变成有文艺性的话了。不要只在语言上打圈子，而忘了与语言血肉相关的东西——生活。字典上有一切的字。但是，只抱着一本字典是写不出东西来的。

我劝大家写东西不要贪多。大家写东西往往喜贪长，没经过很好的思索，没有对人与事发生感情就去写，结果写得又臭又长，自己还觉得挺美——"我又写了八万字！"八万字又怎么样呢？假若都是废话，还远不如写八百个有用的字好。好多古诗，都是十几二十个字，而流传到现在，那不比八万字好么？世界上最好的文字，就是最亲切的文字。所谓亲切，就是普通的话，大家这么说，我也这么说，不是用了一大车大家不了解的词汇字汇。世界上最好的文字，也是最精练的文字，哪怕只几个字，别人可是说不出来。简单、经济、亲切的文字，才是有生命的文字。

下面我谈一些办法，是针对青年同志最爱犯的毛病说的。

第一，写东西，要一句是一句。这个问题看来是很幼稚的，怎么会一句不是一句呢？我们现在写文章，往往一直写下去，半篇还没一个句点。这样一直写下去，连作者自己也不知道写到哪里去了，结果一定是胡涂文章。要先想好了句子，看站得稳否，一句站住了再往下写第二句。必须一句是一句，结结实实的不摇摇摆摆。我自己写文章，总希望七八个字一句，或十个字一句，不要太长的句子。每写一句时，我都想好了，这一句到底说明什么，表现什么感情，我希望每一句话都站得住。当我写了一个较长的句子，我就想法子把它分成几段，断开了就好念了，别人愿意念下去，断开了也好听了，别人也容易懂。读者是很厉害的，你稍微写得难懂，他就不答应你。

同时，一句与一句之间的联系应该是逻辑的、有机的联系，就跟咱们周身的血脉一样，是一贯相通的。我们有些人写东西，不大注意这一点。一句一句不清楚，不知道说到哪里去了，句与句之间没有逻辑的联系，上下不相照应。读者的心里是这样的，你上一句用了这么一个字，他就希望你下一句说什么。例如你说"今天天阴了"，大家看了，就希望你顺着阴天往下说。你的下句要是说"大家都高兴极了"，这就联不上。阴天了还高兴什么呢？你要说"今天阴天了，我心里更难过了。"这就联上了。大家都喜欢晴天，阴天当然就容易不高兴。当然，农民需要雨的时候一定喜欢阴天。我们写文章要一句是一句，上下联贯，切不可错用一个字。每逢用一个字，你就要考虑到它会起什么作用，人家会往哪里想。写文章的难处，就在这里。

我的文章写的那样白，那样俗，好像毫不费力。实际上，那不定改了多少遍！有时候一千多字要写两三天。看有些青年同志们写的东西，往往吓我一跳。他下笔万言，一笔到底，很少句点，不知道到哪里才算完，看起来让人喘不过气来。

第二，写东西时，用字、造句必须先要求清楚明白。用字造句不清楚、不明白、不正确的例子是很多的。例如"那个长得像驴脸的人"，这个句子就不清楚、不明确。这是说那个人的整个身子长得像驴脸呢，还是怎么的？难道那个人没胳膊没腿，全身长得像一张驴脸吗，要是这样，怎么还像人呢？当然，本意是说：那个人的脸长得像驴脸。

所以我的意见是：要老老实实先把话写清楚了，然后再求生动。要少用修辞，非到不用不可的时候才用。在一篇文章里你用了一个"伟大的"，如"伟大的毛主席"，就对了；要是这个也伟大，那个也伟大，那就没有力量，不发生作用了。乱用比喻，那个人的耳朵像什么，眼睛像什么……就使文章单调无力。要知道：不用任何形容，只是清清楚楚写下来的文章，而且写的好，就是最大的本事，真正的功夫。如果你真正明白了你所要写的东西，你就可以不用那些无聊的修辞与形容，而能直截了当、开门见山地写出来。我们拿几句古诗来看看吧。像王维的"隔牖风惊竹"吧，就是说早上起来，听到窗子外面竹子响了。听到竹子响后，当然要打开门看看啰，这一看，下一句就惊人了，"开门雪满山"！这没有任何形容，就那么直接说出来了。没有形容雪，可使我们看到了雪的全景。若是写他打开门就"哟！伟大的雪呀！""多白的雪呀！"便不会惊人。我们再看看韩愈写雪的诗吧。他是一个大文学家，但是他写雪就没有王维写的有气魄。他这么写："随车翻缟带，逐马散银杯。"他是说车子在雪地里走，雪随着车轮的转动翻起两条白带子，马蹄踏到雪上，留了一个一个的银杯子。这是很用心写的，用心形容的。但是形容的好不好呢？不好！王维是一语把整个的自然景象都写出来，成为名句。而韩愈的这一联，只是琐碎的刻画，没有多少诗意。再如我们常念的诗句"山雨欲来风满楼"。这么说就够了，用不着什么形容。像"满城风雨近重阳"这一句诗，是抄着总根来的，没有枝节琐碎的形容，而把整个"重阳"季节的形色都写了出来。所以我以为：在你写东西的时候，要要求清楚，少用那些乱七八糟的修辞。你要是真看明白了一件事，你就能一针见血地把它写出来，写得简练有力！

我还有个意见：就是要少用"然而"、"所以"、"但是"，不要老用这些字转来转去。你要是一会儿"然而"，一会儿"但是"，一会儿"所以"，老那么绕弯子，不但减弱了文章的力量，读者还要问你："你到底要怎么样？你能不能直截了当地说话！？"不是有这样一个故事吗？我们的大文学家王勃写了两句最得意的话："落霞与孤鹜齐飞，秋水共长天一色。"传说，后来他在水里淹死了，死后还不忘这两句，天天在水上闹鬼，反复念着这两句。后来有一个人由此经过，听见了就说："你这两句话还不算太好。要把'与'字和'共'字删去，改成'落霞孤鹜齐飞，秋水长天一色'，不是更挺拔更好吗？"据说，从此就不闹鬼了。这把鬼说服了。所以文章里的虚字，只要能去的尽量把它去了，要不然死后想闹鬼也闹不成，总有人会指出你的毛病来的。

第三，我们应向人民学习。人民的语言是那样筋练、干脆。我们写东西呢，仿佛总是要表现自己：我是知识分子呀，必得用点不常用的修辞，让人吓一跳啊。所以人家说我们写的是学生腔。我劝大家有空的时候找几首古诗念念，学习他们那种简练清楚，很有好处。你别看一首诗只有几句，甚至只有十几个字，说不定作者想了多少天才写成那么一首。我写文章总是改了又改，只要写出一句话不现成，不响亮，不像口头说的那样，我就换一句更明白、更俗的、务期接近人民口语中的话。所以在我的文章中，很少看到"愤怒的葡萄"、"原野"、"熊熊的火光"……这类的东西。而且我还不是仅就着字面改，像把"土"字换成"地"字，把"母亲"改成"娘"，而是要从整个的句子和句与句之间总的意思上采考虑。所以我写一句话要想半天。比方写一个长辈看到自己的一个晚辈有出息，当了干部回家来了，他拍着晚辈的肩说："小伙子，'搞'的不错呀！"这地方我就用"搞"，若不相信，你试用"做"，用"干"，准保没有用"搞"字恰当、亲切。假如是一个长辈夸奖他的子侄说："这小伙子，做事认真。"在这里我就用"做"字，你总不能说，"这小伙子，'搞'事认真。"要是看见一个小伙子在那里劳动的非常卖力气，我就写，"这小伙子，真认真干。"这就用上了"干"字。像这三个字："搞"、"干"、"做"都是现成的，并不谁比谁更通俗，只看你把它搁在哪里最恰当、最合适就是了。

第四，我写文章，不仅要考虑每一个字的意义，还要考虑到每个字的声音。不仅写文章是这样，写报告也是这样。我总希望我的报告可以一字不改地拿来念，大家都能听得明白。虽然我的报告作的不好，但是念起来很好听，句子现成。比方我的报告当中，上句末一个字用了一个仄声字，如"他去了"。下句我就要用个平声字。如"你也去吗？"让句子念起来叮当地响。好文章让人家愿意念，也愿意听。

好文章不仅让人愿意念，还要让人念了，觉得口腔是舒服的。随便你拿李白或杜甫的诗来念，你都会觉得口腔是舒服的，因为在用哪一个字时，他们便抓住了那个字的声音之美。以杜甫的"烽火连三月，家书抵万金"来说吧，"连三"两字，舌头不用更换位置就念下去了，很舒服。在"家书抵万金"里，假如你把

306

"抵"字换成"值"字，那就别扭了。字有平仄——也许将来没有了，但那是将来的事，我们是谈现在。像北京话，现在至少有四声，这就有关于我们的语言之美。为什么不该把平仄调配的好一些呢？当然，散文不是诗，但是要能写得让人听、念、看都舒服，不更好吗？有些同志不注意这些，以为既是白话文，一写就是好几万字，用不着细细推敲，他们吃亏也就在这里。

第五，我们写话剧、写电影的同志，要注意这个问题：我们写的语言，往往是干巴巴地交代问题。譬如：惟恐怕台下听不懂，上句是"你走吗？"下句一定是"我走啦！"既然是为交代问题，就可以不用真感情，不用最美的语言。所以我很怕听电影上的对话，不现成，不美。

我们写文章，应当连一个标点也不放松。文学家嘛，写文艺作品怎么能把标点搞错了呢？所以写东西不容易，不是马马虎虎就能写出来的。所以我们写东西第一要要求能念。我写完了，总是先自己念念看，然后再念给朋友听。文章要完全用口语，是不易作到的，但要努力接近口语化。

第六，中国的语言，是最简练的语言。你看我们的诗吧，就用四言、五言、七言，最长的是九言。当然我说的是老诗，新诗不同一些。但是哪怕是新诗，大概一百二十个字一行也不行。为什么中国古诗只发展到九个字一句呢？这就是我们文字的本质决定下来的。我们应该明白我们语言文字的本质。要真掌握了它，我们说话就不会绕弯子了。我们现在似乎爱说绕弯子的话，如"对他这种说法，我不同意！"为什么不说，"我不同意他的话"呢？为什么要白添那么些字？又如"他所说的，那是废话。"咱们一般地都说："他说的是废话。"为什么不这样说呢？到底是哪一种说法有劲呢？

这种绕弯子说话，当然是受了"五四"以来欧化语法的影响。弄的好嘛，当然可以。像说理的文章，往往是要改换一下中国语法。至于一般的话语为什么不按我们自己的习惯说呢？

第七，说到这里，我就要讲到一个很重要的问题，就是深入浅出的问题。提到深入，我们总以为要用深奥的，不好懂的语言才能说出很深的道理。其实，文艺工作者的本事就是用浅显的话，说出很深的道理来。这就得想办法。必定把一个问题想得透彻了，然后才能用普通的、浅显的话说出很深的道理。我们开国时，毛主席说，"中国人民站起来了。"中国经过了多少年艰苦的革命过程，现在人民才真正当家作主。这一句说出了真理，而且说得那么简单、明了、深入浅出。

第八，我们要说明一下，口语不是照抄的，而是从生活中提炼出来的。举一个例子：唐诗有这么两句："大漠孤烟直，长河落日圆。"这都没有一个生字。可是

307

仔细一想，真了不起，它把大沙漠上的景致真实地概括地写出来了。沙漠上的空气干燥，气压高，所以烟一直往上升。住的人家少，所以是孤烟。大河上，落日显得特别大，特别圆。作者用极简单的现成的语言，把沙漠全景都表现山来了。没有看过大沙漠，没有观察力的人，是写不出来的。语言就是这样提炼的。有的人到工厂，每天拿个小本记工人的语言，这是很笨的办法。照抄别人的语言是笨事，我们不要拼凑语言，而是从生活中提炼语言。

语言须配合内容：我们要描写一个个性强的人，就用强烈的文字写，不是写什么都是那一套，没有一点变化，也就不能感动人。《红楼梦》中写到什么情景就用什么文字。文字是工具，要它干什么就干什么，不能老是那一套。《水浒》中武松大闹鸳鸯楼那一场，都用很强烈的短句，使人感到那种英雄气概与敏捷的动作。要像画家那样，用暗淡的颜色表现阴暗的气氛，用鲜明的色彩表现明朗的景色。

其次，谈谈对话。对话很重要，是文学创作中最有艺术性的部分。对话不只是交代情节用的，而要看是什么人说的，为什么说的，在什么环境中说的，怎么说的。这样，对话才能表现人物的性格、思想、感情。想对话时要全面的、"立体"的去想，看见一个人在那儿斗争，就想这人该怎么说话。有时只说一个字就够了，有时要说一大段话。你要深入人物心中去，找到生活中必定如此说的那些话。沉默也有效果，有时比说话更有力量。譬如一个人在办公室接到电话，知道自己的小孩死了，当时是说不出话来的。又譬如一个人老远地回家，看到父亲死了，他只能喊出一声"爹"，就哭起来。他决不会说："伟大的爸爸，你怎么今天死了！"没有人会这样说，通常是喊一声就哭，说多了就不对。无论写什么，没有彻底了解，就写不出。不同那人共同生活，共同哭笑，共同呼吸，就描写不好那个人。

我们常常谈到民族风格。我认为民族风格主要表现在语言上。除了语言，还有什么别的地方可以表现它呢？你说短文章是我们的民族风格吗？外国也有。你说长文章是我们民族风格吗？外国也有。主要是表现在语言上，外国人不说中国话。用我们自己的语言表现的东西有民族风格，一本中国书译成外文就变了样，只能把内容翻译出来，语言的神情很难全盘译出。民族风格主要表现在语言文字上，希望大家多用工夫学习语言文字。

第二部分：回答问题。

我不想用专家的身份回答问题，我不是语言学家。对我们语言发展上的很多问题，不是我能回答的。我只能以一个写过一点东西的人的资格来回答。

第一个问题：怎样从群众语言中提炼出文学语言？这我刚才已大致说过，学习群众的语言不是照抄，我们要根据创作中写什么人，写什么事，去运用从群众中学来的语言。一件事情也许普通人嘴里要说十句，我们要设法精简到三四句。这是作家应尽的责任，把语言精华拿出来。连造句也是一样，按一般人的习惯要二十个字，我们应设法用十个字就说明白。这是可能的。有时一个字两个字都能表达不少的意思。你得设法调动语言。你描述一个情节的发展，若是能够选用文字，比一般的话更简练、更生动，就是本事。有时候你用一个"看"字或"来"字就能省下一句话，那就比一般人嘴里的话精简多了。要调动你的语言，把一个字放在前边或放在后边，就可以省很多字。两句改成一长一短，又可以省很多字。要按照人物的性格，用很少的话把他的思想感情表达出来，而不要照抄群众语言。先要学习群众语言，掌握群众语言，然后创作性地运用它。

第二个问题：南方朋友提出，不会说北方话怎么办呢？这的确是个问题！有的南方人学了一点北方话就用上，什么都用"压根儿"，以为这就是北方话。这不行！还是要集中思考你所写的人物要干什么，说什么。从这一点出发，尽管语言不纯粹，仍可以写出相当清顺的文字。不要卖弄刚学会的几句北方话！有意卖弄，你的话会成为四不像了。如果顺着人物的思想感情写，即使语言不漂亮，也能把人物的心情写出来。

我看是这样，没有掌握北方话，可以一面揣摩人情事理，一面学话，这么学比死记词汇强。要从活人活事里学话，不要死背"压根儿"、"真棒"……。南方人写北方话当然有困难，但这问题并非不能解决，否则沈雁冰先生、叶圣陶先生就写不出东西了。他们是南方人，但他们的语言不仅顺畅，而且有风格。

第三个问题：词汇贫乏怎么办？我希望大家多写短文，用最普通的文字写。是不是这样就会词汇贫乏，写不生动呢？这样写当然词汇用的少，但是还能写出好文章来。我在写作时，拼命想这个人物是怎么思想的，他有什么感情，他该说什么话，这样，我就可以少用词汇。我主要是表达思想感情，不孤立地贪图多用词汇。我们平时嘴里的词汇并不多，在三反五反时，斗争多么激烈，谁也没顾得去找词汇，可是斗争仍是那么激烈，可见人人都会说话，都想一句话把对方说低了头。这些话未见得会有丰富的词汇，但是能深刻地表达思想感情。

我写东西总是尽量少用字，不乱形容，不乱用修辞，从现成话里掏东西。一般人的社会接触面小，词汇当然贫乏。我觉得很奇怪，许多写作者连普通花名都不知道，都不注意，这就损失了很多词汇。我们的生活若是局限于小圈子里，对生活的各方面不感趣味，当然词汇少。作家若以为音乐、图画、雕塑、养花等等

309

与自己无关，是不对的。对什么都不感兴趣，哪里来的词汇？你接触了画家，他就会告诉你很多东西，那就丰富了词汇。我不懂音乐，我就只好不说；对养花、鸟、鱼，我感觉兴趣，就多得了一些词汇。丰富生活，就能丰富词汇。这需要慢慢积蓄。你接触到一些京戏演员，就多听到一些行话，如"马前""马后"等。这不一定马上有用，可是当你写一篇文章，形容到一个演员的时候，就用上了。每一行业的行话都有很好的东西，我们接触多了就会知道。不管什么时候用，总得预备下，像百货公司一样，什么东西都预备下，从留声机到钢笔头。我们的毛病就是整天在图书馆中抱着书本。要对生活各方面都有兴趣；买一盆花，和卖花的人聊聊，就会得到许多好处。

第四个问题：地方土语如何运用？

语言发展的趋势总是日渐统一的。现在的广播、教科书都以官话为主。但这里有一个矛盾，即"一般化的语言"不那么生动，比较死板。所以，有生动的方言，也可以用。如果怕读者不懂，可以加一个注解。我同情广东、福建朋友，他们说官话是有困难，但大势所趋，没有办法，只好学习。方言中名词不同，还不要紧，北京叫白薯，山东叫地瓜，四川叫红苕，没什么关系；现在可以互注一下，以后总会有个标准名词。动词就难了，地方话和北方话相差很多，动词又很重要，只好用"一般语"，不用地方话了。形容词也好办，北方形容浅绿色说"绿阴阴"的，也许广东人另有说法，不过反正有一个"绿"字，读者大致会猜到。主要在动词，动词不明白，行动就都乱了。我在一本小说中写一个人"从凳子上'出溜'下去了"，意思是这人突然病了，从凳上滑了下去，一位广东读者来信问："这人溜出去了，怎么还在屋子里？"我现在逐渐少用北京土语，偶尔用一个也加上注解。这问题牵涉到一文字的改革，我就不多谈了。

第五个问题：写对活用口语还容易，描写时用口语就困难了。

我想情况是这样，对话用口语，因为没有办法不用。但描写时也可以试一试用口语，下笔以前先出声地念一念再写。比如描写一个人"身量很高，脸红扑扑的"，还是可以用口语的。别认为描写必须另刚一套文字，可以试试嘴里怎么说就怎么写。

第六个问题："五四"运动以后的作品——包括许多有名作家的作品在内——一般工农看不懂、不习惯，这问题怎么看？

我觉得"五四"运动对语言问题上是有偏差的。那时有些人以为中国语言不够细致。他们都会一种或几种外国语；念惯了西洋书，爱慕外闷语言，有些瞧不起中国活，认为中国话简陋。其实叫中国话是世界上最进步的。很明显，有些外

310

国话中的"桌子椅子"还有阴性、阳性之别，这没什么道理。中国话就没有这些罗里罗嗦的东西。

但"五四"传统有它好的一面，它吸收了外国的语法，丰富了我们语法，使语言结构上复杂一些，使说理的文字更精密一些。如今天的报纸的社论和一般的政治报告，就多少采用了这种语法。

我们写作，不能不用人民的语言。"五四"传统好的一面，在写理论文字时，可以采用。创作还是应该以老百姓的话为主。我们应该重视自己的语言，从人民口头中，学习简练、干净的语言，不应当多用欧化的语法。

有人说农民不懂"五四"以来的文学，这说法不一定正确。以前农民不认识字，怎么能懂呢？可是也有虽然识字而仍不懂，连今天的作品也还看不懂。从前中国作家协会开会请工人提意见，他们就提出某些作品的语言不好，看不懂，这是值得警惕的，这是由于我们还没有更好地学习人民的语言。

第七个问题：应当如何用文学语言影响和丰富人民语言？

我在三十年前也这样想过：要用我的语言来影响人民的语言，用白话文言夹七夹八的合在一起，可是问题并未解决。现在，我看还是老老实实让人民语言丰富我们的语言，先别贪图用自己的语言影响人民的语言吧。

第八个问题：如何用歇后语。

我看用得好就可以用。歇后语、俗语，都可以用，但用得太多就没意思。《春风吹到诺敏河》中，每人都说歇后语，好像一个村子都是歇后语专家，那就过火了。

载《老舍文集》第十六卷 92—106 页人民文学出版社

青年作家应有的修养

——在全国青年文学创作者会议上的发言

　　培养作家队伍的新生力量是我们今天迫不及待的要事。前几天，茅盾同志已在中国作家协会理事会上作了有关这个重大问题的报告。在这里，我不想重复他的恳切的详尽的指示。我只说些关于青年作家本身的问题。

　　我从事文艺写作已有三十年。不管成就如何，我的确知道些作家的甘苦。经验告诉我，文艺创作的确是极其艰苦的工作。好吧，就让我们以此为题，开始我们的报告吧：

一　勤学苦练，始终不懈

　　文艺创作也和别种工作一样，是要全力以赴，干一辈子的，活到老学到老的。不过，致力于别种工作的也许学到了一定年限，就能掌握技术，成为专家；从事文艺创作的可不一定能够这样顺利。文艺创作并没有一成不变的方法。作家的生活又各有不同。这就使《小说作法》和《话剧入门》等等往往不起作用，使阅读它们的人大失所望。它们也许精辟地说明了何谓结构，什么叫风格，但是它们无法使人明白什么叫创造，怎么创造，和认识人生。作家必须自己去深入生活，去认识人们的精神面貌，从而创造出有血有肉有灵魂的人物来。作家必须读书，但是他还必须苦读那本未曾编辑过的活书——人生。他所要描绘的对象是人，他所要教育的对象也是人，所以他一旦成功，才被称为人类灵魂的工程师。这样的工程师的学习过程与创作过程一定非常艰苦是可想而知的。那么，假若有人以写作为敲门砖，以期轻而易举，名利双收，那就只是实践资产阶级的思想，与人民的文艺创作事业必然风马牛不相及。

在文学史中，一本书的作家的例子并不难找到。他们之中有的只写了那么一本著作，有的写了并不少，可是好的只有一本。而且，这本好书也许是那本处女作，他们后来所写的那些，没有一本能够超过最初的水平的。这原因何在呢？

我想谈谈这一点，因为我知道，在青年文艺作者之中已经有这样的事实：第一篇写得很不错，可是第二篇第三篇就每况愈下了。也有的人在发表了一两篇作品以后，就停笔不再写。这是非常可惜的事。想想看，一个青年在语言文字上，在生活上，都有了足以写成一篇作品的基础，为什么不继续努力前进，而甘于越写越不好，或竟自退伍了呢？

在这里，我们必须强调：从事文艺创作必须勤学苦练，始终不懈。同时，我们也必须尖锐地指出：骄傲自满就是勤学苦练、始终不懈的死敌。一本书（或即使只是一篇短文）的作者已经有了很好的工作开端，为什么把开端变作结束呢？当然，一本真正优秀的作品的确是个有价值的贡献，尽管一生只写过这么一本，功绩也无可抹杀。但是，作家自己却不该因此而抱定"一本书主义"，沾沾自喜。古今许多伟大的作家是著作等身，死而后已的。他们不止喜爱文艺，而是拿创作当作一种神圣的使命，终身的事业。所以我们也该向他们看齐，写了一篇好作品，就该更严格地要求自己，再写，写得更好；不该适可而止，在已得到的荣誉里隐藏起自己来。

况且，一本书的作家的那一本书未必是优秀的作品呢。这就更不该引以自满，堵住自己前进的路径。我的确知道，青年们看见自己的作品在报纸或刊物上发表出来是多么兴奋的事。可是，这应该是投入文艺创作事业的开始，而不该是骄傲自满的开端。骄傲自满是作家们、特别是青年作家们，最容易犯的毛病。这个毛病不加克服，任其发展，会是文艺事业的致命伤。

骄傲自满若任其发展，便会产生狂妄无知。这就成了道德品质的问题了。"文人无行"这句相传已久的谴责，到今天还没被我们洗刷干净，而文人之所以无行，或者主要地发端于骄傲自满，因为骄傲自满会发展到目空一切，无所不为的。在历史上，在目前，我们都能找出这样的实例来。这是多么可怕呢！这个但可能结束了一个作家的文艺生活，而且可能毁灭了作家自己的生命。同志们，骄傲自满是我们的一座可怕的陷阱；而且，这个陷阱是我们自己亲手挖掘的。

后写的作品比不上第一篇的原因，我的确知道，并不都因为骄傲自满。我知道：第一篇是集中所有的精力与生活经验写出来的，所以值得发表而被发表了。第一篇作品发表以后，约稿者闻名而至，纷纷邀请撰稿。于是，作者的准备时间既不充足，生活经验也欠充实，而勉强成篇，无暇多改，所以第二篇就不如第一篇好。即使勇于改正，屡屡加工，怎奈内容原欠充实，先天不足，改来改去也终无大用。我自己就犯过，而且还在犯这个毛病。我们必须更加严肃，不要以为第一篇既已成功，第二篇就可以一挥而就，于是对约稿者有求必应，来者不拒。不，不该这样。我们必须更严肃认真，不轻易答应约稿者的要求。我们须看清楚，一篇作品的成功并不能保证第二篇也照样美好。顺便地说，约稿者也该更严肃些，不要为夸示拉稿的能力而把新作家搞垮。为鼓舞青年们创作，我们应当以量求质，不宜要求太严。但是由青年们作家自己来说，文艺的增产似乎不应包括"降低成本"。不，我们应该要求自己每篇作品都不惜工本，保证质量。一般地来说，老作家或者比青年作家更容易犯有求必应、随便发表作品的毛病，犯这个毛病最多的就是我自己。我指出这个毛病，为是我们互相批评劝勉，一齐提高质量。

那么，是不是写了一篇就矜持起来，不再写了呢？也不是。我们的笔是我们的武器。武器永远不该离手。我们必须经常练习。练习与发表是两回事。什么体裁都该练习，但不必篇篇发表。保持这个态度，我们就会避免粗制滥造，又足以养成良好的劳动纪律。我们的劳动纪律既要严格，发表作品的态度又要严肃。我想，这是我们每个作家应有的修养。这样坚持多少年，以至终生，我们是会有很好的成绩的：即使我们还不能成为伟大的作家，至少我们会作个勤劳端正的、具有社会主义道德品质的文艺战士。

我们必须勤学苦练，坚持不懈。我们必须戒骄戒躁，克服自满。我们的修养不仅在有渊博的文艺知识，它也包括端好的道德品质。我们坚决反对"文人无行"！

二 多学多练，逐步提高

在我十多岁的时候，我学过写旧体诗。在那时期，我写过许多首五言诗和七言诗。可是，至今我还没有成为诗人。那些功夫岂不是白费了么？不是！我虽然到如今还没写好旧诗，可是那些平仄，韵律的练习却使我写散文的时候得到好处，使我写通俗韵文的时候得到好处。它使我的散文写得相当紧炼。我每每把旧诗的逐字推敲和平仄相衬的方法运用到散文里去。通俗韵文是与旧体诗有血统关系的多因而我写的通俗韵文在文字上述大致合乎格律。

上边举的例子说明一个事实：在写作技巧上，我们应当孳孳不息地学习。掌握的技巧越多种多样，我们的笔才越得心应手。我们不一定每个人都成为全能的作家，作到"文武昆乱不挡"。但是各种体裁的练习是对我们很有益处的。诗的语言比散文的更精炼，更有创造性。那么，练习写诗必能有利于写散文。戏剧需要最精密的结构和精彩的对话；那么，练习编剧必有利于写小说。就是练习旧体诗词，也不无好处。习作不一定能成为作品，但为习作所花费的时间并非浪费。多学多练不会叫我们吃亏。

这可并不是说我们应当见异思迁，看哪门发财就换到哪门去。我们长于写小说就写小说，不要看戏剧发财就改写剧本。发财致富与投机取巧的思想与我们的事业实在无法结合在一起，也不该结合在一起。我们要学的多，写的专。学的多了，十八般武艺件件都通了，我们的确可以既写小说，也写剧本；既写诗歌，也写童话。多才多艺是我们应有的愿望。这个望愿的实现仗着多学多练，下苦功夫。以名利观点去决定体裁的选择，结果是名不必成，利不必至，反会遭受失败。

在资本主义国家里，文艺事业是商业化了的。作品介绍所和书店编辑会告诉作家，什么题材与形式最有市场。于是，刊物上的文艺作品在一个时期内都写同一事物。假若《我与鸡蛋》这本小说有了很大的销路，接踵而起的便是《我与鸭蛋》、《我与鹅蛋》……。这种辗转摹仿，目的完全在营利。这就葬送了文艺。

根据调查，我们的青年文艺爱好者也往往把别人的一篇好作品当作蓝本，照猫画虎地进行写作。这是摹仿。用彩纸剪成的花朵，不管色彩怎样鲜艳，总不会有生命。摹仿的作品也是这样。在开始学习写作的时候，摹仿或者是不可免的，而且是不无好处的。可是，这只是习作的一个过程，正像我们幼年练习写字先描红模子那样。我们不该把这种习作看成作品。作品必须是个人自己的创作。因为青年们的写作经验还欠丰富，我们对他们的作品不应求全责备，但是我们也看得出，越敢大胆创造的青年作家才越有出息。一个青年作家的出现须带来一些清新的气息。创作必须含有突破陈规、出奇制胜的企图。在我面前的青年朋友们，在不同的程度上，的确都给文坛带来一些清新的气息，都多少写出一些前所未有的新人新事，我祝贺你们的成功！和你们在一起，使我感到骄傲！朋友们，保持住这清新的气息，继续不断地加强创造精神，你们的前途是无可限量的！

那么，一鸣惊人理当是我们每个人应有的愿望喽。不过，一鸣惊人并不只仗着有此愿望，而是仗着勤学苦练，多学多练。我们下多少工夫，便得多少成绩。没练习过游泳的而忽然成为全国选手，只能是作梦。我们若是一开始就想写出一部《神曲》或《战争与和平》，一定会使自己失望。《神曲》差不多写了一辈子！多少成名的作家，到了老年还修改他最初写的作品，或把最初的作品从全集中删去。我们多活一天，便多积累一些知识、技巧、思想和生活经验。它们不能忽然一齐自天而降，使我们忽然豁然贯通，忽然一鸣惊人。"业精于勤"，始终不懈，逐步提高，才是可靠的办法。创作是极其艰苦的工作。一鸣惊人的幻想是来自不要付出多少代价，就那么轻而易举地享了大名的虚荣心。

作品的价值并不决定于字数的多少。世界上有不少和《红楼梦》一般长，或更长的作品，可是有几部的价值和《红楼梦》的相等呢？很少！显然地，字数多只在计算稿费的时候占些便宜，而并不一定真有什么艺术价值。杜甫和李白的短诗，字数很少，却传诵至今，公认为民族的珍宝。

我们首先应当考虑的不是字数的多少与篇幅的短长，而是怎样把一篇作品写好，不管它是一首短诗，还是一段相声。一首短诗和一段相声都是非常难以写得好的。我们要求的是生活的和艺术的深度，不是面积。万顷荒沙还不如良田五亩。我们的生活经验也许不够支持一部长篇小说的，但是就着我们所有的那一点生活经验，我们的确能够写出具有深度的短诗或短篇小说。这在出席这次大会代表们的作品中已经证实了。生活经验须慢慢积累，我们须按照各人的经验限度量力而为，不该勉强铺张，随便敷衍。艺术提炼生活，而不是冗长地琐碎地散漫地叙述生活。

我们要求写出自己的风格来。这必须多写、多读。个人的风格，正如个人的生命，是逐渐成长起来的。在经常不断的劳动中，我们才有希望创出自己的风格来。一曝十寒，必不会作到得心应手。文艺作品不是泛泛的、人云亦云的叙述，而是以作家自己的特殊风格去歌颂或批评。没有个人的独特风格，便没有文艺作品所应有的光彩与力量。我们说的什么，可能别人也知道；我们怎么说，却一定是自己独有的。这独立不倚的说法便是风格。通过这风格，读者认识了作家，喜爱作家，看出作家处理人物与故事的艺术方法与严肃态度。

我们要用自己的风格去发扬民族风格。因此，我们必须学习古典文艺，继承我们的优良传统。所谓民族风格，主要地是表现在语言文字上。我们的语言文字之美是我们特有的，无可代替的。我们有责任保持并发扬这特有的语言之美；通过语言之美使人看到思想与感情之美。文艺继续不断地发展，但是前后承接，绵绵不已。它不会忽然完全离开传统，另起炉灶。青年是勇敢的，所以往往以为文艺创作可以自我作古，平地凸起一座山来。这作不到！我们应该多学多练，学习古典文艺应当列入学习计划之中。

有的青年文艺爱好者喜欢学习世界文艺名著，而轻视自己民族的遗产，甚至连"五四"以来的作品也不大看。是的，世界文艺名著是必须学习的，但是因此而轻视自己民族的遗产便是偏差。我们应当吸收世界上一切的好东西，以便创作出优秀的作品。可是，一谈到创作，我们就必须承认，我们首先是为我们自己的人民服务；那么，继承我们自己的文学遗产必是责无旁贷的。我们的创作热情与爱国热情应当是分不开的。热爱我们自己的遗产并不排斥从世界各国文学吸收营养，但是偏爱外国的而轻视自己的文学遗产便有损于我们的创作。没有民族风格的作品是没有根的花草，它不但在本乡本土活不下去，而且无论在哪里也活不下去。

这么说，我们应该学习的东西不是太多了么？的确是不少！要不然，作家为什么那么不容易作呢？想想看，哪一个伟大的作家不是学问渊博、积极、劳动的人呢？伟大的鲁迅就是我们的光辉典范。

写剧本的而完全不懂舞台技术，写诗歌的而一点不懂音乐，写电影剧本的而不懂些电影技术，写说唱文学的而不懂说唱形式的说法唱法，必定使他们的创作吃亏。这难道不是无可否认的事实么？我学习写剧本已有好几年，但是我始终不懂舞台是怎么一回事。且不谈我在生活与思想等等上的贫乏，只就舞台技术这一项说，我已经吃亏不少。我们要掌握语言，独创风格，我们还需要许多许多本事，才能使我们的歌词能唱，话剧能演，电影剧本能摄制，通俗文艺能说能唱。为提高写作技巧，这些本领都是必要的。

当然，我们没法子在很短的时间内能学会一切。我们应当按照个人所需制订计划，先学什么，后学什么，逐渐充实自己，稳步前进。若只满足于一技之长，满意于一篇作品的成就，"敝帚千金"这句老话便还是对我们的很恰当的讽刺！

多学就必须多所接触，多接触是最可宝贵的。我们去学舞台技术、说唱方法，必然而然地会多接触一些人与事，丰富自己对人与事的认识与了解。这难道不是可贵的么？作个作家最怕关起门来，六亲不认！古代文人往往以"孤高自赏"表示处世的态度。在他们的时代，他们或者不得不那么作。可是，在社会主义社会里应当没有避世绝俗的隐士。今天的作家应该向大家学习，好去写出内容丰富的作品交给大家，丰富大家的文化生活。

纯粹由技术观点来理解文艺是不对的。可是，技巧还是必需的。一位还不会设色的人而能画出彩色鲜丽的图画采，一位不懂怎么去安排矛盾与冲突的人而能写出结构精密的剧本来，都是不可想象的。我们不该轻视技巧。

专靠技巧去进行创作当然是不行的，那么，就让我们换个题目来谈吧。

317

三　深入生活，了解全面

作家必须深入生活是无须多加解释的。

在青年作家中，许多是在业余时间从事创作的。这似乎就有了问题。他们是不是应该及速转业，去专心进行写作呢？这个要求首先是由于在工作岗位上所见不多，所闻不广，不易丰富生活经验。我以为不该这样理解问题。事实证明：参加这次大会的代表们大多数是有工作岗位的业余作家。他们的作品内容多数是在他们的工作岗位上接触到的，吸收来的。他们一方面是各种工作岗位上很好的工作者，另一方面又在业余时间写出来作品。这说明：在工作岗位上的确能够深入那一单位的生活。而且这样的生活是比偶尔下乡三月或入厂半年更扎实可靠的。一位小学教师写儿童文学总比只到小学参观几次的作家写得好的可能更大些。他和儿童们生活在一起，去参观的作家只是走马观花。况且，我们今天是在建设社会主义，我们的工作岗位必然是社会主义建设的工作岗位。我们热情地工作，就必须遇到随时出现的矛盾与困难，随时参加斗争。这就是写作的好材料。

我们的一位店员所知道的关于工商业社会主义改造的政策或者和一位作家所知道的一边多，但是他比一位作家更熟悉店员们的生活。假若这位店员能够执笔，他会比作家写得更亲切生动。我们的文艺高潮的到来不能专靠着现有的作家们去到各处生活，写出几部作品来，而是靠着所有的工作岗位上的青年业余作家们各尽其才，各就所知，大量地写出多种多样的作品来。我们不可能把所有的青年业余作家们都集中到一处，深造三年五载。即使可能，那也不见得一定妥当。我们的社会就是个大学校，在各个工作岗位上的青年都在尽力于社会主义建设，参加革命斗争。有了相当的文艺修养之后，他们是会以各种文艺形式，写出社会主义建设的生活课本来的。我们的各守岗位，深入生活，在业余时间进行创作，正是极其艰苦的锻炼——革命的锻炼，写作革命文学的锻炼。

反之，我们若在发表了一两篇作品之后，即离弃工作岗位，去作职业作家，就不一定能够成功。离开工作岗位即是离开深入生活的据点。这已经是个损失。同时，我们去到生疏的地方，从新生活，困难既多，也旷费时日。假若我们东走走西看看，而无所得，便始而丧气，终于一事无成。这样，我们就既耽误了文艺创作，又半途而废地抛弃了社会主义建设的光荣任务，真是一举两失。作个写不出作品的有名无实的作家，是最痛苦的事！以我自己来说，我承认自己的劳动纪律相当强。可是，我写出什么好作品没有呢？没有！这时时使我心痛。一个职业作家是不容易作的！

那么，是不是我们终身都作业余作家，永无专业的希望呢？我们的希望很大，因为我们的社会制度是不埋没任何人才的，是重视文艺工作的。事实证明，今天出席的代表们便是经过党、团，或文艺团体，或刊物编辑部，或组织上的鼓励与培养，才有今天的成就的。在旧社会里，我们这种大会是无从开起的。今后，培养文艺新军的社会力量必然日益加强，图书的获得日益方便，文艺创作的空气日益浓厚，发表作品的机会日益加多，这都给我们创造下更好的条件，只要我们肯努力钻研与实践，我们的成就必会无可限量。我相信，在座的青年，在十年八年后，会有不少成为有名的作家的。我预祝你们的成功！

深入生活好比挖井，虽然直径不大，可是能够穿透许多层土壤。在一个工作岗位上坚持工作的好处就是在一个地方钻探下去，正像打井，一直到发现了水源。这些源源而来的活水使我们终生享受不尽。在文学史上，许多有才能的作家总是写他亲手掘成的那口"井"，并不好高骛远地去写他们没见过的海与大洋。同时，我们在一个岗位上越久，我们接触到的这一部门的人物与事情也越多。假若我们能够全面地了解一个银行，或一个农业合作社，我们所接触到的该有多少人，多少事啊！因此，我们在一个固定的岗位上坚持下去，我们就会全面地去了解这一个单位的一切，就有用不完的写作资料。请细细考虑一下吧，是这么深入了解一个单位的全面生活好呢，还是今天到这里，明天到那里，浮光掠影地去体验生活好呢？

这并不是说，我们应该永远死守据点，不离家门一步。绝对不是！我们需要看看祖国的高山大川，祖国百废俱兴的建设，领导祖国建设的伟大人物，使我们更认识祖国，更热爱祖国，以期把我们所写的一个地方的事物和祖国建设的整体联系起来，从一个地方的一个人物或一件事情看出社会主义建设的幸福远景。深入一种生活并非与世离绝，孤立起来，像鲁宾逊那样。事实上，鲁宾逊的孤立不倚，克服困难，正是那一时期的侵略征服、称王称霸的那种野心的正确反映。参观、游览等等，在我们的社会里是没有多大困难的。我们的日益增多的出版物，随时布置的政治、学术和时事的报告等等，也都给我们许多吸收知识的方便与机会。我们应当尽量利用这些方便与机会。我们一方面要固守据点，深入生活；另一方面也要博闻广见，知道世界大势，了解时代精神。我们所写的一段小故事，不但足以教育中国人民，而且也能启发世界人民，教他们看出我们的生活改变是符合真理与人民利益的。

政治热情是文艺创作的最大的鼓舞力量。我们必须时刻关心国事，用我们的笔配合祖国建设日新月异的进步与发展。在我们的社会里，不关心政治的人必然会落后。进步的应当表扬，落后的应当批判。假若我们自己不关心政治，不参加革命斗争，我们就无从歌颂，也无从批判，我们的作品便可有可无。我们不需要可有可无的作品。政治与艺术的结合，只有在我们的社会里才极其密切。这是我们的社会主义现实主义文艺的一个特征。这种密切结合很难从古典主义作品里找到最好的范本。这须由我们去创造。这是我们的光荣！在今天还主张为艺术而艺术的人是没有创造勇气、设法逃避现实的懦夫。

不是为艺术而艺术，而是热爱生活，才能使我们的笔端进出生命的火花，燃起革命的火焰。生活是五光十色，万紫千红的。设若我们只了解某一方面的生活，而不把它与时代潮流结合起来，我们的作品就必然不会光芒四射。不热爱生活，生活便受了局限，作品内容也便受了局限。就是专从文学技巧上说，也只有热爱生活，我们才能够使语言不至于干巴巴的，令人难过。语言的丰富源于生活的丰富。尽管我们要写一个很简单的故事，我们也需要多少多少生活知识；这才能够作到：虽然花样不多，而朵朵都是玫瑰！在适当的地方，我们的文字中需要精辟的比喻，不能长篇大套都是干巴巴的叙述。比喻是生活知识的精巧的联想。在生活中没有仔细的观察，广泛的注意，这种联想便无从得来。"云想衣裳花想容"和"露似珍珠月似弓"等等比喻，虽然已不新颖，可是至今还留在我们的口中，这便证明我们喜爱这种联想。它证实了作家有很高的观察力与想象力，它使我们看见了永难忘记的形象。因此，一个作家面对美术、音乐、舞蹈、足球和"草木之名"等等发生兴趣，绝不是多此一举。我们应当生龙活虎地活着，不该呆如木鸡。热爱生活，多才多艺，我们才能有丰富的生活知识，使我们的作品内容，以及文字，都充实生动，不至于显出声嘶力竭的窘态来。

四　提高思想，注意理论

在我们的社会里，人人需要学习马克思列宁主义的理论，和马克思列宁主义的理论与中国革命实践相结合的思想，毛泽东同志的著作。

作家们需要比别人学习的更多，因为一来是：假若我们没有这个思想基础，我们就不会科学地去分析眼前的错综复杂的现象，找不到真理；二来是假若我们找不到真理，我们便没法通过具体的形象和生动的故事，传播真理。追求真理与传播真理是作家责无旁贷的任务。宣传马克思列宁主义思想是我们的光荣！

假若我们放弃追求真理、传播真理的责任，而只以技巧支持着文艺，尽管呕尽心血，我们也不过只能写出有技巧的八股而已——读起来很好听，里边却没有任何思想内容。技巧与思想相得益彰，而不是对立的。

思想不是我们自己生活上的点缀，也不是我们作品中的点缀。学习一点就差不多了的想法是自欺欺人的。过去编写民间戏曲的有个"窍门"："戏不够，神仙凑。"公子落难实在无法救出来，便忽然来一阵仙风，把他救走。我们今天难道也还那么偷懒取巧么？即使我们利用的不是神仙，而是掌握原则的老干部也不行啊！可是，这个现象的确存在。看吧，颇有一些话剧，到正面人物一出来，观众们便戴上帽子了。观众们知道，老干部一出来，说几句有原则的话语，一切问题便都解决了。这样的点缀点缀一定算不了有思想性！马克思列宁主义思想是坚定我们自己，与敌人作斗争的武器！

上述的刨子述可以说明：言行必须一致。我们应当怎么认识，怎么行动。革命思想的实践成为革命行动。没有这种实践，思想便只是点缀，而"戏不够"就须"干部凑"了。我们学习到的思想若是无补于我们的行动，那些思想便不能化为血液，贯串全身，使崇高的思想变为崇高的品质。这样，我们学习到的思想便永远是点缀，无益于我们自己，也无益于我们的作品。反之，思想由实践而表现到行动上去，我们才能有高度的政治热情，的确以追求真理，传播真理为己任，才能创造出具有高度思想性的作品。我们应该是拥护真理，从斗争中寻求真理的百折不挠的战士，以文艺作品鼓动人民的革命斗争热情，而不是为个人的名利，仗着一些技巧，写些可有可无的东西。我们在日常行动上若是敌我分清，有憎有爱，我们才能写出划清敌我界限，明辨是非的作品。

谈到文艺理论，它也不是和创作对立的。理论指导创作，使我们提高。在我年轻的时候，我看不起文艺理论。我以为只要写出作品，便尽到作家的责任，理论与我有什么相干呢？结果，我写了不少，可是都立不住脚，都相差无几，没有显然的进步。我盲目生产！创作应该是最清醒的，闭着眼乱写怎能成功呢？

我既不注意理论，也就不大知道时代的文艺趋向。随便拿到一本古典作品便视如珍宝，也想照样写那么一本。我心里说，只要我写出可以媲美古人的东西，就可以传之不朽。这样心理便使我盲目崇拜古人，而忘了我是生在今天，我的作品应当为今天服务。我落在了现实的后边。时代是前进的，而我的作品，因为忽略了当前的文艺方向，却往往扯住时代的腿。在思想上，作家应当是先知先觉，我却有些不知不觉，麻木不仁了。

因为对文艺理论不感兴趣，我也不大接受批评。我的最厉害的法宝是："我写的不好啊？你来写！"事实上呢，批评者并没因此而败下阵去，吃亏的反倒是我自己。一个严肃的，以传达真理为己任的作家，一定乐于接受批评，鞭策自己不断进步。

今天，社会主义现实主义的文艺理论，给一切进步作家指出明确的方向与创作方法。在这理论的指导与鼓舞下，全世界爱好和平的人民看到了一种新兴文艺，使他们看到社会主义建设的新英雄人物，与倡导保卫世界和平、争取人类平等自由的诗歌与其他作品。这些作品给全世界爱好和平的人民指出并证实：社会主义的确是人类的良心。在这种理论指导下，连文艺体裁也须焕然一新。我们今天的抒情诗、讽刺剧与传记等体裁，都须有别于古典的写法。这使我们多么兴奋啊！我们须创造新的形式与新的技巧，前无古人。我们向古典文艺学习的是如何深入生活，洞察世态，是热爱人民，热爱祖国，大胆地揭发丑恶，热情地歌颂光明。至于形式，因为我们有了社会主义的内容就不便机械地因循摹仿。我们继承民族传统，不是因袭，而是使它发展。

我们不但连文艺形式都须有所创造，我们还该大胆地树立自己的风格手法，自成流派！社会主义现实主义的文艺创作在内容上，在形式与风格上，都是要丰富多采的。

同志们，能在这里作这个报告，使我感到骄傲！在我面前的是几百位文艺青年生力军，这证明作家队伍的壮大已是事实。继续努力吧，同志们，让我们在中国共产党的领导下，都以最多的劳动，最艰苦的学习，最谦诚的态度，去创作社会主义现实主义的优秀作品，丰富建设社会主义的六亿人民的文化生活吧！让我们的老作家与青年作家亲密地携手前进，互相学习，互相帮助，互相批评，使我们的文艺战线日益坚强，一齐创作出无愧于毛泽东时代的作品来！

载《老舍文集》第十六卷 155—170 页人民文学出版社

图书在版编目（CIP）数据

老舍作品集. 散文卷 / 老舍著；庞俭克选编. —北京：现代出版社，2019.1
ISBN 978-7-5143-7450-6

Ⅰ．①老… Ⅱ．①老… ②庞… Ⅲ．①中国文学—现代文学—作品综合集 ②散文集—中国—现代 Ⅳ．①I216.2

中国版本图书馆CIP数据核字（2018）第248786号

老舍作品集. 散文卷

作　　者：老　舍　著　　庞俭克　选编
照片提供：舒　济
责任编辑：王传丽　阎　欣
出版发行：现代出版社
地　　址：北京市安定门外安华里504号
邮政编码：100011
电　　话：010-64267325　64245264（兼传真）
网　　址：www.1980xd.com
电子邮箱：xiandai@cnpitc.com.cn
印　　刷：三河市宏盛印务有限公司

开　　本：710mm×1000mm　1/16
印　　张：21.25
字　　数：320千
版　　次：2019年1月第1版　2019年1月第1次印刷
书　　号：ISBN 978-7-5143-7450-6
定　　价：49.80元